8€ ^{50}
07/2022

D0710939

LE DERNIER DES NÔTRES

Née une année de sécheresse historique, Adélaïde de Clermont-Tonnerre, ancienne élève de l'École normale supérieure, travailla dans la banque d'affaires en France et au Mexique avant de devenir chroniqueuse et journaliste. Son premier ouvrage, *Fourrure* (Stock), a été récompensé par cinq prix littéraires, dont le prix Maison de la Presse et le prix Françoise-Sagan. Le livre était également finaliste pour le Goncourt du premier roman.

Paru au Livre de Poche :

FOURRURE

ADÉLAÏDE DE CLERMONT-TONNERRE

Le Dernier des nôtres

Une histoire d'amour interdite,
à l'époque où tout était permis

ROMAN

GRASSET

© Éditions Grasset & Fasquelle, 2016.
ISBN : 978-2-253-07050-4 – 1ʳᵉ publication LGF

Pour Laurent

Manhattan, 1969

La première chose que je vis d'elle fut sa cheville, délicate, nerveuse, qu'enserrait la bride d'une sandale bleue. Je n'avais jamais été fétichiste avant ce jour de mai et si j'avais dû me concentrer sur une partie de l'anatomie féminine, j'aurais spontanément choisi les fesses, l'entrejambe, la gorge ou peut-être le visage, certainement pas les pieds. Je ne les remarquais que s'ils étaient moches ou mal tenus, ce qui n'arrivait pas souvent. J'avais la chance d'être aimé des jolies femmes et je mettais un point d'honneur à répondre à leur affection. C'était justement le sujet de notre conversation...

« Il te les faut toutes mon vieux, s'agaçait Marcus avec qui je déjeunais. C'est à croire que tu veux planter ton drapeau sur chaque satellite féminin de ce système solaire ! » Mon ami et associé, qui avait du mal à en séduire une seule, ajouta : « Tu t'assois quelque part, tu regardes, tu bois des verres et hop ! Au bout d'un quart d'heure il y en a déjà deux qui te tournent autour et se trémoussent. »

Il ouvrit de grands yeux, la bouche en cœur, pour imiter l'effet que j'étais supposé produire sur les filles, moment que choisit l'une des serveuses, une petite brune timide et potelée, pour me sourire.

« C'est exaspérant, s'indigna Marcus. Si j'étais elle, j'aurais plutôt la frousse de t'approcher. Avec ta dégaine de géant, ta tête slave et tes yeux délavés...

— Mes yeux ne sont pas délavés ! Ils sont bleu clair...

— Ils sont délavés. Les miens sont bleus, et ils ne leur font pas du tout le même effet. Elles adorent me raconter leur vie, leurs malheurs, leurs parents et leur première dent. J'écoute leurs confidences pendant des semaines, je suis sur le point d'arriver à mes fins, et toi, en un quart d'heure tu deviens leur amant.

— Je ne t'ai jamais piqué personne !

— C'est pire ! Tu ne fais rien pour me les piquer et elles te tombent dans les bras...

— Si tu me disais celles qui te plaisent, je ne les regarderais même pas.

— Je ne veux pas d'une copine qui m'oublie à la minute où tu entres dans la pièce... Elle perd toute valeur pour moi. »

Le portrait que Marcus faisait de moi était très exagéré. Je ne me contentais pas de m'asseoir en attendant qu'elles se jettent sur moi. Je me donnais le mal qu'il fallait pour les avoir. Je lui avais répété mes règles d'or, mais mon approche directe lui semblait « simpliste ». Il préférait excuser sa propre timidité par mon prétendu magnétisme. Il était pourtant plus riche que moi, mais ses principes lui interdisaient d'utiliser cet avantage. Il se ligotait dans un schéma mental compliqué alors que les femmes sont, contrairement à ce que l'on dit, prévisibles. Pour coucher avec une fille, il faut :

A/ Trouver ce qu'elle a de beau – car il y a de la beauté en chacune d'entre elles – et lui montrer que vous l'admirez ;

B/ Demander, voire quémander du sexe ;

C/ Toujours ajouter à cette demande suffisamment d'humour pour ne pas perdre la face quand elle vous dit non ;

D/ Rester simple et concret en évitant de lui envoyer trois pages de citations littéraires qui vous feront passer pour un détraqué.

J'avais dit vingt fois à Marcus qu'il fallait être plus clair, mais ce n'était pas dans sa nature. Il avait le talent pour susciter les confessions, masculines ou féminines, sans savoir les utiliser à son avantage. J'avais la même efficacité pour attirer les filles dans mon lit.

Je venais de fêter mes quatorze ans quand elles ont commencé à me prêter attention, au lycée, après ma bagarre avec Billy Melvin. De deux ans mon aîné, il terrorisait les élèves de Hawthorne High School. Un jour, Billy m'a traité de « zéro », allusion à mon patronyme, « Zilch ». Je l'ai mal pris.

Ses traits étaient plissés de haine comme s'il avait le soleil dans les yeux. Il ne voulait pas, disait-il, que des têtes dépassent. La mienne était déjà presque à sa hauteur, ça l'énervait. Je n'étais pas mieux disposé à son égard. Je détestais ce genre de types qui se croient tout permis parce qu'ils ont tout reçu. La révérence dont on les entoure, le mépris qu'ils témoignent au reste de l'humanité me font tourner le sang. J'aime l'argent, mais je ne le respecte que s'il a été gagné, pas hérité par des types comme Billy. Il suffisait d'un regard pour comprendre qu'il était bête. Je n'aimais pas sa tête carrée et sa peau de roux. Je n'aimais pas ses manières. Je n'aimais pas sa façon de marcher, de parler ni de regarder les gens avec le nez pincé et l'air supérieur. Il faut dire que je n'aimais pas grand-chose à l'époque…

En entendant Billy Melvin répéter : « T'es un zéro, Zilch, un bon gros zéro qu'un couple de paumés a recueilli par charité », j'ai été pris d'une de ces colères qui me submergent parfois. Marcus dit que toute couleur quitte mon visage, je sens un autre prendre possession de moi et je ne contrôle plus rien. J'ai agrippé Billy par le bras, je l'ai fait tourner deux fois autour de moi comme nous l'avions appris au lancer de poids et l'ai envoyé s'assommer contre l'une des baies vitrées qui faisaient la fierté de notre lycée. Billy est resté sonné quelques secondes. Puis il s'est secoué comme un doberman qui sort d'une mare et s'est rué sur moi. Nous nous sommes battus au sol. Nous étions enragés. Il a fallu que le pion et le capitaine de l'équipe de football nous ceinturent pour nous séparer. Le nez en sang, une oreille décollée, Billy Melvin boitait et jurait. J'avais le col de mon T-shirt arraché jusqu'au ventre, le poing gauche amoché et une entaille sous le menton qui gouttait en perles rouges sur le béton de la cour. La plaie, mal recousue, m'a laissé une cicatrice en W comme «Werner» dont je suis très satisfait.

Nous fûmes tous les deux exclus une semaine. Le directeur du lycée en profita pour nous coller des travaux d'intérêt général. Il voulait plaire au maire de Hawthorne. Pendant deux jours, sans nous adresser un mot, nous dûmes balayer et ramasser les feuilles sur Lafayette Avenue – où habitait le maire –, décaper, poncer et repeindre la barrière de son jardin avant de déplacer des centaines de cartons d'archives à la mairie pour qu'il puisse agrandir son bureau. Cette exclusion me valut une sérieuse engueulade d'Armande, ma mère, et les félicitations officieuses d'Andrew, mon père. Depuis mes premières années, il a des accès d'attendrissement en me regardant. Il me tâte les épaules ou les biceps et répète avec une mine émerveillée: «Ça c'est de la belle construction! Ça c'est du solide.» L'idée que j'aie fichu une raclée à un garçon de deux ans plus vieux que moi, même si cela me causait des ennuis, lui plaisait. À notre retour au lycée, Marcus, qui avait déjà une attirance pour le droit, même si à l'époque il s'imaginait plus concertiste qu'avocat, organisa les négociations de paix. Elles aboutirent à la signature d'un traité solennel rédigé par ses soins. Cet accord, agrémenté d'une carte du lycée, partageait la cour selon une diagonale qui s'étendait de la porte des vestiaires à celle de la cantine. Les toilettes des filles et des garçons furent hachurées et déclarées territoire neutre. Marcus, déjà passionné d'histoire, les avaient rebaptisées «la Suisse». C'est resté une blague entre Marcus et moi. Aujourd'hui encore, quand nous allons pisser, nous «allons en Suisse».

Ce coup d'éclat, et la victoire relative qui consistait à ne pas m'être fait ratatiner par Billy, me valut de nouveaux amis et ma première copine : Lou. Elle me coinça un jour dans le gymnase et me fourra sa langue dans la bouche. Cette fille avait un goût de bonbon à la cerise et une langue un peu molle passée la première audace de ce baiser. J'ai trouvé l'expérience trop mouillée et je n'ai pas aimé être entrepris au lieu d'entreprendre, mais Lou était la plus belle fille de Hawthorne. Elle avait de longs cheveux bruns, un air insolent qui contredisait sa jupe plissée, deux ans de plus que moi – à savoir l'âge de Billy – et des seins qui déjà tendaient ses pulls et faisaient tourner la tête des garçons du lycée. Lou était une chance qui ne se refuse pas. Dans le club d'entrepreneurs de l'école où se formait «la future élite du business», le professeur répétait qu'il fallait «identifier et saisir les opportunités». Bien que débordé par l'assaut de Lou, je menai, en ouvrant la bouche et en répondant à ses sollicitations, une consciencieuse analyse de conjoncture. J'en conclus que Lou répondait au schéma de type 2 : «Opportunité avec risque modéré», l'un des cas où le bénéfice potentiel est le plus grand. Fier de marcher dans les pas des grands entrepreneurs qui avaient construit ce pays, et bien qu'un peu effaré,

14

j'empoignai cette fille qui s'offrait à moi avec tant de bonne volonté. Je commençai par lui toucher la poitrine comme on règle l'eau chaude et l'eau froide sous la douche, étonné par la mollesse de ses melons que j'aurais imaginés plus fermes, puis je saisis son arrière-train à pleines mains et, ne sachant comment procéder, le secouai énergiquement de haut en bas. Ces expérimentations n'entraînèrent aucune réaction de la part de mon cobaye ; je me trouvai rapidement à court d'idées. Après un temps d'hésitation, je poussai donc mon avantage et explorai l'entrejambe de Lou qui eut la mansuétude de m'arrêter... En ressortant du gymnase, j'avais cette fille canon pendue à mon bras. Devant le lycée, elle s'enroula autour de moi comme du lierre à un arbre. Le professeur d'histoire, un vieil aigri qui n'avait d'affection que pour Marcus (le seul à trouver passionnantes les conquêtes de rois aux noms imprononçables dans des contrées minuscules et des temps si reculés que les hominidés étaient à peine descendus de leur arbre), vint nous demander de «nous tenir correctement». Je lui fis une réponse bravache ne laissant pas soupçonner le flot de doutes et d'hormones mâles qui se bousculaient à l'intérieur de moi et Lou se joignit à ma rébellion. Elle lâcha un : «Ça va ! On est en démocratie quand même ! » Puis, les yeux vissés dans ceux du poussiéreux professeur, elle lapa mon oreille avant de la gober entièrement, ce qui me valut de pénibles acouphènes le reste de la journée. À ce spectacle, qui dépassait de loin ce qu'il avait pu tenter de plus fou avec sa femme protestante, le professeur prit la couleur bordeaux de sa cravate tricotée et s'éloigna sans demander son reste.

Lou était une prise très enviée. Elle augmenta encore le crédit que m'avaient conféré le combat et le traité de paix avec Billy. Les copains me prêtèrent des pouvoirs de séduction démesurés. Je n'en étais pas si convaincu, mais force était de constater que depuis que je « sortais » avec Lou – mot étonnant puisque l'essentiel du jeu ne me semblait pas de sortir, mais d'entrer en Lou, ce à quoi elle se refusait obstinément –, les filles me regardaient avec des airs énamourés. Elles gloussaient sur mon passage et confiaient à Marcus qu'elles adoraient mes yeux bleus ou mon sourire « trop gnon ». Il y en a même une, dont j'ai oublié le nom, qui, ayant remarqué mes fringales, me préparait un gâteau tous les jours. Ces cadeaux exaspéraient Lou, mais ma copine n'avait aucune envie de se mettre à la cuisine. Elle se contentait de prélever sa part. Comme elle était soucieuse de sa ligne, elle distribuait cet écot à ses amies et les regardait le manger avec la satisfaction qu'ont les filles minces à exercer leur volonté tandis que, sous leurs yeux, d'autres plus en chair sont dominées par leur gourmandise.

Depuis cette époque, je n'avais pas rencontré de difficultés avec les femmes. Je m'y étais habitué. Elles venaient facilement à moi, et si certaines me résistaient, cela ne durait pas. Les plus coriaces se faisaient désirer. Rapidement ferrées ou pas, je les considérais comme d'agréables moments de distraction, rien de plus, légèreté qui engendra, au fil des années, ma mauvaise réputation. Je suis respectueux, mais rarement sentimental. Je m'attache difficilement. Une de mes copines, étudiante en psychologie – j'adorais cette habitude qu'elle avait de garder ses lunettes quand nous faisions l'amour –, avait analysé ce trait de caractère. D'après elle, le fait d'avoir été adopté m'avait rendu méfiant. J'avais, m'expliqua-t-elle, une phobie de l'abandon qui me poussait à multiplier les relations. Je crois surtout que les femmes ont toutes l'obsession du couple, de la construction et du «sérieux». Elles veulent que les hommes tombent amoureux et traitent de salauds ceux qui n'y parviennent pas. Elles pensent que l'amour a le pouvoir de laver le péché de chair. À l'inverse de Marcus, et c'est pour cette raison qu'il n'arrivait pas à grand-chose, je me passais très bien de cette eau de Javel archaïque qu'est le sentiment. J'ai été jeune au bon moment. Dans les années 1960, les filles mettaient un point d'honneur à profiter de leur liberté. Elles étaient entrées dans une sorte de compétition, où la fierté naissait de l'exercice de leur sexualité et non de sa répression. J'en ai profité, je le reconnais. L'amour n'était qu'un jeu, mais cette période bénie a pris fin le jour où, au restaurant Gioccardi, une jeune femme a écrasé mon insouciance de ses sandales bleues.

Nous déjeunions avec Marcus au rez-de-chaussée de cette trattoria de SoHo. Nous y venions presque tous les jours. Le patron accueillait Shakespeare, mon chien, comme une divinité. Il lui préparait de généreuses gamelles. C'était précieux car Shakespeare en effrayait plus d'un. Dressé sur ses pattes arrière, il atteignait le mètre quatre-vingts. Sa fourrure d'ours beige et feu ne faisait pas oublier sa gueule qui, s'il n'avait eu si bon caractère, aurait pu régler son compte à un homme en quelques secondes. Je me penchais avec appétit sur mes spaghettis al pesto, lorsque la cheville qui allait changer ma vision des femmes apparut sur les tomettes de l'escalier. Elle capta immédiatement mon attention. Sa propriétaire, qui descendait de la salle au premier étage, marqua une pause. Elle parlait à quelqu'un. Je mis un certain temps à isoler sa voix, moqueuse, dans le brouhaha des discussions et des bruits de couverts. Ses pieds pivotèrent légèrement. J'admirai ses orteils enfantins aux ongles brillants. Elle continuait à parler d'une voix insistante. Elle voulait déjeuner en bas. En haut la salle était presque vide. Il n'y avait personne, c'était triste. Une voix d'homme, dont j'apercevais les mocassins marron, protestait. C'était plus calme en haut. Le pied gauche de la fille descendit une marche, dévoila le début d'un mollet. Il remonta, descendit à nouveau, et enfin s'engagea. À mesure qu'elle se révélait, je caressais du regard la ligne fine de ses tibias, ses genoux, le début de ses cuisses que creuse cette diagonale du muscle qui m'affole chez une femme. La peau à peine dorée, d'une perfection irréelle, disparaissait ensuite sous la corolle d'une étoffe bleue. Une ceinture mettait en valeur sa taille où j'aurais voulu d'emblée ancrer mes mains. Son chemisier sans manches laissait voir des bras d'une fraîcheur ronde, appétissante. Plus haut, dans l'échancrure, émergeait un cou élégant que j'aurais pu briser d'une main. Elle dévala les trois dernières marches en riant. Une lumière entra avec elle dans la pièce, celle de ses cheveux. Elle traînait par la cravate un homme d'une quarantaine d'années, habillé d'un pantalon beige et d'un blazer bleu marine à pochette jaune. Tiré par le col, rouge et très contrarié, il tentait de la suivre sans tomber. Elle lui rendit sa liberté en laissant filer la cravate entre ses doigts presque transparents de finesse puis s'exclama :

« Ernie, tu es assommant ! »

Je l'observais avec une telle attention qu'alertée par un instinct animal, elle croisa mon regard et s'immobilisa une fraction de seconde. Dès qu'elle tourna ses yeux insolents vers moi, je sus que cette fille me plaisait plus que toutes celles que j'avais pu connaître ou simplement désirer. J'eus l'impression qu'une lave coulait en moi, mais la jeune femme ne sembla pas troublée, ou, si elle le fut, mon étincelante créature avait suffisamment de retenue pour ne pas le montrer. Le type au blazer s'agaça de l'intérêt que je lui portais. Il me dévisagea d'un air irrité. Instantanément, mon corps se tendit. J'étais prêt à me battre. Il n'avait rien à faire dans ce restaurant. Il ne méritait pas cette déesse. Je voulais qu'il me la laisse et qu'il foute le camp. Je lui adressai un sourire narquois, espérant qu'il viendrait me provoquer, mais Ernie était un pleutre. Il détourna les yeux. Ma beauté fit une volte-face gracieuse lorsque le serveur, aussi ébloui que moi, lui indiqua leur table. Il écartait les chaises sur son passage, tandis qu'elle avançait, tête légèrement baissée, avec cet air modeste des filles qui se savent admirées.

« Tu es conscient que je t'ai posé une question, il y a déjà une minute quinze ? » me demanda Marcus qui regardait sa montre neuve, cadeau d'anniversaire de son père, dont il avait lancé le chronographe.

Je ne pouvais me détacher d'elle, même si Ernie, de sa grande stature molle, tentait de la soustraire à mes regards. Elle s'assit dos à la salle. Dans un demi-rêve, je répondis :

« Tu ne la trouves pas sublime ? »

Marcus, qui avait compris l'origine de ma distraction depuis une minute quarante-cinq à présent, répondit, sans lever les yeux du cadran :

« Effectivement, elle est très jolie, et très accompagnée, cela ne t'aura pas échappé…

— Tu crois qu'ils sont ensemble ? »

L'association de cette fille radieuse avec ce vieux dandy – à l'époque, quarante ans me semblait le début de la sénescence – m'était insupportable.

« Je n'en ai pas la moindre idée, Wern, me répondit Marcus, mais si, pour une fois, nous pouvions déjeuner et avoir une conversation sans que tu te décroches les cervicales pour regarder tout ce qui porte une jupe, cela ferait beaucoup de bien à mon ego.

— Chéri, pardonne-moi, je ne fais pas assez attention à toi », me moquai-je en posant ma main sur la sienne.

Mon ami retira sa main d'un air froissé.

« Tu me donnes l'impression d'être invisible. C'est

très pénible. D'autant que nous avons quelques minuscules détails à régler avant le rendez-vous de cet après-midi. »

Notre toute jeune entreprise de construction traversait une phase dangereuse de son développement. Ce que notre première affaire nous avait permis de gagner, nous l'avions réinvesti, en y ajoutant un maximum d'emprunts, dans la réhabilitation de deux immeubles de rapport à Brooklyn. Après avoir obtenu les autorisations de démolition, les permis de construire et résolu la multitude de problèmes inhérents à tout projet immobilier à New York, l'un des fonctionnaires municipaux avait fait suspendre les travaux pour une obscure histoire de cadastre. Ce sale coup m'avait mis hors de moi. Le président d'arrondissement de Brooklyn se foutait bien de la loi, il voulait nous forcer à lui graisser la patte une deuxième fois. Nous avions une audition prévue à 16 heures ce jour-là, des arguments à fourbir et un avenir à sauver, mais j'avais vraiment du mal à me concentrer : à quelques tables de nous, l'objet de mon désir me captivait. Elle se tenait très droite. Ses épaules ne touchaient pas le dossier de la chaise. Ses mains, qui volaient autour d'elle, accompagnaient ses paroles de chorégraphies complexes. Mon associé m'examinait d'un drôle d'air. Il connaissait mon goût pour les femmes, mais il savait aussi que notre entreprise avait toujours été prioritaire. L'inconnue renversa la tête et s'étira sans pudeur d'un mouvement souple et paresseux de panthère. Ses épaules rondes se creusèrent. La rivière de ses cheveux avait une vie propre. J'aurais voulu la saisir et y enfouir mon visage.

« Il y a un problème, monsieur Werner ? » me demanda Paolo, le patron.

Une bouteille de marsala à la main, il regardait mon assiette intacte. J'étais l'un de ses clients préférés et il tirait une fierté de mère sicilienne à me voir, plusieurs fois par semaine, engloutir un kilo de pâtes, un plat entier de lasagnes, une côte de bœuf ou deux pizzas à moi seul. Ce jour-là, je n'avais pas touché aux spaghettis qui refroidissaient devant moi :

« La pasta n'est pas bonne ? Pas assez salée ? Trop cuite ? » mitrailla-t-il, les yeux rivés sur mon assiette, pour établir un diagnostic.

Je ne prêtais pas attention à ses paroles. L'inconnue venait, d'une main décrivant un cercle rapide, de ramener la masse de ses cheveux sur l'une de ses épaules, révélant la naissance de sa nuque. Pourquoi me semblait-elle si familière ? Comment allais-je parvenir à lui parler ? Paolo saisit mon plat. Il fronça le nez pour le renifler comme un chien de chasse et s'emporta :

« Giulia ! Qu'est-ce que tu as fait aux pâtes del signore Zilch ! »

La fureur du patron fit se retourner toute la salle, dont mon inconnue. Je la dévorais des yeux avec une fièvre qui dut l'amuser parce qu'elle me sourit avant de me tourner le dos. Il me la fallait. Je voulais tout savoir d'elle, son parfum, sa voix, ses parents, ses amies ; où elle habitait, avec qui ; la décoration de sa chambre, les robes qu'elle portait, la texture de ses draps, si elle dormait nue, si elle parlait la nuit. Je voulais qu'elle me confie ses tristesses et ses rêves, ses besoins et ses désirs.

« Cela fait vingt fois que je lui explique ! s'indignait Paolo. Elle ne saura jamais faire le pesto ! C'est dans la main… Il faut de la force, il faut écraser et tourner dans le mortier », expliquait-il en mimant le mouvement de rotation d'un air féroce. « Giulia, elle vous touille ça comme une vinaigrette avec le poignet cassé au lieu de tenir le bras ferme et droit ! »

J'aurais voulu me lever, aller au-devant d'elle. Casser la gueule du crétin qui l'accompagnait, la prendre par la main, l'emmener, l'enlever, la connaître tout entière.

« Il est malade ? Il ne se sent pas bien ? » s'inquiéta Paolo qui venait de goûter les spaghettis et n'y trouvait rien à redire, capitulation qui fit paraître un sourire triomphal sur le visage de Giulia, sortie en urgence de sa cuisine.

Marcus tenta de reprendre l'assiette à Paolo :

« Ne t'inquiète pas Paolo, la pasta est délicieuse et Wern en pleine forme, il est juste amoureux.

— Amoureux ! » s'exclamèrent Paolo et Giulia à l'unisson.

L'idée que je sois amoureux leur semblait incompatible avec le nombre de filles qu'ils avaient vu défiler à ma table ces derniers mois. Ils évaluèrent, sur mon visage, la progression de ce fléau sentimental.

«Amoureux, confirma Marcus.

— Ma de qui ?» s'insurgea le patron, cherchant à connaître l'identité de la créature pernicieuse qui nuisait à l'appétit de son meilleur client.

«La blonde en blanc et bleu», résuma Marcus, prosaïque, en désignant l'inconnue du menton.

Nous fîmes traîner le déjeuner. Paolo tenta de se renseigner sur cette fille en discutant un peu avec elle, mais Ernie le moucha. Nous commandâmes notre quatrième café. Shakespeare, qui avait l'habitude de nous voir engouffrer nos plats en vingt minutes, s'impatientait. Il reçut une caresse brouillonne sur le crâne et se recoucha à mes pieds dans un soupir. Je ne pouvais détacher les yeux de cette fille et répondais, distrait, aux questions de Marcus qui, son stylo en argent à la main, notait sur un carnet relié de cuir la liste des arguments supposés convaincre le président d'arrondissement. Lorsque je vis Ernie payer l'addition, l'adrénaline monta en moi. Ma beauté allait s'évanouir dans la jungle de Manhattan et je ne savais absolument pas quoi faire. Ils se levèrent. Je les suivis dans l'espoir de me faire remarquer ou de ravir à nouveau son regard. Je cherchais un prétexte pour l'arrêter quand, par chance, la bandoulière de son sac à main se prit dans la poignée de la porte et se rompit, renversant une partie de ses affaires par terre. Elle s'accroupit. Je me précipitai pour l'aider. Je fus ébloui lorsque le pendentif en V qu'elle portait autour du cou se coinça entre ses seins. Les angles du bijou en or s'enfoncèrent dans sa peau. Cela ne sembla pas l'incommoder alors que cette vision me donna le vertige. Je raflai tout ce qui me tombait sous la main. Il y avait des feutres, une gomme à encre, des feuilles volantes griffonnées de schémas étranges, une brosse à cheveux, un baume à lèvres Carmex, une casquette en jean et un tire-bouchon, ce qui m'étonna beaucoup. Cet objet utilitaire comme le désordre de son sac me la rendirent plus humaine et plus désirable encore. Ernie était relégué dans la rue. L'étroitesse du passage l'empêchait d'intervenir et les coutures de son costume trop étroit auraient craqué s'il avait voulu s'accroupir. Il cherchait à m'éloigner :

« Merci, nous allons nous débrouiller… Relevez-vous ! Puisque je vous dis que nous n'avons pas besoin d'aide ! »

Je tendis à ma beauté une poignée de ce que j'avais ramassé. Elle redressa la tête et je fus saisi par la couleur de ses yeux. Ils étaient d'un violet profond, pailleté d'intelligence et de sensibilité. Elle ouvrit grand son sac pour que j'y jette les objets en vrac, je fis tomber un carnet qui révéla des esquisses d'hommes nus. Elle le referma avec un sourire amusé, puis elle planta à nouveau son regard dans le mien :

« Merci, c'est gentil. »

Sa voix, plus ferme et plus grave que ne le laissait présager la finesse de ses traits, me fit frissonner. Sa manière de m'envisager aussi. Elle était directe et ouverte, comme si en quelques secondes elle cherchait – et parvenait – à me capter tout entier. Lorsqu'elle se releva, je reçus dans un souffle son parfum d'ambre et de fleurs. Je regrettai de ne pas avoir réussi à lui toucher la main, mais c'est Ernie qui se pencha, lui saisit le poignet et l'attira à l'extérieur. Avant que j'aie le temps d'inventer un prétexte pour la retenir, mon inconnue s'engouffra dans la Rolls avec chauffeur de ce dandy dégénéré. Sa disparition derrière les vitres teintées me causa une douleur physique. J'eus, littéralement, le souffle coupé à la perspective de ne jamais la revoir. Je me mis à courir comme un fou, Shakespeare sur mes talons. À voir cet énorme chien cavaler en liberté sur le trottoir, certains passants se mirent à crier. Marcus, qui avait profité de cet interlude pour «aller en Suisse», se lança à ma poursuite: «Attends! Mais qu'est-ce qui te prend?» Je fis monter Shakespeare dans notre Chrysler jaune. Je démarrai en trombe, tandis que mon ami prenait le véhicule en marche en me traitant d'«élément social instable» et de «psychopathe en phase maniaque». Je cherchai désespérément la Rolls. En voyant l'expression de rage impuissante qui contractait mon visage, Marcus murmura, inquiet:

«Wern, tu fais peur parfois.»

Saxe, Allemagne, 1945

C'était une nuit de février, une nouvelle nuit de disgrâce pour l'humanité. Des hectares de ruines brûlaient sous une pluie âcre et cendrée. Des heures durant, Dresde n'avait été qu'un infini brasier annihilant les corps, les espoirs et les vies. Aussi loin que portait le regard, la ville était, en cette période de désolation mondiale, l'incarnation du chaos. Les bombardements avaient été si intenses que, dans tout ce qui avait constitué le centre, pas un immeuble ne tenait encore debout. Les bombes avaient soufflé les bâtiments comme autant de feuilles mortes. Prenant le relai, les bombes incendiaires s'étaient chargées de créer la fournaise dévorante qui se nourrissait d'hommes, de femmes, d'enfants et de blessés revenus du front de l'Est qui s'étaient crus sauvés. Les ténèbres s'illuminaient d'un crépitement d'éclairs, un spectacle de fête foraine. En pleine obscurité, le ciel avait pris les teintes écarlates et dorées d'un coucher de soleil automnal. Peu à peu, les coulées séparées de lumière s'étaient rejointes en une mer incandescente.

Même à 22 000 pieds, les pilotes qui semaient la mort sentaient, dans les carlingues, la chaleur du brasier.

Au sol, une tempête de flammes happait tous ceux qui se trouvaient à proximité et qui n'avaient plus la force de résister aux vents d'oxygène servant à l'alimenter. Elle semblait ne jamais devoir s'arrêter. Au fil des heures, la fumée et les cendres s'élevèrent jusqu'au ciel et couvrirent comme un suaire la Florence de l'Elbe. Dans cette opacité diurne qui attaquait les poumons et les yeux, seule l'église Notre-Dame, silhouette baroque et spectrale, se dressait encore. Quelques rescapés de la Croix-Rouge y avaient rassemblé une foule de blessés. Victor Klemp, le chirurgien à l'origine de cette unité d'urgence, tentait d'organiser l'horreur. Il avait un temps pensé que Dieu punissait son peuple d'une faute qu'il soupçonnait et qu'il avait refusé de regarder en face. Depuis que, cent fois par heure, la mort l'humiliait des pires façons, il ne croyait plus que Dieu avait voulu cette souffrance. Il ne croyait plus que Dieu s'intéressait encore à ce monde, et l'église, seule verticale s'arrachant aux sédiments des destructions, ne lui semblait ni un miracle ni un signe du ciel, mais une ultime et révoltante provocation. Victor Klemp n'avait pas dormi depuis soixante-douze heures. Sa blouse, son visage, son cou étaient maculés du sang et des viscères de ses défaites. La fatigue faisait trembler ses mains. Il avait abandonné depuis longtemps toute opération délicate. Sa froideur, métallique, le stupéfiait. Quelques secondes suffisaient à faire un diagnostic. Il ne se battait que pour ceux qui avaient les meilleures chances de survie. Les blessés et les agonisants lui venaient en si grand nombre et dans un tel dénuement de moyens médicaux qu'il était contraint d'en condamner, d'un regard, dix fois plus qu'il n'en sauvait. Il n'avait plus de quoi alléger les souffrances des mourants ou de ceux qu'il devait opérer. Ni morphine, ni alcool, ni mots d'humanité. Parfois, il se disait qu'il faudrait les achever. C'était le seul acte de compassion que l'on pouvait encore prodiguer. Victor Klemp s'était tourné vers le capitaine de l'un des rares régiments présents sur les lieux. Le médecin avait formulé clairement sa demande, effrayé de s'entendre proférer de telles paroles :

« Mettez-leur une balle dans la tête. Tous ceux que je vous enverrai, ils sont condamnés. »

Le militaire l'avait fixé droit dans les yeux et, sans le juger, avec ce calme absolu et désespéré que Victor Klemp n'oublierait jamais, l'homme avait répondu :

« Nous n'avons pas assez de balles, docteur, pour avoir pitié. »

Par vagues d'une lugubre régularité, civils et soldats lui amenaient sans cesse plus de victimes. Pour lui, ces malheureux n'étaient désormais que des plaies, des fractures, des organismes délabrés, des futurs amputés. Dans le flot de ces blessés sans nom et sans visage, un brancard de fortune l'arrêta. C'était après la troisième vague de bombardements. Porté par deux garçons en uniforme, une femme y reposait. La boue et la poussière sur son visage, sa pâleur, ne masquaient pas l'harmonie de ses traits qu'éclairaient des yeux d'un bleu pur et glacé. Ses cheveux, bien que souillés, étaient une lumière. De la couverture que les soldats avaient étendue sur elle, se dégageaient une épaule et un bras qui semblaient concentrer, en quelques centimètres de peau nue, toute la douceur du monde. Sous l'épais tissu rêche, plus bas, le gonflement des seins, puis du ventre, indiquait qu'elle était enceinte. Elle n'avait pas vingt-cinq ans. La jeune femme était si calme que le médecin demanda aux porteurs :

« Qu'a-t-elle ? »

Il vit l'horreur s'accentuer sur les traits des deux hommes. Le plus grand tenta d'expliquer :

« Elle était allongée rue Freiberger, en partie coincée sous des décombres… Nous l'avons dégagée… »

Les mots moururent dans la gorge du jeune soldat qui, d'un geste de la main, montra le bas de la couverture sur laquelle se formaient des taches sombres et poisseuses. Impatient, le médecin retrouvait déjà sa dureté. Il souleva l'étoffe d'un geste sec. Sous les lambeaux de vêtements, juste au-dessus du genou, les jambes de la jeune femme avaient été tranchées net. En dépit des pansements de fortune, elle se vidait de son sang. Le spectacle était d'autant plus choquant qu'entre ces deux moignons emmaillotés de rouge sur lesquels pendaient des dessous arrachés et les morceaux brûlés d'une robe à fleurs qui collaient aux plaies, une autre béance se préparait. Elle était en train d'accoucher. Les yeux de la victime saisirent ceux de Victor Klemp. D'une voix étonnamment distincte, elle dit :

« Je suis condamnée, docteur, pas mon enfant. »

Les râles et les cris qui emplissaient l'église semblèrent s'arrêter. La jeune femme lança :

« Aidez-moi. »

Ce n'était pas une supplication. C'était un ordre. La pitié l'aurait irrémédiablement éloigné de cette femme. Ce fut l'énergie qu'elle lui communiqua, par les yeux et par la voix, qui décida le médecin. Il se mit en mouvement. Avec l'aide des deux soldats, il refit les garrots sur les moignons. Sans pousser un gémissement, elle s'évanouit. On déplaça deux blessés d'une chapelle latérale pour y transporter la victime. D'un revers, Klemp débarrassa une table en bois sur laquelle s'amoncelaient des éclats de verre brisé, des gravats tombés de la voûte, des bandages sales et des restes de cierges. Il y déposa la femme qui reprit connaissance.

« Comment vous appelez-vous ? lui demanda le médecin.

— Luisa.

— Luisa. Je vous promets que vous verrez votre enfant. »

Le bébé était avancé dans le bassin, mais le docteur décida de passer outre ses maigres connaissances gynécologiques pour tenter la césarienne. Il craignait de blesser l'enfant, il savait qu'il achèverait la mère, mais elle n'était pas en état d'aller au bout d'un accouchement. Les soldats qui, malgré leur jeune âge, en avaient vu d'autres, détournèrent la tête lorsqu'il incisa la peau, juste sous le ventre. De peur de toucher le bébé, il n'alla pas profondément au scalpel, préférant traverser les membranes, une à une, en les déchirant avec les doigts. C'était un carnage. Luisa s'évanouissait et revenait à elle. Aucun des trois hommes n'osait envisager sa douleur. Les brefs instants où elle perdait connaissance leur étaient un soulagement. Victor Klemp lui parlait sans cesse, des mots sans véritable sens dont l'unique fonction était de s'encourager lui-même et de garder Luisa en vie. Ses doigts arrivèrent enfin à ce qu'il pensa être l'utérus car celui-ci, contrairement aux autres tissus, résista à la déchirure des doigts. Il incisa à nouveau. Ce qu'il infligeait à cette femme dont il venait de croiser le regard lui semblait plus barbare que toutes les boucheries des heures précédentes. Un liquide jaillit tandis qu'il plongeait ses mains dans la cavité chaude et trempée, palpant à tâtons l'enfant. Il sentit son corps minuscule et, sans très bien savoir ce qu'il touchait, s'en saisit. Victor Klemp dut tirer pour libérer le crâne pris dans le bassin de sa mère. L'enfant était bleu. Le médecin coupa le cordon comme il put, entraînant chez le nourrisson brutalement privé d'oxygène un hurlement qui fit revenir sa mère à elle.

« C'est un garçon, Luisa, un beau grand gaillard », annonça Victor Klemp.

Elle venait à nouveau de sombrer. Le médecin s'assit, le nourrisson sur les genoux, et fit sur le ventre du bébé un nœud maladroit. Il nettoya le nouveau-né avec un linge et le peu d'eau qu'il put trouver, puis retira sa blouse, qui avait été blanche, pour ôter sa chemise et y emmailloter l'enfant. Luisa se réveilla en sentant le poids de son fils entre ses seins.

«Il est vivant ?

— Bien vivant, Luisa. »

Comme elle était trop allongée pour le voir et trop faible pour l'enlacer, elle insista :

«Il a tout ?

— Tout. C'est un garçon, il est magnifique», répondirent les trois hommes dans un désordre étranglé de voix.

Évitant pudiquement de regarder, ils avaient à nouveau posé sur elle la couverture détrempée. L'un des soldats souleva l'enfant au-dessus du visage de sa mère. Il émit des miaulements de chat jusqu'à ce qu'on le repose sur le sein de Luisa. Soutenant le coude de la jeune femme, Victor Klemp plaça sa main sur son bébé pour qu'elle puisse le toucher. À cette caresse, l'enfant remua légèrement et les trois hommes virent les yeux de la mère s'embuer.

Elle s'empara à nouveau du regard de Victor Klemp et déclara :

«Il est désormais sous votre protection, docteur. »

Sans laisser au médecin le loisir de répondre, elle ajouta :

«Marthe Engerer, ma belle-sœur. Elle est ici. »

Les paroles d'apaisement de Victor Klemp furent suivies d'un nouveau silence, puis Luisa désigna le nouveau-né :

«Il s'appelle Werner. Werner Zilch. Ne changez pas son nom. Il est le dernier des nôtres. »

Elle ferma les yeux, caressant de l'index la nuque de son bébé tandis que Victor Klemp, accroupi, tenait sa main libre. Les paupières de la jeune femme se fermèrent à nouveau. Ce moment de calme dura une minute, peut-être deux, puis le mouvement du doigt de Luisa sur son petit garçon cessa, et dans les paumes jointes de Victor Klemp, l'étroite main de la jeune femme se relâcha. Il eut le sentiment puissant, bien qu'absurde pour un rationaliste tel que lui, de sentir l'âme de la mourante le traverser. Une fraction de seconde, un palpable mouvement d'ondes, et elle n'était plus là. Le médecin reposa le bras encore souple de Luisa sur la table, le long de son corps. Il regarda l'enfant lové contre sa mère, rassuré par une chaleur qui ne tarderait pas à s'éteindre, posé sur un cœur qui avait cessé de battre. Les deux soldats cherchèrent une confirmation dans ses yeux. Le médecin détourna le regard. Il avait vu des atrocités ces derniers jours, mais jamais il ne s'était senti si vulnérable. Alors qu'il levait la tête, ses yeux rencontrèrent le portrait d'une Vierge à l'Enfant. La Madone, épargnée par les bombardements, les avait veillés le temps de cet épouvantable miracle. Un rire incrédule et désespéré sortit en saccades de la poitrine du médecin. Repris par les hurlements des blessés et les râles des agonisants que, durant ces interminables instants, il n'avait plus entendus, Victor Klemp s'assit. Au pied de la table sur laquelle reposaient cette demi-femme morte et son enfant, il sentit son corps se secouer convulsivement tandis qu'à côté de lui, les deux soldats pleuraient comme les gosses qu'ils étaient.

Manhattan, 1969

Marcus aperçut la Rolls avant moi.

« Là-bas ! » cria-t-il en indiquant la droite. Je fis une queue-de-poisson à deux automobilistes qui me saluèrent d'un concert de klaxons.

Marcus, blême, boucla la ceinture qu'il ne mettait jamais tandis qu'à l'arrière Shakespeare valdinguait dans les tournants en couinant. Je parvins à coller la Rolls d'Ernie, qui remonta Madison Avenue sur trente-cinq blocks vers le nord.

« Ce n'est pas très discret, m'avertit Marcus, tu devrais laisser une voiture entre vous.

— Je ne veux pas prendre de risque, répondis-je entre mes dents.

— Nous n'avons pas la même définition du mot risque », ironisa-t-il en allusion à la périlleuse manœuvre que je venais de faire.

Il y avait peu de circulation et nous remontions les blocks à vive allure. Les minutes passant, Marcus semblait de plus en plus tendu. Lorsque nous dépassâmes le Rockefeller Center où des bouchons commençaient à se former, il n'y tint plus :

« Nous n'avons pas le temps, Werner, il faut que nous soyons à Brooklyn dans moins de trois quarts d'heure.

— Nous avons le temps », proférai-je comme un acte de foi, les mains crispées sur le métal du volant, le regard rivé à la Rolls.

Le chauffeur devant nous bifurqua à gauche sur la 51e Rue, passa la Cinquième Avenue puis l'Avenue des Amériques, et enfin s'arrêta. Marcus se taisait, le silence étant, chez lui, le plus haut degré de la condamnation. Pendant quelques minutes, rien ne se passa. J'imaginais qu'à l'intérieur Ernie embrassait la jeune femme, qu'il la caressait, la déshabillait peut-être et cette perspective me rendait fou. Heureusement, elle descendit. Elle parcourut une dizaine de mètres d'une démarche souple et décidée. Sa jupe bleue battait ses cuisses. Elle sortit des clés de son sac, entra dans une Ford verte et démarra. Je la suivis. Marcus regardait sa montre avec angoisse. Lorsqu'elle continua vers l'ouest de Central Park, ce qui nous éloignait encore plus de Brooklyn, il déclara :

« Si tu n'as pas trouvé son adresse dans cinq minutes, on laisse tomber, Wern. Nous ne pouvons pas arriver en retard, ils vont nous crucifier ! »

Mon attention entière était concentrée sur cette voiture verte qui nous emmenait toujours plus loin. Elle avait une conduite à son image, vive et fluide.

« Wern, ça suffit maintenant ! Tu vas tout planter !

Je refuse que tu ruines un projet à dix millions de dollars pour une fille que tu as croisée cinq minutes dans un restaurant.

— C'est la femme de ma vie », répondis-je.

J'avais conscience de l'emphase de ma déclaration, mais je n'avais jamais été plus sûr de moi qu'à cet instant.

« Tu ne lui as même pas parlé ! articula Marcus d'autant plus abasourdi qu'en amour, le désir et l'oubli m'avaient, jusqu'à présent, tenu lieu de sentiments.

— C'est elle, Marcus.

— Je n'arrive pas à croire que tu débloques à ce point. »

La voiture verte s'arrêta en double file au pied d'un immeuble en brique. Ma blonde obsession surgit de la Ford, un paquet carré et plat sous le bras. Elle pénétra dans l'immeuble. Je coupai le moteur.

« Il est hors de question que tu l'attendes ! Tu m'entends, Wern ? Si c'est la femme de ta vie, le destin se chargera de la remettre sur ta route. Maintenant tu démarres et tu fais demi-tour. »

C'était la première fois que Marcus me signifiait aussi clairement un point de rupture dans notre amitié. Face à cet immeuble où elle était entrée, j'avais les mains moites et le cerveau en ébullition. Je cherchai une solution. Marcus me lança un regard que j'aurais, dans des circonstances moins cruciales, balayé d'une pirouette, mais je savais qu'il avait raison. Nous avions tout misé sur cette opération à Brooklyn. Si les travaux ne reprenaient pas très vite, nous étions ruinés. Je remis le moteur en marche, reculai de cinq mètres. Marcus soupira. Il m'encouragea d'un : « Merci Wern, nous… » avant que son visage ne se décompose en me voyant passer la première et foncer sur la Ford. L'impact fut plus brutal que je ne l'imaginais. J'emboutis totalement son aile gauche ainsi que l'avant de notre voiture. Shakespeare, projeté entre nous, se retrouva les pattes avant sur le tableau de bord, le levier de vitesse sous le ventre. Marcus était sidéré. Je sortis d'un bond et m'appuyai sur le capot de la voiture verte pour écrire au dos de deux cartes de visite :

« Monsieur,
Un moment d'inattention de ma part a causé ce regrettable accident. Je vous prie de bien vouloir me pardonner les dommages causés à votre véhicule. Veuillez me contacter dès que vous en aurez le loisir pour procéder au constat et au règlement à l'amiable de ce problème.
En vous renouvelant mes plus plates excuses,
Werner Zilch. »

Le mot me sembla lisible en dépit de mon « écriture de cochon », pour reprendre les commentaires qui avaient accompagné toute ma scolarité. Je le déposai sur le pare-brise et repartis en direction de Brooklyn, conduisant comme un forcené en cavale. Marcus ne dit pas un mot du trajet. Le pare-chocs avant tint jusqu'à notre arrivée à la mairie de Brooklyn où il se décrocha sur un côté, nous forçant à nous garer dans un boucan assourdissant.

«Tu sais ménager tes entrées», souligna mon associé, pincé.

Nous n'avions pas eu le temps de déposer Shakespeare à la maison. Il fallut le laisser seul dans la voiture, ce qu'il détestait. Nous nous précipitâmes pour arriver à l'audience. Nous avions dix minutes de retard. Marcus était, comme toujours, tiré à quatre épingles. Je ne ressemblais plus à rien. Dans la tension de la poursuite, j'avais froissé ma veste et trempé ma chemise. Mes cheveux, que je n'avais pas eu le temps de plaquer, avaient repris leur indépendance et s'emmêlaient sur ma tête. Mon associé me fit signe à deux mains de les coiffer en arrière, ce que je fis sans résultat : ma tignasse revint à son désordre dès qu'elle fut libérée du peigne de mes doigts.

Le président d'arrondissement nous reçut dans une pièce en boiseries à l'apparat prétentieux. En me voyant entrer, il souleva un sourcil et dévoila un œil interrogateur, mais la lassitude de sa fonction et plusieurs décennies de politique avaient épuisé sa capacité d'étonnement. Il désigna deux chaises à sa table de réunion, loin de son bureau orné de bronzes dorés où il resta assis, sans rien faire.

«Mon adjoint va nous rejoindre», annonça-t-il.

Son regard morne semblait filtrer entre les volets inclinés d'une persienne. Il me scrutait sans détour et sans gêne. J'étais agacé par le vol d'une mouche qui s'acharnait sur l'abat-jour de la lampe derrière nous.

Elle passa devant moi deux fois et, à la troisième, je l'attrapai d'une main et l'y étouffai.

« Vous venez de tuer ma mouche de compagnie, protesta l'édile.

— Pardon ?

— C'était ma mouche. »

Je vis Marcus pâlir, il commença à bafouiller des excuses que j'interrompis :

« Vous n'aviez tout de même pas une relation particulière avec cette mouche ?

— Je plaisante… C'est drôle, n'est-ce pas ?

— Assez… répondis-je en soupesant intérieurement son degré de sénilité et en laissant tomber les restes de la mouche sur le parquet sombre.

— Quelle taille faites-vous ?

— Un mètre quatre-vingt-douze.

— Vous avez de grands pieds également… » poursuivit-il.

Marcus me lança une œillade goguenarde.

« Proportionnés à ma taille… » précisai-je, en tendant une jambe devant moi pour lui montrer l'une de mes chaussures.

Je m'attirai un regard de Marcus, agacé qu'elle ne soit pas cirée, tandis que le fonctionnaire, plus intéressé par la grandeur de mon pied que par son emballage, se trémoussait sur sa chaise. Contrairement à ce que nous avions imaginé, ses questions ne portaient en rien sur les détails techniques de notre affaire.

« Vous avez l'air fort aussi. Les voyous ne doivent pas aimer se frotter à vous… remarqua-t-il.

— Personne n'aime se frotter à moi quand je ne suis pas d'humeur.

— Quelles sont vos origines ? Vous avez un physique très germanique… »

Marcus semblait décontenancé. Je répondis calmement :

« Il paraît, en effet, que je suis d'origine allemande.

— Il paraît ? répéta le président.

— Mes parents m'ont adopté à l'âge de trois ans.

— Et aujourd'hui, vous en avez ?

— Vingt-quatre.

— Quelle jeunesse ! Quelle santé ! s'extasia-t-il. N'est-ce pas un peu ambitieux de se lancer, si tôt, dans un projet de cette ampleur, quatre-vingt-cinq appartements sur deux immeubles ?

— Vous avez bien été élu pour la première fois à vingt-trois ans… » rétorquai-je, content d'avoir préparé ce rendez-vous avec Marcus.

Nous le vîmes se rengorger et lisser de la main droite, à plusieurs reprises, toute la longueur de sa cravate. De l'autre main, il tripotait inconsciemment l'intérieur de sa cuisse.

« J'étais très mignon à l'époque, vous savez. J'avais beaucoup de succès. Les vieux messieurs me couraient après… » lança-t-il pour nous sonder.

Heureusement, l'adjoint du président apparut. C'est à lui que nous avions donné un premier bakchich, quelques mois plus tôt, pour qu'il mette fin à son harcèlement administratif. Le sbire portait, dans une bannette en plastique marron, les dossiers concernant notre chantier. Il était mince, pâle, avec un nez pointu et un air sournois. Dès qu'il entra, l'ambiance se tendit.

«Vous êtes en retard mon ami», fit remarquer le président.

L'adjoint rétorqua:

«Vous savez bien que j'avais une réunion du même ordre qui se termine à l'instant.

— Alors pourquoi convier ces charmants jeunes gens si tôt? Vous les avez fait attendre.»

La musaraigne s'assit à la table où nous nous tenions, tandis que le président se levait et nous rejoignait d'un pas traînant. Il devint évident qu'ils s'étaient partagé les rôles. Le président jouait les pères débonnaires, son adjoint aboyait, mordait et cherchait la faille. Il essaya d'abord de nous impressionner avec son jargon juridique. C'était compter sans l'agilité de Marcus en matière de loi. Il nous noya ensuite sous un charabia technique que je démontai avec la même facilité. Finalement, leur demande se fit plus claire. Ils voulaient une rallonge et se moquaient bien de la validité de leurs arguments. Nous étions à leur merci; ils le savaient. J'aurais voulu les étrangler sur place, mais à voir la manière dont le président jouissait sur son fauteuil en cuir, je compris que plus je le maltraiterais verbalement et même, si possible, physiquement, plus je lui ferais plaisir. C'est le problème avec les masochistes, il est impossible de leur vouloir du mal sans leur faire du bien. À cette idée, je recouvrai mon calme. De l'argent, nous n'en avions plus. Il fallut trouver un compromis. Je proposai un de nos appartements. La gourmandise du vieux se manifesta à nouveau : il voulait un lot au dernier étage avec une terrasse. C'était l'un des biens les plus chers et la négociation repartit de plus belle. Tout en défendant chaque centimètre carré de notre forteresse, je me demandais quel protégé le président avait l'intention d'installer dans son futur penthouse. D'après mes informations, la femme qu'il avait épousée pour faire carrière en politique était déjà fastueusement logée dans leur maison de Manhattan, et leurs deux enfants aussi bien casés. La musaraigne, quant à elle, se contentait d'un studio, non par modestie spontanée, mais parce que son chef trouvait normal que la hiérarchie soit respectée : si lui recevait un appartement avec terrasse, son adjoint ne pouvait prétendre qu'au cinquième de cette surface, au moins trois étages plus bas. Je refusai tout net la place de stationnement, l'équipement de la cuisine qui resterait à leur charge et l'ascenseur privatif. À en juger par les gargouillis qu'émettait sa bedaine, le président avait faim. Je jouais la carte de son appétit en mégotant sur le moindre détail et en déclarant que j'avais annulé nos rendez-vous de la fin d'après-midi et même de la soirée pour régler ce problème. Il vit son goûter puis son dîner s'éloigner, se sentit soudain très fatigué, et céda. Il eut le culot de me dire, alors qu'il venait de nous extorquer l'un des plus beaux biens du projet, que j'étais « dur en affaires, rigidité sans doute héritée de mes ancêtres ». Il ajouta : « Remarquez, c'est important la rigidité chez un jeune homme... », ce qui me donna envie de lui casser les dents. J'avais joué de mon charme durant la négociation, maintenant qu'il nous avait baisés, je lui aurais volontiers fait ravaler ses sous-entendus et sa cravate avec. D'autant qu'il continuait à la traire d'une façon obscène. Inquiet, Marcus replaça la discussion sur le terrain juridique. Nous ne pouvions pas signer un accord standard qui aurait laissé des traces de leurs magouilles. Le président et son adjoint nous expliquèrent la marche à suivre. Dès le lendemain, nous devions déposer les contrats de cession desdits appartements chez leur notaire véreux afin d'établir, en utilisant des prête-noms, les titres de propriété. Les autorisations de reprise des travaux nous seraient livrées sur le chantier en début d'après-midi. Nous nous levâmes. Je les saluai avec, dans les yeux, la lueur trouble du meurtre. Je ne savais pas encore comment j'y parviendrais, mais j'étais décidé à réduire en cendres ces mafieux déguisés en notables. Mon associé me fit un signe de la main. Nous repartîmes sans piper mot. Marcus, qui n'aimait pas le silence, lança : « On s'en sort bien finalement » et comme je ne répondais pas, il ajouta fataliste : « Nous sommes tous la proie et le prédateur de quelqu'un. » Sur le parking, je raccrochai le pare-chocs de la Chrysler à l'aide de ma ceinture. À l'intérieur, Shakespeare, furieux d'avoir été enfermé, avait déchiqueté la banquette arrière et une partie des appuie-tête. En trois heures, la voiture de Marcus était devenue une ruine. Lui qui ne supportait ni le désordre, ni la dégradation – conséquence de son enfance privilégiée –, leva les yeux au ciel, résigné :

« Entre toi et Shakespeare, je me demande encore pourquoi nous payons des entreprises de démolition. »

Je n'eus pas le cœur de gronder mon chien. Je connaissais trop les ravages de l'abandon.

Dresde, février 1945

Victor Klemp reprit son terrifiant arbitrage entre les plus très vivants et les presque morts. Il laissa au premier soldat le soin de transporter le corps sans vie de Luisa aux côtés des autres victimes. Le second se vit confier le nouveau-né et une nouvelle angoisse : il fallait lui trouver de la nourriture. Le récit de cette naissance miraculeuse fit le tour des rescapés qui, dans cette église, luttaient encore pour les autres ou contre eux-mêmes. Un formidable élan saisit ces gens épuisés. Il fallait, vite, trouver une femme susceptible d'allaiter l'enfant. Le jeune soldat portait le nourrisson sous sa chemise pour le réconforter de sa peau. Il demandait à toute personne consciente si, quelque part, elle avait vu une femme avec un bébé. Sans succès. Au bout d'une heure, l'enfant qui s'était tenu sage commença à pleurer. Il appliquait sa minuscule bouche contre la peau du soldat affolé, y cherchant d'instinct un sein qu'il ne trouvait pas. Le jeune homme sortit de l'église. Le jour commençait à poindre. Il y avait du feu partout, partout du feu. En plein mois de février, la chaleur était atroce. Il vit des choses terribles : des adultes consumés et réduits à la taille d'enfants, des morceaux de bras et de jambes, des familles entières brûlées, des bus remplis de civils et de sauveteurs calcinés. Il blêmit en apercevant, méconnaissables, des camarades portant le même uniforme que lui. Des silhouettes hallucinées surgissaient parfois des décombres. Beaucoup cherchaient leurs enfants et leur famille. Une mère pour nourrir ce bébé ? Non, ils n'en avaient pas vu. Ils n'avaient pas fait attention. Ils ne se souvenaient plus. Du lait ? Non, pas une goutte. Il fallait sortir de la ville, aller demander de l'aide aux villages les plus proches. L'enfant pleurait toujours, son gosier rose tout desséché. Un vieil homme offrit au soldat un morceau de sucre. Ce dernier le fit fondre dans sa gourde avec le peu d'eau qui lui restait et déposa quelques gouttes de son index – qu'il avait frotté aussi bien que possible contre la laine de son chandail – dans la bouche du petit Werner. Ce dernier téta avidement son doigt et se remit à pleurer quand il en fut privé. Le soldat le serrait contre lui, marchant sans but, à la recherche d'un nouveau et de plus en plus improbable miracle. Bientôt l'enfant se tut. Son silence paniqua plus encore le soldat que ses cris. À sentir le nourrisson si faible contre lui, le désespoir l'envahit. Il s'assit sur une colonne brisée qui, quelques jours plus tôt, ornait la façade du palais de justice. N'ayant pas la force de le voir mourir dans ses bras, il décida d'abandonner le bébé. Être témoin de son agonie, c'était trop inhumain. Il avisa une pierre plate dans les ruines et déposa l'enfant dans ce berceau d'apocalypse. Il s'éloigna de quelques mètres, déchiré. Le nourrisson gémit et le soldat revint sur ses pas, dévoré de remords qu'une telle idée ait pu lui traverser l'esprit. Il avait si faim lui aussi… Il reprit sa marche, surpris par un bruit effroyable. Il se retourna d'un bond et vit s'élever, en lieu et place de l'église Notre-Dame qu'il avait quittée une heure plus tôt, une immense colonne de poussière brune. Dernière rescapée du chaos, cette puissante reine de pierre qui veillait depuis deux siècles sur la cité venait de s'effondrer. En un instant, il revit les visages du médecin qui avait fait naître l'enfant, de son camarade qui l'avait aidé à dégager Luisa, des gens qu'il avait interrogés, des enfants et des infirmières qu'il y avait croisés. Il resta pétrifié, refusant de croire que ces êtres qui, quelques instants plus tôt, lui avaient parlé et souri, n'étaient plus. Il resta assis, trop accablé pour pleurer ou mesurer l'extraordinaire privilège qu'il avait d'être en vie.

Une ou deux heures plus tard, il vit apparaître, au bout de ce qui avait été une rue commerçante et populaire de la ville, deux femmes et une petite fille, toutes trois grises de poussière. Il se précipita sur elles avec tant d'empressement qu'elles prirent peur. L'une d'elles leva un couteau tremblant en lui criant de reculer. Il ouvrit sa chemise pour montrer ce qu'elle contenait et demanda, suppliant :

« N'avez-vous pas du lait ? »

Elles firent non de la tête et s'approchèrent. La plus âgée déclara, laconique :

« Il est mal en point.

— Sa mère est morte. Il n'a rien mangé depuis sa naissance.

— C'est votre fils ? demanda l'autre femme.

— Non, répondit le soldat. Ce n'est pas mon fils, mais je ne veux pas qu'il meure.

— Il faudrait une vache, déclara la fillette, pragmatique.

— Elles ont toutes été mangées depuis belle lurette, petite, dit la femme de cinquante ans.

— Une maman alors ? insista l'enfant.

— La sienne est morte, répéta le soldat en s'essuyant le nez d'un revers de manche poussiéreux.

— J'en ai vu une cette nuit.

— Une vache ? s'étonnèrent les trois adultes.

— Non, une maman.

— Quand ? Où ?

— Cette nuit, dans la cave, une dame qui avait son bébé dans un panier.

— Quelle cave, ma chérie ? Je ne me souviens pas, interrogea la mère de la fillette.

— Tu sais, c'est la dame qui m'a portée quand tu étais dehors… tu sais, maman, pour que tu me sortes du trou.

— La dame au manteau rouge ?

— Oui.

— Mais, elle n'avait pas de bébé !

— Dans son panier, il y avait un bébé. Je l'ai vu

quand nous courions à cause du feu. La maman courait aussi avec son panier. Il y avait du tonnerre partout. »

La jeune femme s'accroupit à hauteur de la fillette.

« Dis-nous, Allestria. C'est très important.

— La maman a été jetée au sol. J'ai vu le bébé… Il a fait un soleil, expliqua la fillette en mimant un mouvement circulaire avec le bras. Je l'ai vu dans l'air. Je l'ai vu voler. Puis il est tombé par terre.

— Ma chérie, fit la mère, en serrant sa fille contre elle.

— J'ai entendu la maman crier, mais tu m'as dit de courir », ajouta-t-elle.

La jeune femme se tourna vers le soldat :

« Nous étions dans une cave près de la mairie. L'immeuble s'est effondré. Nous avons failli y rester. Je me souviens de cette femme maintenant. Je ne sais pas si elle est toujours en vie. Elle portait un manteau rouge.

— Il est tombé », affirma à nouveau la petite fille dont les yeux s'étaient agrandis d'effroi.

Les femmes acceptèrent de revenir sur leurs pas avec le soldat. Il courait plus qu'il ne marchait, quitte à devoir s'arrêter pour aider ses compagnes à escalader ou à contourner les obstacles. Il leur fallut vingt minutes pour arriver aux décombres de la mairie. De temps à autre, le soldat regardait dans sa chemise. Werner était immobile, mais respirait encore. La fillette montra l'endroit. Tous quatre se mirent à questionner les passants sur cette femme au manteau rouge. La plupart, hébétés, avançaient sans leur répondre. D'autres haussaient simplement les épaules. Personne n'avait vu cette femme. Un vieil homme, enfin, leur redonna espoir. Il venait du fleuve où son épouse, cette nuit, avait sauvé la jeune mère sur le point de s'y précipiter.

«Ma femme l'a assise de force par terre. Elle l'a bercée une bonne partie de la nuit. Ma Julia est ainsi. Toujours à aider les autres... La jeune dame voulait se tuer, mais Julia ne l'a pas laissée faire. Il y a eu, ces derniers jours, assez de morts pour l'éternité.

— Où sont-elles? l'interrompit le soldat.

— Vous les trouverez sur les berges, près de l'ancien pont», précisa le vieux monsieur.

Lui-même était parti en quête de nourriture. Avaient-ils quelque aliment à partager? Les femmes firent tristement non de la tête. Le soldat était déjà en route vers le fleuve. Elles lui emboîtèrent le pas, distancées d'une cinquantaine de mètres. Il fallut un nouveau quart d'heure pour arriver à destination. Des centaines de survivants s'étaient regroupés sur les berges, pensant se réfugier dans l'eau du fleuve si le feu les poursuivait jusque-là. Pendant un moment, les femmes perdirent de vue le soldat puis l'aperçurent à nouveau. Il s'approchait de deux dames. L'une très âgée devait être Julia, l'autre, plus jeune, portait un manteau qui, sous la poussière, était bien de couleur rouge. Il leur montra l'enfant avec insistance, mais contre toute attente, la jeune femme s'éloigna. Le soldat la suivit en parlant. Lorsqu'il l'arrêta d'une main, elle fit une volte-face furieuse:

« Ce n'est pas Thomas. Ce n'est pas mon fils ! »

Les accompagnatrices du soldat ainsi que Julia l'entourèrent pour la raisonner. Personne ne disait que cet enfant était son fils. Toutes comprenaient sa douleur, mais ce bébé était sur le point de mourir, elle seule pouvait le sauver. Il n'avait pas bu depuis sa naissance, la nuit dernière. Sans son aide, il mourrait dans moins d'une heure… La pudeur pouvait-elle jouer dans l'inexplicable réaction de la jeune femme ? À la demande de Julia, le soldat leur confia l'enfant et s'éloigna de quelques pas. On essaya de le lui présenter, mais elle recommença à crier qu'elle n'en voulait pas et tenta de frapper le nourrisson. À une remarque acerbe d'un témoin, elle fit une telle crise de nerfs que Julia la saisit par les épaules et la secoua vigoureusement.

« Tu vas nourrir cet enfant, un point c'est tout. »

Elles assirent la récalcitrante, ouvrirent son manteau rouge. Sous le gilet beige, la luxueuse robe de la jeune femme était tachée de larges auréoles sur les seins.

« Il te fera du bien, en plus », asséna la vieille dame.

La nourrice malgré elle cessa de se débattre. La petite fille assise en face d'elle la suppliait du regard. La mère de cette dernière déboutonna le corsage maculé de lait tandis que Julia approchait le petit Werner de son sein. Toutes étaient tendues, prêtes à le protéger d'un geste agressif. L'enfant était si faible qu'il ne réagit pas au contact du téton. La femme au manteau rouge regardait droit devant elle, la mâchoire serrée, les yeux vides. La vieille dame lui pressa très délicatement le sein pour faire tomber quelques gouttes sur la bouche et le visage du bébé. Il ne bougea pas tout de suite, mais l'odeur du lait le ramena peu à peu à la vie. Lorsque ses lèvres se refermèrent sur l'aréole brune, le groupe de femmes cria de joie. Le soldat, rassuré par les sourires que lui adressaient ses complices, leva le visage et les poings vers le ciel en signe de victoire. Une larme de soulagement roula vers son oreille et descendit dans son cou, suivie d'une autre qu'il écrasa. Il s'assit à quelques mètres pour regarder Werner reprendre des forces à chaque tétée. Au bout d'un long moment, la révoltée baissa les yeux vers l'enfant que ses compagnes tenaient contre elle. Le petit posa une main contre son sein. Il tourna ses yeux flous vers elle. Ce regard, qui n'en était pas un, sembla atteindre la jeune femme. Pleurant elle aussi, mais sur l'enfant qu'elle avait perdu, elle arrondit enfin les bras autour de cet orphelin que la vie lui avait confié.

Manhattan, 1969

Dans l'appartement qui nous servait de bureau, Donna nous attendait, fidèle au poste. Mère célibataire, elle était devenue notre assistante après avoir claqué la porte du cabinet d'avocats où elle travaillait, sur Madison Avenue. Elle n'avait jamais justifié son geste. Le salaire que nous étions en mesure de lui verser était bien moins intéressant que celui de son précédent emploi, mais elle l'avait accepté sans ciller en échange d'un intéressement garanti aux bénéfices – quand il y en aurait – et à condition de pouvoir amener sa fille chez nous quand sa nourrice aurait un empêchement. Nous la soupçonnions d'avoir eu une aventure avec l'un de ses anciens patrons, mais elle ne parlait jamais du père de sa fille. Quand certains posaient la question, elle répondait : « Il n'y a pas de papa. » Ceux qui arguaient que la biologie la plus élémentaire exigeait un père étaient lacérés d'un de ses regards noirs qui vous passait l'envie d'insister. Si vous ne la poussiez pas dans ses retranchements, Donna était une perle. On ne pouvait rêver secrétaire plus efficace et elle nous avait évité bien des erreurs de débutants. Elle mettait un point d'honneur à maintenir une certaine distance entre nous, parlait d'elle-même comme d'une vieille dame et semblait imperméable à mon charme, ce qui m'avait vexé au début. Rétrospectivement, je m'en félicitais, car elle gérait les appels de mes copines avec un doigté et une diplomatie – non exempts de reproches muets – qui m'évitaient bien des scènes. À peine rentrés de notre négociation à Brooklyn, après avoir déposé la voiture chez le garagiste, je lui demandai si elle avait reçu l'appel d'une jeune femme pour moi. Elle eut un sourire interrogateur et me répondit que, malheureusement, les seules personnes ayant tenté de nous joindre étaient :

« Monsieur Ramirez de l'entreprise de démolition à 14h35, monsieur Roover à propos de la livraison des poutrelles métalliques à 15h45, monsieur Hoffman pour un sujet urgent concernant les évacuations d'eau du bâtiment B. Votre père, Marcus, qui a eu une conversation alarmante avec l'un de nos fournisseurs et qui voulait savoir s'il pouvait vous aider… »

Marcus avait horreur des intrusions de son père dans notre dossier. Pour ma part, j'étais conscient de l'aide qu'il nous avait apportée. La prestigieuse signature de Frank Howard, apposée sur les plans de nos deux premiers projets, et le crédit international de son cabinet d'architecture, avaient rendu beaucoup de choses possibles. Frank prenait régulièrement des nouvelles de notre chantier et multipliait les mains tendues que son fils refusait de saisir. Mon ami ne comprenait pas l'intérêt soudain que son père lui portait alors qu'il avait passé l'essentiel de son enfance abandonné à des gouvernantes. Il lui opposait une indépendance farouche et une réserve dans tous les domaines de sa vie. Mon associé n'était pas du genre expansif. Capable de trouver des sujets de conversation avec n'importe qui, dans n'importe quelle situation, il ne déployait son habileté à faire parler les gens que pour mieux protéger ses jardins secrets. Marcus s'intéressait à autrui, pour être certain qu'autrui ne s'intéresse pas à lui.

« Vous pouvez lui dire que les travaux reprennent cet après-midi », bougonna-t-il.

Donna s'illumina.

« Quelle bonne nouvelle !

— On s'est fait plumer comme des bleus, tempérai-je, sentant la rancœur me remonter dans la gorge.

— Mais on repart ? insista-t-elle.

— On repart. Vous auriez été triste de nous quitter, avouez…

— J'aurais été désolée que Z & H mette la clé sous la porte », trancha-t-elle, reprenant son petit air sévère.

Donna utilisait le nom de la société, laquelle ne comptait pourtant que nous trois, lorsqu'elle voulait remettre la discussion sur le terrain professionnel, ou pour donner plus de poids à notre future multinationale. Elle s'accorda à peine une minute de réjouissance, puis s'empara de son téléphone pour prévenir nos partenaires. Je me concentrais sur la logistique de la reprise des travaux mais mon ventre émit une clameur si bruyante et incongrue que Marcus et Donna éclatèrent de rire. Je vidai le réfrigérateur, alternant sucré et salé dans le désordre, avant d'appeler Paolo au Gioccardi. Je lui commandai des antipasti, deux bouteilles de chianti et quatre pizzas : une pour Marcus, une pour Donna, deux pour moi. Il eut la gentillesse de nous apporter ce dîner à la maison et nous passâmes la fin de la soirée à remettre notre machine de guerre en route. Marcus rédigea les accords de cession des deux appartements que nous avait coûtés la reprise des travaux. Il sembla très satisfait de son travail et m'annonça qu'il avait « dissimulé une grenade » et qu'il espérait l'avoir suffisamment camouflée dans les contrats pour que nos deux pourris ne la remarquent pas. J'étais ravi. De mon côté, je fis le point avec chacun des sous-traitants qui s'étaient éparpillés sur d'autres chantiers. Il fallut les convaincre, les charmer ou carrément les menacer – en éructant dans le combiné comme je savais le faire – pour qu'ils soient prêts le lendemain. Lorsque j'eus terminé de rameuter ces tire-au-flanc et cassé ma voix, je continuai à tourner autour du téléphone, suivi par Shakespeare qui ne me lâchait pas. Ma nervosité fit beaucoup rire Marcus.

« Ma parole, LFDTV t'a déjà dressé !

— LFDTV ? l'interrogeai-je.

— La Femme De Ta Vie. »

Cet acronyme fut rapidement abrégé en « LF », prononcé « èlèf » pour intégrer la langue, faite de souvenirs et de références indécodables, que nous avions construite au fil de notre amitié.

L'appel tant attendu ne retentit que le lendemain matin. Marcus et moi nous apprêtions à sortir. Donna n'était pas encore arrivée. Je me jetai sur l'appareil. Shakespeare crut que je voulais jouer. Il se mit à bondir en jappant et manqua de renverser une chaise que je rétablis du pied, le téléphone dans les mains. Je la reconnus immédiatement.

« Bonjour, pourrais-je parler à monsieur Zilch, s'il vous plaît ?

— C'est moi-même », fis-je, accentuant inconsciemment les graves de ma voix, ce qui fit rire Marcus d'autant que les aboiements de Shakespeare sapaient ma crédibilité.

« Je suis la propriétaire de la Ford verte... Vous avez laissé vos coordonnées sur le pare-brise.

— Merci de me rappeler, je m'excuse. Votre voiture est dans un sale état ! J'étais en route pour conclure une affaire importante... »

Marcus me fit les gros yeux. Il trouvait cette façon de se vendre indélicate et, comme il me l'expliqua ensuite avec un air sévère : « On ne s'excuse pas. On prie la personne offensée de bien vouloir nous excuser. »

« Où puis-je vous rencontrer pour faire le constat ? »

La jeune femme proposa le bar de l'hôtel Pierre. J'eus la présence d'esprit, malgré mon trouble, de lui demander son prénom.

« Rebecca », murmura-t-elle avec une douceur qui

me fit frissonner. Elle ne précisa pas son nom de famille.

« Comment pourrai-je vous reconnaître ? relançai-je pour étayer mon histoire d'accident.

— Je porterai une veste de cuir bordeaux », précisa-t-elle.

Elle me donna rendez-vous une heure et demie plus tard. J'avais à peine raccroché que, fébrile, j'attrapai mes clés et mon portefeuille pour me mettre en route. Marcus me saisit par le col :

« Tu comptes y aller comme ça ? Tu plaisantes, j'espère ! Ta chemise est froissée, ton pantalon a un faux pli, tu ne portes ni veste, ni cravate…

— Je ne mettrai pas de cravate, ça m'étouffe, me défendis-je en me frottant nerveusement le cou.

— … tes chaussures ne sont pas cirées, tu n'es pas rasé, tes cheveux je n'en parle pas et j'espère au moins que tu t'es lavé les dents. »

Je lui soufflai en pleine figure, bouche ouverte, une bouffée d'haleine mentholée.

« Je t'aurais cru sur parole, mais ça va, conclut-il. Pour le reste… »

Marcus avait un sens inné de l'élégance et une éducation irréprochable. Sa mère était morte alors qu'il n'avait que huit ans. Son père, Frank Howard, bâtissait à l'époque ses premières réalisations d'envergure. Sans cesse en voyage, obnubilé par ses constructions révolutionnaires dont le fameux Institut d'art moderne de Vancouver ou le pont suspendu de Rio de Janeiro, il avait remis son fils entre les mains des meilleurs professeurs. Sa conception de l'éducation étant bien plus conservatrice que sa vision de l'espace, il les avait chargés de transformer Marcus en archi-duc. Il savait danser, faire le baisemain et parler fran-çais, contrairement à moi qui, en dépit de ma mère normande, baragouinais à peine trois mots du langage des grenouilles. Il jouait du piano, excellait au bridge et au tennis – sport qui avait occasionné notre ren-contre une quinzaine d'années plus tôt –, connaissait sur le bout des doigts l'histoire des États-Unis et de l'Europe, des beaux-arts et de l'architecture. Marcus était un anachronisme ambulant, à savoir un être mal armé pour la vie. Depuis que l'Homo sapiens est sorti de sa caverne, le monde n'a jamais été tendre avec per-sonne, mais l'honnêteté et la délicatesse se révélaient, à New York, particulièrement handicapantes. J'avais décidé de lui apprendre à se défendre. Il s'était assigné la mission de me civiliser.

Au moment où se jouait mon avenir sentimental, je cédai donc aux injonctions de Marcus. Donna, qui n'avait pas l'habitude de me voir correctement habillé, me complimenta sur ma tenue lorsque nous la croi-sâmes dans l'escalier. Même Marcus me déclara «pré-sentable» en me déposant en taxi au Pierre et en me glissant les formulaires du constat sous le bras. Il se chargea pour sa part de livrer les contrats au notaire corrompu. J'étrennais mes chaussures, achetées à la demande de mon associé quelques semaines plus tôt. La semelle n'étant pas usée, je glissai de près d'un mètre sur le marbre en damiers du fastueux lobby et j'évitai la chute de justesse. En descendant les quelques marches qui menaient au lounge, je scrutai la pièce à la lumière tamisée. Le barman semblait désœuvré derrière son comptoir en cuivre. À sa gauche, deux hommes d'affaires discutaient. Mon cœur s'accéléra lorsque j'aperçus la femme de ma vie déjà assise à une table derrière l'une des colonnes carrées. Elle avait relevé ses cheveux en un chignon flou qui accentuait sa grâce. Elle portait un pantalon beige et une veste de cuir bordeaux. Dessous, l'étoffe de sa blouse était si fine qu'elle laissait deviner ses formes et sa peau. Elle était en train de dessiner sur un carnet. Je me dirigeai vers elle :

« Mademoiselle Rebecca ? » demandai-je en tendant la main.

Elle leva les yeux, me dévisagea quelques secondes puis souffla, stupéfaite :

« Je vous connais ! Vous étiez hier à ce restaurant italien…

— Mais oui, vous étiez au Gioccardi !

— Exactement ! Le Gioccardi ! » répéta-t-elle.

Elle se leva et me serra la main :

« Vous aviez un gros chien… poursuivit-elle.

— Il s'appelle Shakespeare.

— Vous m'avez aidée… »

Je la vis réfléchir :

« Vous n'avez quand même pas… »

Elle ouvrit grand ses yeux violets. Mon avenir était en train de se jouer. Elle se rassit. Je l'imitai. Nous restâmes un instant à nous regarder, puis je vis naître sur ses lèvres une esquisse de sourire qui s'élargit bientôt avec franchise et incrédulité :

« Eh bien, monsieur Zilch, vous n'y allez pas par quatre chemins ! Vous auriez pu simplement me demander mon numéro.

— Je n'ai pas osé... fis-je en la gratifiant de mon regard sous mèche qui m'avait valu quelques succès.

— Vous préfériez emboutir ma Ford ?

— C'est la seule idée qui m'est venue à l'esprit, admis-je.

— Écrire le mot en l'adressant à "Monsieur", c'était retors... »

J'aurais dû réagir, prendre l'avantage, mais j'étais paralysé par une timidité que je n'avais jamais éprouvée. Le silence acheva de m'écraser.

« Vous m'offrez quelque chose à boire ? » m'encouragea-t-elle.

Je bondis pour aller chercher le serveur et le lui amenai.

« Qu'est-ce qui vous ferait plaisir ? Du champagne pour me faire pardonner ? »

Rebecca sourit. Elle regarda sa montre, découvrit son poignet, l'heure lui sembla convenable.

« Un bloody mary, s'il vous plaît. »

Commander un cocktail à la vodka dès 11h30 du matin ne me sembla ni très approprié, ni très féminin, mais Rebecca, je le découvrirais plus tard, se pliait rarement aux diktats que la société impose au sexe faible. Je lui demandai si elle était artiste, elle me répondit que oui. Je voulus voir les dessins de son carnet. Elle éclata de rire.

«Je ne crois pas que ce soit une bonne idée.

— Pourquoi?

— Parce que vous avez déjà été choqué par le fait que je commande de la vodka à cette heure-ci, alors mes dessins...

— Au contraire, je suis ravi que vous buviez de la vodka, bafouillai-je, décontenancé.

— Vous auriez tout de même préféré que je choisisse une grenadine...»

Je m'empêtrai dans des considérations nébuleuses sur les vitamines contenues dans la vodka, enchaînai avec la nécessaire inspiration que les artistes puisent dans les paradis artificiels, fis un développement sur l'âme russe avant d'atterrir, je ne saurais dire comment, sur la culture des patates servant à l'élaboration de cet alcool. J'étais pathétique. Indulgente, Rebecca sortit le carnet de son sac et me le tendit :

«À vos risques et périls», prévint-elle.

Je feuilletai les pages sur lesquelles s'étalaient les études d'hommes nus que j'avais entrevus la veille. Un incompressible sentiment de jalousie m'envahit.

«Rassurez-moi, ces dessins sont bien le fruit de votre imagination?

— J'ai des modèles.

— Des modèles nus?

— Vous voyez, vous êtes choqué.

— Pas du tout, je suis jaloux.

— Je peux vous dessiner, si vous voulez...

— Je vous inspire ? »

Les yeux mi-clos, Rebecca me détailla sans scrupule, comme on regarde un monument ou un bestiau :

« Avec vos cheveux hérissés, votre silhouette anguleuse et vos bras un peu longs, vous avez quelque chose d'Egon Schiele… Votre visage a plus de caractère, néanmoins. J'aime bien les pommettes, ajouta-t-elle en passant un doigt sur ses propres joues, et la mâchoire… C'est comme si votre visage était composé d'un triangle dans un carré… Vous êtes intéressant, conclut-elle.

— Je n'ai aucune idée de qui est ce monsieur Chile… rétorquai-je, vexé d'être si froidement examiné.

— Alors, passons à la voiture », conclut-elle.

La femme de ma vie était loin d'être aussi troublée que je l'étais. Je me maudissais. Elle m'avait tendu une perche que je n'avais pas été fichu de saisir. Ses congénères m'avaient habitué à plus de simagrées, mais en temps normal, je savais mener le jeu. Avec Rebecca, j'avais l'impression d'être un mauvais joueur de tennis qui, débordé par les balles, se laisse promener de part et d'autre du terrain. J'allais ramener la discussion à son atelier et à ses œuvres, en espérant la voir renouveler son invitation, lorsque nous fûmes interrompus par un type à la silhouette épaisse que je reconnus immédiatement. C'était le bellâtre empâté qui accompagnait Rebecca au Gioccardi. Il était vêtu de façon aussi apprêtée que la veille, mais semblait avoir renoncé à ses manières. Il fonça sur nous.

«Je peux savoir ce qui se passe?

— Ah! Ernie! Te voilà...», s'exclama Rebecca, faussement enjouée.

Il ne prit pas la peine de lui répondre.

«Que fait-il ici, celui-là?

— Voyons, Ernie, monsieur a embouti ma voiture, c'est pour cela que je t'ai demandé de venir. Tu sais bien que je ne comprends rien à la paperasserie. Monsieur Zilch, je vous présente Maître Gordon, le bras droit de mon père. Ernie, monsieur Zilch.

— Rebecca, ne me dis pas que tu ne le reconnais pas!» lui demanda l'avocat sans me regarder.

J'avais beau occuper un volume évident, il se comportait comme si j'étais un simple élément du décor.

«Reconnaître qui?

— Ce type! Il t'a déjà poursuivie hier au Gioccardi.

— Voyons, Ernie, tu rêves, répondit-elle avec une mauvaise foi qui m'impressionna. Tu penses bien que je m'en rappellerais!»

Ernie, aussi rouge que la pochette en soie de sa veste, se tourna vers moi:

«Vous êtes un grand malade, mon coco. Si vous croyez que c'est en détruisant la voiture de ma cliente que vous allez parvenir à vos fins, vous avez perdu la raison. Voici ma carte. Si votre assurance n'a pas contacté mon bureau dans les deux heures, je vous assigne en justice pour harcèlement et tentative de meurtre. Sur ce, Rebecca, prends tes affaires, on s'en va.»

Rebecca semblait beaucoup s'amuser de la situation. Elle poussa le bouchon plus loin :

« Ernie, je t'assure que tu te fais des idées. Monsieur Zilch est très sympathique. Assieds-toi et prends un verre avec nous...

— On s'en va ! » asséna-t-il en la saisissant par le coude.

Lorsqu'il la toucha, mon corps se tendit. D'un bras, je l'arrêtai net :

« Vous violentez votre cliente. Lâchez-la.

— Écoutez, mon petit bonhomme, lança-t-il alors que je le dominais d'une tête, je connais Rebecca depuis sa naissance, à l'époque où vous pleurnichiez encore dans les jupes de votre mère. Vous n'allez pas m'apprendre comment me comporter avec elle.

— Rebecca, souhaitez-vous que j'intervienne ? demandai-je, adoptant une posture chevaleresque dont je n'étais pas coutumier.

— Je vous prie de vous adresser à ma cliente sous le nom de mademoiselle Lynch, intervint l'homme de loi.

— J'ignorais le nom de famille de votre cliente, mais puisque vous avez l'amabilité de me le communiquer, je serais ravi de m'adresser à mademoiselle Lynch avec tous les égards qu'elle mérite. Par ailleurs, puisque vous êtes sensible au protocole et aux usages, je vous préviens que si vous utilisez encore "coco", "mon petit bonhomme" ou toute expression de ce genre, je vous flanque mon poing dans la gueule. »

Il sembla impressionné mais se reprit rapidement :

« Je vois clair dans votre jeu, espèce de sale chasseur de dot. »

Je me tournai vers Rebecca, ironique :

« Chasseur de dot, ce n'est pas très gentil… C'est même pire que coco ou petit bonhomme, qu'en pensez-vous Rebecca ?

— Ernie, je suis d'accord. Tu es très injuste. Je te rappelle que monsieur Zilch ne me connaît que depuis une demi-heure et qu'il y a cinq minutes encore, il ignorait jusqu'à mon nom. »

Sous ses mines innocentes, ma beauté s'amusait follement. Ernie devint cramoisi. La colère était sur le point de l'étouffer. Il me regarda enfin dans les yeux.

« Vous savez très bien qui elle est. Maintenant Rebecca, on y va », ordonna-t-il en l'attrapant par le bras.

Le voir la toucher à nouveau me rendit furieux. D'un mouvement brutal, je le saisis par le nœud de la cravate et le plaquai à la colonne derrière notre table. J'entendis sa tête cogner contre la pierre et son souffle s'accélérer. Je sentis dans mon dos le personnel paniquer. Le barman sortit vivement de derrière son comptoir. Un serveur décrochait déjà le téléphone pour appeler la sécurité. Du regard, j'interrogeai Rebecca. Elle semblait très satisfaite d'en être arrivée là, mais ne voulait pas aller plus loin.

« Ne vous inquiétez pas, monsieur Zilch. Il ne me fera pas de mal. Vous pouvez le lâcher », dit-elle calmement, tandis que d'une main levée et d'un sourire qui balaya la tension de l'instant, elle arrêtait ceux qui s'apprêtaient à intervenir.

Ernie toussa. Tremblant, il rajusta ses vêtements.

« Nous n'en resterons pas là », déclara-t-il avec une grimace qu'il aurait voulue féroce.

Il n'osa pas s'approcher de Rebecca, mais lui intima l'ordre de prendre son sac et de le suivre. Elle obtempéra.

« Au revoir, monsieur Zilch. Ce fut un plaisir, lança-t-elle près de la sortie.

— Au revoir, mademoiselle Lynch », répondis-je tandis qu'Ernie, se sentant hors de ma portée, secouait fermement le bras de Rebecca :

« Je sais que tu as une attirance particulière pour tous les paumés de la planète, mais je t'interdis de lui parler.

— Ça va, Ernie ! Tu n'es pas mon père, juste son employé. »

Lorsque Rebecca eut disparu, la tristesse m'envahit. Je me détestais d'avoir si mal réagi durant ce rendez-vous. J'avais l'impression de me retrouver au même point que la veille et, pire, d'avoir fait surgir de nouveaux obstacles. Ernie chercherait à persuader Rebecca que j'étais un type instable, voire dangereux. Je n'avais même pas eu la présence d'esprit de demander à la jeune femme son numéro quand elle m'avait appelé quelques heures plus tôt. J'avais son nom et son métier. Je devinais que sa famille était influente, mais cela me semblait bien maigre pour espérer la revoir. En sortant de l'hôtel Pierre, je n'avais pas de quoi prendre le métro. Avec les contretemps du chantier, je n'avais plus un dollar en poche et j'avais laissé mes derniers billets au barman de l'hôtel. Il m'avait fait comprendre, avec la mesure propre au personnel des grands hôtels, que le fameux Ernie était un habitué et un client odieux. Je lui laissai un pourboire royal qui me força à rentrer à pied. Sur le chemin, alors que j'avalais les blocks à grands pas, je rejouai cent fois la scène de ce premier rendez-vous. Le vent s'engouffrait dans l'avenue, me forçant à avancer tête baissée, en tenant mon col d'une main. Je tournai à gauche dans la 47e Rue pour lui échapper. Les laveries, aux sous-sols des immeubles, crachaient par les soupiraux des nuages de vapeur d'eau. Je ressassais les paroles de Rebecca, le moindre de ses gestes et de ses regards, pour tenter d'y déceler quelque chose qui m'aurait échappé. À chaque examen, loin de me rassurer, je me détestais un peu plus. Je ne voyais aucune raison qui aurait pu donner à la femme de ma vie l'envie de me rappeler.

Allemagne, février 1945

« Il faut chercher Marthe Engerer, ma belle-sœur.
Elle est ici », avait demandé Luisa, après avoir donné
la vie au petit Werner et avant de mourir.

Dans cette inconcevable loterie du désastre, Marthe Engerer avait miraculeusement survécu. Infirmière pour la Croix-Rouge, elle était prisonnière
d'une cave depuis des heures. Un mur, en s'effon-
drant, avait bloqué la porte. Les barreaux du soupi-
rail étaient si solidement scellés que ses efforts pour
les arracher n'avaient donné aucun résultat. Elle avait
alors déchaussé les briques la séparant de la cave voisine pour n'y découvrir que des cadavres et un escalier lui aussi condamné. Lorsque la deuxième vague
de bombardements eut lieu, elle se remit la tête entre
les genoux. Marthe savait que les bombes tombaient
par quatre. Elle écoutait leur sifflement sinistre, l'explosion, et comptait : 1-2-3-4. Quand l'une venait à
manquer, elle cessait de respirer, priant pour ne pas
la recevoir sur la tête, puis elle entendait la détona-
tion et recommençait à compter. Il y eut une longue

attente entre la deuxième vague de bombardements et la troisième. Le temps que le jour se lève, à en croire la minuscule pastille de lumière qui apparut sur l'une des pierres bouchant l'étroite ouverture, le temps d'oser croire que le pire était passé. Il faisait une chaleur infernale dans la cave. La réserve d'eau s'évaporait sous ses yeux.

Marthe s'inquiétait pour sa belle-sœur plus que pour elle-même. Les deux femmes étaient inséparables. Amies depuis l'enfance, elles avaient épousé les frères Zilch le même jour. Marthe s'était mariée à l'aîné, Kasper, choix qu'elle ne cessait de regretter depuis ce samedi maudit de juin 1938. À Luisa était revenu le cadet, Johann, sans doute le plus gentil mari de Silésie où ils étaient nés tous les quatre. Physiquement, les deux frères se ressemblaient à s'y méprendre. Ils auraient pu être jumeaux alors que onze mois les séparaient. Onze mois et l'infini. Johann était calme et doux, absorbé par ses recherches scientifiques. Kasper, c'était autre chose...

Une nouvelle bombe fit trembler les murs et tomber des morceaux de ciment sur la tête de Marthe. La peur chassa ses souvenirs. Dans cette cave qui, à ce rythme, allait devenir son tombeau, l'infirmière n'avait aucune information sur l'ampleur des dégâts. Sa belle-sœur était seule en ville, sur le point d'accoucher. Depuis l'arrestation de Johann, la pauvre Luisa n'était que l'ombre d'elle-même. Les SS étaient venus un matin tambouriner à la porte de l'appartement qu'occupait le couple sur la base de Peenemünde.

Informés par de prétendus «amis» que Johann s'était élevé contre l'effort de guerre, et avait tenu des propos qui semblaient même annoncer un sabotage, ils l'avaient arrêté sans plus de justifications. Johann travaillait depuis quatre ans avec von Braun, qui avait inventé les V2, les tout premiers missiles balistiques capables d'atteindre leur cible à près de 300 kilomètres de distance. Ces armes, sur lesquelles Hitler comptait pour changer le cours de la guerre, faisaient l'objet d'une surveillance paranoïaque de la Gestapo. Personne ne semblait à l'abri de leurs soupçons, pas même von Braun. Lorsque Johann avait été emprisonné, le savant avait tout tenté pour faire libérer son ami et employé. Luisa, paniquée, était venue se jeter aux pieds du général Hans Kammler, qui supervisait les projets liés aux missiles. Le général lui avait promis qu'il ferait son possible. La jeune femme, enceinte de quatre mois déjà, s'était rendue au QG de la police secrète. Elle avait exigé qu'on lui donne des nouvelles de son mari. Comme personne ne répondait à ses questions, elle s'était assise dans la salle d'attente. Luisa y était restée jusqu'au soir sans résultat. Elle était revenue le jour suivant, et celui d'après. Chaque matin, elle arrivait dès l'ouverture des bureaux et ne repartait qu'à leur fermeture. Sa persévérance finit par agacer. Indifférents à son état, les SS la menacèrent, la bousculèrent et finirent même par la placer une nuit en cellule pour «lui apprendre le respect et lui éviter le déplacement». Marthe, qui parlait régulièrement au téléphone avec Luisa, l'implorait de se mettre à l'abri.

«Rejoins-moi à Dresde. Tu ne peux pas rester là-bas. Pense au bébé. Je m'occuperai de toi. Tout est calme ici. Pas de combat, pas de police, juste des réfugiés...»

Le bébé qui grandissait en elle avait finalement décidé Luisa à partir. Sans cet enfant, elle se serait laissée mourir à la porte du général Kammler ou au QG de la Gestapo. Marthe l'avait récupérée dans un état d'anxiété qui frôlait la folie. La journée, Luisa tournait comme un animal en cage. La nuit, elle se réveillait en hurlant et appelait Johann dans son sommeil. Marthe l'avait bercée des heures, comme on apaise une petite fille paniquée.

Alors que les bombes avaient cessé, dans cette cave où la chaleur lui faisait tourner la tête, l'infirmière se rongeait les sangs. Sa chère Luisa, si belle et si fragile... Qui s'occupait d'elle? Assise par terre contre un mur, Marthe en avait le cœur liquide, les jambes chiffon. La chaleur la faisait divaguer. Haletante et assoiffée, elle sautait d'une idée à l'autre, d'une image à l'autre, sans pouvoir maîtriser le flux de sa conscience. Elle repensa à Kasper avec un frisson et pria pour qu'il soit mort.

La pastille de lumière avait disparu de la cave lorsque ses camarades de la Croix-Rouge la localisèrent. Elle cria sans discontinuer. L'oxygène s'était raréfié. Elle entendit les secours ahaner pour remonter les gravats et les blocs de briques agglomérés. Il fallut plusieurs heures avant qu'elle respire un premier filet d'air venu de l'extérieur. Une éternité pour qu'il fût suivi de lumière. Elle tomba, éperdue, dans les bras de ses collègues. Ils la soutinrent jusqu'à la cuisine de leurs bureaux. Marthe but de l'eau à grandes lampées, la laissant dégouliner le long de ses joues et de son cou. À peine la gourde terminée, elle la posa sur la table et se rassasia de biscottes rassies qu'elle trempa, pour les ramollir, dans un bol de café si sucré qu'il en était sirupeux – le sucre était l'un des rares aliments dont la Croix-Rouge disposait en quantité. Elle passa ensuite un uniforme propre et monta dans le premier camion de secours qui vint se ravitailler.

La tragédie la saisit. Les fumées qui se dégageaient des ruines lui brûlaient les narines, la trachée et les poumons. On ne pouvait pas se protéger du spectacle de l'horreur. Marthe refusait encore d'envisager le pire. Il fallait chercher Luisa, il fallait la retrouver. À chaque étape, elle questionnait les gens. Les soins retardaient sa quête éperdue, mais c'était le seul moyen de rester dans le camion de secours et de se rapprocher du centre :

«Luisa Zilch… L'avez-vous vue ? Une jeune femme de vingt-quatre ans, blonde, des yeux bleus que l'on n'oublie pas, enceinte, presque à terme, ou peut-être déjà avec un nourrisson… Elle était rue Freiberger quand les bombardements ont commencé…

— Rue Freiberger ? Ma pauvre demoiselle…

— Madame, rectifiait Marthe.

— Ma pauvre dame, il n'y a plus rien. Pas un immeuble… »

Marthe examinait, désinfectait, nettoyait, bandait,

en posant encore et encore les mêmes questions. Avez-vous vu Luisa Zilch ? Avez-vous croisé des gens qui viennent du centre ? Y a-t-il des survivants ? Avez-vous vu Luisa Zilch, une jeune femme, très belle, enceinte ou avec un enfant ? Avez-vous vu des survivants dans le centre ? À chaque fois, elle recevait une réponse quasi identique. Rue Freiberger ? Mon Dieu, non. Le centre, c'est difficile à dire. Mais les miracles existent. Il faut croire aux miracles, vous savez, nous n'avons pas d'autre choix. Certains, touchés par l'anxiété qu'ils lisaient dans ses yeux, préféraient lui mentir. Oui, ils avaient entendu dire qu'il y avait des survivants. Il fallait chercher ! Alors Marthe se taisait, plus inquiète que s'ils avaient tenté de la décourager. Heure après heure, un pressentiment s'imposa, étouffant dans son cœur l'espoir qui y vivait encore. En silence, elle nettoyait, enlevait des débris à la pince, découpait, recousait, appliquait des pansements, avant de demander à d'autres s'ils n'avaient pas vu une jeune femme de vingt-quatre ans, des yeux bleus qu'on n'oublie pas, enceinte ou avec un enfant …

Au même instant, sur les berges de l'Elbe, une extraordinaire chaîne de solidarité se déployait autour de Werner. Son innocence devint le fil auquel ces gens qui avaient tout perdu décidèrent de s'accrocher. Le miracle de sa naissance se propagea parmi les milliers de survivants. Chacun se chargea d'en informer les nouveaux arrivants, puis les secours qui parvinrent à les rejoindre, à leur distribuer de l'eau potable, des rations alimentaires, des vêtements et des couvertures. Réveillée de sa folie, Anke, la nourrice malgré elle, protégeait l'enfant avec des gestes mécaniques, mille fois répétés pour un autre. Rassasié, il dormait contre elle, blotti dans son manteau rouge. On la força à boire et à s'alimenter plus qu'elle ne l'aurait souhaité. Elle se laissait manger toutes les heures par ce petit être qui avait si vite compris comment reprendre vie.

Alors que Marthe pansait le dos gravement brûlé d'un énième blessé – une projection de bombe incendiaire avait rongé sa chair –, il lui raconta avoir entendu parler d'un nouveau-né sur les rives de l'Elbe où on cherchait une certaine Marthe Engerer, la tante du nourrisson. Il n'eut pas besoin d'en dire davantage. Si on la cherchait pour l'enfant, comment ne pas comprendre que Luisa n'était plus ?

Lorsque, deux heures plus tard, Anke lui mit le bébé dans les bras, Marthe ressentit un accès de haine envers ce petit être rubicond et fripé. Il était responsable de la mort de Luisa. Qui d'autre blâmer ? Elle-même, qui avait fait venir sa belle-sœur à Dresde en espérant la protéger ? Les Anglais, qui avaient semé les bombes et fait pousser la mort partout où le regard se portait ? Le destin ? Dieu ? Le diable ? Qui pouvait trouver un sens à cette absurdité ? Elle demanda ce qui était arrivé à sa belle-sœur. Comme ce mot allait mal à Luisa ! Il y avait tant d'autres noms qu'elle aurait voulu lui donner, tant d'autres mots qu'elle aurait voulu lui murmurer à l'oreille en lui caressant les cheveux, en lui embrassant les joues et les lèvres peut-être…

Marthe rendit le petit Werner à Anke. Elle demanda à nouveau ce qui était arrivé. Le soldat qui avait sauvé Werner changea de couleur. Il raconta l'effondrement de l'immeuble, comment ils l'avaient dégagée et transportée à l'église Notre-Dame, le docteur Klemp, les blessés, la force de Luisa, la naissance, sa fin. Le soldat dit qu'elle avait vu son fils, au moins, qu'elle l'avait senti contre son sein et qu'elle l'avait caressé du doigt. Il prit toutes les précautions pour atténuer l'horreur, mais la vérité broya Marthe. Elle voulut se mettre à l'écart, ne réussit qu'à parcourir quelques mètres avant de tomber, mains et genoux dans la boue. Le dos secoué de tremblements, elle vomit. Au cours de son existence chaotique, elle n'avait demandé que deux choses à Dieu, qu'il la débarrasse de Kasper et qu'il sauve Luisa. Il venait de lui refuser la plus importante de ses requêtes.

Manhattan, 1969

« Rebecca Lynch ? La fille de Nathan Lynch ?

— J'imagine… répondis-je à mon associé. Qui est Nathan Lynch ?

— Ton flair s'exerce aussi bien sur les affaires immobilières que sur les beaux partis… s'amusa Marcus.

— Raconte-moi, au lieu de faire des mystères. »

L'atmosphère orageuse qui pesait sur Manhattan venait d'exploser en un déluge libérateur. Nous avions rendez-vous avec l'agence qui vendait sur plan nos appartements. Nous devions ensuite voir le dessinateur que nous avions engagé pour élaborer la campagne de publicité. Nous courions sur la 14ᵉ Rue, moi mal abrité par un imperméable que je portais au-dessus de la tête, Marcus tenant la poignée en noyer de son parapluie sous lequel je refusai de me plier. Alors que nous avancions vers sa voiture, sortie la veille du garage, il me résuma le parcours du père de Rebecca. Collectionneur, bibliophile, philanthrope, Nathan Lynch était le cinquième enfant et le seul fils de Celestia Sellman et John D. Lynch, tous deux héritiers de très anciennes dynasties américaines. Sa mère lui avait légué les plus importantes réserves de gaz naturel du Venezuela ainsi qu'une mine d'or et de cuivre au nord-ouest de l'Argentine. De son père, il avait hérité une fortune encore plus colossale construite par son grand-père, Archibald, pionnier du pétrole, au XIXe siècle. Nathan était sorti d'Harvard *summa cum laude*, avant de compléter son cursus à la London School of Economics où il avait sympathisé avec John F. Kennedy et, d'après Marcus, été plus ou moins fiancé à l'une des sœurs de ce dernier. Marcus me démontra, en citant dix patronymes à la minute, qu'il était cousin avec tout ce qui avait du bien en Amérique et avec autant de barons et de comtesses désargentées en Europe dont il entretenait le prestigieux et croulant patrimoine grâce à une fondation pour la sauvegarde de l'architecture.

J'étais déjà perdu dans l'arbre généalogique des Lynch quand Marcus, qui connaissait les alliances des grandes familles américaines sur le bout des doigts, m'exposa les unions des sœurs de Nathan qui avaient toutes épousé des héritiers plus ou moins sur le déclin. Il était néanmoins brouillé avec elles depuis qu'il avait rencontré la mère de Rebecca, Judith Sokolovsky, une violoniste surdouée. Ses harpies de sœurs avaient accueilli «la bohémienne» avec une méchanceté peu commune. Nathan n'avait pas supporté leurs sarcasmes et, après qu'elles eurent refusé d'assister à son mariage avec Judith, il ne leur adressa plus la parole.

Les choses ne s'étaient pas arrangées lorsque, à la suite d'une affaire de corruption impliquant les gestionnaires du capital familial, il avait pris le contrôle du trust Lynch à l'âge de vingt-neuf ans. Nathan était alors sorti des activités pétrolières. Il avait séparé ses deniers de ceux de ses sœurs pour créer la banque Lynch et faire prospérer son argent avec un génie qui avait fait de lui l'une des premières fortunes des États-Unis. Les quatre commères, dont les maris avaient plus de talent pour dépenser leur capital que pour le faire fructifier, en avaient conçu une aigreur qui, en vingt ans, avait tué trois d'entre elles. La dernière, ruinée puis plaquée par son mari, avait fait amende honorable et Nathan la logeait par charité dans l'un de ses nombreux appartements. Il était également devenu le plus gros propriétaire foncier de Manhattan.

« Mon père le connaît très bien », ajouta Marcus.

Il m'expliqua que Nathan Lynch avait, quelques années auparavant, confié à Frank Howard la construction du siège de sa fondation à Chicago.

En voyant l'espoir illuminer mon visage, Marcus soupira. Avant même que je ne commence à le harceler et bien qu'il détestât demander quoi que ce fût à son infortuné géniteur, il accepta :

« Oui, je le ferai. J'appellerai mon père pour me renseigner. Je préfère t'avertir que tu n'as pas choisi la facilité. Je n'avais jamais vu Rebecca avant le Gioccardi, mais je connais ses états de service. Un de mes amis de lycée était fou d'elle. Miss Lynch l'a fait tourner en bourrique. C'est la fille unique de son père.

Une petite princesse à qui l'on a tout passé. Elle n'a pas reçu les fessées qu'elle méritait et à voir ton air béat la minute où elle apparaît, rien ne laisse présager qu'en dépit de ton caractère énergique, tu sois capable de la mater. »

L'idée de donner des fessées à Rebecca me laissa songeur. Divers scénarios défilèrent dans mon esprit et me plongèrent dans une forme de contemplation sensuelle qui tendit de façon inconfortable mon pantalon. Je glissai une main dans ma poche, l'autre tenant toujours mon imperméable. Je tirai sur le tissu qui comprimait mon entrejambe en manquant un pas, comme un cheval qui change de pied, pour me mettre plus à mon aise. Nous aperçûmes la Chrysler. Lorsqu'il descendit du trottoir pour prendre le volant, j'entendis mon ami pousser un juron – un juron à la Marcus, quelque chose entre « Sacrebleu » et « Nom d'une pipe », à savoir une violente manifestation de son mécontentement. « Ce n'est pas vrai ! » s'excla-ma-t-il encore. L'aile gauche de la voiture, que je venais tout juste de faire réparer, était entièrement détruite. La colère me saisit à mon tour quand j'avisai, glissée sous l'un des essuie-glaces, une enveloppe blanche détrempée. Je l'ouvris d'un doigt fébrile, abritant autant que possible la carte qu'elle contenait et lus :

« Chère Madame
Un moment d'inattention de ma part a causé ce regrettable accident. Je vous prie sincèrement de me par-donner les dommages causés à votre véhicule. Veuillez

81

me contacter dès que vous en aurez le loisir pour procé-
der au constat et au règlement à l'amiable de ce pro-
blème.

En vous renouvelant mes plus plates excuses,
Cordialement,
Rebecca Lynch. »

Sous son nom, sa carte mentionnait sobrement
« artiste-peintre », ainsi que son adresse et son numéro
de téléphone. Je tenais le billet à deux mains, frappé
de tétanie. Marcus, qui n'avait pas encore compris,
s'impatienta :

« Alors, il donne une adresse ? Un nom ? »

Je lui montrai, en l'abritant, le précieux carton qu'il
parcourut. Il poussa un soupir et me le rendit :

« Vous avez une manière de vous faire la cour qui
demande un sérieux budget carrosserie. Vous avez
déjà pensé à la poésie ou aux sérénades ?

— Si elle a fait ça, c'est que je lui plais, m'embal-
lai-je.

— Si elle a fait cela et que tu ne lui plais pas, je vais
très mal le prendre », répliqua Marcus qui, sous son
parapluie, s'acharnait sur la portière du côté conducteur. Il renonça et soupira : « Que suggères-tu ? »

Mon associé me questionnait évidemment sur notre
rendez-vous avec l'agence immobilière, mais je ne me
préoccupais que de Rebecca.

« Je vais l'appeler », répondis-je.

Je repartis en sens inverse, sautant dans les flaques
tandis que Marcus me criait :

« Non seulement nous avons un rendez-vous dans un quart d'heure, mais Rebecca Lynch est une enfant gâtée. Elle a toujours eu ce qu'elle voulait. Tu devrais la faire un peu patienter. » Il répéta plusieurs fois « Wern ! Wern ! » pour tenter de m'arrêter puis retourna lui aussi sur ses pas. Il savait qu'il n'avait aucune chance de me faire entendre raison.

Allemagne, février 1945

Assise, au bord de l'Elbe, sur une cantine en métal, Marthe Engerer tenait une enveloppe et deux papiers souillés. En une journée, sa vie avait été bouleversée de fond en comble et ces télégrammes venaient à nouveau renverser son univers. Von Braun, qui avait tenté sans succès de les joindre elle et Luisa, avait adressé ces deux messages, à son nom, au centre de la Croix-Rouge. Le premier aurait dû la réjouir. Il la laissa dans une sorte d'apathie, une indifférence étonnante au regard de la haine qui l'avait dévorée pendant ces cinq dernières années :

« Kasper décédé lors d'un tragique accident.
Suis de tout cœur avec vous.
Von Braun. »

Elle avait longtemps pensé que le jour où son mari disparaîtrait serait pour elle une fête. Elle ne craindrait plus de le voir apparaître à chaque coin de rue pour la ramener par les cheveux à son esclavage. Elle ne porterait plus ce couteau qu'elle gardait, le jour, glissé dans sa jarretière, la nuit, sous son oreiller. Elle n'aurait plus ces cauchemars qui la faisaient bondir hors du lit, son arme à la main, prête à se défendre alors qu'il n'y avait personne dans la chambre. Enfin débarrassée de Kasper, elle s'imaginait dansant sur sa tombe, distribuant ce qu'elle hériterait à des bonnes œuvres pour ne garder que ce qui lui appartenait, ce que lui avaient laissé ses parents et dont Kasper l'avait dépossédée, de quoi commencer une nouvelle vie, loin de l'Allemagne, au Canada ou aux États-Unis. Pourtant, en lisant et en relisant ce télégramme, elle ne ressentait pas de joie, mais une sorte de stupéfaction. Il lui était presque impossible, après s'être appuyée des années contre cet ennemi, de comprendre cette survenue du néant et de se résigner à y croire.

Marthe se souvint du jour de leur mariage. Kasper n'avait pas encore révélé sa véritable personnalité. Il lui offrait des fleurs et des cadeaux. Il l'appelait sa «fée», sa «petite Marthe». Il l'emmenait faire des jolies excursions dans sa Daimler neuve et la conseillait sur ses coiffures, ses tenues… Il l'avait demandée en mariage un peu vite, c'est vrai. Au début, elle avait eu l'impression que c'était par jalousie, pour ne pas laisser son jeune frère convoler le premier. Kasper éprouvait des sentiments violents à l'égard de Johann. Leur compétition s'exerçait sur tous les terrains. Johann, pourtant pacifique, avait appris à rendre coup pour coup. Forcément, Marthe s'était posé la question. Lorsqu'elle lui avait confié ses doutes, Kasper les avait balayés. Il l'avait cajolée, envoûtée. Il savait choisir ses mots. Kasper trouvait son chemin en vous. Au premier coup d'œil, il devinait votre faiblesse, l'endroit où ficher son hameçon. Marthe avait voulu y croire. L'idée de faire partie de la même famille que Luisa lui plaisait plus que tout. Leurs enfants seraient cousins germains, elles les élèveraient et vieilliraient ensemble. Marthe s'imaginait préparant avec Luisa de grandes tablées d'été. Elles déploieraient des nappes éclatantes sur lesquelles elles disposeraient des corbeilles de fraises, d'abricots, de pêches et de groseilles tout juste cueillis, des gâteaux et des confitures dont viendraient se barbouiller leurs petits. Elle voyait des anniversaires où l'on chanterait et l'on danserait, de longues promenades en forêt à l'automne pour chercher des châtaignes et des champignons, des soirées musicales l'hiver ou des conversations au coin du feu dans la propriété des Zilch où l'on pouvait loger tant de monde… Elle avait dit oui, innocente. Le jour de leur mariage à tous les quatre, pourtant, alors que les futures belles-sœurs se préparaient ensemble pour la noce, elle avait bien vu, dans le miroir, que quelque chose n'allait pas. Non, vraiment, c'était flagrant, elle ne rayonnait pas comme Luisa. Lors du banquet, chaque couple présidait une extrémité de la table. À ce moment-là encore, on pouvait croire qu'ils se dirigeaient vers le même destin, que les chances étaient égales. Bien sûr, Kasper était moins attentionné. Il ne lui prenait pas la main comme Johann celle de Luisa. Il ne lui servait pas du vin et de l'eau dès que son verre était vide. Il ne lui caressait pas la joue. Il ne lui trouvait pas, dans les coupes de fruits, les paires de cerises pour qu'elle puisse, comme Luisa, s'amuser à s'en faire des boucles d'oreilles. Marthe essayait de se rassurer : Kasper avait le droit d'être pudique. Rien ne l'obligeait à être aussi démonstratif que son frère… C'était séduisant, élégant même, cette retenue de grand seigneur. Elle avait chassé ces mauvais pressentiments jusqu'au dîner. Puis il y avait eu la nuit. Cette première nuit qui serait suivie de tant d'autres. La violence de Kasper s'était révélée d'un coup. Le lendemain de la cérémonie, lors du petit-déjeuner familial, Luisa avait cette langueur heureuse que Marthe n'oublierait jamais. Les yeux et les lèvres gonflés, la peau comme un fruit gorgé de jus, les cheveux lâchés sur ses épaules frémissantes, elle avait changé. Elle semblait habitée d'un bonheur secret, d'une plénitude qui se propageait autour de sa personne. Marthe, elle, avait juste mal. Elle avait le sentiment d'avoir été broyée, brisée. À l'intérieur de son corps vide, sa personne n'était plus qu'une flamme fragile exposée aux courants d'air. Une flamme qui ne demandait qu'à s'éteindre. Elle avait mis du temps à se confier à Luisa. Elle avait honte. Elle avait peur aussi. Kasper savait si bien faire illusion… Lorsqu'elle avait enfin compris la gravité de la situation, Luisa avait tout tenté pour aider Marthe. Les deux jeunes femmes s'aimaient autant que leurs époux se combattaient.

Marthe laissa passer une vingtaine de minutes, le regard dans le vide. Un réfugié dont le bras était gravement brûlé vint lui demander de l'aide. Elle se leva, ouvrit la cantine en métal et en sortit ce dont elle avait besoin pour le soigner. Lorsqu'il se fut éloigné, Marthe se rassit et relut le deuxième billet envoyé par von Braun. Ces quelques mots avaient achevé de la briser :

«Johann rentré à Peenemünde. Affaibli, mais vivant.
Informer Luisa pour retour immédiat.
Von Braun.»

Tout ce qui aurait dû être et n'avait pas été lui serra le cœur. À vingt-quatre heures près, Luisa aurait pris la route. Elle aurait retrouvé son mari. Elle serait en vie. Marthe se cabrait face à cette cruauté du destin. Depuis qu'on les lui avait rapportés, les derniers mots de Luisa la hantaient : «Il s'appelle Werner Zilch. Ne changez pas son nom, il est le dernier des nôtres.» Le bébé n'était pas le dernier des Zilch. Luisa s'était trompée. Johann était en vie. Trois semaines auparavant, une folie s'était emparée d'elle. Elle était persuadée que son mari était mort. Du jour au lendemain, elle avait perdu espoir. La jeune femme s'était réveillée un matin en criant, les mains crispées sur son gros ventre. Marthe s'était précipitée. Sa belle-sœur sanglotait convulsivement dans son lit en répétant : «Il est mort. J'ai rêvé de lui. Il venait me dire adieu. Ils ont tué Johann.» Une panique de femme enceinte. Marthe l'avait apaisée aussi bien que possible, mais Luisa n'en démordait pas. Ils l'avaient tué. «Mais qui ? De qui parles-tu ?» demandait l'infirmière. «Ceux qui l'ont pris. Ceux qui lui voulaient du mal. » Rien ne semblait apaiser sa certitude et son chagrin. Marthe aurait tellement aimé entrer dans l'appartement qu'elles partageaient rue Freiberger. Lui annoncer, solennelle : « Luisa, j'ai une nouvelle merveilleuse. » La prendre dans ses bras. La regarder s'éclairer lorsque Johann l'aurait appelée au téléphone. Voir s'effacer de son visage ces semaines d'attente, cette tension qui, depuis le jour de l'arrestation, contractait ses traits et plissait sa bouche. Il aurait suffi d'une minute de conversation pour que Luisa retrouve sa sérénité, la lumière de ceux qui aiment et se savent aimés.

Luisa s'était trompée. Johann était bien vivant, et libre. Il est vrai que plus personne n'y croyait... Von Braun s'était battu comme un lion pour sauver son ami, sans succès. Usant de tout le crédit qui lui restait, de son grade de SS dont il n'aimait pourtant pas se vanter, l'inventeur des V2 avait asséné à tous les responsables qui voulaient l'entendre – comme à ceux qui ne voulaient pas – que le développement des fusées ne pouvait se faire sans Johann Zilch. Voulait-on décevoir Hitler ? Cherchait-on à saboter l'arme ultime sur laquelle comptait le Führer pour renverser le cours de la guerre ? Von Braun exigeait le retour immédiat de Zilch. Qu'avait fait cet infortuné Johann ? Un moment d'égarement, un accès de découragement. Qui n'en avait pas été victime ? Certes, il avait eu des propos malheureux, von Braun ne le niait pas. Mais il avait trop bu, était-ce donc un si grand crime ? Zilch s'était épanché auprès de gens qu'il pensait ses amis. Effectivement, il avait émis des doutes sur l'issue de la guerre et sur la justesse de leur mission, mais il est évident que Johann ne pensait pas un mot de ce qu'il disait. Il venait d'enchaîner deux nuits blanches, de résoudre des problèmes techniques d'une extrême complication. Il fallait imaginer sa fatigue. Il n'y avait pas plus dévoué au Führer que ce garçon-là ! Von Braun s'en portait garant. Le « patron » des missiles avait beau tempêter, les hauts gradés de la Gestapo ne se laissaient pas impressionner. Ils rappelèrent au pionnier de l'aéronautique que lui-même n'en était pas à son premier écart de langage, qu'il ferait bien de se surveiller et de surveiller ses équipes. Au téléphone, ils se plaisaient à marteler les propos du coupable, comme pour provoquer une prise de conscience chez von Braun. Ils détachaient chaque syllabe : « Je ne rêvais que de conquérir l'espace, d'explorer la lune, de toucher les étoiles. La guerre a fait de notre rêve un *missile meurtrier.* Je sers mon pays, *mais qu'on ne me demande pas de m'en réjouir, qu'on ne me demande pas d'éprouver de la fierté. Nous avons du sang sur les mains.* » « Du sang sur les mains ! » reprenaient les SS. Inacceptable ! Et devant cinq témoins ! Comment von Braun pouvait-il défendre ce traître ? Un ingrat qui montrait si peu de respect pour les sacrifices du Reich ! Et le sang versé des Allemands ? Y pensait-il seulement, ce dépravé ! Von Braun refusait de se laisser abattre. Il contestait chaque mot, bataillait pied à pied et annonçait des retards considérables, des erreurs dans le système de guidage des missiles que seul Johann Zilch parviendrait à corriger. Il fut arrêté deux semaines, lui aussi. Ses tentatives avaient pour seul résultat de les mettre tous en danger.

La nuit s'apprêtait à tomber. Éreintée, Marthe analysa aussi froidement que possible la situation. Le bébé s'agitait dans ses bras. Il brailla un peu. Elle le souleva quelques minutes de haut en bas comme si elle s'exerçait aux haltères. Il sembla satisfait de ce traitement et se tut. Marthe lui avait confectionné un change avec de la gaze et une bande de coton. N'ayant pu trouver de bonnet, elle l'avait coiffé d'une grosse chaussette d'homme en laine tricotée, qui lui donnait des airs de lutin. Elle l'avait ensuite emmailloté dans un torchon de cuisine, la chose la plus propre qu'elle avait pu trouver, puis dans un châle donné par l'une des réfugiées. Le bébé y avait glissé ses doigts comme dans les mailles d'un filet. Anke dormait à même le sol, roulée dans deux couvertures de feutre brun. Marthe jeta un regard circulaire sur les milliers de victimes qui campaient au bord du fleuve. Elle prit sa décision : il fallait rejoindre le père de l'enfant au plus vite. Remonter vers Peenemünde et la base militaire. Avant de rejoindre Dresde, Luisa avait demandé à von Braun d'être le parrain de son bébé et il avait accepté. Le savant se mettrait en quatre pour les aider. Avec l'équipe des V2, il faisait partie des personnes les plus précieuses du Reich. Leur sécurité était une priorité et une affaire d'État dont elle comptait bénéficier.

Marthe apprit qu'un camion, ramenant à Berlin un

gradé blessé, devait partir dans l'heure. Elle enfouit sa haine des hommes bien au fond d'elle-même, comme elle avait appris à le faire pendant des années, se passa le visage à l'eau de sa gourde en fer, se colora les pommettes et les lèvres en les frottant énergiquement de ses doigts, dénoua son fichu, lâcha ses cheveux bruns, retira son manteau malgré le froid et ouvrit trois boutons de son uniforme. Elle alla trouver le gradé qui portait son bras en écharpe, ainsi que le conducteur du camion. Vive, le regard brillant, les lèvres entrouvertes, elle minauda et se pencha fort à propos. En dix minutes, elle obtint ce qu'elle voulait : une place dans le camion pour elle, Anke et le bébé. Elle étendit son numéro de charme au responsable du ravitaillement qui lui confia trois miches de pain, de l'eau au sirop, deux conserves de haricots rouges et cinq saucisses sèches, soit plus de deux fois les rations autorisées pour deux personnes. Dès que ses bienfaiteurs eurent tourné les talons, elle retrouva son visage déterminé. Ces victoires ne faisaient que la conforter dans son mépris des mâles. Les rares intelligents étaient de dangereux pervers, les autres des ânes que l'on manipulait d'un sourire et d'un peu de chair dénudée. Elle alla réveiller Anke. Cette dernière essaya de protester :

« Mais je n'ai rien à faire à Berlin ! Encore moins à Peenemünde ! Pourquoi aller vers le nord ? Je ne connais personne là-bas… »

Marthe ne lui laissa pas le choix. Le bébé avait besoin d'elle. De toute façon, rien de bon ne l'attendait à rester seule ici. L'infirmière fit un pronostic apocalyptique des maux qui accableraient la misérable Anke si elle refusait de la suivre et lui peignit un tableau si sombre des périls qui la guettaient, sans parler des remords qui la poursuivraient jusque dans l'au-delà si elle mettait la vie d'un nouveau-né en danger, que la nourrice, estomaquée par l'autorité de sa compagne, traumatisée par son deuil, les bombardements, et ce nouvel enfant qu'on lui avait imposé, abandonna ses velléités de résistance. Elle se laissa porter.

Marthe se métamorphosa à nouveau en créature de séduction au moment de monter dans le fameux camion. Une fois installée avec Anke et le petit Werner dans le véhicule, elle retrouva sa dureté. Les trois soldats qui accompagnaient le gradé ne parvinrent pas à la dérider, et les dangers de la route devinrent tels qu'ils ne furent bientôt plus d'humeur à converser. À l'extérieur de la ville, un avion de chasse isolé s'acharnait sur les véhicules fuyant le brasier. Leur camion avait beau être bâché au sigle de la Croix-Rouge, visible de très haut, il échappa de peu à un mitraillage en règle. La peur liquéfiait les passagers. Ils se tenaient pour ne pas être projetés les uns contre les autres. La chaleur des flammes avait été si forte que l'asphalte avait fondu ou brûlé. Les routes creusées de cratères, les ponts abattus, les carcasses de fourgons en flammes, les cadavres d'humains et d'animaux, l'exode des milliers de réfugiés fuyant l'arrivée annoncée des Russes les ralentissaient considérablement. L'herbe avait viré au rouge. Le petit Werner dormait, béat, dans le giron de Marthe. Même si, à ce moment-là, la jeune femme n'envisageait pas d'aimer ce minuscule paquet de chair, elle ne pouvait s'empêcher d'être apaisée par sa confiance, son infime respiration, ses yeux aux cils clairs parfaitement clos, cette bouche gourmande qui, toutes les deux heures, se refermait sur le sein de sa nourrice. À peine avait-il bu qu'il se rendormait. L'un des soldats proposa plusieurs fois de prendre l'enfant pour soulager Marthe, mais elle refusa. Sans se l'avouer, elle appréciait, contre son ventre et sa poitrine, ce petit corps chaud. Une fois qu'ils furent suffisamment éloignés de Dresde pour que la tension retombât, le gradé nazi entreprit Marthe. Il pensait pouvoir prendre un peu de bon temps à Berlin. Il serait ravi de mettre à sa disposition sa chambre d'hôtel. La jeune femme, qui était repassée en mode boudeur, asséna :

« Merci, mais mon mari m'attend à Peenemünde. Je ne m'arrêterai pas à Berlin.

— Que fait votre mari ? relança le gradé, pour cacher sa déception.

— Il travaille sans relâche auprès du professeur von Braun, à changer le cours de cette guerre dont vous, soldats, avez malencontreusement perdu le contrôle. »

Le nom de von Braun fit une forte impression sur les passagers. En dépit de l'attaque méprisante de Marthe, un silence respectueux s'établit dans le véhicule. Consciente qu'un bouclier immatériel la protégeait désormais, Marthe resserra son étreinte autour de Werner et ferma les yeux.

Manhattan, 1969

Une voix de femme teintée d'accent étranger répondit :

« De la part de qui ?

— Werner Zilch. »

Un long silence suivit mon nom. Je crus que la ligne avait été coupée.

« Allô ? Vous m'entendez ?

— Je n'ai pas bien saisi votre nom, monsieur…

— Zilch, Werner », répétai-je en détachant les syllabes. Mon interlocutrice ne comprenait probablement pas bien l'anglais.

« Comment l'épelez-vous ?

— Z.I.L.C.H. »

La dame mit encore plus de temps à me répondre.

« Rebecca est sortie. Elle vous recontactera », annonça-t-elle froidement.

Elle raccrocha. Furieux de l'accueil que cette snob me faisait, je rappelai aussi sec. Je laissai sonner une vingtaine de coups puis le téléphone fut décroché et raccroché sans un mot. Je soupçonnai Ernie d'avoir fait un travail de sape dans la maison. J'y étais probablement *persona non grata*. Rageur, je tournai dans le salon de notre appartement. Shakespeare se retrouva dans mes jambes. Je lui écrasai la patte par mégarde. Il jappa de douleur. Je lui criai de s'asseoir, ce qu'il fit sur le canapé avec un air digne et offensé qu'il garda toute la journée : mon chien est très susceptible.

J'essayai à nouveau d'appeler chez Rebecca. Sans succès. J'étouffais de colère et je dus exercer toute ma volonté pour ne pas me rendre sur place, tambouriner à la porte de la famille Lynch, obtenir des excuses de la part de l'idiote qui m'avait répondu et exiger de parler sur-le-champ à LFDMV. J'avais beau détester que l'on me résiste et, pire, que l'on m'ignore, j'étais suffisamment lucide pour ne pas céder à cette impulsion. Donna me conforta dans ma décision. Elle aurait détesté qu'on lui force la main. « Rien n'est plus déplaisant que de retrouver un homme sur son palier quand on ne l'y a pas invité », m'affirma-t-elle, sentencieuse. Je suivis son avis féminin pour m'orienter vers une stratégie de séduction moins intrusive. La réponse de Rebecca ne manquait pas d'éclat. Faire à ma voiture – en l'occurrence celle de Marcus – ce que la sienne avait subi, c'était culotté et drôle. Je voulais, moi aussi, marquer un grand coup, mais mes rêves de grandeur se dissolvaient dans une médiocre réalité : j'étais fauché et Marcus l'était autant que moi. Nos finances allaient bien sûr s'arranger. L'agence, rassurée par la reprise des travaux, avait relancé la vente de nos appartements, mais nous ne pourrions pas encaisser les acomptes de nos acheteurs avant plusieurs semaines. C'était exaspérant. J'étais potentiellement assis sur un tas d'or, et je n'avais pas de quoi inviter Rebecca au restaurant. Pour sortir le grand jeu, je mis ma montre en gage. Ce chronographe Patek datait des années 1940. C'était la seule chose de valeur que je possédais. Elle m'avait été donnée par mon père, Andrew, pour mes dix-huit ans. L'objet me semblait d'autant plus précieux qu'il avait échappé aux penchants d'Andrew pour les paris extravagants. Toute mon enfance, ses déveines nous avaient privés, ma mère, ma sœur et moi, de bien des plaisirs superflus et parfois même du nécessaire.

Marcus m'accompagna dans un bouge du Queens, près d'Ozone Park. On y accédait par un escalier si étroit que mes épaules ne passaient pas. Je ne pouvais l'escalader qu'en biais. Au premier étage, le local peint en bleu sentait la chaussette et la sueur. Toute la misère du monde s'était donné rendez-vous là. Un indescriptible fatras d'objets s'y amoncelait sur la longueur d'un mur, tandis qu'en face trois guichets abritaient les caissiers. Marcus déposa son épingle à cravate en perle sertie de diamants. Je détachai la Patek de mon poignet. Au moment de la donner à l'expert, les sourcils et la gorge noués, j'eus une hésitation. J'avais le sentiment que je m'apprêtais à abandonner un animal de compagnie. J'aimais son contact, son mouvement qui battait tel un cœur minuscule. Je ne la quittais que pour me laver. Ce jour-là, sans son bracelet de cuir marron assoupli par l'usure à mon poignet, je me sentais nu. Cette montre m'avait porté chance.

« De toute façon, elle ne t'empêche pas d'être en retard », m'encouragea Marcus en me tapotant l'épaule.

Je la donnai, heurté par le peu de précaution avec laquelle le caissier emballa mon bien d'un morceau de feutre crasseux sur lequel il agrafa un numéro. Je fourrai dans mon portefeuille quelques centaines de dollars et quittai au plus vite cet endroit sordide.

La somme obtenue me semblait maigre en comparaison des souvenirs qui s'attachaient à ma montre et des ambitions que je nourrissais pour cette soirée. Je commençai par faire livrer trois bouquets de fleurs chez les Lynch. Le premier remerciait Rebecca pour notre rendez-vous au Pierre. Le second accompagnait les papiers du constat. Le troisième était assorti d'une invitation à dîner la semaine suivante. Elle accepta. J'en fus à la fois fou de joie et épouvanté, comme on peut l'être quand le ciel tient une promesse que l'on ne pensait jamais voir se réaliser. Je réfléchis longuement au choix du lieu. Elle était tellement gâtée, et je me faisais une si haute idée de sa personne, que les restaurants les plus luxueux – de toute façon inabordables – ne me semblaient pas dignes d'elle. Notre appartement était trop quelconque. Je ne me voyais pas l'emmener pique-niquer dans Central Park, ni sabrer le champagne sur l'Hudson River en ferry ou en barque. Suite à de longues discussions avec Marcus, j'optai pour la solution qui avait de meilleures chances de

la surprendre, donc de la charmer. L'arrivée me semblait un élément clé de la scénographie de cette soirée.
Nous en rîmes beaucoup tous les deux, lors de nos tra-
ditionnels apéritifs de fin de journée auxquels Donna,
toujours soucieuse de garder ses distances, refusait de
s'associer. Un brin avinés, nous imaginâmes des scénarios farfelus : que j'arrive en bicyclette, en pousse-
pousse ou dans la Chrysler entièrement décorée de
fleurs à la mode hippie. Marcus insista pour que je
me présente chez elle à cheval. J'étais bon cavalier
depuis mes années d'études à Yale. Je les avais finan-
cées pour moitié grâce à mes gains au rami (discipline
enseignée par mon père), pour l'autre en trouvant un
boulot de lad aux écuries de l'université. J'y avais fait
les box, balayé l'écurie et la cour, curé les pieds des
criollos et des pur-sang. J'y avais aussi appris le polo.
Je m'entraînais tous les jours et il m'arrivait de jouer
quand, le matin d'un match, les snobs de la fac avaient
besoin d'un remplaçant parce que l'un d'entre eux ne
s'était pas réveillé. C'était aussi à moi que revenait la
tâche de roder les poneys débutants sur lesquels ces
fils à papa craignaient de se rompre le cou. En dépit
de l'allure chevaleresque que ce mode de transport
m'aurait indéniablement donnée aux yeux de Rebecca,
je le trouvais trop prétentieux et trop cliché. J'optai
pour une simple limousine de location avec chauffeur. Noire. Le blanc était mon premier choix, mais
Marcus trouvait la couleur « atrocement voyante ». Le
reste de l'organisation nous demanda plusieurs heures
de réflexion alimentée de chianti, de la vaisselle, une

centaine de litres de peinture, un traiteur, une grue, et deux jours de mise en place. Le soir de notre rendez-vous, j'étais à 20 heures devant chez elle.

Marcus m'avait décrit la demeure des Lynch comme l'une des plus belles adresses de Manhattan. Cette partie de la 80e Rue, à l'est du parc, semblait constituée d'une série de châteaux français compressés, comme si les lignes classiques avaient subi une cure d'amaigrissement pour mieux s'élever en hauteur. Les façades rivalisaient d'élégance, mais la maison des Lynch, splendide, surpassait ses voisines. Elle datait, d'après Marcus, de la fin du XIXe siècle. « Un bijou d'architecture néo-Renaissance », avait-il précisé. À ce que je pouvais voir depuis la limousine, elle s'élevait sur cinq étages. Les fenêtres, ornées de sculptures de pierre, n'auraient pas déparé une cathédrale. Une fois verrouillée, l'épaisse porte en bois aux motifs ciselés n'aurait pu être forcée qu'à l'aide de dix hommes et d'un bélier. Plusieurs années auparavant, Marcus avait accompagné son père dîner chez Nathan Lynch. Il m'avait dépeint la majesté des deux escaliers de marbre et des cheminées en pierre de Bourgogne, les tapis anciens surdimensionnés, les œuvres d'art, les plafonds sculptés et la salle à manger où l'on pouvait asseoir cinquante personnes à table. Garé devant ce palais, je pris mieux conscience du fossé qui me séparait de la femme de ma vie.

Je repensais à notre modeste maison de Hawthorne dans le New Jersey. À mes parents adoptifs, des gens aimants avec lesquels, en dépit de l'affection que je leur portais, je n'avais pas grand-chose à voir. Ma mère prônait un bonheur simple et des ambitions modérées quand je voulais compter, construire, exister. Mon père sirotait l'âpre liqueur de ses regrets. Voir grand leur semblait honteux et même risqué : ils n'étaient pas prêts à supporter les déceptions. Ma mère avait été au-delà des possibles, en quittant sa Normandie natale pour ce beau soldat rencontré dans la folie de la Libération. Sa seule obsession consistait désormais à protéger ses deux enfants des mille périls susceptibles de faire le malheur d'une famille, et son mari de la faillite morale et matérielle qui le guettait. Derrière sa belle gueule d'ex-GI et sa verve d'agent immobilier, Andrew cachait de grandes fragilités. Ma mère l'entourait de tendresse, d'attentions délicates, comme pour entretenir le halo de gloire et de magie dont elle l'avait paré au premier coup d'œil, lors de ce fameux bal à Rouen. La passion que ma mère avait pour lui était son sacerdoce, sa justification, son identité. Mon père était rongé de doutes et d'insatisfaction, elle voyait en lui quelqu'un d'exceptionnel. Il rêvait d'une vie meilleure, elle s'accommodait de celle que nous avions. Il était perclus de désirs inassouvis, elle était pétrie d'intentions louables et de satisfactions raisonnables. Il rêvait de luxe, de belles voitures, de grands hôtels ; elle aimait sa maison, son petit jardin, ses placards bien rangés, sa cuisine pleine de provisions. Elle le protégeait de lui-même, gérait les comptes avec parcimonie, ne lui donnait que de l'argent de poche pour son rami, ne lui en voulait pas lorsque, repris par cette folle espérance que la chance allait arbitrairement changer leur vie, il vidait la cagnotte pour claquer en un soir des mois d'économies. Ma mère ne s'énervait jamais contre lui. J'admirais sa patience et j'en devinais les raisons. Les difficultés qu'ils avaient traversées pour avoir des enfants expliquaient en partie la dissymétrie de leur relation. Je n'ai jamais su qui, de mon père ou de ma mère, était responsable de cette infécondité. D'autant que, un an après m'avoir adopté, ma sœur Lauren était née. Nous leur avions souvent posé la question, sans succès. Ils faisaient front, refusant de se livrer. Mes parents protégeaient obstinément leur secret, mais ce passé avait détruit leur confiance. Au-delà de l'espace domestique, sécurisé, sécurisant, ma mère s'inquiétait de tout. De l'eau dans laquelle nous pourrions nous noyer, du feu qui nous brûlerait, de l'air qui portait des virus, du chemin de l'école d'où surgiraient des rôdeurs, des arbres d'où nous allions tomber, de l'herbe où se dissimulaient des serpents. Elle redoutait même les belles soirées d'été, luttant pour nous tenir à l'intérieur de la maison, fermant les fenêtres que nous nous empressions d'ouvrir dès qu'elle avait le dos tourné, en dépit des moustiques, des chauves-souris, des lucioles et de cette griserie de chaleur et de lune, qui pouvait, selon elle, nous rendre fous. Ma mère n'était heureuse que dans les magasins, ces endroits propres et coquets où la nouveauté n'apparaissait que sous sa forme la plus plaisante et la plus contrôlée : colorée, joyeuse, résumée en mots simples sur des boîtes ornées d'images gracieuses. Elle achetait frénétiquement ce monde idéal, bienveillant et sûr, sans maladie, violence, ni vieillesse, qui s'affichait sur les paquets de céréales et de lessive, les boîtes de conserves et les biscottes, les crèmes de beauté révolutionnaires et les shampoings Dove. Elle entassait ses provisions dans la cuisine et le garage avec la satisfaction d'une ménagère qui avait connu, en France, les privations de l'Occupation. La guerre, qui avait rendu ma mère si méfiante, s'était aussi chargée de retirer à mon père ses illusions. Lors du carnage du débarquement, la bête humaine s'était révélée à lui dans toute son horreur. Il voyait la civilisation comme la façon la plus sophistiquée de courir au désastre. Elle ne changeait en rien ce fond de violence, de petitesse, d'aigreur et de cruauté qui constitue l'essence de notre espèce. Contrairement à ma mère qui avait épousé avec tant d'enthousiasme la société de consommation, mon père ne croyait plus au rêve américain. Il avait bien vu ceux que l'on avait envoyés se faire trouer la peau en Europe et ceux qui étaient restés tranquillement au pays, à étudier, à boire des bières et à sucer des cornets à la vanille. Ils étaient bien à l'abri, les salauds, planqués sous le drapeau de l'Oncle Sam et dans le cul des femmes que les soldats avaient laissées derrière eux. Il ne croyait plus que les chances étaient égales, que l'on pouvait grimper en travaillant dur. Pour mon père, seul le hasard expliquait les disparités de la naissance et seul le hasard pouvait changer son destin. Sa vie ne s'améliorerait que par un coup de baguette magique et arbitraire, un pur résultat de la chance qu'il essayait de provoquer en tapant le carton tous les samedis dans son club de rami ou en pariant ses irrégulières commissions sur des canassons fatigués. Son fatalisme me révoltait. À quoi bon se lever le matin, si l'on ne peut rien changer ? À quoi bon se marier ? À quoi bon acheter une maison et élever des enfants ? Contrairement à lui, je croyais au pouvoir infini de la volonté et j'étais résolu à me forger un monde à la force du poignet. Je ne savais pas d'où je venais. À qui je devais ce visage taillé à la serpe, ces yeux délavés, ma crinière sable, ma taille hors norme qui m'obligeait à me plier, genoux au menton, dans les bus et au cinéma. J'étais libre de tout héritage, de tout passé, et je me sentais maître de mon avenir. L'envie de prouver qui j'étais, l'envie que mon nom trop souvent moqué inspire le respect et, s'il le fallait, la crainte, me brûlait. Mes parents me considéraient comme un être étrange. Mes aspirations les plus basses dépassaient leurs espoirs les plus fous. Je refusais obstinément de me limiter.

Au pied de la maison des Lynch, je ne me laissai pas impressionner. Je fis signe au chauffeur d'aller sonner. Je le vis parler à une dame vieille et sèche qui portait une jupe de nonne et un chemisier en soie violet noué sur le cou. Une bouffée de colère me submergea en songeant que c'était peut-être elle qui m'avait raccroché au nez lorsque j'avais tenté d'appeler Rebecca. Le chauffeur revint sur ses pas.

«Elle arrive», m'annonça-t-il par la fenêtre. Il resta posté sur le côté de la voiture, prêt à ouvrir la portière à ma cavalière qui nous fit patienter un quart d'heure.

Je m'attendais à une demoiselle pomponnée, je vis sortir un jeune garçon manqué. Elle portait une veste d'homme sur un pantalon beige; une chemise blanche dont le col était ouvert, une cravate bleue savamment nouée et desserrée. Dans cette tenue qu'aurait pu porter un étudiant de Yale, sa chevelure de lionne blonde, son assurance rieuse et sa démarche conquérante lui donnaient un air de liberté presque sauvage. Une bourrasque de vie s'engouffra dans l'habitacle. Rebecca ne m'embrassa pas, je ne le fis pas non plus. Nous nous saluâmes sans nous toucher, en exagérant l'obséquiosité de ce cérémonial, pour secouer la gêne qui nous avait saisis. Ses yeux brillaient d'impatience. Elle voulut savoir où nous allions. Décidé à me montrer plus entreprenant que lors de notre premier rendez-vous, je pariai un baiser sur les lèvres qu'elle ne trouverait pas le lieu de notre dîner. Elle releva le défi. La voiture se mit en route. Elle posa des questions, exigea des indices, demanda si elle brûlait ou pas. Sans succès. Les noms qu'elle mentionnait, je les avais tous envisagés. Devinant qu'elle allait perdre ce pari, elle réclama la première et la dernière lettre de la rue où nous nous rendions. Je les lui donnai sans inquiétude aucune: l'allée privée en question venait d'être baptisée. Rebecca sembla étonnée lorsque nous arrivâmes Downtown, presque inquiète lorsque la voiture s'engagea sur le pont de Brooklyn, fran-

chement effarée lorsque le chauffeur s'arrêta au pied
d'un immeuble en construction et sortit deux paires
de bottes en caoutchouc du coffre. Me souvenant de
ses pieds qui, dans leurs sandales bleues, m'avaient
fait, au Gioccardi, si forte impression, j'avais estimé sa
pointure. Nous enfilâmes les bottes pour éviter que
nos souliers ne se salissent dans la poussière et la boue
du chantier. Nous descendîmes dans le futur parking.
Rebecca ne semblait pas rassurée mais faisait bonne
figure. Au fond, elle ne me connaissait pas. Elle ne
m'avait croisé que deux fois quelques minutes et dans
des circonstances plutôt chaotiques. Elle devait se
maudire de s'être ainsi mise entre les mains d'un type
suffisamment farfelu pour la courser à la sortie d'un
restaurant, détruire sa voiture et maintenant l'emmener dans cet endroit sinistre où il planifiait peut-être
de couler son corps dans une dalle de béton. Je tentai
une blague. Elle me gratifia d'un sourire éclatant de
fausseté, mais je sentais qu'elle avait perdu l'assurance
de notre premier rendez-vous. Les rampes de l'escalier
n'avaient pas encore été posées. Je pris ma beauté par
la main. Elle frémit nerveusement à mon contact. Je
restai à l'extérieur où se dressaient les piques de métal
destinées à soutenir le futur garde-corps. Elle devait
être sportive parce qu'au bout de cinq étages, sa respiration restait régulière.

« Qu'avons-nous au menu, Werner ? Soupe de
ciment suivie d'un pâté de briques avec sauce au mortier ? » ironisa-t-elle.

Le fait qu'elle prononce mon prénom me fit l'effet

d'une caresse. J'assurai Rebecca que j'admirais trop sa ligne pour lui servir un repas aussi indigeste. Nous parvînmes au dixième et dernier étage. Rosie, la main sur son cœur battant, elle souffla pour manifester son soulagement :

« Dis-moi, ça se mérite un dîner avec toi ! »

La porte en métal était fermée. Je la laissai faire une courte pause. Elle avait chaud et retira sa veste. La fine étoffe de sa chemise épousait ses formes. Elle sortit un élastique de sa poche, le tint entre ses dents, les lèvres légèrement retroussées, tandis qu'à deux mains elle relevait ses longues boucles en une queue-de-cheval aguichante. J'ai toujours eu un faible pour cette coiffure qui dégage la nuque. L'élastique fixé, elle desserra un peu plus le nœud de sa cravate. L'image de cette bande de tissu coulant entre ses seins m'en inspira une autre. Une onde électrique crispa mon bas-ventre. Pour éviter de me retrouver dans une situation embarrassante, je sortis la clé de ma poche et ouvris la porte, certain que ma surprise ferait son effet.

Rebecca étouffa un cri. Sur le toit, dont le sol avait été couvert de gravier clair et les murs d'un crépi beige, elle découvrit une forêt. Les ouvriers avaient monté, avec l'une des grues, la plupart des arbres destinés à être plantés la semaine suivante dans les jardins entourant nos deux immeubles. Alignés sur les côtés, ils créaient une allée qui encadrait la vue spectaculaire sur le pont de Brooklyn et sur Manhattan. Les rayons du soleil déclinant lacéraient le ciel d'or, de pourpre et de noir. Un piano se fit entendre. Il était dissimulé par un rideau de végétation un peu plus loin sur la terrasse. Il jouait « I've Got You Under My Skin » de Frank Sinatra, clin d'œil de Marcus qui, bon camarade, assurait l'ambiance musicale de la soirée.

Je souris en repensant à l'ascension épique de l'instrument. Nous avions été le chercher chez Frank, le père de Marcus. Une fois chargé dans le véhicule utilitaire de notre chef maçon, nous l'avions hissé à la grue, tandis que Marcus, terrifié de voir son vieux compagnon de solitude se faire amputer d'un pied ou se fracasser sur le sol, scrutait, la mine crispée, cet improbable envol. Au départ, nous avions imaginé prendre son piano à queue, toujours en dépôt chez Frank Howard, mais nous avions dû revoir nos ambitions à la baisse. L'instrument était si lourd que, même à quatre, nous arrivions à peine à le bouger. Le piano droit nous sembla plus que suffisant. Pour parfaire la magie des lieux, j'avais fabriqué une centaine de lanternes à l'aide de sacs en papier kraft emplis de sable du chantier dans lesquels brûlaient des bougies. Disséminés entre les arbres, ces photophores improvisés créaient une lumière féerique. Rebecca semblait joyeuse et troublée. J'avais envie de lui réclamer le baiser dûment gagné par notre pari, mais elle commençait à se détendre et je ne voulus pas la brusquer. Shakespeare surgit alors de sa cachette. Marcus, décidément taquin, lui avait passé un énorme nœud rouge autour du cou. Ma compagne fit un bond en arrière. Je la rassurai en la serrant contre moi et en levant un index impératif pour faire asseoir Shakespeare.

« Tu as peur des chiens ? demandai-je.

— Ce n'est pas un chien, c'est un poney !

— Il est très gentil, ne t'inquiète pas. »

Comme j'avais baissé la main, Shakespeare, dont l'éducation manquait de rigueur, en profita pour me manifester son affection en se dressant sur ses pattes arrière et en m'enlaçant comme il en avait l'habitude. La jeune femme recula d'un pas.

« Shakespeare descends ! ordonnai-je en le repoussant. Assis ! Voilà… Dis bonjour à Rebecca.

— Debout, il est presque aussi grand que toi ! » remarqua-t-elle, impressionnée.

Le chien s'assit en battant de la queue pour la rassurer.

« Tu peux le caresser… Il n'a jamais mordu personne. »

Voulant se montrer engageant, Shakespeare ouvrit une gueule amicale et pantelante.

« C'est un monstre », fit-elle en posant une main hésitante sur le crâne du molosse.

Il n'en fallut pas plus pour que ce dernier s'abandonne dans un glissement énamouré sur le sol, et lui offre son ventre à gratter. Rebecca eut un rire juvénile. Ses doigts fins disparaissaient dans l'épaisse fourrure fauve et crème de Shakespeare. Je me sentis soudain très jaloux :

« Tu sais y faire avec les mâles », fis-je en l'aidant à se relever, ce qui me valut un regard rancunier de Shakespeare.

Je guidai Rebecca vers le lieu de notre dîner. Une

table ovale avait été dressée avec le plus grand soin.
Miguel, le traiteur dont l'embonpoint et la dignité
d'empereur étaient sanglés dans un uniforme blanc à
boutons argentés, y avait veillé. Même Marcus n'avait
pas sa culture en arts de la table. Le Cubain l'avait
gentiment mouché sur la disposition des fourchettes,
débat philosophique qui m'avait laissé de marbre. Je
trouvai le résultat réussi. La verrerie étincelait tandis que, dans un flacon de cristal à facettes, le vin
brillait comme un rubis sur la nappe brodée de fils
dorés. Miguel et Marcus avaient dû insister pour
mettre en carafe mes belles bouteilles de bordeaux.
Je ne voulais pas que Rebecca pense que je lui servais
de la piquette et j'aurais préféré qu'elle puisse voir les
étiquettes. Ils m'assurèrent que c'était grossier. Pour
prendre l'apéritif en admirant le coucher du soleil,
nous avions emprunté à Donna une banquette en bois
blanc recouverte de velours. Rebecca retira ses bottes,
roula le bas de son pantalon de garçon à mi-mollet,
sans remettre ses souliers qu'elle abandonna en chemin. La voir marcher pieds nus me monta à la tête.
Elle s'installa sur la banquette, assise sur un côté,
les talons sous les fesses. Je l'imaginai brièvement
sans vêtements, dans cette exacte position, et j'eus
une folle envie de saisir sa cheville et de glisser son
pied dans ma main. Shakespeare vint s'asseoir en face
d'elle. Il la regarda longuement, espérant à nouveau
se faire cajoler, mais Rebecca le découragea en riant.
Elle lui demanda de se coucher. Surpris, je vis mon
chien qui, comme son maître, n'obéissait pas à grand

monde, s'allonger au plus près de nous, la tête posée sur ses pattes croisées. Miguel déboucha une bouteille de champagne, nous servit deux flûtes et des amuse-bouches. Rebecca, gourmande, le complimenta sur leur délicatesse. Le traiteur accueillit ces amabilités avec des battements de cils modestes. L'instant était parfait.

Le soleil s'enfonça lentement derrière les gratte-ciel pour laisser place à des teintes plus douces de rose, de mauve et de gris. Marcus se déchaînait sur le clavier du piano. Ma beauté battait la mesure de « Take Five » sur le dossier de la banquette. La conversation coulait, légère, facile. Le flot était sans doute aidé par les flûtes que nous descendions à un rythme rapide. Rebecca me parla de sa prochaine exposition et du projet auquel elle travaillait : un gigantesque triptyque dont elle m'esquissa les plans sur l'un de ses carnets. Je ne comprenais pas la moitié de ses références et de ses explications, mais mon ignorance la faisait rire. Elle me demanda pourquoi j'avais choisi cet immeuble. Je lui expliquai qu'il s'agissait de mon deuxième projet de construction et qu'il serait suivi de beaucoup d'autres.

« Mon avenir se joue ici, ajoutai-je en plantant mon regard dans le sien. Je voulais que tu y sois associée. »

La plupart des femmes auraient baissé les yeux, Rebecca ne cilla pas et demanda dans un sourire :

« Associée de quelle façon ? »

Décontenancé par sa franchise, pas encore prêt à

lui déclarer ma flamme, je me rattrapai à la première branche qui me vint à l'esprit :

« Je voudrais que tu conçoives les œuvres des deux halls d'entrée. Ce sera la première chose que les gens verront et le souvenir qu'ils emporteront en partant. »

Ce fut au tour de ma beauté d'être surprise.

« Tu n'as jamais vu ce que je fais !

— J'ai vu tes dessins et je t'ai écoutée… J'ai envie que tu m'épates. »

J'avais visé juste. Rebecca était un mélange d'arrogance et de doute déconcertant. Si l'importance de sa famille lui avait ôté toute inquiétude quant à son statut social, il lui restait à prouver sa valeur personnelle et artistique. Le teint échauffé, les yeux brillants, elle tentait – sans y parvenir – de dissimuler son plaisir. Elle accepta mon offre sans même m'en remercier et sans parler de sa rémunération. J'apprendrais par la suite à quel point sa relation avec la fortune de son père, et avec l'argent en général, était coupable et compliquée.

« Viens, alors, lançai-je. Il faut que je te montre. »

Je l'aidai à se lever, profitant de la moindre occasion de la toucher. J'inspectai le sol, de peur qu'elle n'y blesse ses pieds nus. Debout sans talons, Rebecca m'arrivait à peine à l'épaule, mais elle avait une densité, une présence qui dépassait largement sa mince personne. Appuyés côte à côte sur le rebord de la terrasse d'où nous pouvions bien voir les travaux, j'avais une conscience aiguë de son corps à quelques centimètres de moi. Pour ne pas l'embrasser sur-le-champ, je lui expliquai les difficultés que nous avions dû résoudre pour acheter le terrain et obtenir les autorisations. Je lui parlai des prochaines étapes, d'une vaste parcelle que je convoitais en bordure de l'Hudson et qui pourrait changer radicalement la donne. En utilisant l'un de ses carnets, je lui dessinai les plans des futurs appartements. Elle se moqua de mes piètres capacités en dessin.

« Je ne suis pas Frank Howard.

— Frank Howard ! Mais je le connais très bien ! » s'exclama-t-elle en apprenant qu'il avait conçu les deux immeubles.

J'ajoutai qu'il était le père de mon meilleur ami et associé, avec qui j'avais été à Yale, sans mentionner que c'était le même ami qui jouait à présent des ballades romantiques au piano. Une nouvelle barrière tomba. Par la magie d'un nom, je ne sortais plus de nulle part. Avoir cette connaissance en commun, c'était comme si le père de Marcus m'avait adoubé. Je faisais partie du club des gens fréquentables. Mes études dans une Ivy League, appellation qui rassemblait certaines des plus prestigieuses universités du pays, amélioraient encore le tableau, même si je me gardai bien de révéler que je les avais abandonnées au bout de deux ans pour lancer ma première opération immobilière. La femme de ma vie avait beau se vouloir rebelle et s'être effectivement libérée de nombreuses contraintes de sa caste, sa méfiance obéissait encore aux règles protectionnistes de ceux qui ont beaucoup à perdre.

Une fois à table, Miguel nous présenta son festin avec une débauche de courbettes, de cloches et de plateaux argentés. Il se donnait du mal pour une maigre reconnaissance : Rebecca et moi étions fascinés l'un par l'autre. Elle ne finissait pas ses assiettes, et je réfrénais mon habituel appétit. Non parce que j'en manquais – cela ne m'est jamais arrivé –, mais parce que je tentais de respecter les règles que Marcus m'inculquait, comme ne pas regarder dans mon assiette ou ne pas remettre une fourchetée de nourriture alors que je n'avais pas fini la première. À me surveiller ainsi, tout en conversant avec ma beauté, je n'arrivais pas à dîner. Nous étions moins difficiles pour le vin et nos rires se multipliaient avec les verres que nous buvions. Rebecca, les joues échauffées et l'élocution désormais un peu heurtée, se faisait plus licencieuse. Miguel nous servit une tarte aux fraises, et après avoir laissé une théière d'infusion et des digestifs sur le buffet, s'éclipsa, comme nous l'avions décidé, en emmenant Shakespeare.

Marcus jouait toujours. Il pouvait continuer des heures, emporté dans un ailleurs qui m'émerveillait. J'invitai Rebecca à danser sur les notes de « Moon River ». Dans sa griserie joyeuse, elle chanta les paroles tandis que, lentement, je la faisais tourner sur elle-même avant de l'enlacer. Je sentais son parfum, ses cheveux m'effleuraient le menton, nous glissions au son de la musique, mais j'hésitais encore. Ne pas se montrer entreprenant trop tôt, ne pas manquer l'occasion par couardise… Je la serrai plus étroitement dans mes bras. Comme elle ne résistait pas, je lui murmurai au creux de l'oreille :

«Nous avons fait un pari.

— Je me demandais quand tu le mentionnerais.

— Maintenant», fis-je en la soulevant d'un mouvement.

Je l'emportai vers la banquette où je m'assis, la tenant sur mes genoux. Elle gardait sa tête dans mon épaule. Je lui relevai le menton d'une main, saisissant sa nuque de l'autre. Je vis dans son regard une étincelle qui m'étonna, celle de l'inquiétude. J'attendis, tout proche d'elle, sans bouger. Je la sentis frémir. Elle me huma longuement les paupières mi-closes, comme un animal. Je restai à un centimètre de ses lèvres alors que les miennes me brûlaient. Elle ouvrit grand les yeux. Je n'y vis plus trace de peur. Ses pupilles dilatées avaient presque mangé ses iris violets. Sous mes doigts, je sentais le sang battre dans son cou. Je l'embrassai. Elle était douce autant que j'étais ferme, docile autant que j'étais impérieux. Je devins sans doute trop pressant car, dans un mouvement vif, elle saisit ma lèvre inférieure entre ses dents, sans serrer, juste comme un avertissement, avant de me rendre ma liberté. Je me fis plus lent. Rebecca se détacha un instant. Elle se leva et, debout face à moi, me dévisagea. Elle avait le regard et le visage en feu. Elle prit une grande inspiration puis s'assit à califourchon sur moi. Elle se pressa sans pudeur contre moi et, cambrée, ondoyante, me rendit mes baisers.

Allemagne, 1945

Au bout de cinq heures de voyage, Marthe ne laissait plus personne toucher le bébé, à l'exception d'Anke. Lorsque, à la gare de Berlin, l'un des chefs de train, amusé par la chaussette dont il était coiffé, se permit de soulever ce bonnet de fortune et de caresser le crâne du petit Werner, Marthe lui saisit la main et le mordit jusqu'au sang. Cette agression provoqua un esclandre dont les deux femmes eurent le plus grand mal à s'extraire. Après une longue attente, durant laquelle elles attaquèrent une partie du pain, des saucisses sèches et des haricots, elles purent monter à bord. Ce mode de transport se révéla encore plus éprouvant que le camion. Le train ne cessait de s'arrêter à cause des contrôles, de l'encombrement des voies ou des divisions militaires en repli. À quarante kilomètres de Peenemünde, on leur interdit d'aller plus loin. Les rares passagers descendirent à la gare désertée de Züssow et restèrent plantés là, à regarder les wagons repartir vers Berlin. Marthe décida de continuer à pied. Elle espérait trouver un véhicule qui accepterait de les emmener à la base. Le froid leur brûlait les oreilles, le nez, les joues, le menton et les doigts. Avec Anke, elles portaient l'enfant à tour de rôle, sur leur ventre ou leur dos, dans un filet qu'elles avaient trouvé sur le bas-côté. Le petit Werner se laissait bercer dans cette épaisse résille, emmailloté de plusieurs couches de linge et du châle auquel Marthe avait rajouté un gros pull. Les quelques véhicules qu'elles aperçurent partaient tous vers le sud. Elles voulurent arrêter une Volkswagen conduite par deux soldats pour leur demander de contacter le docteur von Braun et que quelqu'un vienne les chercher, mais la voiture les contourna, emportant les injures que leur lança Marthe. Elles marchèrent des heures, jusqu'à ce que chaque muscle soit douloureux. Anke finit par s'asseoir au bord de la route. Elles restèrent là, collées l'une à l'autre. Le soleil déclinait. Une pluie fine se mit à tomber, mais elles n'avaient plus la force d'aller chercher une grange pour la nuit ou même un arbre sous lequel s'abriter. Il faisait presque nuit lorsqu'un vieux paysan les embarqua dans sa charrette tractée par un cheval aussi âgé que lui. Ses passagères lui dirent qu'elles voulaient se rendre à Peenemünde, il émit un sifflement dubitatif.

« Y a des Ruskofs par là-bas mes jolies, z'êtes sûres de la destination ?

— Sûres », répondit Marthe.

Le vieil homme affirma que l'épicière de Mölschow avait encore une fourgonnette pour ses livraisons.

Gretel, qui tenait seule son épicerie depuis que son mari avait été mobilisé, les accueillit gentiment tandis que le vieux reprenait sa route. Il ne faisait pas bon traîner la nuit, ces temps-ci. La maison de Gretel était barricadée.

«Je n'ouvre plus les volets, même la journée», précisa-t-elle.

C'était une rousse au visage jovial et au teint de poupée : blanc rehaussé de deux pastilles roses sur les joues. Elle avait des sourcils arqués si hauts qu'ils lui donnaient un air d'étonnement, presque de candeur en dépit de ses quarante ans. Mölschow se situait à l'extérieur de la base militaire. Marthe voulut s'y rendre immédiatement. Leur hôtesse la regarda d'un air navré :

«Vous arrivez de loin, n'est-ce pas ?

— De Dresde.»

L'évocation de la ville détruite jeta un froid dans la cuisine de l'épicière où les trois femmes étaient assises. Il y eut un long silence, puis cette dernière reprit :

«Savez-vous qu'il n'y a plus personne à Peenemünde ?

— Comment ça, plus personne ? souffla Marthe.

— Depuis deux jours, nous avons vu passer des dizaines de camions et plusieurs trains de matériel. Ils ont été envoyés dans le Sud, à l'abri des Russes. Ils ont tout emporté.

— C'est impossible ! s'exclama Marthe.

— Ils nous ont laissés, sans aucune protection,

mais je ne compte pas me laisser faire», affirma Gretel en montrant les deux carabines posées sur le buffet.

Marthe pensa que ces malheureuses pétoires ne protégeraient pas longtemps l'épicière de la barbarie des Russes tandis qu'Anke se laissait aller sur la table, la tête dans ses bras croisés. Le petit Werner se mit à pleurer. Gretel voulut le prendre dans ses bras, mais avant qu'elle n'ait pu s'approcher, Marthe s'interposa.

«Je m'en occupe», asséna sèchement l'infirmière.

Son air menaçant fit reculer leur hôtesse. Gretel se voulut apaisante :

«Vous avez besoin de reprendre des forces. Nous allons dîner. Je vous installerai dans la chambre de mon petit frère, et demain, si vous le souhaitez, je vous emmènerai à Peenemünde. Vous verrez que je dis la vérité.

— Mais où sont-ils partis ?

— Dans les Alpes. Personne n'est censé le savoir, mais tout le monde le sait…»

Elle leur servit une soupe au blé, avec un peu de jambon et du chou, puis les aida à soigner leurs pieds qu'elles lavèrent à l'eau chaude et au savon noir, avant de les enduire de graisse et de les bander. Cette nuit-là, alors que le bébé dormait et qu'elles partageaient le même lit, Marthe prit Anke dans ses bras. La jeune femme tremblait de froid et d'anxiété. Elle l'apaisa, comme elle l'avait si souvent fait avec Luisa. Lorsque le souffle d'Anke se fit plus régulier, Marthe resta éveillée. Elle repensait à sa belle-sœur disparue. C'était il y a seulement deux jours. Quelques dizaines d'heures plus tôt, Luisa était un corps chaud, entier, vivant. Marthe n'arrivait pas à s'y faire. Dès qu'elle n'était plus en mouvement, les images et les pensées sordides l'assaillaient. Anke aussi devait être habitée par ses fantômes. Elle pensait sans cesse à son fils, comme Marthe pensait à Luisa, mais les deux femmes n'en parlaient pas. Tant qu'il serait question de leur survie, il n'y aurait pas de place pour leur chagrin. Au fil de la nuit, elles mêlèrent bras, jambes, pieds et mains. Réconfortées par leur chaleur réciproque, elles changeaient parfois de position, mais retrouvaient immédiatement comment s'imbriquer. Le petit Werner se réveillait à intervalles réguliers et Anke, avec des gestes d'automate, se levait et le nourrissait. Marthe le changeait et les deux femmes se recouchaient, se collant l'une à l'autre sans façon. Anke se rendormait, Marthe n'y arrivait toujours pas jusqu'au moment où elle sentit ses tristesses se troubler et sombra à son tour dans l'oubli.

Le lendemain, Anke et Werner n'étaient pas réveillés lorsque Marthe quitta la chambre. Elle laissa un mot. Avec Gretel, elle but une tasse de chicorée brûlante et dévora deux tranches de pain agrémentées de tomme de brebis. Une fois la vaisselle faite, son hôtesse accepta de l'emmener à la base. De toute façon, elle n'ouvrait plus son magasin depuis que les militaires et les savants avaient quitté la région. C'était trop dangereux. Elles montèrent dans sa vieille camionnette. Le levier de vitesse avait perdu son pommeau, remplacé par un morceau de bois taillé en boule. La mer Baltique apparut bientôt. Il n'y avait personne à l'entrée de la base, la barrière n'était même pas baissée. Le site avait été démantelé. Il ne restait que les traces d'un départ précipité. Elle vit des bidons métalliques remplis de papiers à moitié brûlés. Des monceaux de plans mal détruits gisaient sur le sol et s'envolaient à chaque bourrasque pour se reposer un peu plus loin. Des affaires personnelles traînaient partout. Les bureaux étaient sens dessus dessous, les chaînes de montage abandonnées, les outils jetés en vrac dans des remorques dételées. Le dernier convoi de matériel avait quitté la base l'avant-veille, d'après le seul homme qui restait sur les lieux. C'était le plus vieux gardien de la base. Il avait enterré sa femme quelques mois plus tôt et il ne voulait pas la laisser là «toute seule», comme il disait. Il préférait attendre les Russes et sa fin. Il invita Marthe et Gretel à prendre un lait chaud sucré. Il lui restait quelques boîtes de concentré. Autant leur faire un sort. C'est toujours ça que les Ruskofs n'auraient pas. Il faisait bon dans la minuscule maison. Tandis que leur hôte s'affairait, Marthe entreprit l'épicière : il fallait prendre la camionnette et partir aussi vite que possible vers le sud. Gretel, effarée, protesta : elle n'avait rien à faire dans les Alpes ! Et son mari qui allait revenir ! Et son magasin ! Et son stock ! Chaque fois que Marthe voulait obtenir quelque chose, elle se montrait d'une persuasion peu commune. Elle dépeignit l'inhumanité des Russes, la férocité de leurs assauts et les tortures qu'ils infligeaient à leurs victimes. La malheureuse Gretel devint encore plus blanche qu'elle ne l'était naturellement. Elle balbutiait des «mon Dieu!» et des «doux Jésus!» en respirant bruyamment, la main sur le cœur. Poussant son avantage, Marthe redoubla d'ardeur et d'imagination au point que le gardien lui-même commença à douter. Il faillit flancher puis reprit courage. Il refusait d'abandonner la tombe de son épouse mais, dans un élan tragique, il se joignit à l'infirmière pour convaincre Gretel de la nécessité de fuir. Lui était prêt à mourir, mais elle! Quarante ans tout juste, une santé de fer et l'avenir devant elle: il fallait décamper. D'autant que pour un homme, on pouvait espérer une mort propre. Une balle et hop! Ce serait fini. Mais Gretel... une femme comme elle... Pleine de vie, avec ces cheveux superbes, Dieu sait ce que ces charognes lui feraient avant de l'exécuter. La malheureuse épicière sembla sur le point de tourner de l'œil, en dépit de ces aimables compliments. Elle remercia le gardien à la hâte et remonta dans sa camionnette, suivie de Marthe. Indolente à l'aller, Gretel semblait désormais faire corps avec son véhicule qu'elle emmenait à toute vitesse dans les chemins de campagne. Elle parlait sans discontinuer, comme si les mots la déchargeaient de ses angoisses, au premier rang desquels figuraient le ravitaillement et le carburant. Elle avait encore cinq jerricanes d'essence synthétique à la cave – un trésor en ces temps de pénurie –, mais cela ne suffirait pas à atteindre les Alpes. Il faudrait en trouver en chemin, ce qui, avec les réquisitions et les bombardements, était une tâche ardue. Arrivées à Mölschow, elles informèrent Anke de leur départ. Cette dernière sembla avant tout soulagée de savoir qu'elles n'iraient pas à pied. Après leur périple de la veille, chaque pas lui coûtait. Gretel commença dans la foulée à déménager la moitié de sa maison, Marthe dut restreindre ses ambitions :

« Nous n'avons ni le temps, ni l'essence. »

Ce fut un crève-cœur pour Gretel de ne pas emmener ses meubles, ni sa robe de mariée dans laquelle elle ne rentrait plus depuis longtemps, ni la collection de romans à l'eau de rose héritée de sa mère, ni son grille-pain électrique que lui avait offert son père avant de mourir ou sa ravissante collection de personnages en porcelaine. Elle parvint néanmoins à convaincre ses compagnes de prendre des vivres qui serviraient de monnaie d'échange.

« Tes marchandises peuvent aussi nous attirer des ennuis. On pourrait nous les voler, voire pire… On se fait tuer pour rien par les temps qui courent », s'inquiéta Marthe.

Gretel balaya ces objections. Elle ne connaissait peut-être pas grand-chose aux Russes et aux atrocités qu'ils étaient capables de commettre, mais en matière de livraison, on n'allait pas lui apprendre son métier. La camionnette avait un double-fond et un faux plafond. Après s'être fait braquer plusieurs fois, Gretel avait demandé à son petit frère garagiste de lui installer ce dispositif. C'était quelques semaines avant qu'il ne soit envoyé au front.

« Un gamin… » soupira-t-elle.

Elle allait raconter toute l'histoire, Marthe l'arrêta d'un regard noir. Son récit s'éteignit en une phrase :

« Quand je l'ai vu partir, ça m'a vrillé l'estomac. »

Marthe lui colla un paquet de couvertures dans les bras. Ce n'était pas le moment de s'attendrir. L'essentiel de la cargaison fut chargé par les deux trappes dissimulées à l'avant de la camionnette : l'essence, plusieurs cartons de bière en bouteilles, une caisse de schnaps, un sac de poisson séché et un autre de pommes de terre, les deux jambons qui restaient dans la réserve, des conserves de tomates, de flageolets, de légumes au vinaigre, de betteraves et d'artichauts, du sucre et ses derniers cartons de biscuits. À l'arrière, elles entreposèrent aussi du savon, des vêtements ainsi qu'un duvet, des écharpes et des bonnets. Les descriptions de Marthe sur les horribles atteintes que l'on ferait à sa vertu avaient tant impressionné Gretel qu'elle enfila, sous sa robe, deux pantalons de son mari. Elle supplia ses compagnes de l'imiter et, soucieuses de ne pas perdre de temps en vaines discussions, Anke et Marthe revêtirent chacune une paire de culottes de peau que le mari de Gretel utilisait pour la chasse. Elles embarquèrent aussi son arsenal : les carabines, leurs munitions ainsi qu'un gros couteau chacune. Marthe préféra garder le sien qu'elle portait toujours à la cuisse. Elle avait pensé s'en débarrasser en apprenant la mort de Kasper, mais s'était ravisée. Au moment du départ, Gretel insista pour prendre une canne à pêche. Anke allaita Werner. Marthe le remit dans son panier et elles prirent la route.

Elles suivirent à la trace von Braun. Elles s'arrêtaient dans les villages et demandaient par où était parti le convoi militaire. Un tel déplacement de moyens et d'hommes n'était pas passé inaperçu et elles obtenaient sans mal les informations. Gretel et Marthe se relayaient au volant. Anke, qui ne savait pas conduire, s'occupait du bébé. Werner se montrait d'une sagesse exemplaire. La seule chose susceptible de le mettre en colère était la faim. Lorsqu'il manifestait son appétit, si Anke ne lui fournissait pas son sein dans la seconde, il emplissait la fourgonnette de cris d'un volume étonnant pour une si petite créature. Les trois femmes avançaient aussi vite que ce vieux moteur le leur permettait. Elles évitèrent de nombreux barrages et lorsqu'il était impossible de les contourner, elles se résignaient à négocier. C'étaient des moments de grande tension. Elles n'avaient pas de laissez-passer et devaient attendrir les officiers de contrôle en expliquant qu'elles fuyaient l'invasion et rejoignaient leurs maris dans le Sud. Une fois qu'ils avaient fouillé le camion sans rien y trouver, la bonne nature des militaires, même les plus obtus, finissait par se révéler lorsque Gretel leur tendait « sa dernière bouteille de bière » qu'elle gardait posée à ses pieds.

« C'est bien plus efficace que la paperasse », se réjouissait l'épicière.

Passés les deux cents premiers kilomètres et ses vagues de réfugiés, la route était très calme. Elles évitaient les axes majeurs susceptibles d'être bombardés. Entre les barrages, les voyageuses avaient presque l'impression de faire du tourisme. La première nuit, allongées toutes les trois en cuiller, les carabines chargées à portée de main, elles dormirent sur le sol de leur camionnette garée dans une grange abandonnée. La deuxième nuit, elles s'abritèrent dans une forêt où Gretel eut le plus grand mal à trouver le sommeil. Elle avait une furieuse envie de faire pipi, mais n'osait pas sortir et guettait les bruits des bois, persuadée qu'elles finiraient toutes les trois dévorées par des bêtes sauvages. Après une longue résistance, elle céda à un sommeil peuplé d'hommes-loups en uniforme de l'Armée rouge qui lui retiraient ses doubles pantalons pour la soumettre à cent outrages, lesquels, dans son rêve, ne lui déplurent pas tant que cela. Le lendemain, dans le fourré où elle se soulagea enfin, elle en rougit de confusion. Les trois femmes reprirent la route. Elles échappèrent de justesse à une fusillade dont elles ne comprirent pas la cause. Une des balles traversa la carrosserie et vint, dans la cache, perforer leur dernier jerricane d'essence. Elles sauvèrent ce qu'elles purent, mais se retrouvèrent à quelques dizaines de kilomètres de la panne sèche. Gretel était sur les nerfs. Il fallait des tickets de rationnement – qu'elles n'avaient pas – pour s'approvisionner aux rares stations encore autorisées. On leur indiqua l'une de ces pompes. Un adolescent, très joli garçon, refusa de les servir. Elles le cajolèrent, tentèrent de l'amadouer, en vain : pas de ticket, pas d'essence. Gretel commença à penser que – vraiment – s'il le fallait – puisqu'il n'y avait pas d'autres moyens –, elle accepterait de sacrifier sa vertu à ce gamin têtu en échange d'un jerricane et le lui fit entendre, mais le jeune homme préféra empocher le jambon que Marthe sortit au même moment du camion. Il en salivait rien qu'à le regarder et se réjouissait par avance de la joie qu'éprouverait sa mère lorsqu'il lui rapporterait ce trophée. Il était si content de sa prise et du prompt oubli de ses principes, qu'il observa sans protester les trois femmes remplir à ras bord le réservoir de leur camion et les quatre jerricanes qui n'avaient pas été percés dans la fusillade. Deux jours plus tard, après une nouvelle nuit en forêt où les hommes-loups furent remplacés, dans l'imagination de Gretel, par d'entreprenants écoliers, les trois amies virent se dresser devant elles la blancheur bleutée des Alpes.

Marthe, Anke et Gretel sillonnèrent la région : il n'y avait pas trace des savants. Elles apprirent après quatre jours de recherches infructueuses la cause de leur disparition. Un conflit d'autorité avait éclaté au plus haut niveau de ce qui restait du Reich. Les équipes de Peenemünde avaient finalement été déplacées dans le centre du pays, près de Nordhausen, où ils avaient pris leurs quartiers dans une usine de construction de V2. Marthe songea à repartir en sens inverse, mais elle comprit vite que, cette fois-ci, le voyage était exclu. Le petit Werner avait attrapé une bronchite qui, pour un bébé de quelques jours, interdisait tout déplacement supplémentaire. Marthe paniqua. La fièvre du petit fut un drame. Elle paraissait garder son calme, mais la simple idée que cette infection puisse empirer la rendait folle. Elle déclara qu'il n'était plus question de se déplacer. À en croire les rumeurs qui se répandaient de village en village, la fin se rapprochait. Forcées de s'arrêter et de trouver un toit, les trois femmes se firent embaucher à l'auberge Kaiserhof du village d'Oberammergau. Elles échangèrent deux chambres contre leur travail. Gretel, excellente cuisinière, se retrouva aux fourneaux à côté de la patronne. Marthe servait en salle et Anke ne faisait rien, à part sourire aux clients et veiller sur Werner quand l'infirmière était occupée. Le petit était mal en point. Marthe massa longuement son thorax d'un onguent gras enrichi de romarin, le tapota pour le faire tousser et le débarrasser de ses mucosités. Elle fit tomber la fièvre en le baignant dans une eau chaude qu'elle rafraîchissait lentement d'eau froide et en lui appliquant des rondelles de pomme de terre maintenues par un linge humide sur les tempes. Werner rugissait, s'étouffait, refaisait des colères et finissait par s'endormir, épuisé par sa maladie et par l'énergie qu'il opposait aux soins. Après quatre jours critiques, son état s'améliora, au grand soulagement des clients qui ne fermaient plus l'œil. Le bébé sut se rattraper. À peine rétabli, il entama à coups de risettes et de mines adorables une opération de charme destinée à soumettre ce nouvel environnement aux exigences de son bien-être.

« Ce petit a une résistance incroyable, remarqua Gretel.

— Il est à croquer ! » renchérit la patronne.

Werner devint la mascotte de l'auberge. Cinq semaines passèrent. Les informations qui circulaient n'avaient rien de rassurant, mais l'activité faisait oublier les soucis. On ne chômait pas, à l'auberge Kaiserhof, tout en ayant l'impression, dans cette bucolique station de ski, d'être loin du vacarme du monde. La campagne permettait de vivre décemment. Marthe avait renoncé, pour le moment, à retrouver Johann. Elle priait Dieu de le préserver de tout malheur, tout comme elle Le priait de protéger Werner. Et pour une fois, le Tout-Puissant semblait l'entendre.

Un après-midi, après le service du déjeuner, Marthe, Gretel, Anke et la patronne se restauraient dans un coin de la salle. L'infirmière vit avec stupeur entrer la silhouette massive et pourtant juvénile de von Braun. L'ingénieur portait un manteau de cuir marron qui ne masquait pas son épaule et son bras gauches plâtrés. Ils échangèrent un regard :

« Marthe ! Enfin ! s'exclama von Braun en se précipitant vers elle. Quel soulagement ! Depuis les affreuses nouvelles de Dresde, je me rongeais d'inquiétude, et puis j'ai appris que trois femmes voyageant avec un enfant demandaient partout dans la région où me trouver et où trouver Johann Zilch… Je ne vois pas Luisa ? » ajouta-t-il.

La douleur qui contracta le visage de Marthe suffit à lui répondre. Il resta un long moment interdit, puis, au fur et à mesure qu'il comprenait, von Braun se laissa glisser sur le banc à côté d'elle.

«Dans les bombardements?

— Oui.

— Et l'enfant?

— Il est ici, dit Marthe en prenant le bébé des bras d'Anke pour le présenter à von Braun. Il s'appelle Werner.»

L'ingénieur le scruta, ému:

«Luisa voulait que j'en sois le parrain.»

Il essaya de prendre l'enfant avec le bras libre qui lui restait. Marthe ignora son geste. Von Braun, désemparé, se contenta de tâter le pied du bébé à deux doigts, ce qui déplut à l'infirmière, mais elle considéra qu'en sa qualité de futur parrain, c'était un privilège qu'elle ne pouvait pas lui refuser. L'ingénieur contempla cette vie toute neuve qui s'agitait devant lui.

«Pauvre Johann, pauvre ami, soupira-t-il le front plissé. Il est déjà si mal en point.

— Que s'est-il passé?

— Ses geôliers l'ont battu et laissé pour mort. Du moins, c'est ce que nous avons pensé lorsque nous l'avons retrouvé. Je ne l'ai pas précisé dans le télégramme pour ne pas paniquer Luisa. Il se rétablit, doucement. Sa mémoire a été endommagée…

— À quel point?

— Il ne se souvient plus de pans entiers de notre recherche, ni des événements des dernières années.

C'est comme si sa vie s'était arrêtée il y a cinq ans. Au moment de son mariage.» Comme Marthe restait interdite, von Braun avoua : «Je comptais sur Luisa pour l'aider.» Puis il soupira à nouveau : «Un si beau couple qui s'aimait tant... et maintenant ce petit... Quel malheur!»

Abattu, il commanda à la patronne une eau-de-vie. Il prit d'autorité la même chose pour la tablée. Il questionna les trois femmes sur leur expédition et trouva miraculeux qu'elles soient arrivées entières jusqu'en Bavière.

«Quand je pense à ce que vous avez vécu!» s'exclama l'ingénieur.

Il termina son verre, visiblement déprimé, et en commanda un autre.

«Et vous ? s'enquit Marthe en désignant le plâtre qui enserrait le bras et l'épaule du savant.

— Un accident de voiture quelque temps après avoir évacué Peenemünde. Nous avions roulé toute la nuit. Mon chauffeur s'est endormi... Nous avons eu de la chance d'en réchapper!

— Pourquoi avoir quitté Nordhausen ? s'étonna Marthe. Je croyais que vous aviez rejoint l'usine des V2 là-bas...

— Il y a trois jours, tout le comité scientifique a dû, sur ordre du général Kammler, abandonner la base où nous étions installés. Nous ne cessons d'être déplacés.» Il se pencha vers Marthe et lui murmura, en jetant un œil inquiet autour de lui : «Je pense que le plus important pour Kammler est de nous garder sous la main au cas où les choses tournent mal. Nous sommes son assurance vie. »

Depuis l'arrestation de Johann, von Braun se tenait sur ses gardes. Un mot mal interprété pouvait coûter cher. L'infirmière lui adressa un regard entendu.

« Marthe, je voulais vous dire, à propos de Kasper... Avez-vous reçu mon télégramme ?

— Je l'ai reçu, fit-elle, le visage fermé.

— Je suis désolé...

— Je ne le suis pas, répondit l'infirmière. Je le haïssais et vous ne l'aimiez pas. C'est à cause de lui que Johann a été emprisonné aussi longtemps, c'est donc à cause de lui que Luisa est morte, sans parler de ce qu'il m'a fait endurer. Il y a, dans cette guerre, des millions de vies perdues à regretter, pas celle de Kasper Zilch, croyez-moi. »

Von Braun fut frappé par la dureté de Marthe. Bien que proche de Johann depuis plusieurs années, il n'avait pas pris la mesure de la haine qui opposait les deux frères. Il ignorait les perversités dont Kasper était capable et n'arrivait pas à croire que ce dernier avait délibérément aggravé le cas de son frère emprisonné. Heurté par la violence qui émanait de Marthe, il vida son verre d'un trait et se leva.

« Venez ! Je vous emmène. Nous ne sommes qu'à quelques kilomètres. »

Il régla l'addition puis alluma une cigarette. Anke et Marthe avaient peu de choses à emporter. Gretel préféra rester à l'auberge. Elle ne voulait pas laisser tomber la patronne pour le service du soir. Les trois femmes s'embrassèrent. Même Marthe sembla émue. En ces périodes tourmentées, lorsque l'on disait au revoir à quelqu'un, il s'agissait souvent d'un adieu. La Mercedes de von Braun les attendait devant l'auberge. Aidé par le chauffeur, l'ingénieur retira son large manteau de cuir. Marthe, choquée, remarqua qu'il portait le grand uniforme de la SS et même la croix du mérite de guerre que lui avait remise Hitler quelques mois plus tôt. L'infirmière comprenait d'autant moins que von Braun n'avait jamais caché son antipathie pour les sbires d'Himmler. La mine sévère, elle monta à ses côtés avec le bébé. Anke s'assit à l'avant.

En ce soir d'avril 1945, Marthe, Anke et le petit Werner Zilch s'installèrent à l'hôtel Haus Ingeborg, un établissement luxueux niché dans les Alpes bavaroises, presque à l'ancienne frontière autrichienne. Les cerveaux les plus convoités de la Seconde Guerre mondiale y avaient rapidement pris leurs habitudes. Von Braun réquisitionna deux chambres voisines pour Marthe et Anke. Le bébé dormirait bien sûr avec sa tante. Marthe était à la fois impatiente de présenter Werner à son père et un peu nerveuse. Elle pensait que Luisa en aurait été heureuse, bien sûr, mais elle craignait que Johann ne veuille lui prendre l'enfant. Werner dormait à poings fermés. C'était l'heure de sa sieste et Marthe préféra voir dans quel état était son beau-frère avant de lui montrer le petit. Elle laissa Werner à Anke pour suivre von Braun. L'auberge, tout en bois, était vaste et d'une architecture complexe. Ils descendirent des escaliers, parcoururent un long couloir dont les murs étaient ornés d'une collection de pendules à coucou, remontèrent quelques marches, empruntèrent un autre couloir. Ils croisèrent deux ingénieurs de l'équipe qui accueillirent Marthe avec effusion. L'un d'entre eux, un célibataire timide et maladroit répondant au nom de Friedrich, avait eu un faible pour l'infirmière lorsqu'elle était venue passer quelques mois chez Luisa et Johann. Luisa avait encouragé Marthe à lui donner sa chance, mais Friedrich avait un pouvoir de séduction inversement proportionnel aux capacités de son cerveau. Il sembla particulièrement heureux de la retrouver. Von Braun la conduisit sur la terrasse de l'auberge. Lorsqu'elle aperçut la silhouette de Johann, le cœur de l'infirmière s'affola. Il se tenait de dos, appuyé à la rambarde. Sa cheville et son mollet droits étaient enserrés dans un plâtre. Ses cheveux avaient été rasés pour soigner ses blessures à la tête. Une cigarette entre le majeur et l'index, il fumait nonchalamment. Von Braun appela Johann qui se retourna. Il portait un bandage sur l'œil gauche et sourit en apercevant von Braun. Il lui manquait deux dents. L'ingénieur s'approcha :

« Johann, tu te souviens de Marthe ?

— Bien sûr, fit-il avec un air hagard. Bonjour Madame, la salua-t-il d'une voix enrouée en lui tendant la main.

— Tu peux l'embrasser Johann, voyons, c'est ta belle-sœur ! »

134

Alors que Johann, obéissant, se penchait vers elle, Marthe recula vivement et, tendue, le scruta. Une angoisse la saisit. Johann eut un sourire un peu absent et lui ouvrit ses bras.

« C'est formidable, il vous reconnaît... murmura von Braun. J'étais sûr que vous lui feriez le plus grand bien. Et encore ! Il n'a pas vu le petit... »

Von Braun poussa Marthe dans les bras de son beau-frère. Ils s'étreignirent un instant, puis le savant leur tapa affectueusement dans le dos à tous les deux :

« Martha, allez chercher Werner... Il faut qu'il rencontre son père. »

Manhattan, 1969

Mon ange était une femme. Une explosion de contradictions qui m'enflammait. Impérieuse et soumise, douce et passionnée, Rebecca se livrait sans recul, sans calcul. Dans la limousine qui nous conduisait vers l'hôtel Pierre où j'avais réservé une chambre pour la nuit, j'avais déboutonné son chemisier et enfoui mon visage dans les vallons soyeux de son cou et de ses seins. Elle ne prêtait aucune attention au chauffeur qui évitait de regarder dans le rétroviseur et semblait ne pas entendre ses soupirs. Elle s'offrait à mes caresses, renversée contre la portière. Entre ses yeux mi-clos filtrait un regard troublé. Ses bras m'étreignaient avec force. Sa peau avait une odeur ambrée qui m'enivrait. Lorsque je glissai la main dans son pantalon de garçon, je sentis, sous le coton de sa culotte, son désir affleurer. Ce contact me rendit fou. J'étais en train de la déshabiller lorsque la voiture ralentit. Nous étions arrivés. Je refermai les boutons de son chemisier sur sa poitrine qui se soulevait à un rythme rapide. Je resserrai sa cravate presque dénouée en lui prenant un nouveau baiser. Nous sortîmes. Rebecca avait les cheveux en bataille, les lèvres rougies et les yeux flous. Je portais ma veste sur le bras pour masquer ma conséquente érection le temps de traverser le lobby. J'étais passé prendre les clés de la chambre avant le dîner. Je ne voulais pas, si la soirée me portait chance, refroidir l'enthousiasme de ma beauté pendant cette attente toujours pénible qu'exigent les formalités à la réception. Je la guidai vers les ascenseurs. Elle sembla revenir à la réalité :

« Tu avais tout prévu… » sourit-elle, tandis que le liftier appuyait sur le bouton du cinquième étage.

Rebecca s'isola un moment dans la salle de bains. Je l'entendis ouvrir les robinets de la baignoire et du lavabo. Cette délicatesse me fit sourire. Je la repris en main dès qu'elle sortit. Elle rit et me lança :

« Ne t'inquiète pas. Je ne vais pas changer d'avis.

— On ne sait jamais ! » protestai-je en l'attirant vers le lit.

Je lui ôtai son veston, sa chemise et son soutiengorge, dévoilant enfin ses seins ronds dont les mamelons roses, serrés et parfaitement centrés, me regardaient droit dans les yeux. En dépit de sa silhouette gracile, il se dégageait d'elle une forme de puissance, d'animalité. Je lui ôtai sa ceinture, son pantalon. Je pris le temps de l'admirer, presque nue, alors que j'étais encore habillé. Agenouillé sur le lit, je lui embrassai les pieds, objet premier de mon attirance pour elle. Rebecca me les retira avec un gracieux ciseau de jambes qui, dans un éclair, me fit entrevoir le fruit bombé de son intimité. Elle voulut se relever. La main sur son plexus, je la rallongeai d'autorité. Je passai lentement ma paume sur son ventre pour descendre plus bas et la débarrasser de son dernier sous-vêtement. Je fus charmé par son duvet blond. Les poils, fins et lisses, semblaient avoir été peignés. Il y avait de la profanation à la toucher. Elle me laissa la regarder, fiévreuse, puis la pénétrer de mon doigt. Rebecca se montrait avide ou réticente selon la manière plus ou moins heureuse dont j'explorais la géographie de son plaisir. Elle me faisait des demandes précises qui m'agaçaient un peu, mais l'effet que j'obtenais en accédant à ses désirs me récompensait de m'y être plié. Elle ne cherchait pas à se cacher. Elle acceptait que je lui fasse du bien sans se préoccuper de ce que je pourrais penser d'elle. Je me sentis de plus en plus à l'aise. Rebecca était incroyablement réactive et incroyablement égoïste. Elle aimait que je l'étreigne, que je la caresse, que je la manipule, mais ne tentait rien sur moi. En revanche, elle se montrait obéissante. Lorsque je pris sa main et la posai sur mon sexe, elle le cajola avec dextérité. Ses connaissances me rendirent jaloux. Je n'aimais pas imaginer ce qu'elle avait appris ou fait avec d'autres. J'aurais voulu qu'elle me prenne dans sa bouche, mais je n'étais pas sûr de pouvoir me contenir. Je repris l'avantage. J'explorai son corps de mes lèvres et de mes mains, je m'attardai au creux de l'aine, puis au pli de la cuisse. Les deux mains dans mes cheveux, elle s'arquait. Elle me demanda de la prendre. Les mots qu'elle utilisa, clairs et crus, résonnèrent dans le silence de la chambre. J'entamai une lutte acharnée contre moi-même. J'écoutais son désir et me méfiais du mien. La vue de ses chevilles alors que, sur le dos, les genoux repliés, elle se donnait à moi ; un regard brûlant qu'elle me lança quand je la pénétrai ; elle sur moi avec ses boucles blondes qui l'habillaient comme une étole et venaient me caresser les genoux quand elle se renversait en arrière ; sa peau quand je posai la main à la base de son cou… J'essayai de penser à un bain de mer, à de la neige, à de la glace pour refroidir mon ardeur, mais je fus pris, tout comme elle, par une réaction en chaîne qui nous emporta et nous laissa, longtemps après, épuisés et heureux.

Notre vie commune commença dès cette première nuit. Après l'amour, elle se coula contre moi. Avec d'autres filles, j'étouffais dès le désir satisfait. Je voulais bien dormir avec elles, mais surtout pas qu'elles me collent ou mettent leur jambe sur moi. Pourtant, lorsque Rebecca le fit, en calant son pied dans le creux de mon genou replié et en m'enlaçant, son geste me sembla charmant. Ses cheveux, qui me chatouillaient le menton, ne me gênaient pas. Elle ne songea pas un instant à rentrer chez elle. L'idée que nous puissions dormir séparés alors que nous venions de faire l'amour ne lui traversa pas l'esprit. J'étais troublé par la soudaine tolérance que j'éprouvais à son contact. Elle était d'un naturel déconcertant. Après un long câlin, elle roula sur le côté, enlaça son oreiller avec la même tendresse qu'elle m'avait témoignée quelques instants plus tôt et murmura «bonne nuit» comme on donne son congé à un domestique. Elle s'abandonna aussitôt, confiante. Je la regardai, fasciné qu'elle soit là, près de moi, si vivante et accessible. J'étais jaloux de ses songes, de l'éloignement qu'ils créaient entre nous, mais je n'osais pas la toucher. Rebecca avait un air enfantin et concentré, comme si elle accomplissait une chose de la plus haute importance. Sa respiration était à peine perceptible. Je la trouvais magnifiquement belle.

Le lendemain, elle ne cilla pas lorsque je me levai et pris ma douche. Ni quand je me mis à la recherche de mon caleçon et de mes vêtements autour du lit. Son indifférence finit par me vexer. J'ouvris la porte de la chambre, saisis le journal déposé sur le sol et le dépliai bruyamment. Je le lus intégralement sans que ma beauté ne se manifeste. Le jour était levé depuis longtemps lorsque je finis par m'accroupir à côté d'elle et par l'appeler en lui caressant la joue d'un doigt. Contrariée, elle ouvrit des yeux assombris puis me sourit et me tendit les bras. Je l'enlaçai :

«Je dois partir...»

Elle sentait bon et elle était brûlante.

«Partir où ? répondit-elle en se redressant, indignée. Nous n'avons même pas pris le petit-déjeuner !

— Commande ce que tu veux.

— Ah non ! Tu restes avec moi...»

Son air de jeune panthère m'amusa. Je lui ébouriffai les cheveux :

«Vous ne seriez pas un poil autoritaire, mademoiselle ?

— Reste, s'il te plaît. C'est important le petit-déjeuner. On ne peut pas commencer brutalement la journée... Il faut une transition. Je déteste me confronter d'un coup à la réalité.

— Une princesse, souris-je... On m'avait prévenu...

— Qui, "on"? s'enquit-elle, en m'attirant contre elle.

— La légion des cœurs brisés à tes pieds.

— Dans ce domaine, je crois que tu n'as rien à m'envier.

— Tu t'es renseignée?»

Elle eut un sourire et saisit la carte du service en chambre. Elle s'y absorba avec l'attention qu'un financier accorde aux cours de la Bourse.

«Que veux-tu?» demandai-je en décrochant le téléphone.

La princesse avait un appétit d'ogre, comme moi. Elle commanda un petit-déjeuner continental avec viennoiseries, tartines, œufs brouillés au saumon, salade de fruits, café au lait, orange pressée et yaourt. Je pris la même chose et rajoutai une assiette de pommes de terre sautées. Nous dévorâmes ce repas avec enthousiasme. Je renversai un peu de tout sur les draps. Rebecca, qui comme la plupart des artistes vivait en résidence dans son lit depuis des années, ne laissa pas tomber une miette en dehors du plateau. Ce menu copieux nous fit dormir, puis j'eus envie d'elle et elle de moi, ce qui nous donna à nouveau sommeil. Quand nous nous réveillâmes, nous avions faim. Nous sortîmes déjeuner, ce qui appelait logiquement une sieste, mais la logique n'eut pas le dernier mot. Rebecca devait se changer et travailler. Je devais travailler et me changer. Nous nous retrouverions le soir dans la même chambre que j'avais décidé de garder pour le week-end. Nous vécûmes sur ce rythme deux jours de plus. Nous étions infatigables. Seule la question financière me tracassait. Rebecca, habituée à ce que l'argent soit une évidence, me laissait régler les additions sans même me remercier. Vint enfin le moment de rendre la chambre. Par de nouvelles acrobaties, et la mise en gage des boutons de manchettes de Marcus, j'avais trouvé de quoi payer la note des plus salées, mais nous ne pouvions plus rester à l'hôtel. Je craignais la déception de Rebecca si je l'emmenais chez nous. L'appartement exigu, à moitié installé en bureau que je partageais avec Marcus et Shakespeare, ne me semblait pas digne d'elle.

Je ne pouvais pas débarquer chez ses parents, et je n'avais aucune envie de me séparer d'elle. J'avais l'impression qu'il suffirait d'un moment d'inattention pour qu'elle s'évanouisse au coin d'une rue, inquiétude d'autant plus vive que j'avais pu remarquer ses talents de séductrice. Elle n'en semblait même pas consciente, mais elle passait ses journées à faire du charme. Elle écoutait les plus insignifiantes informations, énoncées par les plus insignifiantes personnes, avec de grands yeux émerveillés. Elle se promenait dans le monde avec un mélange d'innocence et d'égoïsme qui m'alarmait et me fascinait. Les cadeaux et les grâces semblaient pleuvoir sur elle. Dès qu'elle apparaissait, Rebecca captait les regards. Je ne passais pas inaperçu non plus. L'admiration que nous suscitions m'était agréable, mais je me méfiais des convoitises que Rebecca ne manquerait pas d'inspirer dès que j'aurais le dos tourné. J'aurais voulu la mettre sous cloche pour la protéger du temps et des agressions de l'air, ne la garder que pour moi. Le dimanche, ne pouvant payer une nuit de plus, je prétextai un rendez-vous le lundi matin de bonne heure. Nous nous embrassâmes dans un retrait de la rue, à quelques numéros de chez ses parents. J'eus envie de lui demander quand je la reverrais. Je pense que la même question lui brûlait les lèvres, mais nous étions trop orgueilleux pour la poser. Je la laissai filer. Elle refusa que je la raccompagne à la porte.

Alpes bavaroises, 1945

Marthe prétexta que l'enfant dormait. Le lendemain, elle dit qu'il était malade, tout comme le surlendemain. Von Braun ne la laissa pas faire. Il exigea de voir Werner et, lorsqu'elle le lui présenta, il le prit d'autorité dans son bras valide pour l'apporter lui-même à Johann. Marthe essaya de s'interposer, le savant se fâcha. Elle était d'une possessivité ridicule avec ce bébé. Il comprenait que l'état de Johann l'inquiète, il comprenait également qu'elle ne souhaite pas encore lui remettre l'enfant, mais Johann restait le père de Werner, elle n'était que sa tante – et encore, par alliance –, il était hors de question qu'elle les empêche de faire connaissance. Ils avaient des semaines à rattraper, il fallait que le lien se crée et ce n'était certainement pas en cachant ce bébé que les choses se feraient.

« C'est dangereux ! Johann n'est pas dans son état normal et Werner est trop petit... protesta Marthe.

— Même moi, vous ne vouliez pas me le donner !

J'ai bien vu à l'auberge … Moi aussi je suis dangereux ?

— Vous avez un bras cassé, j'ai eu peur que vous
ne le fassiez tomber, balbutia-t-elle.

— Eh bien non, vous voyez, j'y arrive très bien. »

Il fallait reconnaître que Werner, allongé sur
l'avant-bras du savant comme un lionceau sur une
branche, la tête posée de côté dans sa grande main, ne
semblait pas mécontent.

« Pour vous j'ai eu tort, je le reconnais, mais Johann,
c'est différent », tenta encore l'infirmière.

Von Braun perdit patience.

« Je ne comprends pas. Que reprochez-vous à
Johann ? Vous êtes d'une ingratitude étonnante. Vous
étiez bien contente de vivre chez lui lorsque vous vous
êtes séparée de votre mari !

— Vous n'y êtes pas du tout.

— Sa captivité et ce qu'il a vécu l'ont atteint, je ne
vais pas vous dire le contraire, mais il faut lui laisser
le temps de se remettre, de reprendre des forces. Je ne
peux que soupçonner ce qu'il a enduré et j'en ai déjà
froid dans le dos. Un peu de compassion, Marthe !
Je m'étonne – je m'indigne, même – qu'une femme
comme vous, infirmière de surcroît, ne manifeste pas
plus de bienveillance à ce pauvre homme. »

Les protestations de la jeune femme n'attendrirent
pas le savant. Il était très en colère :

« Marthe, si vous êtes persuadée que toute mon
équipe en veut à cet enfant, il ne vous reste qu'à par-

tir. Je n'ai aucun droit de vous en empêcher, mais je ne vous laisserai pas emmener mon filleul. »

Marthe fit mine de rentrer dans le rang. Il était hors de question qu'elle renonce à Werner, et von Braun la gardait à l'œil. Il avait prévenu les SS qui gardaient l'hôtel de ne pas la laisser sortir seule avec l'enfant et il demanda pour plus de sûreté à son chauffeur, Gunther, de la suivre. Le soir même, elle ne pouvait plus faire trois mètres sans être accompagnée de ce quadragénaire pataud. Friedrich, son chevalier servant, ne la quittait pas non plus. À défaut de pouvoir semer les deux compères, elle les réduisit en esclavage. Ils portaient ses affaires, allaient lui chercher son thé, son pull quand il y avait un courant d'air ou Anke quand c'était l'heure de la tétée. Ils la laissaient gagner aux cartes, bien que Friedrich eût une mémoire photographique hors norme, de peur qu'elle ne soit de mauvaise humeur si elle perdait. Ils berçaient le panier de Werner pendant des heures et quand le bébé pleurait, l'infirmière les forçait à chanter en canon. Marthe était donc très bien traitée, mais à partir du moment où elle avait Werner dans les bras, elle était bel et bien prisonnière.

Johann gardait ses distances. Von Braun insista pour qu'il s'intéresse à son fils, mais dès qu'il s'en approchait, le petit criait. Les sévices que Johann avait subis l'avaient vidé de sa personnalité et de ses émotions. Il faisait ce que son patron, et ami, lui demandait. Il tenait des conversations courtoises et distantes avec les autres membres de l'équipe, mais il restait

146

absent. Il passait ses journées à fumer, le regard dans le vide, sur la terrasse de l'hôtel. Von Braun, de nature optimiste, pensait que le temps arrangerait les choses.

Marthe, pour sa part, ne dormait plus. Chaque soir, elle fermait les volets de sa chambre, verrouillait la porte et tirait la commode pour la mettre en travers du passage. Elle avait placé le berceau de Werner entre son lit et le mur, pour l'éloigner de la fenêtre. Elle se reposait par demi-heure, son couteau sous l'oreiller. Anke était la première à condamner l'attitude de son amie. La nourrice s'était immédiatement ralliée à la nouvelle autorité et se montrait prête à tout pour plaire à von Braun et aux hommes de son équipe. Elle devisait d'un air réprobateur avec les autres femmes du groupe sur «l'attitude inqualifiable de Marthe». Les épouses des savants avaient vite établi leur préférence. Anke avait le mérite d'être soumise et mariée quand Marthe était veuve, libre et imprévisible. Elles accueillirent la première avec condescendance et la seconde avec animosité. Le caractère de Marthe, et pire, son célibat, avaient suscité de leur part une antipathie presque immédiate. Celles qui l'avaient connue lorsqu'elle habitait chez Johann n'en gardaient pas un bon souvenir – pas aimable, affirmaient-elles. Sans parler du fait qu'elles avaient trouvé Luisa bien aveugle de laisser sa belle-sœur tourner ainsi autour de son mari. Il suffisait de voir la dévotion que Marthe suscitait chez Friedrich, pour comprendre ce dont cette intrigante était capable. Ah ! On les connaissait ces séductrices, celles qui ne paient pas de mine, celles dont on ne se méfie pas et qui vous volent les pères de famille les plus responsables et les plus droits. Anke abondait dans leur sens, se plaignant de ce que Marthe lui avait fait subir. Elle décrivait son autoritarisme et son égoïsme. Tout en gémissant sur son sort, elle retirait ses chaussures dès que l'occasion lui était donnée pour montrer ses pieds abîmés :

« Et voyez comme j'ai été récompensée. Sans moi, Werner n'aurait pas survécu, et pourtant, c'était dur de nourrir ce petit alors que mon Thomas chéri, mon Thomas si mignon, si gentil, venait de rejoindre les anges. »

Les épouses renchérissaient : quelle vilaine personne, cette affreuse Marthe ; Anke avait bien du mérite de s'être sacrifiée avec une telle force morale. Les femmes s'échangeaient des regards modestes, résolus et mouillés. Elles se délectaient de leur propre générosité, de leur bienséance, de leur souffrance partagée. Avec le zèle détestable de ceux qui veulent se faire accepter, Anke profitait des tétées pour descendre Werner à Johann, lequel lui faisait des chatouilles forcées avant que Marthe, rageuse, ne vienne récupérer le petit.

À l'exception de ces tensions et de l'épée de Damoclès que les SS gardaient suspendue au-dessus de leurs précieux neurones, les savants vivaient d'improbables vacances. Pendant que l'Allemagne telle qu'ils l'avaient connue n'en finissait pas de finir, ils occupaient leurs journées à jouer aux cartes et aux échecs. Ils écoutaient la radio ou s'asseyaient sur la terrasse de l'hôtel. Ils contemplaient les Alpes enneigées et profitaient d'un glorieux soleil de printemps. Rien ne leur manquait, mais ils avaient conscience que le sort du monde, et le leur, étaient en train de se sceller quelque part à leurs pieds. Leurs conversations, dès qu'ils étaient seuls, tournaient autour de la meilleure manière de convaincre les SS de se rendre – au lieu de les abattre –, quand ils ne se perdaient pas en conjectures sur les ennemis susceptibles de les atteindre en premier. Accompagnés des Anglais et des Français, les Américains étaient à l'ouest et au sud, les Soviétiques plus loin à l'est. Tous les recherchaient activement. Certes, les scientifiques ignoraient que leurs noms figuraient en haut de la liste mise au point par les services de renseignements britanniques pour identifier et soustraire les cerveaux du Reich à l'adversaire qu'était déjà l'Empire soviétique, mais ils avaient tous entendu parler de camarades qui avaient disparu du jour au lendemain et que l'on n'avait jamais revus. De leur côté, les agents qui sillonnaient l'Allemagne pour mettre la main sur von Braun, Johann Zilch et leurs collègues, étaient loin d'imaginer que leurs cibles n'étaient qu'à quelques kilomètres.

Tard dans la nuit du 1er mai 1945, la petite bande, installée dans le salon bleu, buvait du Jägermeister en écoutant la septième symphonie d'Anton Bruckner, lorsque la radio interrompit brutalement son programme musical pour annoncer la mort du Führer. Les savants et leurs femmes bondirent pour entourer le poste. La voix tremblante, le journaliste annonçait qu'Adolf Hitler avait péri au combat après une lutte acharnée, dans les ruines de Berlin, contre les hordes bolcheviques. Ce fut un choc énorme. Bien qu'appelant un tel dénouement de leurs vœux depuis plusieurs semaines, ils furent pris du vertige de l'incertitude. Certains se réjouirent et furent vertement rabroués par les plus légitimistes. Se féliciter de la mort du Führer était antipatriotique. Anke fondit en larmes. Elle se sentait orpheline, abandonnée, et se lamentait de la disparition de celui qui les avait guidés. D'autres femmes pleuraient avec elle, terrorisées de ce qui les attendaient. Une fois couchée, Marthe entendit un long moment Anke geindre à travers la cloison de sa chambre, sans éprouver, cette fois, l'envie de la réconforter. Ces dernières semaines l'avaient révélée. On croit souvent que les êtres timides et effacés sont gentils alors qu'ils sont simplement faibles. Ils vous égorgeront dès que l'occasion leur en sera donnée pour se venger de leur propre médiocrité. Heureusement, Werner pouvait se passer d'Anke. Il mangeait désormais hachis, purées et compotes. Marthe voulait s'éloigner aussi loin que possible de ce pays et de ce passé. Elle voulait recommencer à zéro, construire ailleurs une vie meilleure. Il fallait juste trouver le moyen de partir, difficulté qui l'occupa, comme les autres locataires de l'hôtel, une bonne partie de la nuit. À l'étage du dessus, von Braun réfléchissait à la meilleure stratégie pour lui, son équipe, et ses rêves contrariés de fusée spatiale. Allongé sur le dos, son bras plâtré bien raide devant lui, assis au bord du lit ou faisant les cent pas dans la chambre, il avait le cerveau en ébullition. Il s'agita, fuma trois paquets de cigarettes et le double d'idées avant de parvenir à prendre la décision qui s'imposait.

Le lendemain, il réunit ses hommes. Le temps comptait. La mort d'Hitler l'avait libéré de ses dernières réticences morales et avait achevé de désorganiser leurs gardiens. Il s'agissait de ne pas tomber aux mains des Soviétiques. Les récits des tortures infligées par les Russes aux prisonniers allemands avaient impressionné ces savants que les horreurs du travail forcé dans leur usine de Dora – où les esclaves mouraient par milliers – n'avaient pas, quelques semaines plus tôt, préoccupés outre mesure. Von Braun voulait se rendre aux Américains. Son équipe le suivit, à l'exception de deux chercheurs qui optèrent pour les Russes. Marthe pensait profiter de la désorganisation générale pour filer avec le bébé, à pied s'il le fallait, dans les montagnes que le printemps rendait moins hostiles. Elle n'en eut pas le loisir.

Marthe était la seule avec Magnus von Braun, le frère cadet du patron, à parler l'anglais correctement. Von Braun savait que les Américains étaient les plus proches. Il envoya Marthe et Magnus en éclaireurs. Échappant à la surveillance de leurs geôliers, ils dévalèrent à bicyclette la route en pente raide qui descendait vers l'Autriche. À chaque tournant, ils avaient le sentiment de risquer leur peau. Si les SS les avaient vus quitter l'hôtel sans autorisation, pire, s'ils les avaient vus approcher des soldats étrangers, ils n'auraient pas hésité une seconde à tirer. Les freins de Magnus ne fonctionnaient plus. Dans la vallée, le tandem aperçut une section antichar américaine de la 44e Division. Magnus tenta alors le tout pour le tout. Il lança sa bicyclette à pleine vitesse, ne sachant absolument pas comment il pourrait l'arrêter, et interpella les Américains dans un anglais cabossé : « Mon nom est Magnus von Braun, mon frère est l'inventeur du V2. Nous voulons nous rendre. » Lorsque les Américains comprirent que le couple n'était pas armé, ils acceptèrent de leur parler. Magnus et Marthe durent néanmoins déployer toute leur force de persuasion pour faire accepter aux Américains que les inventeurs des V2 étaient quelque part dans la montagne et demandaient à être immédiatement entendus par le général Dwight Eisenhower. Un petit brun à l'air malin, Fred Schneikert, soldat du Wisconsin, se décida à les emmener au quartier général du CIC, les services secrets américains, qui s'étaient établis dans la ville de Reutte. Là, le premier lieutenant Charles Stewart, bien qu'incrédule, ne voulut pas risquer de manquer l'un des scientifiques les plus recherchés du conflit. Il mit à leur disposition quatre hommes et deux voitures puis demanda à Magnus et Marthe de revenir avec von Braun. Entre-temps, la plupart des SS qui gardaient l'hôtel avaient abandonné leur uniforme et s'étaient enfuis. Ceux qui restaient, espérant sauver leur tête, laissèrent von Braun partir à la rencontre des Américains. Le marché fut conclu le lendemain dans le bureau de Charles Stewart autour d'un petit-déjeuner d'œufs brouillés au bacon, de pain blanc tartiné de confiture, et de vrai café, luxe dont les savants avaient oublié la saveur. Ce jour-là, ils goûtèrent pour la première fois de leur vie des petits sachets de céréales grillées qu'il fallait agrémenter de sucre et de lait. Ils les trouvèrent délicieuses. Soulagés et repus, von Braun et les siens se rendirent officiellement à l'autorité américaine.

Manhattan, 1969

«Puisque je te dis que je m'en fous! s'exaspéra Rebecca.

— Moi, je ne m'en fous pas, me défendis-je.

— C'est si terrible que ça? Il y a des cafards, des rats?

— Non, bien sûr que non!

— Bon alors, emmène-moi chez toi.

— Non.

— Ou laisse-moi payer l'hôtel.

— Hors de question», fis-je, catégorique.

Rebecca, qui avait pris conscience de mes difficultés financières, m'avait proposé de pique-niquer dans Central Park. Elle avait apporté, des cuisines de sa maison, un luxueux panier gourmand: nappe blanche, verres fins et couverts, bouteille de champagne, terrine de poisson, tranches de rôti de bœuf, salade de légumes grillés, pain brioché, fromage et évidemment patates sautées que je dévorais froides. À ce déjeuner s'ajoutait un gâteau au chocolat.

«Je l'ai acheté moi-même, se vanta-t-elle avec un sourire goguenard.

— Tu sais cuisiner ?

— Rien. Pas même un œuf. Quand je m'ennuyais, enfant, je m'installais dans l'office et je regardais Patricia travailler, mais j'avais la stricte interdiction de m'y essayer…

— Je suis sûre que tu léchais très bien les plats ! » la taquinai-je en la renversant sur l'herbe.

Ses cheveux sur le plaid formaient un soleil blond autour de son visage. J'étais fasciné qu'une si petite tête puisse contenir tant de pensées, de désirs, d'intelligence. Elle m'embrassa avant de glisser, au moment où je m'y attendais le moins, une poignée d'herbes arrachées dans ma chemise. Je m'en débarrassai en pestant et en lui promettant une fessée si elle recommençait, puis je la rallongeai et la gardai prisonnière contre moi. Elle se plaignit :

«Wern, décide-toi !

— À propos de quoi ?

— À propos de l'endroit où tu vas satisfaire mes envies ! C'est facile de m'aguicher sans avoir de solution… Tu es un allumeur.

— Tu es allumée ?

— Oui.

— Très allumée ?

— Très. »

Je me redressai en soupirant.

«Tu n'as pas un atelier où tu travailles ?

— Si, bien sûr ! Comment n'y avais-je pas pensé !

Il est juste en dessous du bureau de mon père, je suis sûre qu'il sera ravi de te rencontrer... » ironisa-t-elle.

Rebecca savait que je me faisais un monde de la rencontre avec ses parents. Je m'étais bien gardé de lui en parler, mais cette délicieuse peste me perçait à jour sans difficulté. Comme je continuais à résister à ses sollicitations, elle employa les grands moyens. Son exhibitionnisme sensuel m'étonnait, d'autant qu'elle était inversement expansive lorsqu'il s'agissait de sentiments. J'avais commencé à lui faire part de mon attachement, mais elle balayait mes déclarations d'une remarque moqueuse, ou d'un rire. Elle n'avait pas lâché un seul mot tendre me concernant, même si ses yeux, ses caresses, ses baisers, me disaient tout le bien qu'elle me voulait. Rebecca finit par me faire céder : j'acceptai de l'emmener à la maison. C'était difficile de lui résister. Elle alternait chantage affectif et supplication enfantine, humour et bouderie, raisonnement logique et harcèlement. Exactement la méthode, à en croire Marcus, que j'utilisais sur nos clients, nos fournisseurs ou toute personne qui se mettait en travers de mon chemin... Nous étions, je pense, aussi déterminés l'un que l'autre. Dans le taxi qui nous emmena Downtown, j'étais nerveux. Elle était enchantée, décidée à trouver charmant le plus horrible des bouges. Elle qualifia ma rue de « coquette », fit abstraction des poubelles du restaurant au rez-de-chaussée et trouva l'immeuble « très sympathique ». Les escaliers métalliques qui ondulaient dès que l'on montait lui semblèrent « bons pour le cœur » et elle fondit de bonheur

en retrouvant Shakespeare qui nous fit une fête déme-
surée. Après avoir cajolé mon chien, elle entama, sans
me demander mon avis, le tour du propriétaire.

« Tu as l'eau courante ! » railla-t-elle dans la salle de
bains.

Elle ouvrit la fenêtre qui donnait sur une cour
sinistre et le système de ventilation du voisin. « Vue
typiquement new-yorkaise, une vraie carte postale »,
commenta-t-elle avec un ton d'agent immobilier. Elle
inspecta la douche, le luxueux matériel de rasage de
Marcus dont le blaireau en ébène cerclé d'argent, le
rasoir et le bol coordonnés, détonnaient sur les carreaux vert bouteille entourant le lavabo. Becca entra
ensuite dans la chambre de Marcus, impeccablement
rangée : « Là, je parie que c'est chez ton colocataire »,
puis se rendit dans la mienne, sens dessus dessous :
« Et là c'est chez toi ! » s'amusa-t-elle. Ma beauté termina son inspection par le bureau sur lequel s'empi-
laient des montagnes de dossiers : « Le siège social de
la multinationale », commenta-t-elle, puis la dernière
pièce : « Mon Dieu ! Une cuisine équipée. Avec un frigidaire *et* une gazinière ! Monsieur Zilch, vous ne vous
refusez rien. »

J'étais mortifié. L'envie de montrer au monde et à
cette insolente ce dont j'étais capable me mordait le
ventre. Le temps était d'une lenteur révoltante. Si tout
s'était déroulé comme prévu, et sans ces fonctionnaires corrompus qui avaient retardé notre chantier,
j'aurais déjà dû avoir sur mon compte en banque mon
premier million. J'avais en vue le prochain projet de

Z & H, un immense terrain en front de mer qui pourrait définitivement faire tourner la roue de mon destin. Elle sentit ma frustration et vint m'embrasser.

« Sincèrement Wern, il est très bien votre appartement.

— Suffisant pour ce que je vais t'y faire subir ! rétorquai-je en l'entraînant vers la chambre.

— Tu ne m'offres pas quelque chose à boire avant ?

— Non.

— Vous n'êtes pas très civil, monsieur Zilch.

— Pas du tout civil, confirmai-je en l'allongeant.

— Ni très rangé, ajouta-t-elle en extirpant des draps une de mes ceintures dont la boucle lui faisait mal au dos.

— D'autres doléances, princesse au petit pois ?

— Des montagnes !

— Je vais m'employer à me faire pardonner… » annonçai-je en lui immobilisant les poignets.

En amour, Rebecca aimait l'autorité et j'avais une tendance naturelle à exprimer la mienne. Ces moments rétablissaient la balance. La voir s'offrir à moi, se plier à mes mains et à mes ordres, me donnait un sentiment de puissance que je n'avais connu avec aucune femme. Elle voulait des assauts énergiques. Elle si dominante parfois, prenait plaisir à se soumettre. Elle aimait mordre et griffer. Elle aimait que je joue à l'étouffer. Elle aimait avoir le sentiment d'être forcée parce que, m'avoua-t-elle un jour, cela la libérait. Rebecca me pardonna à trois reprises dans les heures qui suivirent. Je comptais, même si elle n'aimait pas que je compte, ni que je lui pose des questions sur la manière dont nous avions fait l'amour.

« Tu n'as pas besoin de compliments supplémentaires, affirmait-elle. Tu es bien assez arrogant comme ça. »

J'aimais qu'elle sache oublier son éducation. Dans l'action, elle demandait clairement ce qu'elle désirait, et j'aimais qu'après, elle retrouve sa délicatesse et son maintien. J'avais l'impression qu'elle livrait une partie d'elle que j'étais le seul à connaître.

Vers 6 heures du soir, nous entendîmes Marcus rentrer. Shakespeare l'accueillit bruyamment. Mon ami s'approcha de la porte, nous entendit pouffer et se retira discrètement dans sa chambre après avoir préparé son traditionnel thé de fin de journée. Il avait adopté cette coutume lors de son année d'étude dans une pension anglaise, mais n'était jamais parvenu à m'y convertir. J'en proposai néanmoins une tasse à Rebecca, qui s'exclama : « Enfin ! J'ai cru que tu me laisserais mourir de soif. » Marcus ayant emporté la seule théière de l'appartement, je versai la moitié de la boîte de Earl Grey Twinings dans une carafe avec de l'eau tiède pour ne pas faire éclater le verre. Rebecca avala une gorgée avec des mines froncées de chatte et déclara ma décoction « infâme ». Ma beauté n'avait pas l'art de la nuance, conséquence de sa sensibilité qui la faisait répondre aux choses et aux gens avec la réactivité d'une Ferrari. Elle m'emprunta un T-shirt, un caleçon, et se rendit dans la cuisine pour faire elle-même son thé, suivie de Shakespeare qui jappait autour d'elle comme un chiot, parce qu'il était amoureux bien sûr, mais aussi parce qu'il avait faim. Elle m'appela quelques secondes plus tard. Elle n'arrivait pas à allumer le feu de la gazinière. Marcus passa une tête dans le salon et demanda, avec son sourire enjôleur :

« Je peux vous aider peut-être ?

— Volontiers, répondit Becca.

— Marcus, arrête de te rincer l'œil, criai-je en m'extirpant du lit.

— Pour l'instant, je ne rince que la théière », rétorqua-t-il.

Nous prîmes le goûter ensemble dans le salon. Marcus avait rapporté des cookies, du lait frais et des pommes de l'épicerie. Rebecca était à moitié allongée sur le canapé, les pieds sous mes fesses pour se réchauffer. Le contact s'établit sans difficulté. Rebecca et mon associé avaient des dizaines d'amis en commun. Ils égrenaient ces noms inconnus. Ils avaient fréquenté les mêmes camps de vacances et le même club de tennis. Ils avaient enduré les cours du même professeur de danse qu'ils imitèrent à tour de rôle, singeant ses manières ampoulées et son accent de Russe blanc. C'était étrange qu'ils ne se soient jamais rencontrés. J'étais jaloux de leur complicité. Délicat, Marcus évita de mentionner le nom des deux garçons dont Rebecca avait réduit le cœur en cendres. Rebecca le complimenta sur les réalisations de son père. Ils s'échangèrent ainsi des amabilités jusqu'à ce que je décide que nous sortirions dîner. Rebecca avait taché son pantalon blanc lors de nos roulades dans l'herbe de Central Park. Elle m'emprunta un chandail qu'elle ceintura d'une de mes cravates pour s'improviser une robe. Je plongeai les mains dans le profond col V pour saisir ses seins avant de répéter l'opération par le bas. Sa tenue improvisée me donnait des accès très satisfaisants à sa personne. Nous nous rendîmes en pèlerinage au Gioccardi où Paolo nous accueillit avec effusion. Heureux de voir que j'étais parvenu à mes fins, il me fit un clin d'œil dès que Rebecca eut le dos tourné et nous offrit une bouteille de prosecco pour célébrer l'occasion. Becca insista ensuite pour passer à The Scene, le club où il fallait être. Tout juste rentré de Londres, Jimi Hendrix y jouait ce soir-là. Elle ne voulait « rater ça pour rien au monde ». The Scene était une cave grande comme une boîte à chaussures, située sur la 46ᵉ Rue, entre la Huitième et la Neuvième avenue. Le club connaissait un succès sans précédent depuis que Jim Morrison, ivre mort, y avait fait scandale : c'était un soir où Jimi Hendrix jouait. Morrison avait rampé sur l'estrade. Agrippant Hendrix par la taille, il avait tenté de lui faire une fellation en public. Ce dernier l'avait brutalement repoussé mais Morrison ne voulait pas lâcher Hendrix et s'accrochait à lui en beuglant des obscénités. Janis Joplin avait mis fin à la performance du Lizard King en le calmant d'un bon coup de bouteille sur la tête, initiative qui lui avait valu les vivats et les applaudissements de l'assistance. Un tel incident, dans une ville en quête permanente d'intensité, ne pouvait que faire

161

la renommée de The Scene. Y être admis n'allait pas de soi. La foule se pressait à l'entrée, mais rares étaient ceux qui y passaient la soirée. Il fallait d'abord, sur le trottoir, amadouer Teddy, une armoire à glace, en costume de mafieux. Dès l'ouverture du club, Marcus, qui savait où il fallait être et avec qui, se l'était mis dans la poche. Le jeu était plus aléatoire avec Steve Paul, le maître des lieux. Il avait notre âge et une arrogance insupportable. Il avait pris l'habitude d'accueillir ses clients par une bordée d'injures personnalisées. Marcus s'en amusait, moi pas. Steve devait le sentir parce qu'il n'allait pas trop loin avec moi. Ce soir-là, nous n'eûmes pas la moindre remarque désagréable. Rebecca commença par sauter au cou de Teddy, ce qui me causa une première bouffée de chaleur, puis elle sauta au cou de Steve qui la serra contre lui en se dandinant avec elle d'un pied sur l'autre pendant un temps qui me sembla interminable. Suite à ces effusions, il se montra presque aimable, me serra la main pour la première fois depuis que nous venions dans son établissement, et nous fit installer au pied de la scène. Tout était minuscule : la salle, les tables et les chaises sur lesquelles j'avais à peine la place de poser une fesse. La fumée des cigarettes et des pétards, la chaleur humaine, créaient une brume qui floutait les images et les idées. Becca était euphorique. Elle parlait avec de grands mouvements de mains et ne tenait pas en place, trop occupée à saluer ses amis. Elle tomba dans les bras de Linda Eastman, une jeune et jolie photographe dont tout le monde parlait depuis qu'elle était mariée à Paul McCartney, et dans ceux de Deering Howe, millionnaire habitué du club et héritier des tracteurs du même nom. Puis Becca cria «Andy!» et enlaça Warhol. Il venait de débarquer avec sa cour dont aucun membre ne manqua de peloter la femme de ma vie. Elle atterrit enfin contre le torse d'Allen Ginsberg. Je n'avais lu aucun de ses livres, comme je ne manquais pas de lui préciser d'un air maussade lorsqu'elle me le présenta. Rebecca me vanta son œuvre d'une tirade que j'interrompis. La saisissant par la main, je la ramenai à notre table et l'assis sur mes genoux, pour bien montrer à l'internationale des tripoteurs que cette femme était prise. Elle rit en voyant ma mine contrariée:

«Ne sois pas jaloux...

— Je ne suis pas jaloux.

— Ils sont tous gays.

— Et alors? Tu trouves que c'est une raison?

— On se disait bonjour, c'est tout.» Elle soupira. «Déjà possessif au bout d'une semaine...

— Je suis possessif depuis le premier jour.

— Sans doute parce que tu as des choses à te reprocher...

— Quel rapport?

— Lorsque l'on est dispersé dans ses affections, on a tendance à croire que les autres le sont aussi.

— Je ne crois rien du tout. Je vois juste que tu passes plus de temps dans les bras d'inconnus que dans les miens.»

Rebecca n'était pas d'humeur querelleuse, elle rit

en se serrant contre moi, mais ne resta pas en place pour autant. Quelques minutes plus tard, elle était déjà debout. Une clameur s'éleva. Hendrix apparut sur scène. La tension monta en flèche. Il salua silencieusement la foule et joua quelques accords. L'assistance était aussi tendue que les cordes de sa guitare. Il fit savamment durer le plaisir. Ses fans trépignaient. Son instrument se mit à gémir comme un animal. Il en tirait des sons que je n'avais jamais entendus et que je n'ai plus entendus depuis. Il donnait tout. La salle était folle. Sensuelle, abandonnée, Rebecca faisait corps avec la musique et la foule. J'observais la scène, mais je ne pouvais pas me laisser aller. Il y a toujours, chez moi, comme un dédoublement de personnalité. Je vis et j'observe en même temps. Je n'aime pas perdre le contrôle. Rebecca, je l'apprendrais vite, n'aimait que ça. Elle voulait suivre son instinct et ses envies, repousser les limites de la conscience et faire sauter les verrous qui entravaient la société. C'était son travail d'artiste, disait-elle. À l'époque, on y croyait. Rebecca avait cette force vitale qui la rendait insubmersible mais je soupçonnais une faille, une fragilité qu'elle ne masquait pas entièrement. Fille de bonne famille le matin, le soir sauvageonne possédée par la guitare d'un musicien, conventionnelle Uptown, esprit libre Downtown, elle était toutes les femmes. Cette nuit-là, je la regardais céder à la fièvre. Rebecca avait pris un cachet et m'en avait proposé. Je n'étais pas prêt à lâcher la rampe au milieu de cette tribu déchaînée. Marcus non plus.

Ma beauté était très drôle sous acide. Elle faisait de grands discours mystiques ; elle semblait éblouie par les lumières, les couleurs, les sons, comme si chaque centimètre de sa peau était doté de capteurs en alerte. Elle nous charmait de ses fulgurances poétiques et de ses raisonnements virtuoses. Le jour se levait lorsque nous retournâmes tous les trois à l'appartement. Elle chantait dans la rue. Elle enleva ses chaussures. J'avais peur qu'elle se blesse et je la fis monter sur mon dos. Elle laissa aller sa tête sur mon épaule. Je sentais la peau de ses cuisses sous mes mains, son ventre contre ma colonne, son souffle dans mon cou. Ses pieds ballottaient à chacun de mes pas. Son parfum m'enveloppait. J'avais furieusement envie d'elle.

Manhattan, 1970

Ce fut l'une des périodes les plus heureuses de ma vie. Rebecca m'aimait et j'aimais Rebecca. L'argent coulait enfin à flots. Nous venions d'obtenir le terrain en front de mer qui devait sceller notre fortune. Le jour où Marcus et moi reçûmes le premier chèque qui changeait définitivement la donne, nous retournâmes au clou, dans le Queens, avec chacun trois bouteilles de champagne sous le bras et mon chien sur les talons. Je raccrochai la Patek de mon père à mon poignet, Marcus récupéra ses boutons de manchettes ainsi que son épingle à cravate et, ivres du rêve américain, nous servîmes à boire à tous ceux qui étaient venus déposer un objet précieux. Nous leur disions : « Vous traversez une mauvaise passe, ça ne durera pas », « Tout est possible, vous savez ». Les clients, décontenancés ou séduits, acceptaient le gobelet et trinquaient à l'avenir. Deux hommes, restés à l'écart, réagirent avec moins de bonhomie. Ils avaient lu l'article que le *Village Press* nous avait consacré. Ils savaient que nous venions de gagner des millions et trouvaient indécent que Zilch et

Howard viennent les narguer avec leur bonne fortune. Lorsque je leur tendis à boire, ils vidèrent les verres en carton sur le sol en déblatérant leur rancune sur les « fils à papa » que nous étions censés être. Shakespeare, qui avait réquisitionné la main innocente d'une des caissières pour lui gratter le ventre, se releva d'un bond au premier éclat de voix et se mit à grogner, les babines retroussées et le poil hérissé des oreilles à la queue. Je faisais des efforts surhumains pour me contenir. La digue céda lorsque le plus massif, à court d'arguments, me traita de « sombre connard ». Je l'empoignai par le col. Marcus me saisit par la taille :

« Nom de Zeus (c'était le pire des jurons de Marcus) ! Tu dînes ce soir chez les parents de Rebecca, tu ne vas pas arriver avec une dent en moins ou le nez cassé !

— C'est pas moi qui aurai le nez cassé, je te le garantis ! » braillai-je. Je contournai Marcus qui me retint par la chemise dont les boutons sautèrent partout dans la pièce. Shakespeare aboyait comme un forcené, la plupart des gens s'étaient enfuis. Mon associé parvint à me faire reculer. Un témoin en fit autant pour éloigner celui qui me défiait. Marcus me traîna vers l'escalier, suivi de Shakespeare. J'entendis le deuxième abruti me traiter de « sale vérole » et de « petit capitaliste ». Je fis demi-tour, le poing armé. Marcus me rattrapa par la ceinture pour me remettre sur le chemin de la sortie, tandis que j'éructais : « Petit capitaliste deviendra gros ! C'est moi qui te ferai vivre toi et tes enfants si une femme est assez inconsciente pour t'en faire.» Marcus me retint encore : «Laisse tomber, Wern. On ne va pas gâcher cette journée.» Une fois dans la rue, je donnai un grand coup de pied dans une poubelle et gueulai encore quelques minutes, puis, après avoir récupéré Shakespeare, je pris le volant de notre Chrysler qui était tout sauf l'incarnation d'un capitalisme triomphant.

La perspective du dîner chez les parents de Rebecca ne m'aidait pas à garder mon calme. J'étais à cran. Nathan Lynch avait exigé de me rencontrer. Pour faciliter ce premier contact, à la demande de Rebecca, il avait également convié Marcus et son père, Frank. Étant proches «des deux parties», comme le résuma mon associé, les Howard devaient servir de «liant». Depuis une semaine, Marcus me répétait toutes les choses qui «se faisaient» et celles qui «ne se faisaient pas». J'avais la tête farcie de ces règles sans logique que l'on appelle le savoir-vivre. Rebecca ne semblait pas plus sereine que moi. Elle avait beau me dire que ses parents «étaient des gens adorables» et que «tout allait bien se passer», elle avait l'air trop enjouée. Elle préféra d'ailleurs ne pas arriver avec moi. Elle voulait «préparer le terrain», ce qui me fit comprendre que ce terrain ne m'était pas favorable. Il me semblait surtout qu'en refusant de m'accompagner, elle choisissait déjà le camp adverse. Marcus rappela que, jusqu'à preuve du contraire, «les deux camps n'étaient pas ennemis», et qu'il serait là pour me soutenir, mais je fus dès cet instant pris d'un mauvais pressentiment.

Devant la porte du 4 East 80th Street, un énorme bouquet de fleurs dans les bras, je n'en menais pas large. Frank, à ma droite, me tapota l'épaule. À ma gauche, Marcus affichait un sourire de circonstance. Il me semblait qu'une fois ce seuil franchi, il n'y aurait pas de retour possible, mais Rebecca se trouvait dans ce monde et derrière cette porte. Je voulais la rejoindre. Je sonnai.

Un majordome en livrée bleue et jaune nous ouvrit. Il prit mon bouquet, le tendit à une jeune femme et nous mena dans la bibliothèque. Nathan Lynch apparut avant que nous ayons eu le temps de nous asseoir. C'était un homme d'une soixantaine d'années, aux cheveux blancs et à la mine couperosée. Il avait des petits yeux gris, une mâchoire contractée, des lèvres minces arquées sur un air d'impatience. Il m'observa avec une expression légèrement hostile. Une colère sourde se dégageait de ce monsieur qui m'arrivait à l'aisselle. Pour me dévisager, il lui fallait lever franchement la tête. Il se montra à peine plus aimable avec Frank et Marcus en nous indiquant, d'un double cercle agité de la main, les sièges sur lesquels nous devions nous installer. Il nous proposa du scotch et leva un sourcil contrarié lorsque j'acceptai. Nous nous scrutâmes un moment. Je n'arrivais pas à croire qu'un être aussi magique que Rebecca ait pu naître de lui. Il ne parvenait pas à s'habituer à l'idée que sa fille unique puisse avoir un quelconque contact, encore moins physique, avec un grand machin comme moi. Je me demandais ce que fabriquait d'ailleurs sa fille, tan-

169

dis que Marcus s'engageait avec notre hôte dans une discussion de bibliophile à laquelle je ne comprenais rien. Je n'avais même pas lu mes classiques. J'avais peu d'attirance pour les livres en général et aucune pour les romans en particulier. Je ne voyais pas l'intérêt, alors que la vie est déjà si riche, de perdre son temps dans cette réalité parallèle. Je ne m'intéressais qu'aux ouvrages économiques ou politiques. Je n'avais pas encore développé mon goût pour l'art et j'étais, reconnaissons-le, d'une ignorance crasse dans la plupart des domaines qui intéressaient mon possible beau-père. Philanthrope et mécène exigeant, Nathan Lynch n'accordait qu'une fenêtre d'attention étroite aux gens qui lui étaient présentés. Il se forgeait un avis en quelques secondes et n'y revenait pas. Une phrase malencontreuse, une attitude qu'il ne jugeait «pas nette», suffisaient à sceller le sort d'une personne ou d'un projet. Très sollicité, il ne s'adressait qu'à des gens «efficaces et compétents». Il avait horreur d'attendre, horreur d'être contrarié, horreur d'être déçu. Son entourage : avocats, assistants, conseils, amis d'enfance, filtraient strictement l'humanité pour ne lui présenter que «la crème». Il parlait aux politiques, aux hommes d'affaires, aux artistes renommés, en un mot à ceux qui avaient fait leurs preuves. Nathan Lynch ne perdait pas son temps avec des valeurs incertaines. Par le moyen qui m'avait attiré chez lui, sa fille, j'étais déjà suspect. Mes origines floues, mes débuts dans l'immobilier, ma jeunesse, mon physique, tout en moi devait le hérisser. Il aurait adoré un grand intellectuel, accepté un héritier, toléré un banquier plus âgé et déjà reconnu, mais il n'était pas prêt à me trouver des qualités. Il ne me posa aucune question et ne s'adressa qu'à Marcus et à son père. J'essayai d'être aimable et l'interrogeai sur un tableau représentant un nain la main posée sur un très gros chien. Il sembla choqué :

« Vous ne voyez pas que c'est un Vélasquez ?

— Je suis trop loin pour lire la signature, me défendis-je.

— Vous ne devriez pas avoir besoin de regarder la signature. Cela se voit au premier coup d'œil ! » asséna-t-il en me tournant le dos.

Je ne baissai pas les bras. Quelques minutes plus tard, alors qu'un bref silence s'installait, je fis une nouvelle tentative :

« Rebecca m'a dit que vous faisiez construire un musée pour votre collection d'art. Je suis passionné d'architecture, grâce à Frank et Marcus, expliquai-je en adressant un sourire à mes alliés qui m'encouragèrent du regard. Je me demandais quel type de bâtiment vous aviez en tête...

— Rebecca vous dit trop de choses. Ce projet est confidentiel, coupa-t-il. Quant aux travaux, je vous remercie de proposer vos services, mais j'ai déjà des ouvriers.

— Je ne cherchai pas à proposer mes "services", je ne développe que mes propres projets, répondis-je irrité. Et je ne savais pas que ce musée à propos duquel vous avez donné une interview dans le *New York Times* était confidentiel. »

Un bref instant, Nathan Lynch sembla stupéfait que je fasse preuve de résistance, puis il renvoya, avec une mauvaise foi digne de sa fille :

« Si en plus vous croyez ce qu'écrivent les journaux ! »

Je me renfonçai dans mon siège et m'enfermai dans un silence contrarié. Plusieurs fois, Frank et Marcus tentèrent de me faire participer à la conversation. Systématiquement, Nathan Lynch les interrompait. Il avait cette manie de couvrir de la voix ceux qui essayaient de parler. Je fus pris d'une violente antipathie envers lui. Le majordome vint me proposer un nouveau verre de whisky que j'acceptai. Nathan Lynch s'exaspéra :

« Au rythme où vous videz vos verres, gardez la carafe.

— Excellente idée », acquiesçai-je en saisissant le flacon sur le plateau du majordome. Je le posai sur le guéridon à côté de moi. L'employé de maison eut un sursaut et s'empressa de mettre un carré de feutre rouge entre la carafe et le bois marqueté. Marcus m'adressa un discret signe d'empathie pour m'aider à garder mon calme. Je baissai les yeux et me concentrai sur les motifs du tapis. Pas un son ne sortit de ma bouche pendant les vingt minutes que Rebecca mit à descendre. Je lui en voulais terriblement de m'abandonner en terrain ennemi. J'avais l'impression d'être séparé du monde par une épaisse couche de solitude. Seul le bruit des glaçons contre mon verre venait, à chaque gorgée de scotch, me rappeler que mon existence n'était pas virtuelle. Les phalanges blanchies sous la pression, je serrai rageusement l'accoudoir de mon fauteuil. J'avais envie de me lever, de jeter mon verre contre le mur et de quitter la pièce, lorsque Rebecca apparut. Elle était pâle. Visiblement nerveuse. Elle salua Frank et Marcus avec un enthousiasme excessif. Je fus blessé au cœur quand elle m'embrassa, comme eux, sur la joue. Je lui décochai un regard noir, elle me le rendit d'un air de dire : « Je ne vais quand même pas te rouler une pelle devant mon père. » Elle aggrava son cas en s'asseyant sur le canapé loin de moi, et en parlant comme si de rien n'était. Contrairement à son père, elle m'incluait dans la conversation, mais sur un ton mondain et détaché, qui me rendit furieux. Je m'enfermai dans un mutisme sombre. Mon associé me faisait sa mine pincée qui signifiait « fais un effort ! », mais j'étais pris d'un dégoût de cette hypocrisie et d'une incapacité à faire semblant qui me paralysaient. La mère de Rebecca vint compléter ce cauchemar. Elle fit une entrée théâtrale, s'arrêta un bref instant, me fixa de façon dérangeante, avant d'avancer dans la pièce. Judith Lynch avait dû être superbe. Son excessive maigreur, comme l'expression de dureté de son visage, n'appelaient pas à la sensualité, mais sa haute silhouette – elle était plus grande que son mari –, la finesse de sa taille et de ses hanches, prises dans une robe du soir noire à la coupe stricte, ses yeux bleus spectaculaires et son opulent chignon blond vénitien continuaient à frapper les esprits. Elle portait trop de bijoux, comme si elle avait voulu s'en protéger. Son décolleté était masqué par un lourd collier de reine

d'Égypte et son avant-bras gauche presque entièrement enserré dans une manchette d'or. Nathan, Frank
et Marcus se levèrent comme un seul homme pour lui
faire l'un après l'autre un élégant baisemain. Je voulus
les imiter, tentant de me rappeler les préceptes de mon
associé : ne pas lever la main, se baisser mais pas trop,
à peine effleurer la peau de mes lèvres, mais lorsque
ce fut mon tour, Judith Lynch se figea. Sous le maquillage, toute couleur quitta son visage. Nous la vîmes
vaciller. Marcus, qui se tenait à côté d'elle, la saisit par
le bras pour l'aider à s'asseoir. Cette réaction acheva de
me mettre mal à l'aise. Je m'approchai de Judith, mais
elle fit un geste pour m'éloigner en bredouillant :

« Pardonnez-moi, je ne me sens pas bien. Sans
doute ce nouveau médicament que m'a prescrit le
médecin.

— Que t'a encore donné ce charlatan ! s'agaça son
mari. Tu ne devrais pas lui faire confiance, nous en
avons déjà parlé. Tu ferais mieux d'appeler le docteur
Nars.

— Ton cher docteur Nars refuse de me prescrire
des somnifères et j'ai besoin de dormir, Nathan. De
dormir ! Tu comprends ? » rétorqua Judith d'une voix
sourde.

Nous ne savions plus que faire. Marcus et son père
passaient d'un pied sur l'autre en cherchant un sujet
de diversion. Je fulminais intérieurement. Non seulement le père de Rebecca se montrait d'une grossièreté
insupportable alors que Marcus me rabâchait depuis
quinze jours les usages apparemment si importants

aux yeux de ce monsieur, mais sa femme manquait de défaillir à ma seule vue. Quant à Rebecca, elle semblait paniquée. Nathan Lynch demanda à sa femme si elle souhaitait remonter dans sa chambre, mais Judith semblait se remettre peu à peu. Pour effacer ce désagréable incident, ils abrégèrent l'apéritif et nous passâmes à table. Le dîner fut pénible. La maîtresse de maison ne parla quasiment pas, je ne fis pas plus d'efforts qu'elle. Frank et Marcus luttaient contre la glace à coups d'anecdotes, de citations historiques ou littéraires, d'histoires drôles et de rires forcés. Je gardais le nez dans mon assiette, finissais les plats les uns après les autres. La mère de ma fiancée ne pouvait s'empêcher de me dévisager. Quant à Rebecca, elle parlait trop, bougeait trop, riait trop. Au dessert, l'atmosphère s'était un peu détendue grâce à Frank Howard qui, heurté du peu de cas que Nathan Lynch faisait de moi, avait passé la fin du repas à me parler.

Lorsque nous nous levâmes pour nous rendre au salon, il se passa une chose étrange. Alors que les autres étaient déjà à côté et que je m'effaçais derrière Judith Lynch pour lui laisser la préséance comme me l'avait recommandé Marcus, elle s'arrêta net, ferma brusquement la porte séparant les deux pièces et tourna le verrou pour s'isoler avec moi. J'entendis Nathan Lynch appeler sa femme à plusieurs reprises. Elle ferma rapidement l'autre porte qui menait à la cuisine et se dirigea vers moi. Je notai une fièvre inquiétante dans ses yeux. C'était une douleur immense, ou de la démence : ce regard brûlait d'un sentiment trouble et violent.

Madame Lynch s'approcha de moi en ôtant son collier de reine d'Égypte qu'elle laissa tomber à même le sol, les yeux toujours rivés dans les miens.

« Madame Lynch, je ne comprends pas… » bredouillai-je.

Elle mit un doigt sur ses lèvres tandis que de l'autre, elle montrait une fine et pâle cicatrice qui cernait son cou, juste au dessus de la clavicule.

« Madame Lynch, laissez-moi passer », énonçai-je d'une voix ferme. Après la soirée que j'avais passée, je n'étais pas d'humeur à voir cette vieille folle s'effeuiller au milieu de sa salle à manger.

Elle plaqua son dos contre la porte sur laquelle tambourinait son mari et, tremblant de la tête aux pieds, elle ôta l'une de ses épaisses manchettes en or. La peau de son bras droit apparut, entièrement tailladée de lignes blanches qui formaient un quadrillage régulier. Alors qu'elle dévoilait ses stigmates, un effrayant précipité d'émotions contradictoires passait sur son visage : honte, fierté, exhibitionnisme, douleur et surtout une sorte de provocation farouche, aliénée. Je répétai :

« Pourquoi me montrez-vous cela ? »

La poignée de l'autre porte s'agita vigoureusement, Nathan Lynch avait fait le tour pour entrer dans la pièce et appelait à nouveau sa femme. La mère de Rebecca ne répondit pas, les yeux toujours rivés aux miens. Apothéose de cet étrange rituel, elle retira le large bracelet de son bras gauche et, le poignet tendu, me présenta un tatouage de chiffres ainsi qu'un petit triangle.

« Cela ne vous dit toujours rien ? demanda Judith.

— Je sais ce que ces chiffres signifient. Je l'ai appris au lycée, madame Lynch. Je suis désolé.

— Au lycée, répéta Judith avec un rire étouffé. Juste au lycée ?

— Oui, madame. Je ne sais pas ce que vous espériez.

— Rien, fit-elle. Je n'espérais rien de plus. »

Elle ramassa ses bijoux et, les mains pleines, se retira lentement, d'un pas de somnambule, par la porte de service derrière laquelle l'attendaient Rebecca, le majordome et l'une des femmes de chambre. Ma fiancée entoura sa mère de ses bras en lui murmurant « maman, que se passe-t-il ? Ma petite maman, parle-moi ». Elles disparurent dans les étages. Très frappé par cette scène qui n'avait duré que quelques secondes, je déverrouillai la porte derrière laquelle se tenait à nouveau Nathan.

« Je crois que votre épouse ne se sent pas bien », expliquai-je, laconique.

Ce dernier me regarda comme si j'avais agressé sa femme et comme si, en lui adressant la parole, je venais de réitérer cette agression. Frank Howard prétexta un rendez-vous matinal pour écourter la soirée. Il refusa le café et les digestifs que le majordome venait d'apporter. Je demandai à voir Rebecca. Le majordome monta et redescendit pour me dire que « mademoiselle Lynch s'excusait, mais qu'elle devait prendre soin de sa mère ». Je fus meurtri qu'elle ne vienne même pas m'embrasser. En passant la porte, je ne savais pas bien ce qui s'était scellé ce soir-là, mais je compris que les vrais ennuis commençaient. Lorsque nous fûmes installés dans sa voiture, Frank voulut apaiser le feu de l'humiliation qui me dévorait :

« Nathan a été odieux ce soir, mais il ne faut pas le prendre personnellement, Werner. Il lui est arrivé d'être pareil avec moi.

— C'est gentil de vouloir l'excuser, Frank, mais je le prends très personnellement. Il ne supporte rien de ce que je suis et encore moins là d'où je viens. Sorti de son bocal de gens bien nés, il manque d'oxygène.

— C'est quelqu'un de difficile », reconnut Frank.

Marcus avait surtout été frappé par l'attitude erratique de Judith :

« Tu avais déjà rencontré madame Lynch ?

— Jamais », bougonnai-je, meurtri de bout en bout par l'attitude de Rebecca. Je lui en voulais d'avoir tout gâché. Je croyais cette fille libre, je pensais avoir affaire à une artiste, j'avais découvert une héritière conformiste. J'étais triste et déçu. Je la trouvais déloyale. Elle m'avait laissé tomber.

« Je ne sais pas qui tu lui rappelles, mais madame Lynch semblait avoir vu un fantôme ! poursuivit Marcus…

— Tu dois être le portrait craché d'un jeune amant qu'elle a aimé, imagina Frank Howard, pour me dérider.

— Il a dû mal se comporter avec elle, parce que ce n'était pas de l'amour qu'elle dégageait ce soir.

— Que t'a-t-elle dit lorsqu'elle a refermé la porte ? De bien traiter Rebecca ? demanda Marcus.

— Elle ne m'a rien dit. Quant à sa fille, c'est le cadet de ses soucis. Elle s'est quand même à moitié déshabillée devant moi.

— Pardon ? Déshabillée ? reprirent le père et le fils.

— En tout cas, elle a enlevé ses bijoux un à un et m'a montré ses cicatrices. Elle a été dans les camps.

— Les camps ? Quels camps ? demanda Marcus.

— Les camps d'extermination, précisai-je, lassé.

— Mais je l'ignorais ! répéta Frank Howard, horrifié. Je la connais depuis vingt ans et elle ne m'en a jamais parlé ! Comment le sais-tu ? Te l'a-t-elle dit ?

— Elle est tatouée à l'avant-bras gauche... Ces chiffres ne trompent pas. Et elle est couverte de scarifications.

— C'est pour cette raison qu'elle porte toujours autant de bijoux... » murmura l'architecte. Absorbé dans ses pensées, il reconnectait toutes les informations qu'il avait concernant Judith Lynch pour les envisager sous un jour nouveau.

Un silence s'établit dans la voiture que je brisai, songeur :

« Ce que je ne comprends pas, c'est pourquoi elle m'a montré ses cicatrices, et ne les a montrées qu'à moi. »

Alpes bavaroises, août 1945

Wernher von Braun était très tendu. La ligne drue de ses sourcils froncés venait barrer son visage. Il fumait deux paquets de cigarettes par jour et buvait autant de bouteilles d'eau-de-vie sans parvenir à s'alléger l'esprit. Il craignait des représailles de nazis jusqu'au-boutistes, un enlèvement par les Soviétiques, un ultimatum des Anglais qui voulaient faire payer aux inventeurs des V2 les dégâts des bombardements de Londres, un recours international des victimes de la guerre, un mouvement d'opinion aux États-Unis qui les empêcheraient de s'installer là-bas et bien d'autres choses encore. Le gouvernement britannique exigeait qu'ils soient jugés et Washington interdisait le territoire national à toute personne ayant été impliquée dans les organisations nazies. Autant dire qu'il n'était pas le bienvenu au pays de la liberté, tout comme l'essentiel de son équipe. Von Braun aurait voulu quitter immédiatement l'Allemagne, mais ses partenaires américains semblaient bien moins pressés que lui. Il aurait aussi voulu savoir ce qu'il adviendrait de ses vieux parents. Il avait demandé à les emmener. Les autorités américaines ne lui avaient pas répondu et lui refusaient également l'autorisation d'aller les voir, ce qui le rendait malade d'inquiétude. Ses nouveaux alliés le mettaient à l'épreuve et savouraient leur prise de guerre. Lors de la négociation de leur reddition avec ses futurs employeurs, le savant avait révélé la cachette des quatorze tonnes de plans et dessins que son équipe avait produits au cours de la conception et de l'élaboration des V2. Les GI parvinrent *in extremis* à récupérer cette précieuse documentation dans un tunnel désaffecté. Fiers de damer le pion aux Russes – lesquels enrageaient d'avoir été pris de vitesse sur un territoire qui, depuis le partage de Yalta, leur revenait –, les Américains demandèrent que la nouvelle de leur accord avec von Braun soit diffusée largement. Des correspondants de presse de toutes nationalités se rendirent sur la grand place de ce village bavarois de carte postale. Sanglé dans un imperméable noir, von Braun, le savant le plus recherché du défunt IIIe Reich, avait toujours le bras plâtré à l'équerre devant lui et semblait, geste involontairement ironique, esquisser un permanent salut hitlérien. Les journalistes filmèrent sa silhouette empâtée par des semaines d'immobilité forcée. Il fumait de sa main libre et souriait sans discontinuer. À ses côtés, se tenaient Johann Zilch et une jeune femme brune au regard farouche qui serrait dans ses bras un bébé joufflu. Une partie de l'équipe vivait très mal l'humiliation du Reich, pas von Braun. Il se comportait en célébrité débonnaire et affable. On aurait dit Rita Hayworth rendant visite aux troupes sur le front. Il serrait les mains, posait pour les photos, faisait des amabilités. Il se vantait de l'importance de ses découvertes, parlait déjà d'aller sur la Lune. Certains avaient du mal à croire que ce Prussien de trente-trois ans, beau comme un acteur hollywoodien qui aurait trop bon appétit, était le créateur d'une des armes les plus redoutées de cette guerre. Les soldats britanniques étaient livides. Tous se souvenaient des bombardements de Londres. Certains d'entre eux avaient perdu des proches, enterrés sous les ruines de leur capitale pilonnée par les missiles V2. Les événements remontaient à quelques mois. Était-ce parce qu'il sentait cette animosité que l'ingénieur s'agitait autant ? Il essayait à toute force de se rendre sympathique à ces soldats dont son avenir, et celui des siens, dépendait. Il n'y parvint pas.

Passée leur reddition, la relation entre les autorités américaines et l'équipe se durcit. Trois mois durant, von Braun, Johann Zilch et leurs collègues furent dûment interrogés par un comité d'experts alliés. Des ingénieurs militaires dépêchés en Bavière s'attelèrent au transfert de technologie vers la base texane où les savants seraient envoyés, tandis que les cadres de l'armée évaluaient la gravité de leurs convictions nazies, celle de leurs crimes, ainsi que leur éventuelle compatibilité avec le mode de vie américain. Les femmes furent également entendues en présence de leurs maris. Il ne s'agissait pas de permettre à des fanatiques d'élever, sur le continent de la liberté, des Hitler en puissance. Encore moins de laisser des « rouges » contaminer l'Oncle Sam. Il y avait beaucoup d'appelés et peu d'élus. Chaque cas faisait l'objet d'une négociation. Von Braun voulait emmener Marthe. Elle lui servait d'interprète. Il avait confiance en son jugement et appréciait son franc-parler. Elle pouvait se révéler utile dans leur nouvelle vie. Marthe était en outre passionnément attachée à Werner. Von Braun considérait le petit comme son filleul et il avait des scrupules à le séparer de sa tante, étant donné le peu d'affection que témoignait Johann à son fils. Après mûre réflexion, il décida de la faire passer, à la faveur de l'immense désordre administratif qu'avait créé la guerre, pour l'épouse de Johann. Aucun allié ne se doutait que Luisa était morte à Dresde. Von Braun savait que l'équipe ne le trahirait pas. Par loyauté, mais aussi parce que ses hommes appréciaient Marthe. Ils l'avaient trouvée courageuse lorsqu'elle était partie à bicyclette avec Magnus établir le premier contact avec les Américains. Nombre d'entre eux étaient en outre sensibles à son charme. Les femmes du groupe étaient moins bienveillantes à son égard mais von Braun s'était chargé de les mettre au pas. Désormais l'infirmière s'appellerait Luisa, et celles ou ceux qui ne s'y plieraient pas auraient affaire à lui. Le message était clair. Seul Friedrich, l'amoureux transi de Marthe alias Luisa, s'empêtrait encore dans les prénoms. Il avait proposé à l'infirmière de l'épouser. Marthe avait hésité, mais l'éventualité que les Alliés n'autorisent pas ce mariage et refusent, par conséquent, de l'emmener aux États-Unis l'en avait dissuadée. Elle craignait surtout, si elle acceptait cette demande en mariage, que Johann ne veuille reprendre son fils… Il lui sembla plus sûr de se faire passer pour Luisa.

Von Braun fit officiellement la demande pour intégrer Marthe au premier groupe qui devait se rendre aux États-Unis. Elle fut convoquée avec Johann. Lors de cette audition, Marthe marqua des points. Elle fit un grand numéro de séduction à l'officier texan et au soldat d'origine mexicaine qui les recevaient. Percevant de façon innée qui détenait l'autorité, Werner se joignit à elle en faisant un charme éhonté au capitaine Fling, le couvrant de sourires et de regards extatiques comme si cet homme austère était le plus spirituel du monde. Marthe, pour sa part, hypnotisa son interlocuteur de ses prunelles dorées. Elle déclara rêver de vivre en Amérique depuis ses plus jeunes années. Adolescente, elle écoutait du jazz à longueur de journée : Billie Holiday, Louis Armstrong, Duke Ellington… Elle confia son désespoir le jour où Goebbels avait interdit cette musique « dégénérée ». Elle avait alors enterré sa collection de disques dans le jardin de ses parents aujourd'hui disparus, espérant pouvoir un jour les ressortir de leur cachette où ils devaient toujours être. Marthe affirma qu'elle raffolait du Coca-Cola, qu'il n'y avait pas plus efficace qu'un aspirateur Hoover ni plus beau qu'une voiture Ford. Elle espérait bientôt emmener son fils voir au cinéma le *Blanche-*

Neige de Walt Disney. Elle poursuivit sa déclaration d'amour au rêve américain en chantant, avec une jolie voix, mais un fort accent allemand, quelques mesures de « Jezebel », le dernier film avec Bette Davis qu'elle avait vu avant la guerre. Cette interprétation approximative provoqua l'hilarité de son fils et la consternation de Johann. Regardant Werner avec amour, elle déclara vouloir pour son fils un bel avenir, loin de la violence et de la haine qui déchirait ce vieux continent. Elle voulait qu'il grandisse dans un pays où les ambitions sont permises et les efforts récompensés. Une terre de tolérance donnant les mêmes chances à des populations de toutes origines... À ces mots, le soldat latino-américain qui consignait l'entretien s'étrangla. Lui qui héritait de la plupart des tâches ingrates du régiment et que ses camarades surnommaient « Sergent Garcia » pour sa prétendue ressemblance avec l'ennemi de Zorro, aurait eu quelques bémols à apporter, mais sa quinte de toux n'arrêta pas la tirade de Marthe.

Le capitaine Fling sembla conquis. Les autres savants de l'équipe se présentèrent sous leur meilleur jour, mais leur bonne volonté était loin de suffire. Accueillir des nazis sur le territoire américain n'allait pas de soi. Si le président Roosevelt ou le Sénat avaient été informés du projet consistant à accueillir aux États-Unis l'équipe de von Braun, ils auraient probablement opposé une fin de non-recevoir à ces réfugiés scientifiques. Mais les services secrets américains n'étaient pas prêts à rendre une si belle prise aux Soviétiques. Ils organisèrent un vaste blanchiment de leurs curriculum vitæ. En quelques semaines, ces précieux chercheurs n'eurent plus rien à se reprocher. Von Braun partit d'abord, avec Johann et un entourage restreint. Il fut suivi de deux autres groupes. Dans le secret le plus total, cent dix-sept savants, suivis de leur famille proche, prirent l'avion puis le bateau vers le continent américain. Si Eisenhower avait largement médiatisé la reddition des inventeurs, cette fois-ci les journalistes furent soigneusement tenus à distance de ce transfert. Sans visa, et pour la plupart sans passeport, l'équipe des V2 s'embarqua donc pour le Texas avec, pour seule garantie, un contrat de travail d'un an sans cadre ni mission précise. Marthe et Werner faisaient partie de la traversée.

Manhattan, 1970

Forcément, je me suis vengé. J'ai couché avec une de ses cousines pour être sûr que Rebecca le sache, avec une fille qui ne me plaisait pas juste parce qu'elle avait été sa camarade de classe et surtout avec une chanteuse folk d'origine mexicaine qui faisait un tabac. Je voulais que chaque réunion de famille lui rappelle mon existence, que chaque événement mondain soit un risque de me croiser au bras d'une autre, que chaque magazine devienne une bombe prête à lui exploser en pleine face. J'ai fait la une de tout ce qui compte à New York avec une photo de moi embrassant Joan à pleine bouche. Elle avait été prise après un de ses concerts. Sur papier, nous avions l'air très amoureux. L'homme d'affaires – comme on me qualifiait désormais – et la chanteuse, le grand blond et la belle brune : l'histoire plaisait. Les paparazzi m'appelaient par mon prénom. Ils se cachaient à peine. Ma mère, Armande, était aux anges. Elle collectionnait chaque bout de papier qui parlait de moi et ses copines de Hawthorne se chargeaient de lui apporter ceux qu'elle avait pu manquer. Mon père, bien que plus discret, était tout aussi fier. Même ma sœur, pourtant recluse au fin fond d'une communauté hippie en Californie, m'avait passé un coup de fil. Elle était tombée sur un article qui m'était consacré en emballant dans du papier journal les carottes qu'elle allait vendre au marché avec sa bande de chevelus. Et, bien qu'elle jugeât ma vie trop matérialiste, elle avait ressenti le besoin de m'appeler.

On ne parlait que de moi, mais je restais transparent aux yeux des Lynch. Aucune de mes provocations ne fit réagir Rebecca. Je ne la croisai pas une seule fois en onze mois. Personne ne savait où elle était. La femme de ma vie s'était volatilisée. Quand je n'essayais pas de l'oublier avec d'autres, je travaillais jour et nuit, tenaillé de rancœur, prêt à tout pour égaler les Lynch et montrer à Rebecca ce qu'elle avait perdu.

En apparence j'allais bien, mais l'angoisse que j'arrivais à chasser de mes jours revenait hanter mes nuits. Je refis un rêve qui m'avait poursuivi, enfant, pendant des années, et qui provoquait toujours en moi une profonde tristesse. Il se déroulait en deux parties qui ne semblaient pas liées. D'abord j'apercevais une femme blonde, très belle, courir. Une cinquantaine de mètres plus loin, je la voyais tomber. Elle était plaquée au sol par une force invisible puis brutalement retournée sur le dos. Je m'approchais et elle me parlait. Je me sentais absorbé par ses yeux immenses d'un bleu sombre, presque surnaturel. Elle me regardait avec beaucoup de tendresse et me disait des choses que je comprenais dans le rêve, mais que j'étais incapable de mettre en mots à mon réveil. Ensuite, je changeais complètement de décor. Je m'arrachais du monde pour assister à son effondrement. Je n'avais aucune sensation physique. Je voyais du feu, mais n'en ressentais pas la chaleur. Je voyais des gens hurler, mais je n'entendais pas leurs cris. Je voyais des immeubles s'évaporer, mais leur poussière ne me remplissait pas la bouche. Des éclats de murs volaient en tous sens sans m'atteindre. Je ne saurais dire quel âge j'avais dans ce rêve. Ni si j'étais assis, debout ou allongé. Encore moins vivant ou déjà mort. Au bout d'un moment, un bruit montait en puissance. Je me rendais compte que le fracas effarant de l'apocalypse ne parvenait pas jusqu'à moi parce qu'il était couvert par ce son tournoyant qui battait et m'entourait. Un son qui circulait autour de moi. C'était un son tonitruant mais familier. Par moments, il pulsait, s'affolait, m'assourdissait complètement. Je ne paniquais pas. Je prenais conscience de moi-même. J'étais pris dans de la matière rouge. Comme si le sang des victimes avait entièrement maculé l'univers. Comme si j'étais plongé dans leurs organes. À travers ces membranes, je voyais des lumières orangées, des voiles qui se déchiraient, puis une voûte immense, des taches blanches et pourpres allongées. Le son tournoyant s'éloignait et je le regrettais. Des cris perçaient mes oreilles. Quelque chose me brûlait les poumons comme de l'acide ou une fumée toxique. J'entendais des explosions. La terre se fendait. Il me semble que l'humanité disparaissait, engloutie. C'est une fois que toute vie avait cessé de battre, que s'étaient tus les oiseaux, les rivières, le vent, les animaux, le cœur des gens que je me rendais compte de la solitude absolue dans laquelle je me trouvais. À ce moment-là, je me réveillais dans un cri.

Les nuits où nous étions ensemble, Joan m'apaisait comme elle pouvait. Elle m'aidait à voir clair dans mes sentiments. L'abandon me rendait à moitié fou. Elle m'écoutait parler des heures de Rebecca. Elle se souciait de mes malheurs comme si nous étions de bons vieux amis, comme si mon obsession pour Rebecca n'était qu'un sujet parmi d'autres qui ne l'atteignait pas. Elle ne le montrait jamais, mais je savais qu'elle souffrait de cette concurrence fantomatique et impossible à combattre. Elle avait raison. Chacune de mes actions était dirigée vers ou contre Rebecca. Joan était une fille géniale. Intelligente, sexy, tendre, drôle… J'aurais dû être fou d'elle, mais Rebecca m'avait fait perdre l'usage de moi-même. Je couchais avec les autres femmes sans ressentir ni émotion ni passion, au mieux un bref soulagement. J'avais essayé de me réfugier un week-end chez mes parents. J'espérais trouver dans la maison de mon enfance une forme de calme et d'apaisement. J'y fus encore plus mal que dans le tumulte de Manhattan. J'adorais Armande et Andrew, mais je ne les comprenais pas. Ils semblaient sans cesse s'excuser de vivre. Je leur avais gardé, dans l'un de nos projets immobiliers, un magnifique appartement en ville qu'ils refusaient d'habiter et qu'ils avaient préféré louer. Je soupçonnais ma mère d'être responsable de cette décision. Elle était jalouse et craignait que mon père ne fasse des rencontres amoureuses. Elle avait passé tant d'années à le soutenir et à le surveiller qu'elle n'arrivait pas à lâcher prise. À Hawthorne, ils avaient leurs amis, disaient-ils, et leur jardin. Je leur versais une pension que ma mère empêchait scrupuleusement mon père de dépenser. Il avait bien réussi à s'acheter une belle voiture, son péché mignon. Il jouait peut-être un peu plus gros au rami, avait quelques jolis costumes, mais Armande continuait à le rationner. Elle refusait de prendre une femme de ménage, sous prétexte que la tenue de la maison entretenait sa silhouette. Je lui disais qu'avec ce que je lui versais, elle pouvait bien se payer des cours de gymnastique, mais elle trouvait « ridicule à son âge, de lever la patte dans son salon en se trémoussant sur de la musique de jeunes ». J'aurais voulu qu'ils découvrent le luxe, qu'ils viennent s'installer près de moi et secouent leurs vieilles habitudes. Joan me disait qu'en me croyant généreux, j'étais égoïste. Ils aimaient leur quotidien, leur maison qu'ils avaient mis des décennies à acheter, leur jardin où Lauren et moi avions grandi. « Tu veux leur faire plaisir, mais tu disqualifies ce qu'ils ont construit. C'est le travail d'une vie que tu essaies de balayer d'un chèque », insistait-elle. Leur modestie provoquait en moi des sentiments mêlés. J'éprouvais de la culpabilité à m'éloigner d'eux qui m'avaient tout donné avec tant de générosité, mais je ne pouvais retenir une forme de rancœur.

En me quittant, Rebecca m'avait considéré comme

indigne d'elle, me renvoyant à ma classe sociale, à mon éducation insuffisante, à mon ignorance des codes qui protégeaient si bien son milieu. Je lui en voulais, je m'en voulais et, tout en ayant conscience de mon injustice, j'en voulais aussi à mes parents de ne pas avoir fait de moi l'égal de Rebecca. Confusément, il me semblait que c'était de leur faute. Et leur résistance à changer ces petites habitudes qui les ancraient si fermement dans la classe moyenne que je m'acharnais à quitter m'ulcérait. Je ne pouvais m'empêcher de leur faire remarquer et je ne pouvais m'empêcher, dans la minute qui suivait, de m'en vouloir d'être si ingrat. J'essayais alors de me racheter en leur préparant des surprises. Après les avoir envoyés voir ma sœur en Californie, je pris en main leur maison. Pas moins de dix ouvriers vinrent chez eux en leur absence. Je fis installer un portail automatique et un volet électrique sur le garage pour que mon père n'ait plus à descendre de voiture et à tourner la manivelle qui lui faisait mal au dos. Je fis rénover la salle de bains et la cuisine, repeindre le salon et la salle à manger. Je leur achetai un lit à eau, toujours pour le dos de mon père, puis je créai la buanderie dont ma mère rêvait depuis si longtemps dans l'ancien appentis accolé à la maison. Transformé en véritable pièce, percé de deux fenêtres, il accueillait désormais une machine à laver flambant neuve, un sèche-linge, un fer à repasser professionnel pour les draps et un véritable atelier de couture. Un mur entier était occupé par un arc-en-ciel de bobines de fil à coudre et en face par des étagères de tissus rangés en camaïeu. Un bureau accueillait une Singer dernier cri. Dans ses tiroirs, subdivisés en petits casiers de bois : des galons, des élastiques, des boutons, des dentelles, des rubans, des ciseaux et tous les outils nécessaires à une couturière. Donna, qui m'avait aidé dans cette tâche, avait même acheté un mannequin en tissu pour les essayages, et une grande table pour découper les patrons. Je brûlais d'impatience de voir leur réaction et vins les chercher à l'aéroport. Ils furent assez surpris de m'y trouver. Je tenais à les emmener moi-même chez eux. Mon père, déstabilisé par le nouveau portail, pensa un bref instant que je m'étais trompé d'adresse. Il fut enchanté de cette innovation et redoubla d'enthousiasme en découvrant le volet du garage. Ma mère, en revanche, commença par se mettre en colère : « Tu es fou de dépenser autant d'argent ! Tu es totalement inconscient ! » Elle ne cessa de se plaindre pendant la visite. Elle ne comprenait rien au nouveau four, ce frigidaire pour deux vraiment, c'était trop grand... Et où allait-on ranger le bois pour l'hiver puisqu'il n'y avait plus d'appentis ? Ses remarques me mirent d'une humeur exécrable. J'aurais voulu qu'elle me saute au cou et qu'elle montre sa joie, mais elle était trop gênée pour le faire.

J'avais beau lui seriner que j'avais assez d'économies pour deux vies, que si je vendais les immeubles dont Z & H était propriétaire, mes biens transformés en billets pourraient remplir sa maison, elle ne me croyait pas. Elle pensait que je fabulais ou que les immeubles ne se vendraient pas, ou que c'était l'argent de Marcus et pas le mien. Mon père avait tenté de lui expliquer, sans plus de succès que moi. Il n'était pas beaucoup plus expansif que ma mère, mais il ne me faisait pas de sermons et me rassurait d'un « merci fiston, c'est très gentil comme tu t'occupes de nous », puis il ajoutait, « mais tu es très occupé, ne te tracasse pas pour nous, on a tout ce qu'il faut, tu sais ». Sa modestie me faisait de la peine. J'aurais voulu qu'il soit flamboyant et qu'il m'en demande plus. J'aurais voulu ne pas construire sur du vide, pour personne d'autre que moi-même, pour rien.

Je traînais ma rage et ma mélancolie. Rien n'avait de saveur depuis que Rebecca m'avait quitté. J'étais ulcéré par la manière dont elle m'avait traité. Une année de parfait amour, une année de mots tendres et de projets s'étaient évaporés en une soirée. J'avais appelé chez ses parents dès le lendemain du dîner. J'étais tombé sur la gouvernante. Puis j'avais commencé à appeler cent fois par jour. Littéralement. C'était toujours la même femme qui répondait. Je lui hurlais dessus comme j'avais si bien appris à le faire avec les chefs de chantier. L'employée de maison en pleurait. Sa conscience professionnelle l'obligeait à répondre, et je continuais à appeler. Elle m'assurait que les Lynch n'étaient pas à New York. Elle ne savait pas où était partie mademoiselle Rebecca. Elle me suppliait d'arrêter. Au bout de deux semaines de ce traitement, elle finit par oublier ses principes et par débrancher le téléphone. Entre-temps j'étais venu à la porte des Lynch. J'avais sonné cent fois également, mais le majordome qui m'avait repéré par la fenêtre se garda bien d'ouvrir. Enragé, j'avais détruit mes poings et mes chaussures sur l'épaisseur du bois. Quand je me mis à saccager les buis bordant la maison à pleines mains et à casser les vitres du rez-de-chaussée à coups de coude, il appela la police. Je refusai de quitter les lieux. Ils s'y mirent à quatre pour m'embarquer. Outrage à agent, refus d'obtempérer, violation de domicile… Sans Marcus, ils auraient été trop contents de me garder trois jours en cellule. Mon ami, avec l'intuition qui le caractérisait, eut la bonne idée de raconter mon chagrin d'amour à l'officier en chef O'Leary. Grand sentimental, il s'était fait plaquer par sa femme quelques semaines plus tôt. Sans même s'en rendre compte, il se retrouva en train de raconter sa vie à Marcus devant une bouteille de whiskey Redbreast. Dès que l'un de ses subordonnés venait frapper à la porte de son bureau, il le renvoyait d'une flopée d'injures à faire rougir de honte un détenu. La peine de cœur, la vraie, pas les égratignures d'ego ou les élans de possessivité, O'Leary savait ce que c'était. Secrètement, l'officier m'admira d'avoir osé ce qu'il s'interdisait. Lui aussi avait envie de casser les vitres de sa belle-mère, cette salope qui, depuis le début, avait tout fait pour le séparer de Maggie. Marcus me peignit sous les traits d'un jeune homme plein d'avenir, fou d'amour, et méprisé par une famille de puissants. Une sourde sympathie s'exerça envers moi. Au bout de la bouteille et de ses récits, l'officier O'Leary, l'élocution pâteuse et le regard cerné, accepta de me libérer à condition que mon ami s'engage à ne pas me laisser approcher du domicile des Lynch. Marcus demanda à me voir. La mine sévère, il me fit un sermon qui s'adressait aux policiers plus qu'à moi. Je promis à Marcus de ne pas retourner chez Rebecca à condition qu'il demande à son père d'appeler toutes les maisons des Lynch pour les localiser. Il accepta. Je sortis avec en prime la bourrade émue qu'O'Leary m'administra dans le dos en grognant : « Allez jeune homme, courage. Et pas de bêtises, hein ! » Je me tins à carreau et Marcus, comme convenu, demanda à son père d'enquêter sur la disparition de Rebecca et de ses parents. Frank Howard laissa des messages dans toutes les propriétés des Lynch, mais l'architecte se heurta au même silence que moi. La famille avait quitté le pays sans que personne ne comprenne pourquoi. New York s'emplit de solitude et de froid.

Je me demandais si Rebecca était encore en vie. Je me rendis à la Factory un mois après sa disparition. Lorsque nous étions ensemble, elle venait souvent y travailler, pour voir ce que faisait Andy, figurer dans ses films, montrer ses toiles, voir celles des autres et parler technique. J'avais toujours refusé d'y aller. C'était rempli de gens bizarres. Je les trouvais un peu ridicules et j'étais jaloux de l'intimité qu'elle partageait avec eux. Je ne la voulais qu'à moi. Si j'avais pu, je l'aurais mise sous clé. Le studio de Warhol était un lieu étrange, presque dérangeant. Un monte-charge servait d'ascenseur. Ses grilles rouillées, son plancher métallique rafistolé de planches taguées ne m'inspirèrent pas confiance. J'optai, avec Shakespeare, pour l'escalier. Une trompette entêtante et les notes aiguës d'un piano dégringolaient des étages. J'atteignis un plateau qui occupait tout le cinquième. Les murs en brique étaient peints en argent, les épais tuyaux et les colonnes de fonte couverts de papier d'aluminium. Au sol, le béton gris tel quel. Une drag queen blonde en minishort m'accueillit. Shakespeare, intrigué par cette femme à voix d'homme, voulut en avoir le cœur net et alla sans autre forme de procès mettre son nez entre les fesses de la créature. Elle eut un sursaut de surprise, puis se pencha pour le caresser en murmurant d'une voix rauque :

« Alors mon mignon, on se renseigne ? »

Je devins aussi rouge que le canapé en demi-baignoire qui trônait au milieu de l'atelier. Je tirai Shakespeare par le collier en bredouillant des excuses. La drag queen, maquillée comme une voiture volée, m'adressa une œillade langoureuse.

« Ne t'inquiète pas. Il a été très délicat… et j'aime la délicatesse… » insista-t-elle.

Je marmonnai :

« Je cherche Rebecca…

— La belle Rebecca ! Elle n'est pas là, trésor, mais si tu veux une autre blonde pour te consoler, je postule… »

De rouge, je passai à cramoisi et ne répondis pas.

« Tu es du genre timide, je vois. Tu veux boire quelque chose ? J'ai du café ou de la tequila. »

J'acceptai le café qu'elle alla préparer dans un coin de la pièce. Une moitié de mannequin d'exposition de couleur chrome s'appuyait à des casiers d'usine qui faisaient office d'armoires. Devant le canapé, un luminaire en forme de chapeau à larges bords, marqueté d'éclats de miroir, servait de table basse. Des escabeaux couverts de peinture côtoyaient des tables en bois croulant sous les dessins, les fragments de toiles, les morceaux de carton et les jouets cassés. De grands tableaux de fleurs stylisées aux couleurs enfantines étaient disposés sur le sol. Des chaises en métal et formica ainsi que des fauteuils défoncés complétaient ce décor tandis que des draps tendus sur des filins tenaient lieu de cloison.

La drag queen me tendit mon café dans un ancien verre à moutarde et me montra le coin où Rebecca venait travailler. Ses pinceaux avaient séché dans un vieux reste de térébenthine. Des dizaines de tableaux étaient appuyées au mur. Son tablier en jean maculé de peinture reposait sur une chaise en bois éclaboussée d'une myriade de gouttes colorées. Sur le chevalet, une toile restait inachevée. J'eus un coup au cœur en m'y reconnaissant de dos, nu face à la ville, les bras en croix pour embrasser le soleil levant, dans cette position dont elle s'était souvent moquée. Le matin, après la douche et avant de m'habiller, j'avais l'habitude d'ouvrir les rideaux en grand et de saluer le paysage urbain d'un retentissant «bonjour le monde» qui la faisait rire. C'était troublant de voir qu'elle avait peint la scène. Je voulus acheter les toiles de Rebecca. Warhol n'était pas là. Il s'était lancé dans un tour d'Europe pour y faire le portrait de tout ce qui pouvait signer un gros chèque sur le Vieux Continent. La drag queen qui m'avait ouvert et qui «gardait la maison» ne s'opposa pas à cette acquisition. Elle empocha une liasse de billets sans négocier et sans compter, vendant des biens qui ne lui appartenaient pas, trop contente de pouvoir, dès que j'aurais tourné les talons, descendre s'acheter quelques voyages immédiats dans une réalité augmentée. La drogue était le carburant de New York en général et de la Factory en particulier. Les plus heureux des invités d'Andy quittaient son atelier en limousine, les autres en ambulance. Je revins chez moi avec une vingtaine d'œuvres et deux cartons à dessins remplis à craquer que j'entreposais dans ma petite chambre. Marcus trouva que c'était un manque de considération pour Joan. Je lui répondis qu'elle n'en saurait jamais rien. De toute façon, Joan venait rarement chez nous. J'avais du mal à la voir là où j'avais vu Rebecca. Je préférais sa charmante maison remplie de fleurs et d'herbes folles, à quelques rues de là. Marcus ne comprenait pas pourquoi je faisais une telle fixation sur Rebecca. J'avais longtemps été d'un parfait cynisme envers le sexe faible et il ne désespérait pas de me voir retrouver cet état d'esprit. Il me présenta de ravissantes remplaçantes. J'en fis bon usage, mais ne m'attachais pas. Pour la première fois de ma vie, je me sentis coupable. Souffrant de l'absence de Rebecca, je comprenais la peine muette de Joan qui me témoignait tant de gentillesse et me faisait si peu de reproches. Très fine, elle se doutait bien que je ne lui étais fidèle ni par l'esprit ni par le corps. J'avais honte de mon incapacité à l'aimer comme elle le méritait. Elle aurait sans doute dû être plus dure avec moi. Me faire un peu marcher… L'indulgence d'une femme est le ciment de l'habitude, mais elle n'est qu'un faible levier de l'amour. Je me détestais d'être obsédé par Rebecca. J'aurais voulu écraser mes sentiments, mais ils semblaient indestructibles. La ville m'était devenue hostile. À tout moment un lieu, une chanson, une image pouvaient me vriller le cœur et me laisser là, pantelant, seul dans la rue, à attendre que l'onde de chagrin change de fréquence pour reprendre mon chemin. Mon impuissance me faisait horreur. J'avais essayé tout ce qui était en mon pouvoir pour rayer cette femme de la carte de mon existence, mais elle l'avait irrémédiablement tachée de son encre.

Seul le travail acharné me permettait d'oublier. L'énergie que j'y déployais payait au-delà de mes espérances. Les premières constructions du front de mer s'achevaient. Z & H engrangeait désormais des fortunes. Après avoir fêté notre premier million, puis notre deuxième, nous étions désormais passés aux dizaines. L'effet de levier était fabuleux. Chaque bénéfice était réinvesti grâce aux prêts à taux zéro de l'État. Comme l'avait remarqué Frank Howard, pour construire une grande fortune, il faut voler le premier milliard. Nous étions en train de le faire grâce à la municipalité, en toute légalité. Dans ce marché en pleine expansion, la garantie des pouvoirs publics nous permettait de financer nos téméraires paris immobiliers sans frais et presque sans risque. Bien sûr, ces travaux aidaient la ville à se rénover, à réhabiliter des quartiers, et à apporter des solutions à son déficit de logements, mais nous empochions des profits faramineux. Nous nous cantonnions essentiellement à Manhattan et aux quartiers les plus sûrs de sa périphérie immédiate, en évitant soigneusement les territoires de la Mafia. En revanche, nous arrosions une quantité de fonctionnaires et de petits chefs. Pour régner, il faut savoir partager. Ce qui est toujours plus facile quand vos « cadeaux » n'entament pas votre mode de vie. Il n'y avait qu'un seul édile à qui j'avais réservé un chien de ma chienne : le président d'arrondissement de Brooklyn. Il était venu pérorer, à l'inauguration de notre premier immeuble, celui-là même où j'avais embrassé Rebecca pour la première fois. Il avait coupé le ruban rouge, bu mon champagne tout en s'autorisant de nouvelles avances. L'imbécile. Il aurait dû se douter que je n'allais pas me laisser humilier sans réagir après l'affront qu'il nous avait fait. Lorsque, quelques jours plus tard, il me réclama l'appartement qu'il nous avait extorqué, je pris un plaisir certain à l'accompagner moi-même faire sa visite du propriétaire. Je l'emmenai au dernier étage et, devant la porte en fer blindée, je lui donnai, avec un ruban, la clé de son bien. Vous n'imaginez pas sa tête lorsqu'il ouvrit la porte et se retrouva… sur le toit ! Il mit un certain temps à comprendre. Je dus lui fourrer son

201

contrat sous le nez. Son prête-nom était bel et bien propriétaire d'un lot *à construire* au dernier étage de cet immeuble. Marcus avait habilement supprimé la clause concernant la livraison de l'appartement et, jouant de cette subtilité, j'avais carrément raboté notre construction d'un étage. Le règlement de copropriété rendait certes possible le rajout d'une surélévation, mais à condition d'obtenir une majorité de voix à la prochaine assemblée de copropriétaires. Comprenant qu'il s'était fait berner, il céda à une réjouissante crise de nerfs. Je ne fis strictement rien pour apaiser sa colère. Au contraire. Je lui annonçai que son adjoint, pour lequel je n'éprouvais aucune sympathie, avait reçu les clés de son studio le matin même. Cette satisfaction – sans prix – compromit définitivement les chances pour Z & H de remporter des contrats publics à Brooklyn, mais Marcus contourna le problème en créant une structure écran. Pour ma part, j'achevai mon ennemi en finançant massivement la campagne politique de son adversaire. Il perdit son mandat lors de l'élection suivante. J'étais présent le jour de la passation de pouvoirs et ce fut une satisfaction supplémentaire de le voir se décomposer lorsqu'il dut me saluer.

Le succès attirant le succès, nous menions de front une quinzaine de chantiers. La ville était couverte de bâches au nom de Z & H. Nous avions pris de beaux bureaux sur Broadway, pas loin de l'appartement, et Donna régnait à présent sur une petite équipe de trois secrétaires, un architecte, et cinq chefs de projet. Frank Howard continuait à nous aider pour les immeubles les plus prestigieux, mais nous avions pris nos marques et notre indépendance. En revanche, je refusais toujours de déménager. Marcus, bien qu'exaspéré d'être « coincé dans ce taudis », ne se résolvait pas à m'y laisser seul. Je m'accrochais encore à l'idée que Rebecca chercherait à me revoir.

« Elle n'aura qu'à appeler au bureau ! Le nom de Z & H est placardé sur tous nos échafaudages. C'est comme si tu avais une campagne d'affichage clamant : "Rebecca appelle-moi".

— C'est très important pour la boîte, me défendis-je…

— Je ne te dis pas le contraire, tempéra Marcus, mais je te connais, Wern. Je sais pourquoi tu tenais tellement à faire imprimer ces toiles de travaux avec notre adresse et notre numéro… »

Marcus avait raison. J'espérais encore que Rebecca débarquerait un jour à l'improviste. Avec une sacrée bonne excuse qui me permettrait de lui pardonner sa trahison et de reprendre notre histoire au point exact où nous l'avions laissée. Je crois que j'aurais mieux vécu une rupture franche. J'aurais pu la haïr sans arrière-pensée, mais cette disparition laissait la place au doute et à ce sale espoir qui vous attache au passé et vous interdit d'avancer.

Après des mois sans nouvelles, j'abattis ma dernière carte. Nous décidâmes de fêter la fin de notre plus important chantier. Le ban et l'arrière-ban de New York furent conviés à l'inauguration du Z & H Center.

Clou de la soirée, Joan accepta d'y donner un concert. Je signai un très gros chèque pour son association qui venait en aide aux enfants démunis du Mexique. Elle l'aurait fait de toute façon, mais j'avais besoin de me dédouaner : l'événement était entièrement centré sur Rebecca. Le carton d'invitation, envoyé à 1500 invités, utilisait l'une de ses œuvres : le triptyque qu'elle avait créé pour le lobby de nos premiers immeubles à Brooklyn. C'était une vue urbaine de la baie de Manhattan prise dans une brume abstraite et poétique. Ce tableau me rappelait cruellement notre premier dîner. À l'intérieur du carton, Marcus Howard et Werner Zilch espéraient que «monsieur et madame X leur feraient l'honneur d'assister à l'inauguration du Z & H Center et au vernissage de l'exposition présentant les œuvres de Rebecca Lynch. Un concert exceptionnel de Joan, prévu à 21h30, serait suivi d'une soirée violette, dress code accordé en conséquence». La couleur des yeux de Rebecca m'avait inspiré le thème des festivités. Pour la première fois depuis sa disparition, les vingt toiles ainsi que les dessins que j'avais achetés à la Factory seraient montrés au public.

Les quinze jours précédant l'événement furent difficiles à vivre. J'espérais chaque matin recevoir un appel de l'absente, ne serait-ce que pour être injurié d'organiser une exposition sans sa permission. J'avais imaginé toutes les réactions possibles de Rebecca : fâchée, mais attendrie ; fâchée et se drapant dans son silence ; heureuse et se manifestant ; heureuse mais trop fière pour m'appeler ; toujours quelque part à l'étranger et pas au courant ; devenue amnésique ; mariée et enceinte ; prise d'une crise mystique et retirée dans un ashram ; enlevée par un réseau de trafic de Blanches et cent autres hypothèses, elles-mêmes suivies de mille inventions baroques qui usaient la résistance de Marcus et Donna. Mon ami ne me reconnaissait plus. Il s'entendait très bien avec Rebecca. Il s'inquiétait comme moi de son inexplicable disparition, mais il aimait aussi beaucoup Joan et son fatalisme s'accommodait mal de mes obsessions. Marcus appela Lauren à la rescousse.

Ma sœur avait commencé des études à Berkeley quatre ans plus tôt avant de plaquer l'université pour vivre dans une communauté. Un groupe d'une vingtaine d'amis avait acheté un ranch près de Novato, à une heure de San Francisco. Ils élevaient des poules, des chèvres et des moutons. Pratiquaient le yoga et la méditation. Faisaient ensemble l'amour et la cuisine. Ils entretenaient leur potager, lavaient leur linge dans la rivière et, le reste du temps, fumaient le cannabis qu'ils faisaient pousser. Cette culture avait commencé avec deux plants. L'un des membres de la communauté les avait rapportés du Mexique, cachés dans un sac de linge sale dont l'odeur pestilentielle avait dissuadé la douane d'aller y mettre son nez. Le plant mâle avait été baptisé « Robert », la femelle « Bertha », avant d'être solennellement plantés à la lisière du poulailler, hors de portée des chèvres. Robert et Bertha avaient donné naissance à une abondante production et à une tout aussi abondante descendance. Les membres de la communauté, fumeurs invétérés, attribuaient un prénom à chaque nouveau plant pour rendre grâce à ces divins végétaux. Ils disposaient ainsi d'une complète généalogie de cette famille de cannabis, laquelle était affichée, enjolivée de dessins psychédéliques, dans la cuisine. Leurs expériences ne s'arrêtaient pas là. L'un des membres du groupe avait étudié la chimie à Berkeley et brièvement travaillé pour l'industrie pharmaceutique avant d'éprouver le besoin – lorsqu'il avait été viré pour avoir trop librement disposé des molécules de l'entreprise – de construire une vie porteuse de sens et en harmonie avec la nature. Grâce à son inventivité, la communauté testait toutes sortes de concoctions, élaborées à l'aide d'alambics divers dans un ancien garde-manger jouxtant la cuisine. Les «portes lumineuses» devaient leur permettre d'atteindre de nouveaux degrés de sagesse et de compréhension du monde. Une fois approuvées par la communauté, ces substances étaient ensuite vendues à de jeunes cadres de San Francisco. C'était le meilleur moyen de les ouvrir au monde et, par l'accès à la pleine conscience, de préparer la révolution de l'amour. Si les deux premières générations de portes lumineuses avaient remporté un grand succès et très agréablement arrondi les revenus de la communauté, les choses s'étaient gâtées avec la troisième génération. Leur indéniable puissance avait pour effets secondaires des crises de paranoïa et des accès d'agressivité. Le groupe considéra que chacun devait se purger de sa violence latente. C'était indispensable à la révolution de l'amour. Il augmenta donc la consommation des nouvelles portes lumineuses pour passer rapidement une étape difficile et salutaire. Lauren crut sa dernière heure venue lorsque le chimiste, en pleine descente, tenta de l'étrangler. Cette expérience de mort imminente fut un révélateur. Elle ne se sentit plus la force d'être un soldat de l'amour. Honteuse, mais résolue, elle reconnut son échec mystique devant la communauté rassemblée sous le sequoia qui abritait leurs réunions hebdomadaires. Les membres du groupe jugèrent que son manque de foi et de courage risquait de les contaminer. Il fut voté à l'unanimité qu'elle devait s'en aller.

Lauren s'était donnée tout entière à ce groupe qu'elle considérait comme sa famille et il lui sembla qu'ils la laissaient tomber au premier faux pas. Très déprimée, ma sœur était sur le point d'appeler nos parents pour revenir à Hawthorne, le temps de réinventer sa vie. Elle ne m'avait pas contacté. Je lui avais financé l'achat de sa part du ranch. Elle savait ce que cela m'avait coûté, à l'époque où je n'avais presque rien, et n'osait pas m'avouer que son expérience avait tourné court. Lorsque Marcus l'appela à la rescousse en lui faisant une description alarmante de mon état mental, ses réticences s'évaporèrent. Ma sœur, grande généreuse, n'aimait rien tant qu'aider autrui et moi plus particulièrement. Comme elle était fauchée, mon associé lui envoya un mandat postal avec une somme conséquente pour payer son voyage. La communauté en eut vent, et demanda une compensation pécuniaire pour son « indéfendable renoncement ». Lauren n'osa pas réclamer l'argent qu'elle avait investi pour acheter ce ranch dont elle était chassée et se fit en outre plumer de ce que Marcus lui avait donné. Ils ne lui laissèrent que le minimum pour payer son voyage en bus et s'alimenter pendant cette traversée du continent.

Lauren, qui ne faisait aucun cas des contingences pratiques et matérielles, ne prévint personne de son arrivée. Il devait être 6 heures du matin lorsque j'entendis sonner. Réveillé d'un bond, mû par un immense espoir et sans même prendre le temps de passer un T-shirt, je fus en quatre enjambées à la porte, prêt à enlacer passionnément Rebecca. En voyant ma sœur dans sa robe aux motifs grossièrement teints, portant un bandeau brodé sur la tête et des sandales crasseuses aux pieds, ma déception dut se lire sur mon visage. Lauren demanda :

« Tu attendais quelqu'un peut-être ? »

Je marmonnai un « pas du tout », et pris ma sœur dans les bras, élan d'affection qui fut arrêté net :

« Lauren, tu chlingues ! On dirait un vieux bouc ! » protestai-je. Shakespeare ne se montra pas si dégoûté et, après avoir fait une fête sans nom à Lauren, renifla consciencieusement ses pieds et si je ne l'avais pas retenu par le collier, il aurait fait de même pour son entrejambe. Il se rabattit donc sur les bagages de Lauren qu'il inspecta avec précision. Alors que je réitérais mes plaintes, elle répondit :

« Les parfums sont remplis de substances chimiques nocives.

— Commence par te laver à l'eau et au savon, cela suffira à mon bonheur», rétorquai-je.

Je saisis ses deux énormes sacs en toile en me demandant comment elle avait fait pour porter seule un bazar aussi lourd. Marcus, qui avait pris le temps de s'habiller, apparut. Il voulut embrasser Lauren, je l'en dissuadai :

«Crois-moi, il vaut mieux attendre qu'elle ait pris une douche.»

Je ne laissai pas le temps à ma sœur de s'asseoir ni de boire une gorgée de café et la poussai directement dans la salle de bains.

«Passe-moi tes vêtements, je descends tes affaires chez le teinturier. Il ouvre à 7 heures…»

Lauren obtempéra et, pendant que Marcus préparait le petit-déjeuner, je descendis l'intégralité des effets de ma sœur au Chinois qui faisait notre linge. Bien que très professionnel, il sembla effaré par la saleté de ce que je lui apportais. Je revins avec des brioches à la cannelle et des muffins à la myrtille encore chauds. Drapée d'une longue serviette, Lauren sortit de la douche, les cheveux encore mouillés.

«Je peux t'embrasser maintenant ! dit Marcus qui la serra longuement contre lui.

— Ça suffit vous deux !» lançai-je en allant chercher dans mon placard une chemise que je tendis à ma sœur.

Marcus compléta cette tenue d'une paire de collants qu'il gardait pour les sports d'hiver à Aspen. Nous partageâmes un long petit-déjeuner au cours duquel Lauren nous conta ses déboires. À entendre la manière dont elle avait été traitée, je montai sur mes grands chevaux, mais elle me dissuada de me lancer dans une expédition punitive en Californie. En attendant de déménager, à la demande incessante de mon associé, Lauren s'installa dans notre ancien bureau et dans notre nouvelle vie.

Ma sœur avait des idées arrêtées sur à peu près tout. Je lui confiai à mon tour mes peines de cœur et, me voyant si affligé de la perte de Rebecca, alors que « j'avais tout pour être heureux », elle décida de me reprendre en main. Mon équilibre et mon bonheur devinrent sa mission et sa bouée de sauvetage, la manière de transformer ses doutes en certitudes. En trois semaines, elle réorganisa notre quotidien. Elle commença par notre alimentation. Lorsque nous ne sortions pas au restaurant, Marcus et moi ne nous nourrissions que de pâtes, de pizzas, de hamburgers, de frites ou de bagels salés et sucrés. Lauren se déclara outrée de ce régime. J'en fus ravi. J'avais toujours vu ma mère cuisiner, il me semblait que cela faisait partie des qualités d'une femme. Je fus nettement moins enthousiaste lorsqu'elle décida de bannir la viande. Elle la remplaça par une sorte de pâte sans saveur appelée tofu, avant de nous mener une guerre sans merci pour nous convertir à un régime végétarien. Les protéines animales « polluaient notre corps et notre esprit », et elle s'insurgeait de ces mises à mort aussi cruelles qu'inutiles engendrées par le « dérèglement diététique occidental ». Elle voulut même convertir Shakespeare à cette préparation au soja, mais mon chien entama une grève de la faim d'une semaine. Lauren remania aussi notre intérieur. Elle acheta des fleurs tous les jours et fit brûler un encens au patchouli qui me donnait mal au cœur. Elle mis des châles indiens sur les canapés, transforma le salon en temple bouddhiste et la cuisine en pépinière de plantes bizarres doublée d'un réservoir à graines et épices du monde entier. Lorsque nous ouvrions la porte, nous étions accueillis par un parfum de curry et j'avais même l'impression, à force d'en manger, que ma peau était imprégnée de cette odeur. Joan affirma qu'effectivement j'avais une petite odeur de cumin et de curcuma pas désagréable du tout. La chanteuse, qui semblait enchantée de ces nouveautés, ne cessait de discuter menu et politique avec Lauren. Comme elle nous trouvait tendus, et « en conflit avec nos émotions », Lauren nous initia au yoga. Elle mettait en boucle les musiques d'un moine qui taquinait des heures durant la seule corde de son instrument. Marcus semblait plus sensible que moi à cette aventure intérieure et je trouvais qu'il avait pour ma sœur des complaisances coupables.

Une fois par jour, Lauren nous faisait allonger par terre dans le salon. Il fallait enfermer Shakespeare que cette position mettait en transe et qui s'obstinait à venir nous débarbouiller dès que la leçon commençait. J'étais particulièrement réfractaire à la méditation. La voix traînante et susurrée que prenait Lauren pour nous encourager à observer notre souuuuffle, relâcher les muscles du visaaaaage, de la laaaangue, les braaaaas, les jaaaambes et touuuuut le cooooooorps, provoquait chez moi des crises d'hilarité. Lauren ne s'en inquiétait pas. Le rire était, selon elle, une thérapie en soi. C'était ma manière d'évacuer les tensions. Elle finissait ces séances en faisant résonner plusieurs fois un bol tibétain qu'elle posait ensuite sur nos ventres. La dernière vibration éteinte, je me levais d'un bond pour reprendre le téléphone et gérer nos chantiers qui n'avançaient jamais assez vite à mon goût. Ma sœur ne semblait pas se frapper du peu d'effet de ses méthodes sur mon comportement et se consolait avec les progrès de Marcus. Il avait acheté tous les traités de spiritualité qu'elle lui avait recommandés et devint bientôt très savant sur la question. Si cette littérature me laissait indifférent, je m'étais vite habitué aux massages de ma sœur. Une petite amie japonaise m'avait, quelques années plus tôt, fait goûter à ces plaisirs, mais je ne m'étais jamais abandonné à des mains professionnelles. Lauren avait un don. Elle décelait les zones douloureuses et savait les dénouer comme par miracle. Elle avait une force insoupçonnable et particulièrement efficace sur les pieds qui, affirmait-elle, permettaient de soigner presque tout le corps. Je ne compris pas grand-chose aux principes de médecine chinoise qu'elle tenta de m'expliquer, mais j'étais béat dès qu'elle s'attaquait à mes orteils. En revanche, elle s'obstinait à nous enduire Marcus et moi d'une espèce de mixture d'herbes ayurvédiques qui tachait les vêtements et qui avait jauni en une seule fois l'émail de la douche. J'adorais ma sœur, mais il n'existait pas, à l'exception de mes parents, d'être sur terre plus éloigné de moi. Heureusement, il y avait des moments de répit. Lauren disparaissait régulièrement pendant un ou deux jours pour aller jouer de la musique dans des squats ou dormir à Central Park. Marcus s'inquiétait toujours de ces éclipses tandis que Shakespeare et moi en profitions pour faire bombance. New York, cet été-là, était en plein Flower Power. Des jeunes venus des quatre coins du pays s'y retrouvaient pour mettre en échec la société construite par leurs parents. Ils rejetaient en bloc le capitalisme, l'individualisme et le mépris criminel avec lequel nous traitions notre planète. Lauren était idéaliste, révoltée, en un mot, parfaitement en phase avec notre époque, alors que Marcus et moi nous accommodions très bien de cette société qui nous avait, en un temps record, accordé une place si généreuse.

Nous volions de succès en succès. La soirée d'inauguration du Z & H Center rassembla tout ce que New York comptait de chic, de sexy et de puissant. Lauren ne cessait de me reprocher mon «matérialisme» et les gens que je fréquentais, d'affreux capitalistes influents, d'horribles banquiers, des ambitieux, des puissants, bref, des gens comme moi. Seule Joan, dont le militantisme et la musique l'enthousiasmaient, trouvait grâce à ses yeux. La chanteuse était son idole, l'exemple que l'on pouvait avoir du succès et agir pour le bien du monde. En dépit de ses critiques, ma sœur s'amusa comme une folle, à notre soirée. Avec son sari lilas, son chignon brun et ses yeux noirs très maquillés, elle avait l'air d'une véritable Indienne. La foule entièrement vêtue en violet valait le coup d'œil. Les photographes mitraillèrent les invités. Ils nous firent poser, Marcus, Shakespeare et moi, en haut des escalators. Le molosse, pour la première fois de sa vie, avait été toiletté dans un institut. Il portait un épais collier de cuir mauve, en fait une ceinture de femme détournée par Lauren. Il faisait des amabilités de queue et de gueule aux personnes qui arrivaient comme s'il avait été l'hôte de l'événement.

« J'ai le chien le plus mondain de New York, remarquai-je.

— Cela compense un peu ta rustrerie », rétorqua Marcus.

Joan fit un tabac. Nous avions fait installer la scène dans l'atrium couvert qui occupait le centre du bâtiment. Chaque fois qu'elle donnait un concert, j'étais étonné, connaissant sa nature tendre et timide, de la transfiguration qui s'opérait en elle. Joan était soudain capable d'habiter les lieux, d'attirer tous les regards, de saisir la foule. Elle dégageait une joie, une énergie presque mystiques. L'instant d'après, lorsqu'elle jouait sans orchestre, en s'accompagnant simplement de sa guitare le temps d'une ballade irlandaise, elle créait une intimité telle que nous avions le sentiment d'être cinq ou six dans la salle, alors que mille personnes l'écoutaient. Nous devenions, le temps de cette illusion, des amis. Captifs, transportés, nous partagions son émotion à fleur de peau. Joan finit sur une note qui dura un siècle et dont la dernière vibration s'éteignit dans un bref silence, immédiatement suivi du fracas des applaudissements. J'adorais ces moments de gloire. J'arrivais presque à me croire amoureux, mais une fois descendue de son piédestal, Joan redevenait une femme simple et franche et mon admiration redescendait avec elle. Je m'en voulais de ne pas savoir savourer ma chance. Avec sa chemise de dentelle blanche sur son pantalon patte d'eph, le bandeau doux de ses cheveux séparés d'une raie, elle était d'une douceur lumineuse. Lauren la félicita avec un enthousiasme touchant. Elles auraient pu être sœurs toutes les deux. Elles avaient le même ovale de visage, des grands yeux noirs et ronds, une peau ambrée. Elles avaient, surtout, une même vision de la vie et du monde.

Une connaissance voulut m'acheter des œuvres de Rebecca. Je refusai. Ses toiles semblaient un peu perdues dans l'immensité des lieux. À l'exception de quelques rares amateurs d'art, les invités n'y prêtaient qu'une attention distraite. J'étais nerveux. J'avais promis à Marcus que si Rebecca ne se montrait pas, je l'effacerais définitivement de ma mémoire. J'étais décidé, en cas d'échec, à trouver un nouvel appartement. J'avais surtout pris la décision de proposer à Joan d'emménager avec moi. Je l'admirais, je la respectais, et l'amour m'avait fait plus de mal que de bien. L'amitié sensuelle que je partageais avec Joan me semblait une meilleure façon d'embellir mon quo-

tidien. J'aimais passer du temps avec elle. Je me rai-
sonnais en me disant qu'à force de la voir, je finirais
par y croire et par l'aimer vraiment. Ce soir-là, alors
que notre entreprise triomphait, le temps me sembla
péniblement long. Chaque blonde de dos faisait bondir mon cœur. Aucune n'était celle que j'attendais. Je
n'arrivais à masquer ni mon impatience ni mon dépit.

Quelques minutes avant minuit, alors que les
invités commençaient à danser, je renonçai. Joan ne
voulait pas rester sans moi. Je laissai Marcus jouer seul
les maîtres de maison. Je quittai les lieux sans saluer
personne, accompagné de Joan et Shakespeare. Je la
déposai chez elle. Un regret me traversa en voyant les
efforts qu'elle faisait pour dissimuler sa tristesse. Son
sourire tremblait et sa voix enjouée sonnait faux. Je ne
pouvais pas rester avec elle. Ce soir-là, je n'aurais pas
été capable de faire semblant. Je l'embrassai, lui dis
qu'elle était belle, et qu'elle avait fait le succès de la
soirée. Lorsqu'elle referma la porte derrière elle, je me
jurai de lui acheter un très beau bijou le lendemain.
Après tout, c'était presque une demande. J'allais lui
proposer de vivre avec moi, ce n'était pas rien. J'aurais
dû me réjouir mais je ne pensais qu'à ma douleur. Je
la connaissais bien, cette vieille blessure. Je ne l'avais
plus ressentie depuis l'adolescence, depuis ces années
où je me demandais des nuits entières pourquoi mes
«vrais parents» m'avaient abandonné. J'étais seul et
j'étais perdu.

Hawthorne, New Jersey, 1948

Le petit Werner ne comprenait pas l'anglais. Armande, qui attendait ce moment depuis des mois, était en larmes. Andrew serrait son épouse contre lui. Il n'en menait pas large non plus. La responsable de l'agence d'adoption, une dame sèche aux cheveux châtain gris, leur avait déposé l'enfant comme un colis.

« Je vous souhaite bien du courage, avait-elle déclaré. Il ne comprend rien et il est odieux. »

Le petit garçon de trois ans n'avait pas manifesté le moindre regret à voir partir cette dame, mais lorsque Andrew voulut le prendre dans ses bras en l'appelant « mon bonhomme », Werner se mit à crier avec une vigueur terrifiante qui fit battre l'agent immobilier en retraite.

« Il vaut mieux que tu commences, décréta Andrew. Une femme c'est plus rassurant. »

Armande n'eut pas plus de succès. L'enfant appelait sa « mama » avec des sanglots déchirants. Elle en avait le cœur retourné. Toutes ces années où elle avait espéré le miracle d'une naissance, Armande avait oublié le caractère absolu d'un désespoir enfantin. Elle était d'autant plus désemparée que la responsable de l'agence n'avait pas pris le temps de lui parler de Werner. Elle ne connaissait rien de ses goûts, ni de ses habitudes ou de sa vie passée. Devant la maison de bois et de crépi blanc que les Goodman avaient achetée juste après leur mariage, l'enfant ne voulait pas être touché. Il ne voulait pas qu'on l'approche. Pour ne pas l'effrayer davantage, les apprentis parents le laissèrent sur la pelouse et s'assirent face à lui. Ils parlaient calmement entre eux tandis que Werner, la mine fatiguée, le visage rougi, sa petite poitrine encore soulevée de saccades, jouait machinalement avec ses pieds et les dévisageait de ses prunelles claires et farouches. Ils attendirent une heure. Le petit, sans doute épuisé par le voyage et l'émotion, dodelinait de la tête, les yeux lourds. Il était sur le point de tomber de sommeil mais ne baissait pas la garde.

« Il doit avoir faim, et soif, déclara Armande. Je vais lui chercher quelque chose. »

Elle revint quelques minutes plus tard portant un plateau qu'elle posa entre eux et l'enfant. Lorsqu'elle s'approcha avec un biberon de jus de fruits, Werner cria à nouveau. Armande recula :

« N'aie pas peur mon bébé. Tiens, regarde, je m'en vais. »

La jeune femme retourna s'asseoir près d'Andrew :

« Comment allons-nous faire ? s'angoissa-t-elle.

— Ne t'inquiète pas, il a l'air robuste. »

Ce n'était pas ainsi qu'il avait imaginé son fils.

Cet enfant si blond, avec des yeux presque sans couleur qui le transperçaient. On les avait prévenus que les débuts seraient difficiles, mais Andrew n'en prit conscience qu'à ce moment-là. Il observa le petit. Werner était costaud. Il avait des regards d'une extraordinaire intensité comme si, derrière ce corps à peine ébauché, son caractère déjà formé était infiniment plus vaste que sa personne. Voir ce petit gars les tenir, eux, deux adultes, à distance respectueuse, l'impressionna et l'attendrit. Le gamin lui plaisait bien. Andrew jeta un œil à Armande qui scrutait l'enfant avec une passion presque inquiétante. Il décida que tout irait bien.

« Essayons de goûter ton gâteau. Il aura peut-être envie de nous imiter… » proposa-t-il.

Ils coupèrent des morceaux du quatre-quarts qu'Armande avait amoureusement préparé la veille et manifestèrent leur contentement par de grandes exclamations de satisfaction. Werner les regarda avec des yeux ronds. Le couple ne parvenait pas à déterminer s'il était étonné par leur manège ou si, effectivement, il avait faim. Armande avança à quatre pattes vers l'enfant qui la surveillait. Elle posa devant lui le biberon de jus de fruits ainsi qu'une assiette avec du gâteau. Tête baissée, il se concentra à nouveau sur son pied droit qu'il tenait à deux mains. Pendant de longues minutes, il n'esquissa aucun geste. Andrew eut une intuition :

« Tourne-toi. Si nous ne le regardons pas, peut-être sera-t-il moins timide. »

Andrew pivota et attira Armande contre lui. Ils entendirent un léger bruit, son épouse voulut se retourner, mais Andrew l'en dissuada.

« Attends, laissons-lui le temps. Tout va bien se passer ma chérie, détends-toi. Il faut qu'il apprenne à nous connaître. »

Sur la Patek qu'il avait achetée en 1943, peu de temps avant son départ pour l'Europe, Andrew lui indiqua l'heure à laquelle elle aurait le droit de jeter un premier regard. Elle posa la tête sur l'épaule de son mari. Après ces mois d'attente, chaque minute semblait à la jeune femme une heure supplémentaire.

Dans le jardin, les ombres s'allongèrent progressivement jusqu'à se rejoindre. Les dernières flaques de soleil disparurent de la pelouse. Ils n'entendaient plus rien. Au poignet d'Andrew, les aiguilles de la Patek indiquèrent 7 heures moins le quart. Ils se retournèrent enfin. Le biberon vide encore dans ses mains et la tétine à la bouche, Werner dormait, couché sur le flanc. Le gâteau avait disparu.

« Pauvre bébé. Il n'en peut plus, murmura Armande.

— Viens, montons-le dans sa chambre », décida Andrew, ému lui aussi.

Il saisit l'enfant dont la tête se renversa dans ses bras. Werner ne se réveilla pas, même lorsqu'ils le déshabillèrent et le changèrent, choqués de voir à quel point ses habits étaient souillés. Ils apprendraient dans les jours suivants que Werner était un petit garçon propre, mais la responsable de l'agence d'adoption, n'ayant pas le temps ou l'envie de se préoccuper de ses besoins, lui avait mis des langes. La peau de Werner était violemment irritée. Armande le nettoya avec précaution. Elle s'était entraînée avec les enfants de ses voisines. Ses gestes étaient assurés et précis. Elle avait préparé l'arrivée de son fils depuis longtemps. Elle avait demandé conseil aux meilleures mères de Hawthorne et lu tous les livres sur le sujet dont *Le Soin du bébé et de l'enfant* de Benjamin Spock ainsi que le *Manuel certifié de la mère parfaite* du docteur Jarred Blend.

Armande avait une armoire à pharmacie entière consacrée aux maux des petits avec du shampoing Johnson qui ne pique pas les yeux, du savon Palmolive «enfant», un flacon d'huile d'amande douce orné d'un ourson, du talc et de la crème anti-rougeurs en quantité. Elle avait tout. Une commode pleine de serviettes de bain, de couvertures brodées et de draps. Une brosse à cheveux très douce, un coupe-ongles protégé de plastique bleu. Une quantité de changes qu'Andrew trouvait déraisonnable. Dans le lit à barreaux blanc surmonté d'un mobile en bois qu'Armande avait peint, verni et monté elle-même, étaient déjà disposées cinq peluches : un ourson, un lapin, une tortue en feutre, un chat et un poney. Ces dernières semaines, elle en aurait volontiers mis d'autres pour combler l'insupportable vide, mais Andrew l'avait arrêtée :

« C'est l'arche de Noé, ce berceau ! Laisse-lui de la place. Il va arriver. Nous ne serons pas déçus cette fois-ci. »

Comme les enfants de ses amies avaient entre sept et quatorze ans, Armande avait hérité de valises entières de vêtements. Elle en avait rempli deux étagères. Elle comptait coudre à son fils des tenues neuves, mais se félicitait de ne pas avoir commencé avant son arrivée : Werner lui paraissait très grand pour son âge. Andrew avait repeint la chambre en jaune et Armande y avait installé deux fauteuils en rotin. Elle aurait pu passer des heures à regarder dormir son garçon. L'adjectif possessif lui était venu d'emblée. C'était *son* enfant. C'était *le sien*. Elle l'avait tellement attendu !

Elle aurait voulu caresser les cheveux blonds de Werner qui, sur son crâne, semblaient avoir une vie propre. Lui faire des bisous sur les joues et dans le cou. Lui tâter les bras et les mollets. Le chatouiller, l'entendre rire, le respirer à grandes bouffées pour mémoriser son odeur d'enfant. Armande avait tant d'amour à lui donner qu'elle en étouffait. Elle craignait que Werner refuse de se laisser aimer. Il faudrait l'apprivoiser, bien sûr... Gagner le premier regard, la première parole, le premier merci, le premier baiser. Cette mère emmurée restait donc silencieuse. Osant à peine bouger de peur de le réveiller, elle savourait le sommeil de l'enfant qui lui laissait, au moins, la liberté de le dévorer des yeux.

« Il est si beau... murmura-t-elle.

— Magnifique », confirma son mari.

Andrew dut faire preuve d'autorité pour qu'Armande descende dîner. Elle remonta entre la quiche

222

et le poulet vérifier que «tout allait bien», à nouveau entre le poulet et le reste du quatre-quarts, puis entre l'infusion et le rangement de la cuisine. Alors qu'elle commençait une énième ascension, Andrew l'attrapa au vol :

«Laisse-le dormir ! Tout va bien… »

Armande rit et se lova dans les bras de son mari.

«Je n'arrive pas à y croire… Il est parfait.

— Oui, un vrai gaillard.

— J'ai hâte de le montrer aux Spencer et aux Parson !

— C'est surtout à cette peste de Joan Campbell que tu voudrais le montrer, avoue… la taquina son mari.

— Tu n'as pas tort… La tête qu'elle va faire lorsque nous lui présenterons Werner.

— Elle sera furieuse. Notre fils est mille fois plus beau que le sien», renchérit Andrew.

Déjà, ils prenaient de l'assurance. Désormais, il serait un père et elle serait une mère. On ne pourrait plus leur jeter ces regards de commisération. On ne pourrait plus leur poser ces questions qui les blessaient comme des entailles au couteau : «Alors, vous vous y mettez quand ? » «Enfin une bonne nouvelle à nous annoncer ? » «Tu es enceinte oui ou non ? » Pour elle, il n'y aurait plus cette déception qui revient chaque mois, immuable tache, immuable condamnation. Pour lui, il n'y aurait plus les rires, les blagues de ses amis lorsqu'ils se retrouvaient pour jouer au rami : «Il va falloir apprendre à viser ! » «Tu t'y prends comme un manche ! » « On dit pourtant qu'elles savent y faire, les petites Françaises… » Il n'y aurait plus les bagarres parce que l'alcool et l'énervement du jeu aidant, l'un d'entre eux aurait été trop loin et qu'Andrew lui aurait mis sa virilité dans la gueule à grands coups de poing. Il n'y aurait plus les moqueries. Il n'y aurait plus les murmures, ce mot qu'ils redoutaient, ce mot qui longeait les murs, qui les suivait, qui se propageait sur les lèvres de leurs connaissances, ce mot qui empoisonnait leur existence : « Stériles. Les Goodman sont stériles, vous savez… Bien sûr que c'est elle, forcément ! Il n'aurait jamais dû épouser une Française. Personne ne la connaissait. Dieu sait comment elle vivait avant la guerre… Un avortement ! Qui te l'a dit ? Personne ? Ah ! C'est une supposition ? Mais tu as certainement raison. Elle est catholique pourtant… Et pourquoi serait-on catholique si on n'a pas quelque chose de grave à se faire pardonner ? Et ce pauvre homme qui ne se doute de rien… J'ai tout de suite pensé que cette fille n'était pas nette. »

Ce soir-là, Andrew et Armande s'assirent dans le salon. La télévision – la première du quartier – resta éteinte. Ils burent du porto. Ils se taquinèrent sur l'éducation du petit Werner. Il serait poli et intelligent. Il serait sportif et confiant. Il ferait de grandes choses… Andrew et Armande glissèrent des 45 tours dans le mange-disque. Ils écoutèrent « Memories of You » de Benny Goodman et « Une charade » de Danielle Darrieux, la musique de leur premier baiser à Lisieux. Sur la pointe des pieds, dans les bras l'un de l'autre, ils dansèrent lentement. Avant de se coucher, ils ouvrirent avec mille précautions la porte de la chambre jaune où dormait celui qui, en quelques heures, avait déjà changé leur vie. Ils osaient à peine respirer et le regardaient, le cœur battant. Ce soir-là, les Goodman étaient le couple le plus heureux du monde.

Manhattan, 1971

Marcus et Lauren rentrèrent bras dessus bras dessous, ivres morts, vers 4 heures du matin. Incapables de trouver leurs clés, ils se pendirent à la sonnette pour m'extraire de mon lit. Ayant fait une croix sur Rebecca, je ne me pressai pas. Shakespeare se mit à aboyer comme un beau diable, ce qui fit gueuler les voisins. Au bout d'une vingtaine de sonneries, je vins à la porte, avec ma tête des mauvais jours. Ma sœur portait la veste de Marcus qui la tenait serrée contre lui et lui frottait le dos. Je me délestai d'une partie de ma frustration sur eux, mais ils éclatèrent de rire :

« Exactement ce que je te disais ! » lança Lauren à Marcus.

Ils étaient complètement partis. À peine étais-je recouché que ces idiots trouvèrent très drôle de sortir à nouveau, et de se remettre à sonner. Je jaillis de ma chambre comme un ouragan, renversant une chaise que Shakespeare évita de justesse. Dans ma rage, j'ouvris la porte qui alla rebondir sur le mur avec fracas et mes imprécations moururent face à la personne que je trouvai sur mon palier. Il me fallut quelques secondes pour comprendre que cette garçonne pâle aux cheveux courts teints en mauve n'était autre que Rebecca. Je reconnus son regard lorsqu'elle leva les yeux vers moi.

«Entre, murmurai-je, sous le choc.

— Merci», fit-elle en glissant le long du mur.

Lauren et Marcus, qui continuaient leur discussion dans la cuisine, apparurent. Leurs rires s'éteignirent lorsqu'ils virent la silhouette qui se tenait face à moi.

«Rebecca…» balbutia Marcus.

Elle eut un sourire, mais ne répondit rien. Tournant autour d'elle, Shakespeare lui fit un accueil déchirant avant de s'asseoir sur les pieds de la jeune femme. Elle lui caressa la tête. Ses doigts me semblèrent translucides. Lauren embrassa la nouvelle venue avec exubérance et lui dit, d'un ton entendu, avoir «beaucoup entendu parler d'elle». Rebecca sourit à nouveau. Elle avait l'air d'un oisillon déplumé à côté de l'épaisse chevelure brune et de la poitrine généreuse de Lauren. Je lui proposai à manger. Rebecca refusa. À boire. Elle refusa également.

«Je voudrais dormir en fait», demanda-t-elle.

Sans m'embarrasser de circonvolutions, je la conduisis à ma chambre.

«Tu veux que Lauren te prête une chemise de nuit? demandai-je.

— Je vais rester comme ça», répondit Rebecca.

Elle enleva simplement ses mocassins, et s'allongea en chien de fusil sur le lit, tournée vers le mur. Je m'allongeai aussi sans oser m'approcher d'elle.

«Tu peux me prendre dans tes bras s'il te plaît ?» réclama-t-elle.

Je la ramenai contre moi. Elle me semblait fragile, comme si chacun de ses os pouvait se briser. Elle n'avait plus rien de la somptueuse animale que j'avais tant aimé dominer. Je pris conscience de sa chaleur. Je respirai son odeur d'amande douce. Sa peau, au moins, n'avait pas changé. J'essayais, lentement, de la reconnaître, de la retrouver. J'allais lui poser des questions, lui demander des explications, mais elle m'arrêta :

«S'il te plaît, je préfère ne pas parler.»

J'eus un mouvement d'impatience mais elle semblait trop chétive pour que je la rudoie.

«On fait comme tu veux, Rebecca, fis-je d'une voix enrouée.

— Alors serre-moi, demanda-t-elle encore, et ne me lâche pas.

— Promis.»

Rebecca ne bougea pas de la nuit. Elle resta tellement silencieuse que je mis plusieurs fois la main devant son visage pour vérifier qu'elle respirait bien. J'avais les bras ankylosés, la nuque raide et des fourmis dans les jambes, mais je ne changeai pas de position. L'aube se leva. La lumière me permit de mieux la regarder. Elle était maigre, et fatiguée. Des cernes mangeaient ses joues, ses cheveux courts et teints accentuaient la délicatesse de son cou. Je la soulevai pour me dégager. Elle me parut d'une inquiétante légèreté. Mes allées et venues dans la chambre ne la firent pas bouger. Je revins m'allonger un instant à côté d'elle pour lui dire au revoir. Je l'embrassai sur le front et lui caressai la tête un moment. Je n'obtins pas de réaction. Lorsque je quittai la pièce, elle changea de côté dans le lit pour se mettre à la place que j'avais laissée chaude en enlaçant affectueusement mon oreiller.

Suite à l'inauguration du centre et à la soirée Z & H – qui faisait la une d'une bonne partie de la presse –, Marcus et moi avions calé des rendez-vous et des interviews toute la journée. Lauren, dans la cuisine, pressait déjà les oranges et préparait les tartines grillées. En dépit de ce qu'elle avait bu, elle se portait comme un charme. Comparés aux effets des «portes lumineuses» de son ancienne communauté, les lendemains d'ivresse lui semblaient parfaitement inoffensifs. Marcus, au contraire, sirotait en grimaçant son troisième bol de café noir. La mine terreuse, le crâne comprimé, il luttait pour reprendre possession de sa personne. Il releva une mèche qui lui tombait dans les yeux.

«J'ai mal aux cheveux, se plaignit-il. Je pensais que c'était une expression, mais c'est littéral… et très douloureux.

— Laisse-moi faire», proposa Lauren.

Elle prit la tête de Marcus et commença un lent massage des tempes et du crâne. Je les observai un moment, puis réclamai mon dû :

«Et moi alors ?»

Lauren termina son traitement avec des points de

pression sur le visage de Marcus, mais lorsqu'elle voulut s'occuper de moi, il la retint par la ceinture de son jean :

« Encore, s'il te plaît. J'en ai plus besoin que lui. »

Je n'étais pas très frais non plus. J'avais passé la nuit à surveiller Rebecca de peur qu'elle ne s'échappe durant mon sommeil… Lauren me mitrailla de questions, mais ma dormeuse n'ayant pas dit plus d'une vingtaine de mots entre son arrivée à l'appartement et son semi-coma nocturne, ma sœur en fut pour sa curiosité. Inquiet de voir LFDMV – « La femme de sa vie », précisa Marcus d'une voix pâteuse à l'attention de Lauren qui ne connaissait pas cet acronyme – se volatiliser à nouveau, je demandai à Lauren de ne pas la lâcher.

« Vraiment. Ne sors pas sans elle, ne serait-ce que cinq minutes, ou alors ferme l'appartement à clé…

— Wern ! Tu ne peux pas séquestrer Rebecca ! » protesta Marcus dans un sursaut qui épuisa d'un coup sa réserve d'énergie : il tendit son bol vide d'un air mourant à Lauren qui lui versa une nouvelle rasade de café.

« C'est elle qui m'a demandé de ne pas la lâcher ! » ripostai-je, décidé à légitimer mes abus de pouvoir des vingt prochaines années grâce à cette malheureuse phrase prononcée par Rebecca un soir de faiblesse et de retrouvailles.

« Ne vous inquiétez pas, nous rassura Lauren en croquant une tartine. Allez donc profiter de votre triomphe et de vos affreux millions. Je m'occupe de la demoiselle. »

Marcus grommela d'indignation cette fois. Je rétorquai que nous avions bien mérité nos millions. Contrairement à d'autres, nous ne passions pas notre temps, une fleur entre les dents, à flirter avec des inconnus qui débitaient des poèmes en grattant leur guitare. Marcus appuya mes dires, Lauren éclata de rire :

« Les garçons, c'est officiel, vous n'avez aucun sens de l'humour ! » Elle prit une mine plus sérieuse. « Que dois-je dire à Joan si elle appelle ?

— Tu ne dis rien ! Rien du tout ! » m'exclamai-je tandis que Marcus, d'une même voix, retrouvait ses réflexes d'avocat : « Tu nies, tu nies tout !

— Je nie quoi ?

— Que Rebecca est revenue. Il ne faut pas qu'elle le sache. Je l'appellerai le moment venu.

— Pauvre Joan, soupira Lauren. C'est triste, j'aime tellement cette fille. »

Je fis semblant de ne pas avoir entendu.

« Oui, c'est affreux, la pauvre, elle t'aime tant », confirma Marcus, pensif.

« Ça suffit, vous deux ! Je ne l'ai ni battue ni assassinée ! »

Ils n'osèrent pas répondre, mais leur silence me fut aussi pénible que leurs reproches. Nous quittâmes l'appartement à regret, Marcus parce que chaque mouvement lui était une torture, moi parce que je craignais que Rebecca n'en profite pour s'enfuir. Dès le premier entretien avec le *Village Press*, puis le *New York Times*, nous étions à nouveau en selle. La

journée passa comme un songe. Les appels, les interviews, les réunions s'enchaînaient. Toute ma matière
grise était absorbée par ce flot, et l'énergie que je
déployais était une armure qui interdisait aux sentiments de me détourner de mon objectif. Dans ces
moments-là, Z & H se révélait une machine si bien
huilée, qu'elle me donnait un sentiment de perfection
et de puissance. Nous avions inventé cette machine
et elle fonctionnait. J'avais des fiertés de père à cette
idée. Le succès nous donnait l'envie de plus de succès.
J'appelai Joan à l'heure du déjeuner et m'excusai de
ne pas la voir ce jour-là. J'avais beaucoup à faire avec
Z & H et les suites de la soirée. Les choses devaient
rapidement se tasser, la rassurai-je. Je passerais la voir
le lendemain ou le jour suivant au plus tard. Au téléphone, je perçus son angoisse. Elle était fine et sensible. J'eus un pincement au cœur lorsque la chanteuse
me demanda à nouveau si je l'accompagnerais en
France pour sa tournée européenne. Elle voulait que
je découvre avec elle le pays de ma mère, Armande.
Nous en avions parlé plusieurs fois auparavant mais
l'envie de ce voyage m'avait quitté. Je fus évasif au
possible. Donna, qui entrait à ce moment dans mon
bureau, fit ce diagnostic :

« Vous, vous avez quelque chose à vous reprocher. »

Je la mis au courant du retour de Rebecca. Elle prit
un air navré :

« Pauvre Joan, cela fait des mois qu'elle redoute ce
moment… »

J'embarquai Donna chez Tiffany pour qu'elle

m'aide à choisir un cadeau. J'optai pour un pendentif. C'était une clé de sol en or blanc et diamants contenant en son centre une pierre grosse comme l'ongle de mon pouce. «Pauvre Joan», soupira mon assistante en me regardant tracer les derniers zéros de ce chèque, ce qui en ruina totalement l'effet. Donna retournait nerveusement dans ses mains le bracelet que je venais de lui offrir «pour acheter mon approbation», avait-elle ri. C'était exactement le cas et aussi parce que je trouvai indélicat de l'emmener chez un bijoutier sans lui offrir quelque chose. Je sortis de chez Tiffany aussi honteux que j'y étais entré. Le résultat ne fut pas plus heureux auprès de «la pauvre Joan», comme tout le monde avait décidé de l'appeler ce matin-là. Mon geste l'inquiéta. Elle me l'avoua sous couvert de plaisanterie lorsqu'elle m'appela pour me remercier.

«Ce n'est pas la première fois que tu me fais un beau cadeau, mais celui-là j'ai l'impression qu'il parle de passé plutôt que d'avenir...»

Joan avait raison. Rebecca avait déjà repris tous ses droits sur moi. J'aurais dû lui avouer d'emblée, mais je ne savais pas comment. Je lui dis les mots d'amour qu'elle avait besoin d'entendre et je repoussai cette pénible confrontation à plus tard. Lorsque nous rentrâmes en fin de journée, «l'autosatisfaction scintillait sur nos fronts», pour reprendre les mots de Lauren. Ne voyant pas Rebecca, je pâlis. Ma sœur ne me laissa pas le temps de m'inquiéter :

«Ta chérie est dans la chambre. Elle dort.

— Encore ! m'étonnai-je.

— Elle s'est levée une heure. Elle a déjeuné, s'est lavée et s'est recouchée. »

J'entrouvris la porte de la chambre et vis Rebecca dans l'exacte position où je l'avais laissée, douze heures plus tôt. Elle avait quitté son T-shirt et son pantalon au profit d'une romantique chemise de nuit blanche prêtée par Lauren. Le vêtement trop grand révélait une épaule à l'ossature délicate, un bras mince et musclé. J'eus une terrible envie de la réveiller, mais Lauren m'en empêcha d'une mimique contrariée et d'un « non » muet que venaient renforcer d'énergiques interdictions du doigt. Je me retirai à regret. J'essayai à plusieurs reprises d'appeler chez les Lynch. Mon harcèlement ayant cessé depuis de longues semaines, la gouvernante répondit. Cette idiote ânonna son discours habituel. Les Lynch n'étaient pas à New York. Elle ne savait pas où les trouver, ni où était Rebecca. Je lui rétorquai sèchement que, pour ma part, je savais où était Rebecca. « Si cela intéresse ses parents, qu'ils n'hésitent pas à m'appeler », ajoutai-je avant de raccrocher. Lauren et Marcus m'apaisèrent d'une bouteille de vin, de graines de tournesol et de poivrons grillés que ma sœur avait préparés pour l'apéritif avant de nous servir un curry de légumes et de noix de cajou dans une sauce au lait de coco. J'étais en manque cruel de viande et de pommes de terre, mais j'avais abandonné ce combat. Nous dînâmes, bûmes à nos projets et à notre amitié. Nous décidâmes aussi de déménager sans tarder.

« Enfin ! À nous la belle vie ! » s'exclama Marcus

qui dans son enthousiasme se leva, attrapa ma sœur au vol et la fit tourner autour de lui.

Lauren se débattit en riant. Il la reposa. Oublieux de ses douleurs du matin, il voulut fêter d'une deuxième bouteille cette nouvelle qu'il attendait depuis des mois. Aussi joyeux que la veille, Lauren et mon associé sortirent voir ce que la ville et la nuit avaient à leur offrir.

Une fois dans ma chambre, je me préparai en faisant beaucoup plus de bruit qu'il n'était nécessaire. Becca ne sembla même pas remarquer ma présence, mais à peine fus-je allongé dans le lit qu'elle vint se lover contre moi. Elle s'emboîta entre mes bras et mes jambes. Mon flanc se trouva encadré par ses seins, ma hanche collée à son ventre. Elle reposait contre moi avec une telle confiance que je m'interdis à nouveau de la réveiller. J'écoutai son souffle à peine perceptible, je la respirai discrètement. Elle s'était lavé les cheveux. Ils sentaient l'avoine et les fleurs. Chaque centimètre de mon corps qui était en contact avec elle semblait avoir une intensité propre, une présence aiguë. Le désir me vrillait les reins. Quelques heures plus tard, j'étais sur le dos, les yeux grands ouverts. J'avais allongé Rebecca sur mon torse, pour libérer mon bras fatigué. Ses jambes m'encadraient. Je sentais son pubis juste au-dessus du mien. J'avais le sexe comme un poing levé.

Hawthorne, New Jersey, 1950

Ce n'était pas de l'amour, c'était de l'adoration et Werner en abusait. Sous la pluie continue d'affection, d'attention, d'encouragements que lui prodiguaient les Goodman, il se déploya telle une plante d'une extraordinaire vivacité. Quelques semaines lui avaient suffi pour comprendre parfaitement l'anglais, quelques mois pour y répondre. Il prit possession de la maison et du jardin. Il cavalait d'un bout à l'autre de son royaume. Ses parents n'étaient pas chez eux, ils étaient chez lui. Rien ne devait lui être refusé et rien ne pouvait rester hors de sa portée. Il ouvrait les placards, les portes, les grilles, montait vers le grenier, descendait à la cave, repoussait toutes les limites qu'Andrew et Armande tentaient de lui imposer. C'était une force de la nature que ce petit homme. Dans la chambre de ses parents, au milieu du mur vert d'eau face à leur lit, des traits au crayon attestaient de ses impressionnantes poussées. Le soir, la machine à coudre d'Armande, une Singer Featherweight d'un noir rutilant, marchait à plein régime. La Française mettait un point d'honneur à fabriquer les habits de son fils dont la croissance et le caractère aventureux ne lui laissaient pas de répit. Le premier mémorable fait d'armes de Werner remontait à ses quatre ans. Il affronta en combat singulier le chien de leur voisin, une bête âgée, puante et caractérielle. Un jour où Werner tentait d'agrandir son aire de jeux en explorant les territoires limitrophes, le dogue le mordit. C'était une morsure sans gravité, mais qui laissa dans l'avant-bras de l'enfant un demi-cercle nettement dessiné en rouge. Sous les yeux épatés du voisin qui accourait, Werner Zilch, au lieu d'éclater en sanglots ou d'appeler sa mère, regarda son bras mordu avec stupéfaction avant de se jeter à la tête du vieux dogue.

« Sacré petit bonhomme, raconterait plus tard le voisin. Non seulement il a attaqué mon Roxy qui faisait deux fois sa taille, mais il lui a arraché un morceau d'oreille. Comme ça, en deux coups de dents », ferait l'agriculteur en mimant le geste de la mâchoire. « De ma vie, je n'ai jamais vu ça ! Un gamin pareil, on ne l'oublie pas. Il faut dire que la mère n'est pas commode non plus… »

Lorsqu'elle vit le bras de son trésor adoré que le voisin venait de désinfecter, Armande poussa un cri aussi effrayant que celui proféré par son fils un instant plus tôt. Elle injuria le propriétaire du dogue avec toute la richesse sémantique que peut receler, en matière d'insultes, la langue française, et menaça d'égorger le chien de ses propres mains. Lorsque l'agriculteur précisa avec embarras qu'il avait vu l'enfant mordre Roxy, lui arracher un bout d'oreille et avaler tout rond ce lambeau de chair, Armande chancela. Elle conduisit comme une folle son fils chez le médecin qui la raisonna sans succès. Il refusa de faire vomir Werner, désinfecta soigneusement la plaie, administra à l'enfant une injection antirabique et les renvoya chez eux. Un mois durant, la Normande scruta son fils comme on observe des bacilles au microscope. Werner se portait pourtant à merveille. Loin d'être échaudé, il continuait ses explorations géographiques avec la bénédiction du voisin. Quant au chien coupable, dont l'oreille poinçonnée par les dents de Werner avait cicatrisé sans que les poils repoussent, il se couchait au sol en signe de soumission dès qu'il voyait apparaître le garçon.

Cette victoire ne fit que renforcer le caractère impérieux de Werner. Il pouvait se montrer très colérique. Lorsque la réalité ou ses parents ne cédaient pas immédiatement à ses désirs, il entrait dans des fureurs qui laissaient Armande stupéfaite. Andrew le mettait au pas avec autorité, mais se flattait secrètement du tempérament de son fils. Lorsqu'ils étaient seuls, l'agent immobilier prenait parfois Werner sous les aisselles, le levait au-dessus de sa tête et, les yeux plongés dans les siens, répétait :

« Sois féroce mon fils ! Sois féroce ! »

Werner était souvent puni, mais il ne se montrait pas rancunier. Après avoir passé une demi-heure ou une heure enfermé dans sa chambre, il reprenait ses activités comme si de rien n'était. Il ne demandait pas

« pardon », mais il faisait de discrets gestes de réparation : cueillir des fleurs pour sa mère, trouver une plume de corbeau luisante d'un noir presque violet ou un très beau caillou dans le jardin pour son père. Werner était prêt à faire beaucoup tant que sa fierté restait sauve. Certains parents auraient cherché à le soumettre. Les Goodman comprirent d'emblée qu'un amour inconditionnel serait la clé de l'épanouissement de leur fils, et sa présence avait déjà tant fait pour le couple qu'ils étaient enclins à tout lui passer. Signe de leur affection sans bornes, ce fut leur fils qui les rebaptisa et non l'inverse. Dès le lendemain de l'arrivée de Werner, Armande remarqua que, sur chacun de ses habits – l'agence d'adoption n'avait laissé qu'un petit sac en le déposant –, était brodée cette phrase : « Cet enfant s'appelle Werner Zilch. Ne changez pas son nom, c'est le dernier des nôtres. » Cette mystérieuse découverte laissa Andrew et Armande perplexes. Ils émirent cent conjectures, et tentèrent à maintes reprises de se renseigner auprès de l'agence d'adoption. De guerre lasse, dans une sorte de révérence à l'extraordinaire cadeau que la vie leur faisait avec ce petit garçon, ils ne changèrent pas son prénom. Son nom de famille posa plus de problème. Armande s'en voulut le jour où elle découvrit qu'elle avait lavé les affaires de son fils sans voir que l'un de ses blousons contenait une lettre dans sa doublure. Il n'en restait qu'un magma de papier sur lequel on discernait des traces d'encre bleue. Andrew essaya à nouveau d'appeler l'agence pour en savoir plus.

Il comprit que l'explication des origines de leur fils avait été irrémédiablement perdue. L'enfant fut donc déclaré sous le nom de Werner Zilch-Goodman et comme ses parents adoptifs ne voulaient pas s'appeler différemment de leur fils, ils adoptèrent le même patronyme de Zilch-Goodman. Cela aurait semblé, à tout autre qu'Andrew, un énorme sacrifice, mais l'agent immobilier était un être à part. Il ne mettait pas d'ego dans ces signes extérieurs de virilité et le bonheur que leur apportait ce petit bout d'homme avait effacé ses doutes. La transformation du couple était flagrante. Arrondie, sereine, Armande s'affairait du matin au soir, cuisinait, nettoyait, repassait, lavait, frottait, coiffait, grondait, câlinait, racontait des histoires. Andrew aussi avait changé. Il se tenait plus droit. Il n'avait plus les poings serrés dans les poches, les épaules courbées, cette position compacte du boxeur qui attend l'insulte. Ses gestes étaient nonchalants, sa voix grave et assurée. Armande le trouvait de plus en plus séduisant et Andrew adorait les nouvelles formes de sa femme. Leurs étreintes nocturnes, que les échecs avaient rendues si difficiles, retrouvaient leur insouciance et leur gaieté. Un an après l'arrivée du petit garçon, les rondeurs de la jeune femme n'étaient plus dues à ses gratins dauphinois, à ses pommes de terre sautées ni à ses gigots. Elles n'étaient pas dues non plus aux crumbles ou aux tartes crémeuses aromatisées de citron dont elle régalait son fils et son mari. Sa poitrine doubla de volume. Elle rayonnait. Le petit roi Werner sentait bien que sa mère préparait quelque chose. Il ne cessait de soulever son chemisier pour inspecter son ventre qui s'épanouissait. On lui expliqua qu'il allait avoir un petit frère ou une petite sœur. Pour l'instant le bébé était au chaud en train de cuire dans le four de maman. Le jeune tyran refusait de partager. Un frère ? Non, il n'en voulait pas. Il décida dès le début que le bébé serait une fille.

Werner allait avoir cinq ans lorsque naquit Lauren. Le destin avait réalisé le vœu de leur fils, Andrew et Armande en furent soulagés. Pour être sûre de ne pas déstabiliser Werner, Armande redoubla d'attention envers lui, mais le petit garçon ne semblait pas éprouver de jalousie. Il adorait le bébé. Il l'embrassait, lui tenait de longs discours, lui offrait ses jouets. Il voulait sans cesse la porter, ce qui inquiétait Armande. Il devint le traducteur officiel de Lauren. Lorsque le couple semblait désemparé devant les cris de leur fille, Werner leur expliquait avec ses mots d'enfant comment la calmer ou lui donner ce dont elle avait besoin. Lauren était *sa* chose. Un nouvel être dont il se sentait à la fois propriétaire et responsable. La petite, physiquement, était l'inverse de son frère. Brunette à la peau ambrée, elle ouvrait de grands yeux effarouchés sur le monde. Werner était son dieu vivant. Dès qu'elle le voyait, son visage s'éclairait, son menton se creusait d'une délicieuse fossette, ses rires fusaient. Elle le trouvait impayable et l'aurait suivi au bout de la terre. Au point, quelques années plus tard, de manquer se rompre le cou en escaladant un arbre où

Werner construisait une cabane et se noyer en testant avec lui une embarcation de rondins mal ficelés. Heureusement pour cette histoire, Lauren survécut à toutes les inventions et colères de son frère.

Manhattan, 1971

Lauren, Marcus et moi étions inquiets. En trois jours, Rebecca ne s'était pas réveillée plus de quatre heures, chaque fois en mon absence. Seule Lauren avait échangé quelques mots avec elle. Même debout, Rebecca semblait ailleurs. Ma sœur avait essayé de lui parler, de mettre des musiques joyeuses en lui faisant respirer des huiles essentielles tonifiantes de noix muscade, de citron et de pin sylvestre. Elle avait même installé un brûleur dans un coin de ma chambre pour diffuser ces essences en continu, sans autre résultat que de me faire éternuer compulsivement et de brûler quelques poils du derrière de Shakespeare qui s'assit dessus par mégarde. Au soir du quatrième jour, je secouai gentiment Rebecca. Ma beauté marmonna qu'elle voulait dormir et qu'on la laisse en paix. Comme j'insistais, elle devint agressive, rugit comme un félin et battit l'air de ses mains pour chasser les miennes. Quand je la soulevai pour la mettre debout de force, elle me mordit férocement. De surprise, je la lâchai. Marcus et Lauren m'entendirent claquer la porte de la chambre en faisant trembler tout l'étage. Je fis irruption dans la cuisine et exigeai que ma sœur me désinfecte.

«Ce n'est pas grave, tu auras un hématome, rien de plus», décréta Lauren.

Cette indifférence à ma blessure ne m'empêcha pas de vider le bac à glace du réfrigérateur dans un bruit de tonnerre. Je fis tomber la moitié des glaçons par terre ainsi que toute la pile de torchons pour me confectionner un brassard disproportionné, avant d'aller agoniser sur le canapé du salon. J'en avais assez de la façon dont Rebecca m'ignorait. Depuis quatre jours, elle se servait de moi comme d'une bouillotte, glissant, au besoin, ses mains et ses pieds glacés sous mon ventre ou mes fesses, et me repoussant dès que je l'avais réchauffée. Lauren jeta un œil dans ma chambre. La mine bienheureuse, Rebecca était à nouveau profondément assoupie à côté de Shakespeare qui s'installait près d'elle dès que je tournais les talons. Elle avait le culot de me remplacer par mon chien ! Je fus d'autant plus contrarié que le canapé était trop court pour moi. Je passai une nuit détestable à refaire notre histoire dans tous les sens possibles et à manigancer ma vengeance contre les Lynch et leur fille. Le lendemain, rien n'avait changé.

«C'est la belle au bois dormant ! conclut Marcus, lorsque nous nous retrouvâmes tous les trois face au lit où s'étalait toujours Rebecca. Tu as essayé de l'embrasser ?

— Vu comme elle mord, je ne vais pas m'y risquer, grognai-je. Elle pourrait bien me couper la langue.

— Tant que ce n'est que la langue… plaisanta Lauren qui s'attira nos regards scandalisés. Les garçons, vous n'avez aucun humour», soupira-t-elle.

Nous partîmes travailler. Nous préparions une offre d'achat pour trois nouveaux terrains à lotir. Notre équipe avait planché sur le budget et le projet de développement. Les différents architectes que nous avions mis en compétition devaient nous présenter leurs projets. Nous passâmes notre journée en réunion et lorsque nous rentrâmes à la maison, la situation n'avait pas évolué. Elle se dégrada encore.

Une nuit, Rebecca décida de prendre un bain. J'évitai *in extremis* l'inondation : elle avait oublié de fermer les robinets. Le lendemain, à 3 heures du matin, elle se mit à cuire tout ce que contenaient les placards de la cuisine. Après une semaine sans sommeil, je m'étais effondré comme une masse et je ne l'avais pas entendue se lever. À leur réveil, Lauren et Marcus trouvèrent, bien alignés sur la table, deux plats de lasagnes, un gratin de coquillettes, du taboulé, un gâteau de semoule et de raisins, une quantité industrielle de cheese-cakes sur lesquels elle avait dessiné des lignes géométriques bizarres, une salade de tomates, et cinq bols d'une sorte de tarama qu'elle avait confectionné avec du fromage blanc et toutes les boîtes de sardines réservées à Shakespeare. La lubie de Rebecca me permit d'apprendre que, contrairement à ce qu'elle avait affirmé lors de notre pique-nique au parc, elle était une cuisinière chevronnée. Cela me fit plaisir, ce que Lauren associa à un «machisme primaire». «La place d'une femme n'est pas forcément à la cuisine, figure-toi», asséna-t-elle. Je fus beaucoup moins satisfait, quelques jours plus tard, lorsque je découvris la fresque que Rebecca avait peinte de ses doigts au ketchup et à la moutarde sur le mur de la cuisine. Marcus trouva très belle cette perspective de forêt barrée de motifs géométriques identiques à ceux inscrits sur ses cheese-cakes. «Malheureusement, étant donné la nature des pigments, cette œuvre n'aura pas une grande durée de vie», remarqua-t-il, songeur. Il avait vu juste : Shakespeare fit un sort à cette œuvre éphémère en léchant le mur sur un mètre vingt de hauteur.

«Ce n'est pas une femme, c'est une gosse de trois ans ! » m'emportais-je chaque fois que je découvrais un nouveau méfait.

Elle cousit par exemple l'intégralité de ma réserve de chaussettes pour fabriquer une sorte de pouf en forme de fleur, très réussi de l'avis de Lauren. Afin d'éviter qu'elle ne fasse subir le même sort à celles que Donna me racheta, je dus mettre un cadenas sur la commode qui servait à les ranger. J'étais frustré et mécontent, j'en venais à regretter Joan. En même temps, je n'arrivais plus à lui parler. J'avais souvent traité les femmes avec désinvolture, mais Joan méritait que je me comporte correctement. Au bout d'une dizaine de jours de dérobades, poussé par les sermons de Lauren, de Marcus et de Donna qui l'avaient régulièrement au téléphone, je me résolus à lui annoncer le retour de Rebecca. Lâchement, j'invitai Joan à l'heure du déjeuner dans le dernier restaurant en vogue, à deux pas du Radio City Music Hall. Je pensais qu'un endroit public m'éviterait une scène. Je commençai par de grands dégagements sur la politique de Nixon et détaillai un nouveau projet immobilier. Je m'inquiétai de la vie sexuelle de Marcus qui ne nous avait pas présenté de petite amie depuis un bail et ne disparaissait plus comme auparavant lorsqu'il avait un nouveau flirt. Je commentai abondamment le menu, commandai un steak, des patates sautées et un bloody mary pour me donner du courage, avant de m'indigner de notre dernière action meurtrière au Viêtnam où tant de nos gars continuaient à mourir chaque semaine. Joan, perspicace et plus courageuse que moi, me coupa :

« Alors, elle est revenue ?

— Oui, fis-je piteux.

— Donc, tu me quittes ?

— Je n'ai pas dit ça.

— Mais tu l'aimes encore ? continua-t-elle sur le ton professionnel d'un médecin.

— Je ne sais pas, je suis perdu... »

Joan me confia qu'elle avait espéré me la faire oublier, mais qu'elle comprenait. Je ne lui avais jamais menti. Elle ne pouvait pas m'en vouloir. Elle me dit avec tendresse que j'allais lui manquer, mais qu'elle était trop triste et abattue pour terminer le déjeuner. Je proposai de la raccompagner. Elle refusa :

« Il ne faut pas faire durer les adieux. Ce serait pénible pour toi comme pour moi. »

Je me sentis triste moi aussi. J'admirais cette femme. C'était une amie chère et je regrettai, au fond, qu'elle fût amoureuse de moi. La disparité de nos sentiments nous forçait à nous éloigner, quand son indifférence aurait garanti notre amitié. Je réglai l'addition. Nous n'avions rien mangé. Elle me colla deux baisers sur les joues, sans me laisser le loisir de la serrer contre moi.

«Arrête, tu vas me faire flancher», avertit-elle.

Dans la rue, Joan me regarda une dernière fois droit dans les yeux et me dit: «Tu as intérêt à être heureux, Wern! Si tu gâches cette histoire avec Rebecca, je ne te le pardonnerai pas.» Elle me donna une tape sur l'épaule et me dépassa. Je la regardai s'éloigner, le cœur serré. Elle n'avait pas versé une larme. Elle marcha vite et droit sans se retourner.

Peenemünde, Allemagne, octobre 1944

Cela faisait maintenant cinq heures que Johann était enfermé dans cette salle d'interrogatoire. Les deux officiers SS venaient de sortir. Il avait soif et faim. Le souvenir du visage de Luisa lui vrillait l'estomac, mais passé l'angoisse de l'arrestation, Johann avait compris qu'il était victime d'une manœuvre d'intimidation. La Gestapo envoyait un message à von Braun. Elle voulait lui faire peur. C'était tombé sur lui. Il ne voyait pas d'autre explication. Ces accusations étaient ridicules… Évidemment, il n'aurait pas dû se plaindre de l'effort de guerre. Il regrettait son imprudence, mais il était découragé ce soir-là et il avait trop bu. Il fallait toute la paranoïa des SS pour voir dans ce moment de fatigue un complot ou un sabotage. Johann s'en voulait, mais petit à petit, il gagnait du terrain. Les officiers faiblissaient. Ils étaient moins virulents qu'au début de l'interrogatoire. Ce qui le blessait le plus n'était pas de se retrouver ici, mais d'avoir été dénoncé par l'un de ses collègues. Il avait toujours considéré l'équipe de Peenemünde comme une famille. Il ne comprenait pas. Johann passa en revue les visages des gens présents ce soir-là : Hermann ? Non, Hermann était terrifié par la Gestapo. Il n'aurait jamais osé adresser la parole à un officier SS. Konstantine ? Impossible. Ils s'entendaient à merveille, partageaient le même bureau et déjeunaient presque tous les jours ensemble. Sa femme Christin, en revanche, c'était plausible. Une vraie peste. Et jalouse de Luisa, sauf que Johann n'arrivait pas à se rappeler si Christin était encore là lorsqu'il avait prononcé cette maudite phrase. Friedrich était présent, lui, mais il n'aurait jamais fait une chose pareille. Il était timide et amoureux de Marthe qui vivait à Peenemünde depuis quelques semaines. Il ne se serait jamais attaqué à la famille.

Fatigué, Johann se frotta le visage. Elfriede, non. Guillem, non plus. Mais qui alors ? Qui ? Andrei ? Encore moins. Oui, il y avait eu des frictions entre eux, mais de là à lui envoyer la Gestapo… Johann comptait bien tirer cette affaire au clair lorsqu'il rentrerait à la base. Il pouvait compter sur von Braun pour l'aider. Ce détestable incident serait bientôt réglé. Le Führer lui-même avait fait des V2 une priorité absolue. Les SS seraient obligés d'entendre raison. Johann se leva. Il fit deux fois le tour de la table en métal. Le cliquetis des verrous attira son attention. Il se figea.

« Que fais-tu là ? » demanda-t-il, glacial, à l'homme en uniforme SS qui venait d'apparaître.

Kasper prit son temps. Il regarda son frère en silence, un sourire narquois aux lèvres, puis avança dans la pièce.

«Bonjour Johann. Tu n'as pas l'air content de me voir...»

C'était troublant d'observer les deux hommes côte à côte. Si l'un n'avait pas porté une tenue militaire et l'autre non, on aurait pu les confondre.

«Nous avions décidé de ne plus nous parler, répondit Johann.

— C'était avant que tu me voles ma femme. Je suis venu la chercher, siffla son aîné.

— Je n'ai pas "volé" ta femme, Kasper. Marthe est venue se réfugier ici pour échapper à l'enfer que tu lui fais vivre.

— Pauvre chérie! Et tu la crois?

— Je la crois parce que je te connais. Tu es fou, Kasper. Fou et dangereux. Nos parents auraient dû te faire enfermer.

— Pour l'instant c'est toi qui es enfermé. Et c'est moi qui décide de ta libération.»

Kasper tira une chaise et alluma une cigarette. Johann, debout près de la fenêtre, lui lança:

«Qu'est-ce que tu veux?

— Je te l'ai dit, Johann, fais un peu marcher ton cerveau de savant. Je suis venu chercher ma femme. J'ai appris que tu avais été arrêté et j'ai proposé à mes collègues de te raisonner. Ils ont pensé que tu me ferais confiance...

— S'il y a quelqu'un sur cette planète à qui je ne

fais pas confiance, c'est bien toi. Ne perds pas ton temps.

— Je ne suis pas pressé. Et je ne demande qu'à t'aider.

— Je n'ai pas besoin de ton aide, je serai sorti dans quelques heures.

— Tu rêves, mon pauvre vieux ! Ils sont persuadés que tu es un agent infiltré. Je ne leur ai pas dit le contraire... Tu as toujours eu des amis louches.»

Kasper était renversé dans sa chaise qu'il balançait d'un pied. Ses galons indiquaient qu'il était monté en grade.

«Tu sais très bien que je ne trahirai jamais mon pays, répondit Johann.

— Oh, moi, je ne sais rien du tout. Enfin, si. J'ai appris que ta chienne attendait un petit...

— Quelle chienne ?

— Luisa n'est pas pleine ?

— Je t'interdis de parler de ma femme de cette façon !»

Kasper écrasa la fin de sa cigarette dans la coupelle en étain qui servait de cendrier. Il s'approcha, les yeux brillants.

«Je sais très bien à quoi m'en tenir sur Luisa. Je l'ai eue avant toi et elle a adoré ça.

— Ferme-la ! cria Johann. Tu n'as pas supporté qu'elle me préfère.»

Johann ferma les poings. Son dos s'était voûté instinctivement pour se préparer au combat.

«Puisque tu es si confiant, pourquoi t'es-tu enfui avec elle comme un voleur après la mort des parents ?

— Je suis parti parce que tu avais retourné la tête de nos voisins en faisant courir toutes ces horreurs sur Luisa. Ils étaient odieux avec elle. Je n'avais pas le choix, répondit Johann.

— Ton problème, c'est que tu veux toujours prendre ce qui m'appartient : Luisa, et maintenant Marthe...

— Luisa ne t'appartenait pas.

— Nous étions fiancés ! s'emporta Kasper, une lueur de souffrance dans les yeux.

— Ces prétendues fiançailles n'étaient pas officielles et Luisa ne t'aurait jamais épousé, rétorqua Johann.

— Elle m'aurait épousé si tu ne l'avais pas terrorisée en lui racontant n'importe quoi sur moi. Et les parents qui se sont rangés de ton côté ! Vous vous y êtes tous mis pour me l'enlever.

— Je n'ai fait que lui dire la vérité. Le traitement que tu as réservé à Marthe confirme ce que je craignais.

— J'aimais Luisa. Tu n'avais pas le droit !

— C'est un être humain libre de faire des choix», asséna Johann en ouvrant le col de sa chemise. Il étouffait.

Kasper eut un éclat mauvais dans le regard, il alluma une nouvelle cigarette.

«Je n'ai jamais compris ce qu'elle te trouvait. Tu

es tellement inadapté à ce monde avec tes gribouillis mathématiques et tes distractions d'enfant attardé.

— Ce qu'elle m'a trouvé ? Elle a vu clair en toi et elle sait que je l'aime plus que tout.

— Cela m'étonne que tu veuilles de mes restes.

— Ne recommence pas, s'énerva Johann.

— Si tu savais ce que je lui ai fait, ça te ferait passer l'envie…

— Arrête ! cria son frère en donnant un grand coup de poing sur la table.

— Je l'ai usée, bien usée et toi tu passes derrière…

— Je t'ai dit de la fermer !

— À moins que j'aie continué à la voir dans ton dos ? Qui te dit que je n'ai pas continué à la voir ? »

Le poing de Johann partit. Ses phalanges fermées vinrent s'écraser sur le nez de Kasper qui craqua comme un morceau de bois. Johann allait continuer à se battre mais au lieu de riposter, Kasper saisit l'une des chaises et, tout en appelant à l'aide, la propulsa contre la fenêtre dont la vitre explosa.

Alertés par le bruit, les deux officiers SS entrèrent en trombe dans la pièce.

Kasper, le visage en sang, se tenait le nez.

« Je l'ai confronté et il m'a attaqué ! Il a essayé de s'enfuir en brisant la fenêtre… »

Les deux hommes ceinturèrent brutalement Johann qui tenta de se défendre :

« Ne l'écoutez pas ! C'est lui qui a lancé la chaise contre la vitre… »

Johann se débattit, mais les officiers ne voulurent rien entendre. Ils le traînèrent en direction des cellules sans voir le sourire de triomphe et le geste d'adieu moqueur que Kasper adressa à son cadet.

Manhattan, 1971

Donna, notre assistante, demandait chaque jour des nouvelles de Rebecca, dont le sommeil sans fin nous inquiétait beaucoup. Elle prit les choses en main et appela son médecin. Elle avait toute confiance en cet homme qui avait sauvé sa fille d'une grave infection. Je n'avais jamais rencontré le docteur Bonnett. Il se présenta le soir même à notre domicile. C'était un homme de petite taille, mince et brun. Il avait passé les premières années de sa carrière en Afrique et boitait légèrement depuis qu'un Malien, peu reconnaissant des soins prodigués, lui avait abîmé le muscle du mollet d'un coup de machette. Il s'en était remis grâce à la décoction que lui avait appliquée la sorcière du village voisin. Ce baume s'était révélé d'une telle efficacité que depuis, il passait son temps libre à tenter de le reproduire grâce aux plantes que la vieille lui avait montrées et qu'il avait soigneusement répertoriées. Curieux de tout, il semblait avoir à peine cinquante ans, alors qu'il comptait, comme il me l'apprit plus tard, soixante-quatre printemps. Il avait fait partie d'un laboratoire de recherche à Boston, puis s'était rapatrié à New York, sa ville de naissance, et s'était passionné pour les médecines parallèles, particulièrement l'acupuncture, ce qui impressionna beaucoup Lauren. Il fallut d'ailleurs arracher le docteur à l'interrogatoire en règle que ma sœur lui fit subir, pour l'emmener voir Rebecca. Elle dormait. La nouvelle phase somnambulique de sa maladie la rendait très obéissante. Je n'eus pas besoin de la toucher pour la réveiller. Il me suffit d'appeler trois fois son nom pour qu'elle s'assoie sur le lit. Une fois atteint cet état de demi-éveil, je n'avais qu'à lui donner un ordre pour qu'elle l'exécute, symptôme que je trouvais bien plus à mon goût. En dépit des idées qui me traversaient l'esprit, je n'abusais de ce nouveau pouvoir qu'en pensée. Je respectais même sa nudité. Quant à sa toilette, Lauren m'avait rapporté que Rebecca s'enfermait dans la salle de bains, y passait une bonne demi-heure et en ressortait habillée d'un des pyjamas que je lui avais achetés. Je fis passer Rebecca au salon. Le docteur Bonnett commença par la regarder avec une grande intensité. À sa demande, elle se déshabilla. Je ne voulus pas la laisser seule avec lui et je fus choqué par le spectacle de son corps, couvert d'hématomes et d'ecchymoses. Une bouffée de rage me submergea. J'aurais voulu tuer à coups de barre de fer celui ou ceux qui lui avaient fait ça. Je demandai doucement à Rebecca de se rhabiller. Elle obtempéra. Le docteur Bonnett se tourna vers moi :

« C'est votre femme ?

« — Pas encore, fis-je d'une voix sourde.

— Se drogue-t-elle ?

— Je ne sais pas, reconnus-je, me souvenant qu'avant sa disparition, elle fumait souvent de l'herbe. Pas ces derniers jours, en tout cas.

— Savez-vous si cette jeune femme revient d'un pays tropical ?

— Non, j'ignore où elle était avant de venir ici. »

Je sentis que je ne pouvais m'en tenir à ce niveau d'explications. Les marques sur le corps de Rebecca n'avaient rien d'anodin et je ne voulais pas qu'il pense que j'en étais responsable. Je lui résumai ma rencontre avec la jeune femme, nos premiers mois d'amour, le dîner chez ses parents, sa disparition de presque un an et sa soudaine réapparition. Le docteur Bonnett sembla rassuré par ma franchise. Il nota consciencieusement chaque détail dans un carnet à élastique et diagnostiqua une éventuelle narcolepsie, à savoir un dérèglement aigu du sommeil dont on connaissait mal les causes. Il fit des prélèvements sanguins à l'aide d'une seringue et de petits tubes à essais qu'il rangea dans sa valise en cuir noir. Il émit une autre hypothèse :

« Je vais faire analyser ces échantillons. Elle a peut-être développé une pathologie du type mouche tsé-tsé, mais je ne vois aucune piqûre infectée et elle n'a pas de fièvre… Ne prenons pas de risque néanmoins. C'est une vraie saloperie, cette maladie-là.

— C'est mortel ? demandai-je, tétanisé.

— À terme, malheureusement, oui. Est-elle confuse quand elle parle ?

— C'est pire, elle ne parle pas. Elle a dû me dire cinquante mots depuis son retour et pas beaucoup plus à ma sœur Lauren qui reste avec elle la journée.

— A-t-elle des hallucinations, des crises d'angoisse ?

— Non, elle est très calme. Et elle cuisine la nuit.

— Elle cuisine ? répéta-t-il, décontenancé par cette manifestation de son mal.

— Comme si elle préparait un banquet. Nous avons dû vider les placards, sinon elle nourrirait tout le quartier. Elle fait des œuvres d'art aussi. Et elle coud des chaussettes…

— Elle coud des chaussettes ? » reprit à nouveau le docteur Bonnett. Il était comme un enfant qui prend dans ses mains un nouvel objet et l'inspecte sous toutes les coutures pour en comprendre le fonctionnement.

Je lui montrai le pouf réalisé par Rebecca, puis les restes de sa fresque à la moutarde. Il les scruta avec l'intensité qui le caractérisait et consigna ses réflexions sans me les faire partager.

Nous retournâmes dans le salon. Je m'inquiétais du fait qu'une maladie tropicale puisse être transmise par morsure.

« Elle a donc des accès d'agressivité !

— Uniquement si vous essayez de la réveiller. Sinon, elle est plutôt tendre. »

Je lui montrai mon bras. Il m'affirma que « ce n'était rien », ce qui me vexa. Il inspecta à nouveau attentivement les yeux de Rebecca et la couleur de sa paupière interne.

«Il n'y a aucun signe clinique inquiétant. Elle est juste anémiée. Je pencherais plutôt pour un dysfonctionnement d'ordre post-traumatique. Dans certains cas de violences ou de chocs extrêmes, expliqua-t-il, un être humain peut se soigner par le sommeil.

— C'est une bonne chose alors ?

— C'est une bonne chose, sauf quand cette récupération se transforme en fuite définitive. Certains malades reprennent peu à peu un mode de vie normal, d'autres ne reviennent jamais, préférant le cocon rassurant de leurs songes.

— Quand saurons-nous si elle reviendra ?»

Le docteur Bonnett ne pouvait le dire. La narcolepsie exigeait beaucoup de patience. Les malades avaient besoin de temps. Étant donné les coups que cette jeune femme avait reçus, Dieu sait ce que son inconscient cherchait à oublier. Il rédigea une ordonnance prescrivant toutes sortes de tonifiants qui seraient complétés dès qu'il recevrait le compte-rendu du laboratoire d'analyses. Il prit congé en me demandant de l'appeler régulièrement pour le tenir au courant des évolutions de son comportement. Pendant notre conversation, Rebecca s'était roulée en boule sur le canapé et dormait de nouveau à poings fermés.

Son éclipse était interminable. Je me consumais de désir pour elle qui s'apercevait à peine de ma présence. J'avais revu, coup sur coup, trois de mes anciennes maîtresses, de celles qui m'accueillaient chez elles sans simagrées. Je m'étais livré à toutes mes positions et pratiques favorites, mais leurs chairs m'avaient semblé sans vie et leur plaisir mécanique. Ces tentatives ratées me frustrèrent encore davantage. Depuis Lou et ce premier baiser qu'elle m'avait volé à la porte du gymnase de mon lycée, j'avais croqué les femmes comme des fruits délicieux, me régalant de leurs particularités, de leurs parfums, de leurs textures, de leurs colères, de leurs fragilités. En quittant ces filles avec lesquelles, dans une autre vie, j'avais adoré faire l'amour, je ne ressentais pas plus d'émotion ou de satiété que si je leur avais serré la main. Comble de l'humiliation, le soir, à peine allongé à côté de Rebecca endormie, la dague se plantait à nouveau dans mes reins. Je confiai mon malheur à Marcus.

« C'est tout de même hilarant que toi, le don Juan de Manhattan, tu te découvres monogame ! se moquat-il.

— Je ne trouve pas ça drôle du tout, figure-toi.

— Ta queue est amoureuse et fidèle, il va falloir t'y faire.

— Ma queue est maso. Elle fait une fixation sur la seule fille de cette foutue contrée qui n'en a rien à carrer de moi. »

J'étais à cran et invivable. Lauren, exaspérée, me rabattit le caquet un matin :

« Mais rappelle Joan ! Au moins, tu couchais avec elle !

— Tu étais effectivement plus détendu… » renchérit mon associé qui retira, au coin de la bouche de Lauren, une miette de tartine oubliée.

261

Me voyant pâlir dangereusement, signe annonciateur d'une de ces colères qu'ils n'avaient pas du tout envie de subir, ma sœur et mon associé orientèrent la conversation vers notre nouvelle adresse. Nous devions déménager à la fin de la semaine et j'espérai que ce changement de cadre aurait un effet positif sur Becca. Marcus avait trouvé en quelques jours une séduisante maison dans le Village. En brique, haute de quatre étages, elle avait été entièrement rénovée. Cette rue calme m'avait plu, tout comme le bâtiment. Éclairés par de grands puits de jour dans la cour, une cuisine, une buanderie et un studio indépendant occupaient le sous-sol qui donnait sur une petite cour. Au rez-de-chaussée, on trouvait un grand salon et une salle à manger, au premier étage, un autre salon. Les quatre chambres étaient réparties entre le second et le troisième. Enfin, une terrasse et une vaste pièce occupaient le toit. C'était un bon investissement. Le Village était en pleine mutation et je ne doutais pas que mon acquisition prendrait de la valeur. Nos derniers projets avaient été si fructueux que je pus l'acheter sans emprunt, ce qui me permit de faire encore baisser son prix déjà négocié par Marcus. Il me proposa de participer, mais avoir un chez-moi était un vieux rêve, même s'il était évident que nous allions y vivre tous ensemble. Son père, Frank, aurait en outre mal pris l'affaire, lui qui possédait la moitié d'un bloc sur Central Park et qui proposait régulièrement à Marcus de s'y installer. Donna s'occupa des déménageurs avec son efficacité habituelle.

Le jour J, cinq Polonais musclés comme des culturistes débarquèrent chez nous et commencèrent à vider les lieux. Au milieu des cartons, Marcus et moi étions vissés à nos combinés, à cause d'une nouvelle affaire. Nous avions participé à un appel d'offres pour des terrains près de la gare centrale et nous venions d'apprendre que les dés étaient pipés. Nous n'avions que quelques heures pour déjouer la manœuvre. Les déménageurs, suivant les instructions de Donna et de Lauren, chargèrent le camion en ne laissant que le lit où dormait toujours Rebecca. Elle ne sembla pas le moins du monde incommodée par le chambardement. Je m'énervais au téléphone. Marcus flattait et menaçait. La négociation était serrée. Une fois l'appartement vidé, nous restâmes une heure de plus, assis par terre à multiplier les appels pour faire pencher l'appel d'offres de notre côté, pendant que les ouvriers cassaient la croûte. Lorsque nous eûmes enfin raccroché, en laissant Donna sur place, je pris Rebecca dans mes bras et la portai jusqu'à notre bonne vieille Chrysler. Au soleil de juillet, je fus frappé par sa pâleur. Elle ne voyait quasiment plus la lumière du jour et sa peau semblait translucide. Elle avait en revanche retrouvé sa blondeur. La teinture mauve que je détestais s'était effacée et, en quatre semaines, ses cheveux courts, stimulés par les heures de sommeil, avaient beaucoup poussé. Ils formaient désormais un carré bouclé qui adoucissait son visage et le rapprochait de celui que j'avais connu. Je calai Rebecca entre Shakespeare et Lauren, à l'arrière. Ma beauté se servit de mon chien comme oreiller, lequel en profita pour lui lécher tendrement l'avant-bras sans qu'elle s'en formalise. Marcus et moi nous assîmes à l'avant puis la voiture, le cul bas, se traîna jusqu'à notre nouvelle adresse. Les déménageurs posèrent un lit dans une pièce du rez-de-chaussée afin que j'y installe Becca. Elle dormait toujours comme une bienheureuse. Je ne pris pas le temps de faire le tour du propriétaire. À peine la porte refermée, je m'assis sur un carton dans le salon, branchai le téléphone que j'avais apporté et je repartis en campagne. Donna, parfaite, avait déjà fait installer les lignes. Deux heures plus tard, je pris quelques minutes pour appeler mes parents. Je voulais qu'ils viennent découvrir, le week-end suivant, ma première maison. J'étais sûr qu'ils seraient fiers de moi.

Le soir venu, une chaleur étouffante se répandit sur la ville. Un orage menaçait. Je mis Rebecca dans la chambre voisine de la mienne avec Shakespeare puisque mon chien, ce traître, la suivait comme une ombre et m'avait presque oublié. Je les enfermai à clé, privation de liberté dont Marcus ne s'indignait plus depuis que l'insupportable artiste, une nuit, avait cousu toutes ses cravates les unes aux autres pour former un tapis de deux mètres de long que Lauren trouvait « sublime ». Ma sœur l'avait immédiatement préempté pour sa chambre et mon associé avait été contraint de reconstituer sa collection sans espérer récupérer son bien.

La nuit, la maison jouissait d'un calme parfait,

loin du vacarme auquel je m'étais habitué. Il faisait si chaud que je dormis nu. Vers 1 heure du matin, je sentis un animal se faufiler dans mon lit. Je criai, et d'un bond, me retrouvai debout, enroulé dans la toge de mon drap, prêt à me défendre. Je reconnus Rebecca. Sous le coup de la surprise et de la colère, je la saisis par le col de son pyjama et l'éjectai de mon lit. Rebecca me jeta un regard accusateur.

« Tu avais dit que tu ne me lâcherais pas, me reprocha-t-elle.

— Tu me parles, maintenant ? grinçai-je.

— Je t'ai toujours parlé, se défendit la jeune femme.

— En un mois tu ne m'as pas adressé la parole plus de dix fois…

— Je n'avais rien à dire », répondit-elle en haussant les épaules.

J'allais lui donner deux trois idées de sujet quand je fus frappé d'une évidence :

« Mais au fait, comment es-tu sortie ? Je t'avais enfermée.

— Je sais. D'ailleurs, ne le fais plus. Je n'aime pas être enfermée.

— Comment as-tu ouvert ? »

Rebecca désigna la fenêtre du menton.

« Ne me dis pas que tu as escaladé la façade !

— Je n'ai fait qu'enjamber les deux balcons.

— Tu es folle ! Cette femme est folle !

— Je ne suis pas folle.

— Alors tu es dangereuse. »

Le visage de Rebecca s'assombrit :

«Pas assez. Je pensais être dangereuse, mais je ne le suis pas assez.

— Je ne suis pas d'humeur pour les devinettes, Rebecca. Tu surgis dans ma vie, tu disparais des mois, tu réapparais, tu ne dis plus un mot, tu dors 23 h sur 24, tu cuisines la nuit, tu escalades les façades, tu es couverte de bleus…

— Pardon ? fit-elle, surprise.

— Tu ne sais pas que tu es couverte de bleus ? » lançai-je. Je m'assis sur le lit et descendis d'un coup son bas de pyjama. J'étais si en colère que le doux renflement de son pubis blond n'arrêta pas mon regard.

«Ça ne te dit rien ? » fis-je, accusateur.

Je scrutai sur sa peau les motifs bruns et bleutés que le temps commençait à atténuer. Rebecca regarda ses jambes sans rien dire, puis releva la tête, troublée.

«Regarde ? » insistai-je, en passant la main sur ses cuisses.

Sa peau se hérissa. Je réfrénais mon désir depuis des semaines et j'en fus surpris. Elle avait le regard trouble et la mine concentrée. Je retrouvai dans ses yeux la fièvre qui l'habitait avant notre rupture. Je retirai mes mains de ses cuisses. Je ne lui avais pardonné ni sa disparition, ni son silence, encore moins sa cuisante morsure :

«Où étais-tu pendant tout ce temps ?

— Tu es sûr que tu as envie de parler ? rétorqua-t-elle en s'installant sur moi.

— Oui, j'ai envie de parler ! »

Elle passa les bras autour de mon cou et voulut se presser contre moi, écraser ses seins contre mon torse, mais je lui saisis fermement les hanches pour la tenir à distance.

«Arrête, chéri», fit-elle en m'embrassant doucement sur les lèvres.

J'essayai de protester, mais elle continua.

«Tu vois que tu n'as pas envie de parler...» fit-elle en pressant son sexe contre le mien.

De mes mains, je l'appuyai plus durement sur ma queue. Elle roula doucement d'avant en arrière.

«Enlève ton T-shirt», ordonnai-je.

Elle s'en débarrassa gracieusement. Ses aisselles lisses, sans aucun duvet, me firent penser que Rebecca avait prémédité ce moment. Habillée, la jeune femme avait l'air menue. Une fois nue, elle avait exactement ce qu'il fallait où il fallait. Ses seins, fermes et ronds, pointaient légèrement vers l'extérieur. J'aimais son long cou, ses épaules résolues. Dans la vitre de la chambre, j'aperçus notre reflet. Rebecca, cambrée, était belle à se damner. Elle se pencha vers l'avant. Son dos et sa taille se creusaient jusqu'à ses fesses rebondies.

«Si tu crois m'avoir avec une ruse aussi grossière... protestai-je en l'immobilisant de force.

— C'est toi qui vas m'avoir, si tu le veux bien.

— Tu m'as l'air très réveillée tout à coup», fis-je en glissant un doigt au seuil de son sexe.

Rebecca ferma un peu les yeux, absorbée, presque consciencieuse dans son plaisir. Voir l'effet que je lui faisais décupla mon excitation. Rebecca ne semblait absolument pas gênée. Lorsqu'elle rouvrit les yeux, elle insista :

« Ça ne sert à rien de parler.

— Tu m'emmerdes, Rebecca », conclus-je en la retournant comme un judoka.

Je la clouai au lit, maintenant ses deux poignets derrière elle. Elle essaya un peu de se dégager, mais les mouvements de son bassin ne firent que m'aider à me débarrasser des draps et à m'installer entre ses cuisses.

« Tu m'emmerdes », répétai-je en l'embrassant tandis que je la pénétrais d'un coup.

Ses protestations se muèrent presque aussitôt en soupirs. Je libérai ses poignets et enfouis mon visage entre son cou et son épaule. Nos corps se redécouvraient avec une avidité maladroite. Je l'écrasais, je la malmenais, mais cette rudesse ne faisait qu'attiser son désir. Je lui donnais des ordres à voix basse. Je disais « s'il te plaît » pour la forme, et elle obéissait. Je la soulevais, la pliais avec une facilité déconcertante. J'avais oublié l'incroyable douceur de sa peau. Rebecca voulait que j'aille au fond d'elle. Elle aimait ma force, la dureté de mon corps qui justifiait sa propre douceur et sa propre rondeur. Lorsque je la prenais ainsi, je comprenais ce que veut dire « être fait l'un pour l'autre ».

Le lendemain de nos retrouvailles, elle se leva aux aurores, en même temps que moi. Je dormais rarement plus de cinq heures, j'aimais ces instants où la ville se repose et que je suis éveillé. Rebecca s'habilla et vint se planter devant moi, main tendue :

« Tu peux me donner de l'argent, s'il te plaît ? »

L'idée qu'elle me demandait salaire de notre nuit me traversa l'esprit. Sans me laisser le temps de formuler ce doute, elle le balaya d'un rire franc :

« Mais non, idiot. De l'argent j'en ai plein, simplement pas sur moi. Il faut que j'aille acheter du matériel.

— Du matériel ?

— Pour travailler, pour peindre ! Je n'ai plus rien. »

Pour la première fois depuis des semaines, je retrouvai la Rebecca « d'avant », moqueuse, indépendante, décidée. Je sortis de mon portefeuille une épaisse liasse de billets, comptai quatre cents dollars et les lui tendis d'un air interrogateur. Elle fit un moulinet de la main et je doublai la somme. Elle empocha l'argent avec aussi peu de façons qu'elle s'était donnée à moi la veille et affirma :

« Ne t'inquiète pas, je te rembourserai.

— Je ne m'inquiète pas, et tu n'as pas besoin de me rembourser », rétorquai-je, amusé par le toupet et la détermination de ce petit animal féminin qui me posa sur la bouche un baiser distrait, les yeux chassant déjà sur le côté vers ses mondes imaginaires, avant de filer je ne sais où sans demander son reste ni son petit-déjeuner.

Manhattan, 1971

Rebecca et Lauren se partagèrent la grande pièce du toit pour y aménager un atelier, et un endroit où pratiquer le yoga en profitant de la lumière zénithale. Lorsque nous rentrâmes Marcus et moi ce soir-là, nous trouvâmes l'une en train de faire le poirier tandis que l'autre, perchée sur un escabeau, un fichu sur les cheveux et le visage barbouillé de peinture, tenait quatre pinceaux en main et un dans la bouche. Elle peaufinait les dégradés d'une composition qui se révéla un gigantesque pénis en érection.

« C'est le tien ? s'amusa Marcus.

— Pas du tout ! m'indignai-je.

— Chi, ch'est le tien, déclara Rebecca, toujours un pinceau entre les dents.

— C'est une grande et belle déclaration, pouffa Marcus. Je ne te savais pas si bien doté. »

Toujours la tête en bas, Lauren corrobora :

« Quand il était petit, ça fascinait maman. Il en a une énorme.

— Ça va, lâchez-moi ! m'agaçai-je.

— Ah, non, on ne va pas te lâcher, annonça Rebecca qui, sortant le pinceau de sa bouche, vint m'embrasser.

— Pas de DPA ! lança Lauren en retombant sur ses pieds, le visage aussi rouge que le mien mais pour des raisons purement mécaniques. Ce serait gentil de ne pas nous narguer.

— DPA ? s'interrogea Marcus.

— Démonstration publique d'affection », répondit-elle en lissant ses longs cheveux bruns.

Ce soir-là, nous dînâmes sur la terrasse de pain aux olives, de tomates et de fromage qu'arrosaient quelques bouteilles de chianti. Pour le dessert, Lauren fouetta de la crème fraîche et en nappa des fraises. Je me languissais toujours de ma côte de bœuf et de mes patates sautées, mais ma sœur maintenait fermement le cap du « tout végétarien ». Au dessert, elle nous annonça qu'elle reprenait ses études pour se perfectionner en psychologie et en hypnose. Le docteur Bonnett lui avait conseillé de s'intéresser également à l'acupuncture. Cette discipline ne faisant pas encore l'objet de cursus universitaires, il se proposait de lui transmettre ses connaissances, qu'elle pourrait compléter par la suite. Elle envisageait, à terme, d'ouvrir un centre de bien-être. Après avoir demandé si ces massages incluraient pour les hommes les parties intimes, ce à quoi Lauren, par provocation, s'engagea, je me dis prêt à investir dans son futur institut. Nous passâmes un bon moment à lui trouver des noms improbables. Il fallait y mêler l'idée d'épanouissement personnel et de plaisir sexuel et nous finîmes par nous accorder sur «Eden's». Je lui demandai si cela fonctionnerait par abonnement, ou à la prestation. Lauren nous fit un dégagement sur le fait qu'elle voulait «faire du bien aux gens, pas faire de l'argent». Je me mordis la lèvre pour ne pas lui rétorquer que ce serait aussi l'occasion de s'assumer. Mes parents avaient payé ses études à San Francisco, qu'elle n'avait pas terminées. Je lui avais offert sa part du ranch, qu'elle n'avait pas songé à réclamer en quittant sa communauté, et je l'entretenais depuis plusieurs mois. J'adorais Lauren. J'appréciais moins ses tirades moralisatrices sur la finance, le matérialisme et le profit, qui revenaient de plus en plus souvent sur le tapis.

Marcus et moi travaillions à notre plus ambitieuse construction : une tour sur la Cinquième Avenue, en plein cœur de Manhattan. La bataille s'annonçait rude. Non seulement le terrain était convoité, mais la municipalité venait de changer de mains. Les aides accordées par la ville étaient remises en question. Sans cet avantage fiscal, le projet devenait infiniment moins rentable. Autre gageure, l'étroitesse de l'emplacement. Pour résister au vent et aux éventuelles secousses sismiques, une tour aussi grande aurait dû, pour obtenir les permis de construire, s'ancrer sur une base bien plus large. Frank Howard avait résolu ces difficultés structurelles, mais s'il fallait, pour des questions d'occupation des sols, la raboter de plusieurs étages, le projet perdrait tout intérêt financier. Nous actionnions tous nos leviers. Lauren réprouvait ce lobbying. J'avais beau lui expliquer que nos compétiteurs n'avaient pas ses états d'âme et qu'ils n'hésitaient pas à aller bien plus loin que Marcus et moi, elle trouvait que je n'aurais pas dû « m'abaisser à leur niveau ». Marcus, habitué des accords de paix, nous avait interdit le sujet, mais entre un frère et une sœur, il n'est pas besoin de parler pour savoir ce que l'autre pense et s'efforce de dissimuler.

Le lendemain, tout le monde était levé aux aurores. Seul Marcus, décidément le moins résistant du groupe, semblait souffrir de nos agapes. La journée fut particulièrement rude. Nous rentrâmes du bureau avec l'espoir de mettre les pieds sous la table. Sur le toit Rebecca peignait, la mine absorbée, et Lauren, tout aussi concentrée, prenait des notes sur un manuel d'initiation à l'hypnose. Shakespeare, pour sa part, patrouillait entre la pièce et la terrasse, suivant, très affairé, un itinéraire mystérieux et précis que personne à part lui ne comprenait. Il reniflait les coins, se dressait sur ses pattes arrière pour surveiller la rue et aboyait sur les pigeons comme un général sur ses troupes. Nous emmenâmes Rebecca et Lauren dîner Chez Marcel, un bistro français à deux blocks de là. Le patron acceptait les chiens. Il régala même Shakespeare d'une gamelle de bœuf bourguignon. Nous passâmes une soirée enjouée. Marcus raconta avec humour les semaines durant lesquelles je l'avais épuisé en lui parlant de Rebecca nuit et jour. Il me faisait rire et il me gênait. À chaque nouvelle anecdote, je m'enfonçais un peu plus dans mon siège. Mon associé, sentant que je perdais de mon humour, mit fin à ses taquineries. Puisque nous parlions du passé, j'en profitai pour interroger à nouveau Rebecca. Je voulais qu'elle nous dise enfin ce qu'elle avait fait pendant ces longs mois. Elle botta en touche. Quelques secondes plus tard, nous nous retrouvâmes en train de rire à ses récits sur Andy Warhol et la Factory.

« Tu n'as pas envie de retourner les voir ? demanda Marcus à Rebecca.

— Plus tard. Pour l'instant, j'ai envie d'avancer. Cela fait trop longtemps que je n'ai pas peint… »

Elle revint sur notre rencontre à coups de carrosserie froissée. Je n'avais pas raconté l'histoire à Lauren, qui l'adora. Pendant cette conversation, je surveillais Rebecca du coin de l'œil. Elle paraissait tout à fait normale. Comme si en une nuit d'amour, elle avait refait surface. Je retrouvai la fille sûre d'elle, caustique, au charme fou. Sa joie de vivre, son impertinence, sa tendresse enfantine lorsque nous n'étions que tous les deux me reprenaient au cœur. Ce soir-là, nous étions heureux. Peut-être aurais-je dû me contenter de ce bonheur, mais les questions me brûlaient les lèvres. J'avais besoin de comprendre. Je ne pouvais en rester là, vivre avec l'idée que pour un oui ou pour un non, Rebecca pouvait s'évaporer. J'avais besoin qu'elle me fasse confiance pour pouvoir lui faire confiance. Avant de quitter Chez Marcel, nous achetâmes au patron des baguettes et du lait pour le petit-déjeuner du lendemain. Il faisait doux sur le chemin du retour et nous n'avions pas envie de nous coucher. Lauren et Marcus regagnèrent leurs chambres. Nous restâmes un moment seuls sur la terrasse. Rebecca s'appuyait à la rambarde et m'invita à la rejoindre. Très vite, notre étreinte se resserra. Elle portait une robe bleue, qui ressemblait à celle de notre première rencontre, sans rien en dessous. Je la caressai et la pris lentement de dos, à la lumière des lampadaires de la rue et de la lune. Nous nous retrouvions avec une déconcertante facilité.

La narcolepsie de Rebecca s'inversa. Levée à 5 heures, ma beauté travaillait d'arrache-pied. D'après Lauren que je continuais à questionner, Rebecca ne s'arrêtait que quelques minutes vers 11 heures et demie du matin puis vers 3 heures de l'après-midi. Assise face à l'œuvre en cours, l'air hagard et les cheveux ébouriffés, elle mangeait sur le pouce des crackers tartinés de fromage Philadelphia avec une bière, du café et des bananes. Elle continuait à peindre jusqu'à notre retour. Elle enlevait alors son tablier de toile bleue maculé de peinture et la vieille chemise à carreaux qu'elle m'avait prise pour se protéger les bras. Elle enfilait devant nous son T-shirt blanc, manque de pudeur qui m'exaspérait et dont elle se moquait en me traitant de «conventionnel», puis descendait prendre une douche. Elle passait sa tenue du soir prêtée par Lauren en me répondant que oui, oui, elle irait bientôt s'acheter des vêtements. Elle n'avait simplement pas le temps. La jalousie me brûlait le cœur. En dépit des confirmations de ma sœur, je n'arrivais pas à croire que cet emploi du temps surchargé n'était dû qu'à l'urgence artistique. Avant de dîner, nous prenions un apéritif tous les quatre. Après le dîner, nous faisions l'amour tous les deux. Parfois, elle se relevait la nuit. Je la retrouvais sur le toit de son atelier. Elle aimait s'y poster, les belles soirées d'été, regarder la ville et laisser ses pensées divaguer. Elle m'encourageait à la rejoindre, je protestais un moment. Elle se faisait un peu prier, puis finissait par descendre se coucher et se rouler contre moi. Rebecca était un chat.

Manhattan, 1971

Depuis qu'elle était réveillée, Rebecca charmait la maisonnée. Elle avait un entrain irrésistible et une candeur mêlée d'exubérance qui faisaient fondre ses interlocuteurs. Elle savait transformer les instants en fête, les minuscules anecdotes de notre quotidien en roman et les choses les plus simples en grands plaisirs. Elle baptisa notre groupe «la bande des quatre» et instaura le sacro-saint «schnick», mot sorti d'on ne sait où, qui désignait l'apéritif. Autour du cocktail du jour – Rebecca se flattait d'avoir été barmaid dans les Hamptons pendant un été, au grand dam de ses parents –, nous nous retrouvions pour raconter notre journée. D'un nom commun : «On prend le schnick ?», ce mot devint un verbe si bien que nos amis l'adoptèrent : «On peut venir schnicker chez vous aujourd'hui ?» Nous étions souvent une dizaine, voire une vingtaine à nous retrouver pour partager quelques bouteilles de blanc et de rouge, agrémentées de fromages, d'olives ou de noix de cajou, le péché mignon de Rebecca. En ces mois d'été, elle nous convertit aussi au «paseo», ce bonheur de sortir le soir, après le dîner, humer l'air de la ville, se repaître de cette vie grouillante, de conversations volées, de rires ou de disputes, de scènes incongrues et de fenêtres éclairées. Nous regardions les appartements et nous imaginions le quotidien des gens qui y vivaient. Nous allions à Washington Square nous installer aux tables d'échecs en pierre avec les vieux du quartier, tandis que les filles retrouvaient des copains ou s'asseyaient dans l'herbe pour écouter la musique. Chaque jour, de nouveaux groupes venaient montrer le meilleur d'eux-mêmes avec l'espoir de se faire connaître. Il y avait aussi des jeunes acteurs qui jouaient des saynètes ou des sketchs. Certains nous faisaient rire aux larmes. Parfois nous préférions éviter la foule. Nous partions alors au hasard des rues avec pour seule boussole les intérêts olfactifs de mon chien dont le sens de l'exploration ne connaissait pas de limites. Nous refaisions le monde au gré de nos pas, avançant de front, épaule contre épaule comme des mousquetaires, ou en tandem. Souvent nous nous arrêtions quelque part en terrasse, pour dîner une deuxième fois ou boire un dernier verre. Lors de ces soirées, Marcus était le premier à déclarer forfait. Lauren, la plus infatigable, protestait, Rebecca et moi suivions celui des deux qui l'emportait.

Même en rentrant tard, je ne me lassais pas de la peau de Rebecca, de sa lumière. Dans nos moments d'intimité, j'avais besoin de la regarder comme si elle m'alimentait de son énergie vitale. Lorsque je la caressais, ce n'étaient pas des frôlements distraits, mes doigts devenaient habités, magnétiques. J'y mettais toute ma pensée. Peu à peu, je retrouvais ses points sensibles. Je lui mordais gentiment la nuque, la faisant frissonner ou, du bout des doigts, je lui caressais doucement la naissance des fesses. À cet effleurement, Becca s'immobilisait, respirait à peine et se diluait de bien-être. Elle adorait mon sexe. Elle disait qu'il était son meilleur ami. Elle me faisait rire en lui tenant des discours tendres ou cocasses et l'embrassait à tout propos. J'avais une passion pour son parfum intime. Je la respirais en riant, le nez entre ses jambes, au point de m'endormir, certains soirs, dans cette position, le visage reposant sur une de ses cuisses, une main possessive sur son ventre, tandis que les doigts de Rebecca restaient enfouis dans ma tignasse hérissée.

Ma beauté aimait danser. Elle mettait la musique à fond. Lorsque Marcus et moi rentrions, nous trouvions parfois les filles en pleine chorégraphie dans le salon ou sur la terrasse. Échevelées, rosies, elles bondissaient comme des sauvages et chantaient à pleins poumons. Lauren très faux, Becca avec une jolie voix. Elles nous invitaient à les rejoindre. Nous nous faisions prier. Nous étions fatigués. Mais que voulait donc dire cette lubie ? Les filles avaient les yeux étincelants et rieurs, un enthousiasme qui ne pliait pas, et bientôt nous dansions tous les quatre par paires. Rebecca aimait le rock acrobatique. Je m'y montrais malhabile tandis que Marcus la faisait tournoyer comme un cerceau de hula hoop autour de ses bras et de ses hanches. Il proposa à Lauren de lui apprendre et ma sœur se laissa convaincre. Ils s'entraînaient tous les soirs. Lauren se mordait la lèvre en comptant les pas avec un air appliqué ou poussait des cris effrayés et ravis lors des portés. Nous prîmes aussi nos habitudes, le mercredi et le vendredi, à l'Electric Circus, un club branché, installé dans l'ancienne Maison des Polonais, à St. Marks Place, au cœur de l'East Village. Warhol l'avait brièvement utilisé avant de le céder à un investisseur qui avait mis 300 000 dollars sur la table pour rénover les lieux gigantesques, installer des lampes flashs, des écrans de projection et des scènes musicales équipées d'enceintes surpuissantes. Nous nous affalions dans les sofas, nous commandions du whisky ou des *bananas*, nous retrouvions des amis. On y croisait les hippies du quartier, Tom Wolfe, Truman Capote ou Warren Beatty que je détestais parce que son charme ne laissait pas Rebecca insensible. J'étais plus exaspéré encore par un certain Dane. Ma fiancée me l'avait présenté comme «son meilleur ami». Il se disait agent d'artistes. Je n'y croyais pas une seconde. De taille moyenne, maigre, il avait le teint pâle, des yeux aussi noirs et sans reflets que ses cheveux, un air tourmenté, une ironie permanente et des questions insidieuses. Il me regardait comme si j'étais un assassin et profitait de toutes les occasions pour attirer Rebecca à l'écart en lui susurrant je ne sais quoi à l'oreille. Il était évidemment fou d'elle et l'innocence qu'elle m'opposait me mettait en rogne. Elle m'affirmait que l'amitié entre homme et femme est possible et que sa relation avec Dane le prouvait. Je lui répondais que c'était une blague. L'amitié est ce dont on se contente quand on ne peut prétendre à mieux avec quelqu'un de plus attirant que soi. À moins d'avoir évacué auparavant la question du sexe, ce qui ne suffit pas toujours. Ma relation avec Joan en était le meilleur exemple. J'aurais adoré pouvoir l'appeler, lui parler, déjeuner régulièrement avec elle, mais je savais qu'elle ne pouvait l'accepter. À cause des sentiments.

À l'Electric Circus, les tenues de soirée côtoyaient les robes à fleurs, les gominés discutaient avec les tatoués et un type habillé en empereur romain pouvait y entreprendre une mannequin en minirobe à paillettes. Il y avait du théâtre expérimental, des groupes comme le Velvet Underground, les Grateful Dead ou Cat Mother & the All Night Newsboys. Des cracheurs de feu et des trapézistes apparaissaient entre les performances des musiciens. Les arts s'y mêlaient dans un parfait désordre. Rebecca y exposerait quelques mois plus tard sa série «Phallus», qui ferait grand bruit dans la presse comme à la maison. Le jeudi, nous allions au Bitter End, sur Bleecker Street. Paul Colby, le nouveau manager, y avait une programmation démente. Il avait travaillé pour Frank Sinatra et Duke Ellington avant de lancer une ligne de meubles. Il peignait et il avait «un nez» pour dénicher les talents. Les meilleurs se retrouvaient sur cette scène de briques rouges appelée à devenir légendaire. Au fil des années, de nos séparations et de nos retrouvailles, nous y écouterions Frank Zappa, Nina Simone ou Bob

Dylan avant de nous esclaffer aux blagues de Woody Allen et de Bill Cosby.

Le week-end, nous ne sortions pas pour éviter les banlieusards qui débarquaient à Manhattan. Nous préférions lire, travailler, être ensemble, parfois ranger la maison. Elle était dans un désordre indescriptible, tasses du petit-déjeuner pas rangées, plaquette de beurre fondu ouverte sur la table de la cuisine, miettes, pot de confiture vide, assiettes sales débordant de l'évier, lits défaits – à l'exception de celui de Marcus bien sûr –, linge en partance pour le pressing et serviettes en boule par terre dans les salles de bains. Un soir où, en rentrant, je ne trouvai même plus un morceau de jambon ou de fromage à me mettre sous la dent, je protestai. Les filles répondirent que je n'avais qu'à faire les courses. Depuis que Lauren avait repris ses études, elle n'avait plus une minute et Rebecca déclara :

« Je ne suis pas une femme d'intérieur. Je ne sais même pas cuire un œuf.

— Tu te moques de moi ! rétorquai-je, acide. J'ai dû mettre des cadenas sur tous les placards de notre ancienne cuisine pour t'empêcher de préparer des repas pour vingt personnes pendant tes accès de somnambulisme ! Si tu peux cuisiner des lasagnes et des cheese-cakes endormie, tu dois bien pouvoir faire cuire un œuf éveillée !

— Eh bien non seulement je ne sais pas, mais vu ton humeur, je n'ai aucune envie d'apprendre. »

Boudeuse, elle quitta la pièce et alla prendre une

douche. Comme elle tardait à redescendre dîner et que nous l'attendions pour sortir, je montai. Je la trouvai roulée en boule dans notre lit, profondément endormie. Je la secouai en faisant attention à mes doigts – je n'avais aucune envie de me faire mordre –, elle ne se réveilla pas.

« Non mais je rêve ! » m'exclamai-je, interjection suivie de qualificatifs peu aimables qui attirèrent Marcus et Lauren au premier étage.

Ils regardèrent Rebecca.

« Sérieusement ! Elle est insupportable ! Je ne peux rien lui dire… Si à la moindre critique, on repart pour un mois de coma, je laisse tomber, m'emportai-je.

— Elle a beaucoup travaillé aujourd'hui, elle est peut-être fatiguée », émit Lauren, sans conviction.

Ma sœur essaya de la réveiller en lui passant sous les narines des flacons d'huiles essentielles. Marcus chanta de sa belle voix de baryton un air de la « Betulia Liberata ». Rebecca ne cilla pas.

« C'est de l'abus ! Du chantage ! explosai-je en tournant autour du lit. Je vous préviens, dès qu'elle se réveille, je la quitte !

— On en apprend des choses en faisant une petite sieste… » déclara le lit.

Je me figeai sur place, tout comme Marcus et Lauren. Rebecca en profita pour sauter hors des draps, déjà habillée pour le dîner et, avec un air aussi triomphal que réjoui, s'inclina devant moi comme une actrice devant son public. Lauren et Marcus éclatèrent de rire.

«Alors comme ça tu me quittes ? demanda-t-elle, ce qui fit redoubler l'hilarité de ma sœur et de mon associé.

— Parfaitement, je te quitte ! Tu n'existes plus pour moi, rétorquai-je furieux.

— Allez, ne sois pas mauvais joueur mon chou.

— Mon chou, c'est ton petit nom d'amoureux ? s'étonna Marcus en levant un sourcil.

— Tu ne vas pas t'y mettre toi aussi ! » m'indignai-je. Puis, ne sachant que répondre, ni que faire de ma personne, je sortis de la chambre d'un pas rageur.

Ils me suivirent en gloussant Chez Marcel. Une demi-bouteille de bordeaux plus tard, j'avais oublié ma mauvaise humeur. Je décidai néanmoins de régler notre problème ménager. Je n'avais pas acheté ma première maison pour la transformer en poubelle. Le lendemain, j'appelai Miguel. Le traiteur cubain traversait un sérieux revers de fortune. Il avait accepté d'organiser deux grandes soirées dans les Hamptons pour un escroc qui s'était volatilisé sans le payer. Le malheureux se retrouvait harcelé par ses fournisseurs. Il avait beau les avoir grassement enrichis depuis trois ans, l'être humain a la mémoire courte et le portefeuille geignard. Je l'avais contacté pour lui demander de nous recommander quelqu'un, il se recommanda lui-même.

«Et votre société, Miguel ? Je croyais que vous étiez content d'être indépendant…

— Cela ne me réussit pas, monsieur Werner, de travailler pour d'autres gens que vous. »

L'affaire fut conclue en quelques minutes et pour nous, une autre vie commença. D'origine cubaine, son embonpoint sanglé dans un uniforme impeccable, Miguel était la meilleure femme d'intérieur de Manhattan. Il avait une passion pour les maisons bien tenues. Il cousait, brodait, lavait et repassait à l'amidon, faisait des bouquets de fleurs somptueux et cuisinait comme un grand chef. Il aimait les garde-manger bien garnis, les conserves de légumes du potager, les pots de confiture avec des étiquettes calligraphiées, les cloches sur les plats, les ronds de serviette à l'ancienne, la verrerie fine et l'argenterie. Il aimait contempler ses placards dans lesquels s'alignaient des piles de nappes et de draps empesés. Il avait longtemps travaillé pour des palaces réputés, avant d'être engagé par une famille de la bonne société new-yorkaise. Cette expérience s'était mal terminée. Le fils aîné de ses employeurs, âgé d'une vingtaine d'années, était tombé amoureux fou de Miguel. Il avait poursuivi le Cubain de ses assiduités pendant dix-huit mois. Leur relation passionnée causa son renvoi. Ce fut, pour Miguel, un traumatisme professionnel doublé d'une inconsolable peine de cœur.

J'annonçai triomphalement la nouvelle de ce recrutement à la bande. Lauren fut très choquée que nous puissions engager quelqu'un pour s'occuper de notre linge sale. Elle trouvait immoral d'exploiter un être humain pour nos basses besognes. Nous lui rétorquâmes qu'il n'était pas question d'«exploiter», mais de donner du travail à quelqu'un qui ne demandait qu'à en avoir. Et qui s'était spontanément proposé...

« Le capitalisme est la vérole de cette société, asséna Lauren. Je refuse de rester dans cette maison si vous comptez martyriser une bonne.

— Il t'arrange bien, le capitalisme, quand il te prête de l'argent pour ouvrir ton centre.

— C'est le minimum que tu puisses faire ! En m'aidant à soigner les gens, tu rends un peu de ce que tu dois à la société !

— Et que proposes-tu si ni toi, ni Rebecca, ni Marcus, ni moi, n'avons le temps de nous en occuper ? rétorquai-je, luttant pour garder mon calme.

— Si nous partageons les tâches, nous pouvons parfaitement, à nous quatre, nous en charger.

— La dernière fois que tu as essayé le partage des tâches avec ta bande de velus azimutés, on ne peut pas dire que la tentative se soit bien terminée... Alors sois gentille, laisse-moi gérer, m'agaçai-je.

— Non mais tu as vu sur quel ton tu me parles ! Ce n'est pas parce que tu as une saucisse entre les cuisses que cela te donne tous les droits !

— En l'occurrence il ne s'agit pas de saucisse, mais de carnet de chèques.

— L'argent ! Le dieu ! Le maître mot ! s'exaspéra Lauren. Il n'y a donc que cela ?

— Effectivement, et je ne vois pas où est le problème.

— C'est d'un matérialisme ! soupira Rebecca en levant les yeux au ciel, ce qui fit voir rouge à Marcus.

— Vous ne vous en plaigniez pas trop, jusqu'ici, de notre matérialisme !

— Quand on est née avec une ménagère en argent dans la bouche et que l'on ne sait pas faire cuire un œuf, c'est un peu facile de critiquer le matérialisme des autres», renchéris-je à l'attention de Rebecca.

La sonnerie retentit fort à propos pour calmer nos esprits. C'était Miguel. Il venait visiter la maison et son studio. Il salua aimablement l'assemblée, mais sentit la tension. Lorsque nous fûmes seuls, je lui expliquai la teneur de ma conversation avec ma sœur. Pour apaiser les réticences de Lauren, Miguel lui demanda un rendez-vous dans ce qu'il appelait déjà «la bibliothèque». Il s'agissait du salon occupant le premier étage où, à l'exception de l'*Encyclopædia Britannica*, de piles de magazines, quelques verres sales, et de l'ébauche d'une sculpture en plâtre de Rebecca, les étagères restaient vides. Je ne sais pas ce qu'ils se dirent, mais Lauren, en quittant la pièce, sembla tout à fait conquise. Miguel prit rapidement ses marques. Avec son accent hispanique roulant et chuintant, il nous appelait de noms cérémonieux : «Monsieur Werner», «Mademoiselle Rebecca», «Monsieur Marcus», et «Mademoiselle Lauren». Nous eûmes beau lui répéter que tant de solennité n'était pas nécessaire, Miguel s'obstina. Les usages n'étaient pas pour lui une obligation, mais un art de vivre qu'à défaut de pouvoir partager – l'essentiel de l'humanité en étant cruellement dépourvu –, il prenait plaisir à appliquer. Le majordome, ainsi qu'il se définissait, fit un

diagnostic des plus sévères. Nous campions joyeusement. Les meubles de l'ancien appartement, vétustes
et abîmés, semblaient perdus dans ces grandes pièces.
Même Marcus s'était laissé déborder par les négociations de notre tour en construction et avait à peine
installé sa chambre. Miguel se révéla une fée du logis.
Je lui donnai carte blanche pour équiper la maison.
Il me présenta une liste de dix pages et fit plusieurs
propositions d'aménagement. Il prit un plaisir fou à
choisir des rideaux, fabriquer des lampes à partir de
vases bon marché, chiner des fauteuils anciens et les
retapisser lui-même. Nous étions émerveillés par ces
transformations. Rebecca contribua à l'ouvrage. Elle
créa une table basse en couvrant de métal martelé
une bobine de câble industriel vide qu'elle prit sur
l'un de nos chantiers, et un canapé pour la terrasse
à partir de palettes de bois repeintes. Elle accrocha
aussi, au-dessus de la cheminée en pierre claire, l'un
des énormes phallus de la série qu'elle m'avait consacrée. Miguel se pâma d'admiration devant cette œuvre
« magnifique, absolument magnifique ». Il demanda
ensuite avec beaucoup de circonvolutions à Rebecca
s'il pouvait voir les autres tableaux de la série. Elle
les lui montra et, à partir de cet instant, il me regarda
avec les yeux d'un converti qui verrait chaque matin
apparaître Jésus nu et nimbé de lumière. Marcus fit
venir ses livres et ses meubles, dont son piano à queue,
qui égaya nos soirées. Ma maison devint un palais. Le
goût classique de Miguel y était animé par la fantaisie
de Rebecca et l'exotisme de Lauren. Ma sœur recasa

son stock de tentures indiennes et de tapis mexicains que les membres de son ancienne communauté avaient fini par lui renvoyer en même temps que l'argent qu'ils lui devaient, aimablement demandé, puis moins aimablement demandé par l'excellent avocat que j'avais engagé sur place.

Mes relations houleuses avec Rebecca venaient contrarier ces efforts collectifs. Le goût du secret de ma fiancée, sa résistance farouche à répondre à mes questions me mettaient les nerfs en pelote. Je n'avais toujours pas eu l'explication de sa disparition et je n'arrivais pas à m'y accoutumer. Nous avions pris la mauvaise habitude de claquer les portes. Il n'en resta bientôt pas une qui ne fut fendue, quand ce n'était pas le linteau. Sur la recommandation de Lauren, qui aimait décloisonner les espaces et les esprits, Miguel retira celles qui n'étaient pas indispensables et les entreposa au sous-sol. Il se faisait violence pour ignorer les autres, notamment celle de notre chambre et celle de l'atelier de Becca.

Notre relation était une incessante succession d'explosions, de réconciliations passionnées suivies d'ébats qui ne l'étaient pas moins. Nous étions incapables de nous éloigner et incapables de nous entendre. C'était épuisant. Quatre mois après l'arrivée de Miguel, je rentrais du bureau sans Marcus qui était allé dîner chez son père quand je trouvai, assis dans mon salon sur le même canapé que ma fiancée, Dane, ce prétendu agent d'artistes qu'elle faisait passer pour son meilleur ami. Ils étaient seuls tous les deux et se penchaient à quelques centimètres l'un de l'autre sur le même document. Sans prononcer un mot, j'avançai vers lui au pas de charge, le saisis par la veste et le traînai hors de la pièce. Très surpris, il essaya de se défendre, mais je le flanquai à la porte de la maison. La scène ne dura que quelques secondes. Je tremblais de fureur. À l'intérieur, Rebecca m'attendait, hors d'elle. Elle me gifla et m'injuria en déclarant que j'étais un grand malade avec qui elle refusait de passer une minute de plus. Je la poursuivis dans les escaliers. Elle se réfugia dans notre chambre et la ferma à clé. Je défonçai la porte à coups de pied, ce qui fit descendre Lauren de l'atelier. Miguel sortit de la cuisine armé d'un couteau à viande. Il regarda la scène, effaré. J'entrai enfin. Rebecca, fidèle à ses habitudes, était sortie par la fenêtre. Elle était en train de descendre par la façade. La voir prendre de tels risques me fit suffisamment peur pour me calmer un peu. Je descendis en trombe, Lauren m'empêcha de la poursuivre dans la rue. Je menaçai Rebecca par la fenêtre du salon :

« C'est ça, va le rejoindre ! Vas-y ! Mais ne compte pas revenir ! Tu peux faire une croix sur moi. »

Elle me fusilla du regard, tapa d'un doigt sur sa tempe à trois reprises pour montrer à quel point j'étais dingue et termina par un autre doigt levé bien haut, avant de disparaître, pieds nus, au coin de la rue. Lauren passa la soirée à me raisonner. Il fallait vraiment que j'apprenne à canaliser ma colère, et à mettre en sourdine ma jalousie. Vouloir posséder l'autre était illusoire et abusif, affirma-t-elle. Je ne partageais pas ces élucubrations à la mode selon lesquelles on pouvait être loyal sans être fidèle. Même lorsque j'étais un célibataire en quête de compagnie et de facilité, je n'appréciais pas que mes maîtresses puissent se partager entre moi et un autre. Je ne dis pas qu'elles m'étaient fidèles, mais elles avaient la délicatesse de me le faire croire. Maintenant que j'étais amoureux, l'idée que Rebecca puisse être regardée par un autre me faisait perdre tout sens commun. C'était à croire qu'elle avait un effet chimique sur mon organisme. Elle m'avait intoxiqué. Lauren, lasse de me raisonner, tenta de me calmer d'une séance de méditation forcée et Miguel m'apporta une tisane «pour bien dormir». Après s'être réfugiée chez une amie qui lui avait prêté une paire de Converse trop grandes, Rebecca avait appelé chez Frank Howard pour y rejoindre Marcus. Elle lui avait raconté ma scène de jalousie et lui avait demandé conseil. Nos disputes l'éreintaient. Elle ne savait plus comment me prendre. Marcus lui avait ouvert les yeux sur l'origine de ma colère :

«Mets-toi à sa place. Vous filez le parfait amour. Il dîne chez tes parents. Les choses se passent mal. Et tu te volatilises. Il passe des mois à te chercher désespérément et un an plus tard, tu te pointes sans explication. Il est persuadé que tu vas disparaître à nouveau à la moindre occasion. Sincèrement, le connaissant, il doit vraiment t'aimer pour accepter cette situation.

— Il ne la supporte pas, d'ailleurs.

— Mais pourquoi tu ne lui parles pas !» s'emporta mon ami.

Ce soir-là, Rebecca était suffisamment secouée pour l'écouter avec attention.

« J'aimerais bien lui parler, Marcus, mais j'ai peur que ce soit pire après…

— Qu'as-tu de si tragique à raconter ? Une infidélité ?

— Non, ce n'est pas ça… C'est bien plus grave.

— Alors dis-nous. Nous sommes tes amis et nous sommes là pour t'aider. »

Frank Howard avait demandé à son chauffeur de les déposer. Ils arrivèrent à la maison, la mine grave. Rebecca entra dans le salon éclairé de deux bougies où Lauren et moi étions allongés en Savasana, la posture de relaxation. Ma fiancée alluma la lumière et annonça :

« Très bien, puisque je n'ai pas le choix, je vais tout vous raconter. Mais si je n'ai rien dit, Werner, il faut que tu le saches, c'était pour te protéger. »

Manhattan, 1971

Nous nous installâmes dans l'atelier de Rebecca. Très pâle, elle oscilla encore un instant au bord du gouffre de ses secrets, puis elle s'assit par terre en tailleur et se lança.

« J'avais quinze ans, à peu près, lorsque j'ai commencé à comprendre d'où venait ma mère, et à soupçonner ce qu'elle avait vécu. Elle a longtemps tenté de m'en protéger. C'est une personne pudique qui se confie rarement.

— Les chiens ne font pas des chats… » remarqua Lauren avec un sourire.

Je fis taire ma sœur d'un regard noir. Rebecca marqua une pause et changea la direction de son récit :

« Je n'ai jamais connu ma mère heureuse. Elle a toujours pris des médicaments, beaucoup acheté de choses, beaucoup voyagé sur un coup de tête, beaucoup fait de séjours en clinique, beaucoup quitté mon père, même si elle lui est toujours revenue. Je peux compter sur les doigts d'une main ses éclats de rire. Ils étaient forcés ou excessifs, comme s'ils lui servaient de parade ou de bouclier. Je ne l'ai jamais vue s'abandonner à la gaieté sans y déceler une dissonance, comme si son rire était une cloche fêlée. Il y a des moments où elle est calme. Le reste du temps, elle négocie heure par heure avec ses fantômes. Elle est mal dans sa chambre, mal dans le salon, mal seule, mal avec des gens.

Peu à peu, j'ai rassemblé les pièces du puzzle. Un indice qu'elle donnait malgré elle un soir où elle avait trop bu. Des choses avouées à demi-mot par mon père qui ne voulait surtout pas en savoir plus. Des aveux qui émanaient de son corps, bien que ses lèvres fussent scellées. Il y a eu, bien sûr, son journal intime. Elle n'a presque rien écrit "sur le vif", de tels récits lui auraient coûté la vie, mais aujourd'hui encore, elle y revient sans cesse. Son passé fait irruption dans son présent, détruisant ce qu'elle a tenté de reconstruire. Il suffit d'une odeur, d'une image, d'un mot. Elle s'immobilise, les yeux dans le vague, et je sais qu'elle revit quelque chose qu'elle n'aurait jamais dû vivre. Il en va de même pour son journal. Elle raconte une soirée, un déjeuner, puis le récit anodin s'interrompt au gré d'une mystérieuse association pour revenir à son enfer. J'ai volé ces cahiers ou peut-être me les a-t-elle laissée voir, je ne sais pas vraiment. Il m'arrive de croire qu'elle avait envie que je sache. Par fulgurances, par ellipses, ces notes racontent ce que personne ne peut imaginer.

Je m'acharnais depuis plusieurs années à reconstruire son passé quand nous avons croisé une femme sur la Cinquième Avenue. Nous faisions les magasins, ma mère et moi. Je n'aime pas tellement acheter des habits, vous avez pu le remarquer, ajouta-t-elle avec un demi-sourire, mais c'est l'une de ses drogues et sa façon de me montrer son affection. Nous sortions de chez Saks lorsque ma mère l'a vue. La foule a semblé s'ouvrir en deux. Elles se sont arrêtées face à face, tétanisées, puis elles se sont jetées dans les bras l'une de l'autre. Elles pleuraient, se serraient. Elles se caressaient le visage et les cheveux. Elles répétaient : "Tu es vivante !" La femme appelait ma mère "Lyne". Ma mère appelait la femme "Edwige". Je ne comprenais pas. Ma mère m'a présentée : "C'est ma fille, Rebecca." Edwige a pleuré plus encore : "Quelle chance tu as, Lyne. Quelle chance d'avoir une fille aussi belle. Aussi parfaite. Moi, je n'ai pas pu." J'ai demandé si Edwige viendrait déjeuner avec nous. Toutes deux ont eu un mouvement de recul. Elles se sont regardées et se sont comprises. Edwige était habillée modestement. Elle travaillait comme vendeuse dans l'un des magasins de la Cinquième Avenue. Ma mère a retiré ses boucles d'oreilles en diamant, ses bracelets, son collier en or qu'elle ne quittait jamais, même pour dormir, parce qu'il dissimulait sa cicatrice à la gorge. Elle a fixé les boucles aux oreilles d'Edwige qui protestait. Elle a mis ses bracelets de force dans les poches de cette femme. Elle a pris les mains d'Edwige, y a déposé le collier et les a refermées : "Ce n'est rien. C'est moi que tu aides en les prenant. S'il te plaît…"

Elles se sont serrées une fois encore l'une contre

l'autre. Ma mère a ajouté : "Si tu as besoin de quoi que ce soit, viens me voir. J'habite à l'est du parc, sur la 80ᵉ Rue."

Ma mère a arraché une page de son agenda et y a griffonné son adresse. Elles se sont séparées, très vite. Maman a continué à pleurer dans la voiture. Elle me disait, "Ne t'inquiète pas ma chérie. Ne t'inquiète pas, c'est de la joie", mais je sentais qu'il y avait en elle bien plus de malheur que de joie. Les années qu'elle avait enterrées venaient de ressurgir, plus vivaces que jamais. Cette femme lui avait fait une si forte impression que j'ai remué ciel et terre pour la retrouver. Je me suis arrêtée à toutes les adresses de la Cinquième Avenue jusqu'à dénicher l'endroit où elle avait travaillé quelques semaines sous un nom différent. J'ai ensuite mis des mois à la convaincre. Elle ne voulait pas trahir son amie. Je ne vous décrirai pas la douleur de ma mère, elle est indescriptible. Tout comme ce qui a eu lieu, là-bas. J'essaie juste de vous donner les faits. »

J'étais saisi par le tourment de Rebecca. Marcus et Lauren, tout aussi frappés, restaient muets. Becca n'arrivait pas à nous fixer. Son regard se perdait loin derrière nous. Lorsqu'elle reprit son récit, des larmes roulèrent sur ses joues, sans altérer le cours monocorde et factuel de sa voix. Comme si elle n'en était pas consciente. Comme si quelqu'un d'autre pleurait à sa place. Elle reprit :

« Ma mère est née en 1929 à Budapest. Elle a été arrêtée le 30 mars 1944 avec son père, quelques

jours après l'entrée des nazis en Hongrie et la for-
mation du nouveau gouvernement. Elle est envoyée
à Auschwitz-Birkenau le 17 mai 1944, après quatre
jours de voyage sans eau ni nourriture. À l'arrivée,
les hommes attendaient les déportés pour les aider
à descendre. Ces wagons à bestiaux n'avaient pas de
marchepied. L'un d'entre eux a saisi ma mère sous les
aisselles et, en la ramenant à terre, lui a murmuré :
"Surtout, ne prends pas le camion."

Elle n'a pas réfléchi. Elle a obéi. Elle aurait voulu
emmener son père, mais il pouvait à peine marcher.
Les SS l'ont mis d'autorité dans le véhicule bondé.
Elle n'a pas pu l'embrasser et ne l'a jamais revu. Ceux
qui montaient dans le camion étaient faibles, fatigués,
trop vieux ou trop jeunes, déjà malades. Je n'ai pas de
doute sur ce qui leur est arrivé. Ma mère a marché
quelques kilomètres jusqu'au camp. Bordée de barbelés, la route était une langue de boue noire et gelée.
Toute couleur semblait s'être retirée de ce paysage de
neige crasseuse dans lequel progressait une foule de
silhouettes accablées. Le monde était noir et blanc.
Elle voyait des baraques misérables aux fenêtres des-
quelles apparaissaient des visages cadavériques. Les
yeux hantés de ces visages lui ont fait entrevoir l'horreur qui l'attendait. À quinze ans, ma mère en semblait dix-sept. Elle était formée. Elle était très belle.
À l'entrée du camp, le SS qui faisait la sélection n'a
pas remarqué sa jeunesse. Sinon il l'aurait envoyée
vers la mort. À l'intérieur de l'enceinte, on leur a dit
de se déshabiller. Depuis ses six ans, quand sa nour-

rice l'aidait encore à faire sa toilette, ma mère ne s'était plus déshabillée devant quiconque. Elle s'est retrouvée nue. Nue dans la neige de l'hiver polonais. Sous les yeux de centaines d'autres femmes et sous les yeux des hommes. Le dos voûté de honte et de froid, elle n'avait pas assez de mains pour se cacher. Devant elle, on a commencé à tondre ses compagnes, de la tête aux pieds. D'autres faisaient déjà la queue pour le tatouage. On a tatoué ma mère avec une aiguille sale qui s'est enfoncée une trentaine de fois dans sa peau, sans la moindre précaution. L'encre s'est répandue, masquant son numéro et le triangle figurant une demi-étoile de David. Elle a eu peur. On lui avait dit qu'il fallait l'apprendre par cœur, mais il était illisible. Lorsque l'on a commencé à raser son sexe, juste avant de s'attaquer à ses cheveux, un SS est intervenu. Elle n'a pas compris ce qu'il disait. Il a saisi sa chevelure d'une main. Il lui a renversé la tête en arrière et lui a ouvert la bouche pour inspecter ses dents. Comme un cheval. Puis il a dit : "Block 24." Une seule autre fille, une juive polonaise, celle qui répondait au nom d'Edwige et que je devais croiser des années plus tard sur la Cinquième Avenue, a eu la même chance. Si l'on peut parler de chance.

Un SS a donné à ma mère un mètre carré de feutre brun pour se couvrir, et l'a conduite, toujours pieds nus, à un premier bâtiment. Elle a été lavée une première fois, puis désinfectée, puis lavée à nouveau au gant de crin. On l'a emmenée dans un bureau à part où une femme médecin l'a soumise à divers examens dont un examen gynécologique. La médecin a vérifié sa virginité et en a informé le garde qui l'avait amenée. On l'a traînée vers un petit bâtiment de briques rouges, à l'entrée du camp. Il y avait une vingtaine d'autres femmes là-bas. On appelait cet endroit "la division de la joie".

Une garde SS a rebaptisé ma mère et sa compagne : "Désormais tu t'appelleras Lyne", a-t-elle dit à ma mère.

Sa compagne se nommerait Edwige.

Elle a parlé un peu avec les autres femmes, essayant de comprendre ce qui l'attendait. Elles n'ont pas eu le cœur de la prévenir. En revanche, le bain et les frictions énergiques avaient nettoyé son tatouage, dévoilant, sous le numéro, le triangle qui trahissait son origine juive. Ses camarades l'alertèrent. Ce symbole lui faisait courir un grave danger. Sa vie tenait au plaisir qu'elle procurerait aux gardes SS, or il leur était interdit par les lois raciales d'avoir une relation avec une juive. Une fille lui conseilla de remplir quotidiennement ce triangle d'encre. Elle lui en donna un petit pot avec une pointe de bois, laissés par une autre. Ma mère demanda ce qu'était devenue cette femme.

"Elle a commencé à tousser alors ils l'ont renvoyée avec les autres prisonniers, répondit l'une des filles. Surtout, n'oublie jamais de noircir ce triangle", répéta-t-elle.

Le delta noir était la marque des asociales, à savoir des prostituées ou des criminelles de droit-commun allemandes. Elles ne risquaient pas d'être victimes

d'une exécution sommaire comme les autres prison-
nières. La demande d'ouvrières sexuelles était forte.
À partir du printemps 1944, les SS se mirent à choisir
selon leurs critères esthétiques ou leurs perversions,
sans se préoccuper des codes établis par Himmler
selon lesquels "seules les femmes dont le peuple allemand n'a plus rien à attendre de bon peuvent être
sélectionnées". Ils ont fait croire que ce travail était
"volontaire". Même les prisonniers le pensaient. Ma
mère comprit très vite ce qui l'attendait. Au printemps comme en été, il tombait presque quotidiennement sur le camp des flocons de neige sale. Une neige
grise et âcre qui voilait le soleil, une pluie de cendres
humaines. Dans le Block 24, à celles qui se révoltaient,
on promettait le four. Si elles se révoltaient encore,
on les y menait. Les lieux étaient officiellement réser-
vés aux prisonniers aryens et méritants, mais en 1944
deux sections avaient été créées pour satisfaire les
besoins des SS. Les hommes, s'ils suivaient le règlement, devaient accomplir l'acte sexuel – autorisé
pour de pures raisons d'hygiène physique et mentale
– dans une seule position : celle du missionnaire. Un
garde vérifiait le bon déroulement des choses par une
ouverture dans la porte des chambres. Il était facile
de s'arranger pour que le surveillant ferme les yeux.
Si l'homme voulait vous prendre à quatre pattes, il
en coûtait un supplément. S'il voulait vous battre, il
lui en coûtait un peu plus. Après chaque rencontre,
les femmes devaient se laver, utiliser une lotion bac-
téricide et spermicide, maquiller les coups, effacer les

larmes ou le sang, avant de reprendre du service. Du matin au soir, elles devaient se taire. Si un SS était mis en difficulté par l'une de ses maîtresses – parce qu'elle s'était confiée sur le traitement qu'elle subissait –, ce dernier l'abattait sur-le-champ. De l'avis de tous, ces filles avaient de la chance. Elles avaient pléthore de savon. Elles étaient en lingerie toute la journée, sept jours sur sept. Elles avaient du maquillage. Elles mangeaient à leur faim, parce que les SS ne les aimaient pas trop maigres. Elles survivaient quelques mois de plus, si elles n'attrapaient pas de maladies et si elles ne tombaient pas enceintes. Une grossesse signait leur arrêt de mort.

Les SS choisissaient selon leurs envies. Certains avaient leur favorite. Ils pouvaient la réserver, à moins qu'elle n'ait déjà été réclamée par un supérieur hiérarchique. Ma mère eut le malheur de plaire à l'un des plus gradés, qui se révéla aussi l'un des plus violents. C'était un homme de très grande taille, à la musculature particulièrement développée. Il aurait pu vous briser la nuque d'une main. Il avait les cheveux d'un blond sombre, les yeux couleur de glace. Sa beauté rendait sa cruauté plus intolérable encore. Ma mère, qui n'avait jamais connu d'homme, fut violemment dépucelée par lui quelques heures après son arrivée. Elle servit à cinq autres hommes dès le premier jour. Son "maître", comme il aimait se faire appeler, se targuait de ne pas être jaloux. Au contraire, il aimait partager. Il avait un goût pervers pour les cicatrices. Ma mère n'avait que quinze ans et une peau d'enfant.

Il prit un plaisir immense à l'abîmer. Il utilisait plusieurs scalpels, qu'il conservait dans une petite trousse de cuir rouge. C'était comme si la pureté lui était une insulte, la fraîcheur une condamnation. Il avait besoin de ramener l'innocence au niveau de sa déchéance. Il aimait les jeux qui frôlaient la mort, comme la strangulation. Edwige, la compagne de ma mère, n'a été prise qu'une fois par cet homme, mais elle décrivait le diable en personne. Il avait fait des études assez poussées de chimie et aurait pu faire carrière dans ce domaine, mais il avait trouvé son plein épanouissement dans la SS.

Contrairement à ce que les gardes lui avaient annoncé, ma mère ne fut pas délivrée au bout de trois mois. Elle avait miraculeusement échappé aux maladies. Elle n'était pas tombée enceinte. Les traumatismes, le désespoir, la honte de cette vie l'avaient asséchée. Dès le premier mois, elle n'eut plus ses règles. Edwige l'enviait. Contrairement à ma mère, elle dut subir, grâce à l'aide d'une autre fille, un curetage qui la sauva, mais la stérilisa définitivement. Je crois que c'est cet amour maternel contrarié qui l'attacha à moi et lui permit de me raconter leur histoire. Quitte à briser le pacte tacite qui la liait à ma mère.» Rebecca sembla perdue dans ses pensées pendant quelques secondes, puis reprit :

«Maman arriva à l'un des pires moments de l'histoire d'Auschwitz-Birkenau. Les SS liquidaient le camp des tsiganes. Dans son journal, j'ai retrouvé de minuscules bouts de papier : des recettes de cuisine que les femmes s'échangeaient à leurs heures perdues. Parmi ces fiches, un bref récit concernait les prisonniers. Elle raconte qu'on leur demandait de creuser une fosse profonde. Une fois leur tâche accomplie, ils devaient se tenir debout, au bord de ce précipice qu'ils venaient d'ouvrir sous leurs pieds et les SS les abattaient. Une nouvelle vague de prisonniers venait s'aligner. Les coups de feu retentissaient, les victimes tombaient, recouvrant les premiers corps. La marée humaine continuait ainsi à affluer et à disparaître jusqu'à ce que la fosse fût pleine et refermée. Edwige m'a aussi raconté ce jour d'été balbutiant où, pour une fois, il n'a pas plu de cendres. Les Allemands ont rassemblé un orchestre juif. Il y avait dans le camp certains des meilleurs musiciens du monde. Ils ont joué une heure durant des mélodies sublimes. Les gens chantaient aussi. Cette beauté a atteint ma mère plus que bien des sévices. Cette beauté a fissuré son armure et a touché son âme, recroquevillée quelque part dans un espace non cartographié de sa personne. À partir de ce moment, elle n'a plus été la même. Elle n'a plus parlé à personne. Elle mangeait à peine. Et puis, un soir d'août, alors que les SS étaient débordés par les monceaux de corps d'une nouvelle série de fusillades, ma mère s'est échappée. Edwige n'a pas compris comment elle avait fait, ni avec quelle complicité. Le journal intime m'a permis de reconstituer le scénario : l'un de ses gardiens était tombé amoureux d'elle. C'est lui qui a assommé le tortionnaire de ma mère pendant l'acte. Il a ensuite mis son uniforme et l'a aidée. Je ne saurai probablement jamais comment elle a quitté l'enceinte du camp. Même un gradé en uniforme SS ne pouvait pas faire sortir une captive… Ce gardien a pourtant réussi… » Rebecca marqua à nouveau une pause. Elle semblait manquer de forces.

« Le soir où tu es venu dîner chez nous, Werner, le seul soir où elle s'est vraiment confiée, elle n'a pas pu me raconter son évasion. La peur bloquait les mots dans sa gorge. Ma mère est très douée pour les langues. Elle en parle huit couramment. En quelques mois, Edwige lui avait appris suffisamment de polonais pour qu'elle se fasse comprendre. Durant les premiers jours de sa fuite avec ce gardien, elle a trouvé des soutiens dans la population locale. Grâce à des paysans, ils ont été nourris et mis en contact avec la résistance de Cracovie. Une fois passée la frontière de Slovaquie, ma mère a réussi à fausser compagnie au gardien amoureux. Elle a voyagé avec de faux papiers. Elle a avancé le plus vite possible et le plus loin possible. Elle n'a pas cherché à savoir ce qu'était devenu son père. Elle n'a pas essayé de prendre des nouvelles d'autres membres de sa famille. Elle a avalé des centaines de kilomètres, jusqu'au moment où elle a trouvé le moyen de se rendre aux États-Unis. »

Nous étions assommés. Rebecca pleurait en silence. Je me levai pour la prendre dans mes bras, mais elle m'arrêta :

« Attends ! S'il te plaît, attends. »

À présent Rebecca tremblait. Voûtée, elle sembla puiser au fond d'elle le courage qui lui manquait.

«Je ne vous ai pas tout dit. Je ne vous ai pas dit l'essentiel.»

Nous attendions, suspendus à ses lèvres.

«Le tortionnaire de ma mère avait un nom…»

Pour la première fois depuis le début de son récit, Rebecca, les paupières rougies, planta ses prunelles violettes dans mes yeux. Je me levai pour m'approcher d'elle. Elle m'arrêta à nouveau d'un geste et énonça, la voix blanche :

«Il s'appelait Zilch. Capitaine SS Zilch.»

Les mots se propagèrent dans la pièce. Nous étions anesthésiés. Cette révélation entraînait tant de conséquences que nous ne parvenions pas à la saisir. Elle envahit mon esprit, mon corps, me privant de ma capacité de mouvement et de réflexion.

«Il s'appelait Zilch, répéta-t-elle encore, et j'ai la preuve qu'il était ton père.»

J'ai commencé par l'engueuler. Je lui ai dit qu'elle était folle, que je n'avais rien à voir avec tout ça. Elle voyait le mal partout. Elle n'avait pas le droit. C'était de la rage de m'en vouloir à ce point-là. Que cherchait-elle ? À me détruire ? À m'entraîner dans son enfer ? Je n'avais rien fait pour mériter d'être traité comme elle me traitait. Où avait-elle été chercher une histoire pareille ? Elle savait à quel point le mystère de mes parents biologiques me faisait souffrir, c'était déloyal de m'attaquer sur ce terrain. De jouer de mes peurs et de mes faiblesses. Ce qu'elle me disait était une agression inouïe. C'était cruel, infondé. Je n'avais pas de mots pour qualifier ça. Ou plutôt si, j'avais un mot : pervers.

Marcus et Lauren semblaient transformés en statues de sel. Perdus entre nous deux, ils ne réagissaient pas. Leur silence ne donnait que plus d'écho à mes cris. Lauren a essayé de m'arrêter dans mes allers-retours, mais je l'ai évitée. Je ne voulais pas qu'elle me touche. Elle s'est mise à pleurer. J'ai parlé et parlé. J'ai dit tout ce que j'avais sur le cœur puis je me suis tu. J'ai regardé le visage de Rebecca. Elle a baissé les yeux et j'ai compris qu'elle disait la vérité. La colère s'est dissipée d'un coup. Je suis resté hagard, vidé.

Savoir. J'avais tant voulu savoir… mais ça ! Être marqué au fer rouge. Être coupable du pire dont un homme est capable. Naître de cette infamie. Je me sentais sale. Pris au piège. Répugnant. Les autres n'ont rien ajouté, posant sur moi des regards apeurés. La pièce s'est mise à tourner. Mes oreilles bourdonnaient. Ce que j'avais enfoui depuis des années est remonté d'un coup. Une éruption volcanique.

Je me suis appuyé à un mur et j'y ai cogné ma tête, jusqu'à ce que Rebecca m'arrête. Je l'ai repoussée méchamment, puis je m'en suis voulu et je l'ai rattrapée. La colère m'a repris, je lui ai dit qu'elle devait me prouver ce qu'elle avançait. Je ne pouvais pas la croire. C'était impossible. « Tu m'entends ? Impossible que sur les quatre milliards de gens qui vivent sur cette planète, nous nous soyons trouvés alors que nous étions tachés d'un sang qui nous lie et nous sépare à jamais. » Il fallait qu'elle me dise tout, là maintenant. Comment avait-elle pu passer ces mois sans jamais m'en parler ? De toute façon, je ne voyais pas pourquoi elle était revenue. Si j'étais cet homme qu'elle décrivait, elle n'aurait pas dû. Ni m'approcher, ni m'embrasser, encore moins prétendre m'aimer. On ne peut pas aimer le fils d'un homme qui a commis ces choses-là.

Rebecca a pris ma tête dans ses mains. Je pleurais et j'ai voulu me détourner. Elle m'a forcé à la regarder.

« Je suis revenue, Wern, parce que je ne peux pas me passer de toi. Tu es mon amour, mon homme, ma vie. Je ne sais pas ce qu'il adviendra de nous, mais je sais que je ne peux être avec personne d'autre que toi. Je ne contrôle pas tout. Je sombre parfois. Je ne t'ai rien dit parce que je savais le mal que ces choses te feraient. Moi aussi, elles ont failli me détruire. Des mois durant j'étais brisée, mais quand je me suis relevée, dès que j'ai pu, je suis venue te retrouver. Ces choses, j'ai voulu les ignorer. J'ai cru que nous pourrions faire semblant, comme avant, quand nous ne soupçonnions pas ce qui nous attirait si violemment l'un vers l'autre. Mais elles restent là, tapies, entre nous. J'avais beau tout faire pour les cacher, tu les sentais remuer en moi. J'ai essayé de me dérober. Encore et encore. Et puis, ce soir, j'ai compris que cette douleur fait partie de notre amour. Quand nous parviendrons à la dépasser, il n'y aura pas de plus belle histoire que la nôtre. Werner, si nos chemins se sont croisés, c'est parce que cette faute existe et que nous devons, toi et moi, la réparer. »

Manhattan, 1971

Marcus et Lauren se joignirent à notre étreinte, tout comme Shakespeare. Nous étions fragiles, tourmentés. Il me semblait qu'un courant d'air serait venu à bout de moi. Nous tentions de nous rapprocher en dépit du gouffre qui venait de s'ouvrir sous nos pieds. J'essayais de reprendre possession de moi-même, mais il fallait qu'elle parle, qu'elle me dise. Je ne pouvais rester dans cette attente qui me vrillait le cœur et l'estomac. Rebecca promit de ne rien me dissimuler. Marcus descendit chercher une bouteille de vodka. J'en vidai deux verres cul sec, sans trouver le réconfort habituel. J'en restai troublé et nauséeux. J'avais à nouveau les larmes aux yeux, sans raison. Mes vieilles douleurs d'enfant et les images auxquelles elles étaient associées se réveillaient les unes après les autres. Je pressai Rebecca de reprendre son récit, ce qu'elle fit.

« De quinze à dix-sept ans, j'ai développé une obsession pour l'histoire de ma mère. Ses fantômes me consumaient. J'étais révoltée, impuissante, hantée. J'ai beaucoup maigri. Mes troubles du sommeil sont apparus à ce moment-là. Je pouvais passer une semaine presque sans me réveiller et la suivante sans dormir… Vous connaissez bien le problème. Le médecin ne trouvait aucun désordre biologique. Mon père m'envoya chez le psychanalyste qui suivait ma mère, le docteur Nars. Je détestais, sans le connaître, ce gourou des beaux quartiers. Je l'accusais d'avoir détruit notre famille en nous privant de ma mère des mois entiers. Pour un oui ou pour un non, il l'internait dans sa clinique, l'assommait de médicaments et m'interdisait de la voir sous prétexte que je la fatiguais, moi, sa petite fille. Lorsque, adolescente, mon père m'emmena à son cabinet pour la première fois, le "bon docteur Nars" ne trouva pas problématique de traiter la mère et la fille. Là où tout psychanalyste doté d'un minimum de déontologie m'aurait envoyée à un confrère, il affirma, au contraire, que cela lui donnait "une meilleure vue d'ensemble". Cela lui donnait surtout un meilleur contrôle sur l'un des hommes les plus riches et les plus puissants des États-Unis : mon père. Il me déplut dès le premier rendez-vous. Il m'écouta dix minutes et pérora une demi-heure, diagnostiquant en moi une culpabilité pathologique, une tendance à l'hystérie et un refus de la réalité. Ce désordre mental expliquait mes aspirations artistiques. Peindre n'était qu'une manière de m'échapper. Le psychiatre préconisait de m'empêcher de dessiner pour rétablir mon horloge interne. Il assénait ses thèses avec tant d'arrogance et de certitude qu'il s'est discrédité à mes yeux.

Je ne voyais pas où était le mal à fuir. C'est infect, la réalité. Ma mère est bien placée pour le savoir. Et toute personne née durant ce siècle a pu voir son vrai visage. C'est une limitation, une humiliation. Le permanent sacrifice des rêves et des infinis. Comment pouvais-je respecter un psychiatre qui s'obstinait à considérer l'art comme une névrose ? Et à me taxer d'hystérique parce que j'étais une femme à laquelle il appliquait ses schémas primaires ? Je débordais de son cadre. J'en débordais par le haut, par le bas et par le côté. Au bout d'une dizaine de séances, je lui dis son fait. Que s'il avait eu besoin d'étudier et d'écrire autant sur la psychanalyse, c'est parce que lui-même manquait des outils élémentaires pour se lier à autrui et s'en faire aimer, à commencer par l'écoute et l'empathie. Que sa méfiance de l'art n'était que l'aveu de son impuissance, de son imagination bornée et de sa peur panique de paraître anormal, lui qui, entre tous, aurait dû embrasser et aimer l'anormalité.

En dépit des scènes que m'a faites mon père, je n'ai pas remis les pieds dans son cabinet. J'ai peint plus que jamais et j'ai quitté la maison pour me réfugier chez des amis puis chez Andy. J'ai fait à dix-huit ans ma première exposition, suivie de plusieurs autres… Papa a fini par me supplier de rentrer à la maison. J'ai cédé pour ma mère. Quant à la réalité, j'ai décidé de m'y attaquer à ma manière. J'ai continué à rassembler les morceaux du puzzle, à écouter d'autres victimes raconter ce que ma mère ne pouvait pas me dire. Elle avait honte, voyez-vous. Une confession, pour les filles du Block 24, n'entraînait rien de bon. Elles n'étaient pas protégées par l'aura des victimes et des martyres. Pour tous, elles avaient été "volontaires". Volontaires au viol... C'est en cherchant à comprendre que j'ai fait la connaissance de Dane. Je l'ai rencontré à une réunion d'anciens déportés. Il a une dizaine d'années de plus que moi. Ses parents étaient juifs polonais. Sa famille a été presque entièrement décimée pendant la guerre. Quatre-vingt-neuf personnes en tout. Il ne lui reste qu'une tante avec qui il vivait à Brooklyn. Nous avons su, dès notre rencontre, que nous partagions le même fardeau. Comme moi, Dane ne supportait pas notre impuissance. Comme moi, l'impunité de milliers de bourreaux avait ouvert en lui un cratère débordant de haine. Chaque fibre de son être appelait la justice et le sang. J'ai été subjuguée. Il a planté en moi l'idée de laver ma mère du supplice qu'elle avait subi, de la honte qui la brûlait encore. Je ne pouvais m'empêcher de penser que cela l'apaiserait. Il fallait qu'elle sache ce que son bourreau était devenu. Il fallait le poursuivre et le punir. Dane fait partie d'un réseau de survivants et de proches de survivants des camps. Le réseau centralise des informations venues de tous pays. Des centaines de lettres sont envoyées chaque semaine par les victimes et par des nazis qui lâchent leurs anciens amis. Quelques mois avant notre rencontre, Dane et ses compagnons ont mis la main sur un très précieux document : le registre officiel de la SS. Ils l'ont acheté, en Autriche, à un ancien membre de la Gestapo criblé de dettes. Ce type s'était rendu compte que les huiles du parti nazi avaient fait beaucoup d'argent pendant la guerre. Ils avaient de belles voitures, des lingots d'or, des maisons cossues. Lui n'avait rien mis de côté. Alors il a dénoncé ses camarades. Le réseau a fait copier ce registre en plusieurs exemplaires. Ils y ont ajouté leurs notes et l'ont confié à d'autres organisations. En l'absence de toute volonté des États, alors que le monde entier cherche à oublier, considérant que, depuis Nuremberg, le sujet est clos, il fallait bien que les victimes reprennent leur droit à faire justice. Dane a proposé de m'enrôler. Il mettait son réseau à ma disposition pour faire la lumière sur le passé de ma mère et je lui rendrais de menus services. "Une jolie fille comme toi", disait-il, "une artiste reconnue", "d'une famille établie" pouvait être très utile dans sa chasse aux informations et peut-être dans d'autres types d'opérations, sur lesquelles il resta mystérieux. Rapidement, je compris pourquoi il avait besoin de moi. La plupart des anciens criminels étaient protégés. Les pouvoirs publics ne voulaient à aucun prix ouvrir la boîte de Pandore. Même les cas les plus documentés n'étaient pas inquiétés. Nous avions beau transmettre au département de la Justice toutes les preuves, personne ne trouvait souhaitable de les poursuivre. Dane et son réseau sont donc passés à des méthodes plus musclées. J'ai participé à trois opérations. Une fois que nous avions localisé les criminels, je faisais connaissance avec eux. Je les charmais. Ils tentaient de me séduire. Nous allions dîner, puis ils m'emmenaient chez eux ou à l'hôtel prendre un dernier verre…»

C'en était trop. Je me levai et quittai le cercle que nous avions formé :

« Tu es complètement inconsciente…

— Il ne se passait rien, m'arrêta Rebecca. Je mettais un somnifère dans leur verre et j'ouvrais la porte à Dane. Mon rôle s'arrêtait là. »

Marcus se leva aussi. Il demanda ce qu'étaient devenus les hommes qu'elle avait drogués.

« Le premier, nous avons essayé de le remettre anonymement aux autorités américaines, il a été relâché dès le lendemain, sans même être interrogé. Aux États-Unis, il est impossible de poursuivre ces monstres parce que leurs crimes ont eu lieu à l'étranger.

— Et les autres ? relança Marcus.

— Dane les a envoyés en Israël où ils peuvent être jugés. Nous leur faisions passer la frontière mexicaine et, de là-bas, c'était un jeu d'enfant. »

La colère montait à nouveau en moi.

« Mais qui finance ces hommes, ces avions ?

— Des milliers de victimes sont prêtes à payer très cher pour que ces salopards soient jugés, articula-t-elle froidement.

— Et si vous vous étiez trompés ? relança Marcus.

— Nous ne nous sommes pas trompés, répliqua Rebecca d'un ton mordant. Nous avions plus de preuves qu'il n'en fallait. Si ce pays n'était pas pourri jusqu'à l'os, ces hommes seraient déjà passés sur la chaise électrique. »

Elle marqua une pause pour ne pas s'emporter. Elle

se versa un verre de vodka qui l'aida à retrouver le fil de sa pensée.

« C'est au cours de ces missions que j'ai rencontré la plupart des enquêteurs et des historiens qui traquaient les criminels nazis. Après les aveux de ma mère, le soir où tu es venu dîner chez mes parents, je les ai recontactés. Il fallait que j'en sache plus sur ce fameux SS qui répondait au nom de Zilch. Je me suis rendue en Allemagne où j'ai passé plusieurs semaines pour collecter des informations. Un professeur d'histoire de Berlin, qui nous aide depuis plusieurs années, a retrouvé des photos dans les archives nazies. »

Elle alla fouiller dans le désordre de son matériel de peinture, et tira d'une pile de papiers une enveloppe en papier kraft retenue par un cordon rouge. Elle l'ouvrit et en sortit des clichés de tailles différentes. Elle me tendit le premier que je saisis d'un geste brusque. Lauren et Marcus se rapprochèrent.

« Elle a été prise lors de la reddition aux autorités américaines des savants qui ont inventé les V2. À l'époque, cette nouvelle avait fait grand bruit. Là, tu as le cerveau de l'équipe : Wernher von Braun, expliqua-t-elle en désignant un homme brun, assez beau, à la carrure épaisse.

— Mais c'est le type de Disney ! J'adorais ses films sur l'espace ! s'exclama Marcus.

— C'est surtout le type du camp de travail de Dora. Il dirigeait une usine de fabrication de missiles où des milliers de prisonniers étaient réduits en esclavage. Les "ouvriers" étaient soumis à des rythmes infernaux. Cet homme a fait mourir plus de gens en fabriquant ses bombes qu'en les faisant exploser, coupa Rebecca.

— Nous aussi nous regardions ses films, tu te rappelles Werner ? murmura Lauren, choquée. *Man in Space* et *Man and the Moon…* »

J'opinai, les lèvres serrées.

« C'est le héros de toute une génération ! Des millions de petits Américains ont rêvé de l'espace et de la Lune grâce à lui ! souffla Lauren, effarée, en se tournant vers Rebecca.

— Je sais. C'est également un ancien SS.

— Et puis-je demander quel rapport il entretient avec mon prétendu géniteur ? »

Rebecca nous tendit une deuxième photo.

« Celle-ci est plus ancienne. C'était après la déclaration de la guerre, lors d'une inspection de la base de Peenemünde par Himmler.

Je saisis vivement ce cliché. À côté de von Braun et d'autres savants, un homme sortait du lot. Il dépassait d'une tête ses compagnons et me ressemblait tellement que l'on aurait pu croire à un montage. À côté de lui se tenait une jeune femme blonde, ravissante, qui me fit battre le cœur. La légende indiquait : « Le professeur Johann Zilch et son épouse, Luisa. »

Je m'assis sur l'un des cageots qui servaient de sièges dans l'atelier. Je massai mon visage sans parvenir à effacer ce que je venais de voir. Je repris la photo pour mieux la regarder. Un flot d'émotions contradictoires me submergeait. La pièce s'est mise à tourner. Mes oreilles bourdonnaient. Ce que j'avais enfoui depuis des années continuait à remonter. Tout a défilé. Armande, Andrew, mon permanent sentiment d'étrangeté. Ma différence. Ma solitude. Le trou noir qu'avaient été ma petite enfance et les années terribles de mon adolescence. Ce temps passé à chercher, à imaginer sans relâche et sans succès pourquoi mes parents m'avaient abandonné. Combien de fois avais-je tenté d'imaginer leurs visages ? Combien de fois m'étais-je demandé si je leur ressemblais ? Les voir enfin, me reconnaître à ce point dans leurs traits me donnait le vertige. Je n'arrivais pas à associer ces jeunes gens aux monstres que Rebecca venait de nous décrire… Elle me tendit une nouvelle image. On y voyait quatre hommes en maillot de bain et Johann Zilch en chemise. Ils se tenaient au bord d'une piscine, joyeux et désœuvrés. Je fus à nouveau frappé par ma ressemblance avec lui. C'était comme si j'avais eu une vie avant la mienne sans en avoir gardé aucun souvenir.

« Elle a été prise à Fort Bliss, juste après la guerre et l'arrivée des savants aux États-Unis, précisa Rebecca.

— Mais que racontes-tu ! s'exclama Marcus en saisissant la photo. Comment peux-tu imaginer que les États-Unis aient accueilli des nazis ! Des scientifiques, oui, mais en aucun cas des nazis !

— C'est pourtant ce qui est arrivé, rétorqua Rebecca. Leur passé a été soigneusement embelli par nos amis des services secrets avec l'aide de la NASA. Pourquoi crois-tu que les autorités sont si peu coopératives ? »

317

Marcus se tut. Il n'arrivait pas à croire que des responsables militaires aient pu dissimuler au peuple américain une information de cette importance. Je lui repris la photo et scrutai minutieusement le visage du bourreau de Judith. Je soupirai :

«Je comprends mieux la réaction de ta mère quand je suis venu chez vous…

— Elle a été traumatisée, reprit Rebecca. Lorsque je suis remontée avec elle après le dîner, maman m'a parlé sans discontinuer. Elle m'a révélé plus de choses en une soirée qu'en quinze ans… Je ne lui ai pas dit ce que je savais non plus, elle en aurait été trop blessée. Mais elle m'a décrit son tortionnaire, ce fameux capitaine Zilch. Lorsqu'elle est entrée dans la bibliothèque où tu nous attendais, elle a cru le revoir.

— Mais je n'y suis pour rien, moi ! Je suis américain, mes parents s'appellent Armande et Andrew Goodman, je n'ai rien à voir avec ce fou qui découpait des pauvres femmes en enfer des mois avant ma naissance ! »

Je marquai une pause et transperçai Rebecca d'un regard qui n'aurait pas souffert de mensonge.

« Ta mère sait-elle que nous sommes ensemble ? »

Ma beauté rougit. Elle avoua que non.

« Elle est à l'hôpital. Elle a complètement perdu le fil. Le docteur Nars m'interdit de lui rendre visite. Mon père se voue à ce psychiatre comme à un saint. Il est très déstabilisé lui aussi… Certains jours je le comprends, d'autres pas du tout. À sa place, j'aurais mis ma fortune sur la table pour traquer ce nazi et lui faire payer ses crimes. Au lieu de cela, il passe des heures au chevet de ma mère à la calmer quand elle délire et à lui faire la lecture. Je n'ai pas envie de me battre avec lui, alors j'attends qu'il soit parti, et je me débrouille pour aller la voir.

— Comment fais-tu ? s'étonna Lauren.

— J'y vais les soirs de matchs de base-ball. Le gardien de la clinique reste vissé devant la télévision et ne surveille plus rien. Je passe par-dessus la grille du jardin et je rentre par le troisième étage.

— En grimpant par la façade, j'imagine... conclus-je.

— Oui. Je me suis fait une frayeur la dernière fois que j'y suis allée. La gouttière a lâché d'un coup et je me serais probablement brisé la nuque si le store extérieur de la salle commune n'avait pas ralenti ma chute. J'ai pu me relever et filer avant que la sécurité ne me trouve. Après cet accident où, une fraction de seconde, j'ai cru que c'en était fini de moi, j'ai eu envie de te voir... Et je suis venue sonner à ta porte, sourit tristement Rebecca. Tu te demandais d'où venaient mes bleus, tu as la réponse. »

Je sentis le sang quitter mon visage :

« Dorénavant, je t'interdis de grimper sur quoi que ce soit d'autre qu'un tabouret ! Cet après-midi encore tu m'as flanqué une de ces frousses... »

Lauren me tendit les photos qu'elle venait de regarder plus en détail. Je cherchai à y dénicher un sens, un indice qui me permettrait de m'extraire du brouillard dans lequel j'étais plongé.

«J'essaie de comprendre, mais je n'y arrive pas…
Comment as-tu eu ces photos de Fort Bliss ?

— Lorsque je suis revenue d'Allemagne, Dane m'a
aidée. Il a actionné son réseau. Nous avons appris qu'il
y avait eu un Johann Zilch dans l'opération Paperclip.

— L'opération Paperclip ? relança Marcus.

— C'était le nom de code de la mission qui a permis, en toute discrétion et en toute illégalité, de faire
venir mille cinq cents savants et ingénieurs nazis aux
États-Unis. Cent dix-huit d'entre eux ont passé plusieurs années à Fort Bliss, au Texas. Je m'y suis rendue
avec Dane. La base était impénétrable, mais à force de
traîner au Ella's Diner, le restaurant où se retrouvaient
les soldats et le personnel de la base, d'offrir des verres
et de poser des questions, nous avons établi un contact
avec une femme qui avait été la secrétaire du commandant James Hamill, en charge des savants à l'époque.
Elle travaillait toujours à Fort Bliss. Nous lui avons
fait comprendre qu'elle pourrait gagner de l'argent si
elle nous aidait à mettre la main sur certaines informations. Elle vivait seule et devait bientôt prendre sa
retraite, elle a mordu à l'hameçon. Nous voulions au
premier chef la liste des savants et de leurs accompa-
gnants. Elle a noté les faux noms que nous lui avons
donnés ainsi que le numéro où nous joindre. Quelques
semaines plus tard, elle nous vendait cette précieuse
liste. Elle nous a surtout confié une clé de l'affaire. Je
lui avais demandé si elle se souvenait de Johann Zilch,
elle nous a raconté un événement particulièrement
intéressant… "Je n'aimais pas cet homme", a-t-elle

reconnu d'emblée. Au bout de quelques tequilas, elle a été plus explicite. En 1946, la secrétaire avait sympathisé avec Luisa, l'épouse de Johann Zilch. Elle se souvenait très bien du couple et de l'histoire qui avait fait scandale à l'époque. Les Zilch avaient un enfant, se souvenait-elle, un petit garçon adorable âgé d'un an et demi. C'était un vrai costaud, disait-elle, décidé, tout blond, avec des yeux bleus.»

Je me redressai dans le canapé:

«Comment s'appelait-il?

— Il s'appelait Werner, chéri... Ce petit garçon, c'était forcément toi. J'ai vérifié sur la liste des savants. Johann Zilch est arrivé avec von Braun dès septembre 1945. Ils ont atterri à New York, ont séjourné un moment sur une base du Massachusetts avant d'être affectés à Fort Bliss. Ensuite, Johann a fait venir son épouse, Luisa, et son fils, Werner.»

Un raz-de-marée de questions, de souvenirs et de révolte déferla à nouveau sur moi.

«La secrétaire m'a ensuite raconté cette étrange histoire. Johann était un homme perturbé. Il avait des relations difficiles avec ses collègues de travail et seul von Braun semblait le protéger. Il s'occupait très peu de son fils. D'après ce que la secrétaire avait compris, il ne s'était pas remis d'un grave accident pendant la guerre. Un jour, il a si violemment battu sa femme qu'il a failli la tuer. Luisa a demandé à quitter la base avec son fils mais, à l'époque, les savants et leur famille n'avaient pas de permis de séjour, ni de passeport. Ils n'étaient pas autorisés à quitter l'enceinte militaire ni à entrer en contact avec la population. Luisa a alors voulu retourner en Allemagne avec toi, Werner, mais le commandant Hamill a refusé. Deux semaines plus tard la secrétaire se mariait. Elle a pris un mois de vacances. À son retour, Luisa, Johann et le bébé avaient disparu sans laisser d'adresse.

— Je n'y comprends plus rien, fis-je en me massant le crâne.

— Moi non plus, je ne comprends pas tout. Il me manque beaucoup d'éléments. Il ne reste qu'une chose à vous dire et vous en saurez autant que moi : j'ai demandé à la secrétaire de Fort Bliss si elle avait une photo de Luisa, pour essayer de retrouver sa trace. Elle a fini par m'en vendre une. »

Rebecca me tendit le cliché d'une jeune femme potelée portant un petit garçon blond. Je fus violemment ému de me voir dans les bras de ma mère, de découvrir son visage que j'avais mille fois imaginé, mille fois tenté, en vain, de sauver des limbes de ma toute petite enfance, tout comme le son de sa voix, son parfum, ses gestes et sa tendresse. J'en eus les larmes aux yeux. Je regardais cette photo avec toute la passion et l'avidité que je réfrénais depuis des années. J'essayais, par mon seul regard, de faire vivre cette femme, de la reconnaître. Je voulais réveiller ma mémoire pour recueillir l'enfant que j'avais été, faire de cette image une part de moi, une première pierre sur laquelle me reconstruire. Je regardais, et regardais encore, mais soudain le pouvoir d'illusion de la photo se brisa net. Je sentis mon visage se durcir.

« Tu as remarqué, n'est-ce pas ? s'enquit Rebecca.

— Oui, répondis-je du tac au tac. Sur la photo allemande que tu m'as montrée, Luisa Zilch était très blonde, avec un visage en triangle et des yeux clairs. La femme qui me tient contre elle sur cette photo, a le visage rond, des yeux et les cheveux noirs…

— C'est toute la question… Laquelle est vraiment Luisa ?

— Et laquelle est ma mère biologique ? »

Manhattan, 1971

Rebecca avait ouvert la boîte de Pandore. J'avais l'impression de me relever d'un tremblement de terre. Les questionnements qui, adolescent, m'avaient poursuivi et que j'avais mis des années à enfouir, ressortaient des ténèbres de ma conscience. Il me semblait impossible, à présent, de les ignorer. Je voulus rencontrer von Braun dans les plus brefs délais. Il occupait le poste de directeur stratégique à la NASA. Durant l'année que Rebecca avait consacrée à éclaircir le passé de sa mère et le mien, elle avait évidemment pensé rendre visite au savant, mais elle s'était dit que je saurais mieux le faire parler. Mon nom et mon visage lui rappelleraient forcément des souvenirs. Von Braun était un témoin trop important pour risquer d'éveiller sa méfiance par un entretien mal préparé. Il était le seul qui pouvait démêler le nœud de mes origines ou, à défaut d'en détenir toutes les clés, nous mettre sur la piste d'autres témoins. L'efficacité légendaire de Donna entra en action. Mon assistante insista auprès de Bonnie, la secrétaire du docteur von Braun, pour qu'elle parle de moi à son patron. Mon patronyme fit le reste : le savant pouvait me recevoir le vendredi suivant, en fin de matinée, au siège de la NASA.

Je pris un vol pour Washington, tôt le matin du rendez-vous. J'avais refusé que Rebecca m'accompagne. Elle n'aurait pas été capable de dissimuler sa colère et mettre von Braun au banc des accusés ne me semblait pas le meilleur moyen de le faire parler. J'étais nerveux. J'avais envisagé le pire des scénarios et j'essayais de m'y préparer. S'il me confirmait que mon géniteur était un pervers sadique, responsable de crimes de guerre, comment pourrais-je me laver de ce poison ? Pouvais-je être le fruit du mal sans être le mal lui-même ? Marcus et Lauren avaient beau me répéter que les enfants ne sont pas responsables des crimes de leurs parents, il me semblait que mon sang était vicié. J'avais découvert, terrée en moi, une bête inconnue, capable de bondir à tout moment. N'étais-je pas déjà brutal, colérique, prêt à beaucoup pour obtenir ce que je voulais ? Ne m'avait-on pas reproché mon cynisme, ma dureté ? J'étais devenu en une soirée mon propre ennemi et ce que von Braun allait m'apprendre risquait de me rendre insupportable à moi-même.

La NASA était un impressionnant bâtiment de verre et de béton. Au premier étage, je fus accueilli par la fameuse Bonnie. Cette petite femme boulotte avait des cheveux auburn qui retombaient en boucles serrées sur ses lunettes rouges. C'était un concentré de professionnalisme.

« Le directeur termine une réunion, il sera là dans

un instant», m'expliqua-t-elle en m'introduisant dans une pièce en lambris de bois sombre.

Elle me proposa à boire, j'acceptai un verre d'eau. Elle referma la porte derrière elle. J'observai les lieux. Une épaisse moquette étouffait le bruit des pas. Posées sur un meuble bas, des maquettes des fusées Saturn, hautes d'un mètre, s'alignaient le long du mur. Un imposant bureau en loupe d'orme écrasait la pièce. Sur sa surface vernie, à côté du téléphone, j'inspectai les prix que les plus prestigieuses institutions scientifiques et civiques américaines avaient remis au savant. De l'autre côté, près des étagères murales remplies d'ouvrages historiques et techniques, une série de cadres en bois exposaient des photos de ce dernier en compagnie du président Kennedy, du président Johnson, du président Eisenhower et d'autres personnalités. Un rideau plissé de couleur châtaigne occultait une partie de la fenêtre, tamisant la lumière vive de cette fin de matinée. J'étais debout face à son bureau quand von Braun entra. Il semblait bien plus vieux que sur les photos et que dans mes souvenirs d'enfant quand il m'arrivait de regarder ses émissions télévisées sur la Lune, le cosmos et notre système solaire. Son épaisse chevelure brune était striée de mèches grises. Il portait un costume sombre à fins carreaux, une chemise blanche et une cravate bleue.

«Bonjour jeune homme, je suis ravi de vous rencontrer», lança-t-il. Il me serra la main et me flatta paternellement l'épaule en même temps. «C'est incroyable à quel point vous leur ressemblez!» remarqua-t-il en me scrutant. Il avait gardé un fort accent allemand. «Vous permettez que je vous appelle Werner? Vous savez que nous partageons le même prénom…

— Bien sûr, l'autorisai-je. Je crois néanmoins qu'un "h" nous sépare.

— C'est vrai, votre mère a préféré mon prénom sans "h". Savez-vous que je suis votre parrain?»

Je sentis mon cœur s'accélérer en l'entendant parler de ma mère. Je m'appliquai à avoir l'air aussi calme que possible:

«Non, je l'ignorais.

— Enfin, votre parrain… C'est ce que m'avait dit votre mère lorsqu'elle était enceinte de vous. En tout cas, elle vous a donné mon prénom… J'imagine que vous êtes ici pour en parler, ajouta le savant en me proposant de m'asseoir dans le coin salon de son bureau.

— Effectivement, j'espère que vous m'aiderez à répondre à certaines questions», confirmai-je.

Il acquiesça avec un sourire chaleureux et me demanda:

«Comment va votre père?

— Que voulez-vous dire? répondis-je avec brusquerie.

— Johann, votre père, comment va-t-il? Je ne l'ai pas revu depuis vingt ans…

— Je ne suis pas sûr de comprendre…» commençai-je déstabilisé. Nous échangeâmes des regards perplexes et je précisai: «Mon père s'appelle Andrew Goodman.» Un ange passa. J'ajoutai: «J'ai été adopté.»

J'aurais pu briser la table de verre d'un coup de poing qu'il n'aurait pas semblé plus surpris.

« Comment ça, adopté ? répéta von Braun.

— À l'âge de deux ans et demi. Par Armande et Andrew Goodman, un couple vivant dans le New Jersey.

— Mais qu'est-il arrivé à Johann ?

— Johann Zilch ? Mon géniteur, donc ?

— Oui, enfin votre père…

— Je n'ai pas connu Johann Zilch, et jusqu'à la semaine dernière, je n'avais aucune idée de son existence. C'est à son sujet que je viens vous voir.

— Je n'en reviens pas, fit von Braun, si troublé qu'il sortit un mouchoir de sa poche et s'épongea le front. Voulez-vous un café ?

— Non merci. »

Von Braun n'eut pas le temps de sortir, sa secrétaire, Bonnie, arriva avec un plateau. Elle me présenta le verre d'eau que j'avais demandé, et servit à von Braun un café avec deux sucres. Elle s'adressait à son patron avec déférence et admiration.

« Donc, vous ne parlez pas allemand ? demanda von Braun lorsqu'elle fut repartie.

— Pas un mot.

— Je n'arrive pas à comprendre ce qu'il s'est passé… »

Il eut un bref silence durant lequel il tapota l'accoudoir du canapé, puis il regarda sa montre et se leva.

« Vous n'avez pas de déjeuner ? » me demanda-t-il.

Je fis non de la tête. Il appela Bonnie sur l'interphone et lui demanda de lui énumérer ses rendez-vous de la journée. Il les annula tous jusqu'à 4 heures de l'après-midi et revint s'asseoir.

« Très bien, je vous garde, alors. Il va nous falloir un peu de temps. »

Je ne m'attendais pas à rencontrer quelqu'un d'aussi attentionné. Rebecca m'avait fait un tel portrait des crimes de cet homme que son charme, et l'intelligence qui brillait dans ses yeux, me déroutaient. Von Braun était chaleureux, très empathique, il me questionna :

« Étant donné ce que vous m'apprenez, je ne suis pas sûr de pouvoir vous aider, mais dites-moi déjà ce que vous étiez venu chercher...

— Je m'interroge sur mes parents biologiques. J'ai pu remonter leur piste jusqu'à Fort Bliss et donc jusqu'à vous, mais au moment de leur arrivée aux États-Unis, les fils de mon histoire s'emmêlent... »

Je saisis mon sac et sortis le dossier contenant les fameuses photos. J'en choisis deux que je déposai devant lui.

« Vous avez mentionné ma mère biologique tout à l'heure. Vous avez même dit que j'étais votre filleul, sans doute pourrez-vous déjà m'aider à savoir laquelle de ces deux femmes est Luisa Zilch... »

Von Braun les prit. L'air grave et nostalgique, il désigna la jeune femme blonde :

« Voici Luisa. Nous avions l'air si jeunes... soupira-t-il. Des enfants... Cette photo a été prise avant la guerre. Nous étions encore à Peenemünde.

— Savez-vous ce que Luisa est devenue ? » le relançai-je.

Il fit une brève pause pour me regarder avec un mélange de crainte et de compassion. Il me mit à nouveau la main sur l'épaule et m'annonça :

« Mon pauvre ami, elle est morte depuis des années… Bien avant que nous n'arrivions aux États-Unis. »

J'accusai le choc. Dans le bar sous sa bibliothèque, von Braun saisit un flacon de whisky et deux verres qu'il remplit généreusement.

« Je crois que vous allez avoir besoin de quelque chose de plus réconfortant que le café. Moi aussi, d'ailleurs.

— De quoi est-elle morte ? »

Le docteur von Braun choisit soigneusement ses mots :

« Elle a été gravement blessée durant les bombardements de Dresde. »

Il comprit, à mon expression, que je n'avais pas la moindre idée d'où se situait Dresde.

« C'était une ville allemande, l'une des plus belles qui soit. Pendant la guerre, les Anglais l'ont rasée intégralement. L'immeuble dans lequel habitait votre mère a été touché. Des soldats l'ont sortie des décombres, mais elle ne pouvait pas être sauvée. Elle n'est restée en vie que le temps de vous donner naissance… »

Il continua à me décrire ce qu'il savait des circonstances de la mort de Luisa lorsqu'un flash puissant me

330

terrassa. Le rêve qui me hantait depuis des années me revint brutalement. Ce rêve, je le compris en un éclair, était mon tout premier souvenir. Un événement si monstrueux qu'il s'était imprimé dans ma conscience avant même qu'elle ne soit formée.

D'abord je vois une femme blonde, très belle, courir. Au bout d'une cinquantaine de mètres, je la vois tomber. Elle est plaquée au sol par une force invisible puis brutalement retournée sur le dos. Je m'approche d'elle et elle me parle. Je me sens absorbé par ses yeux immenses, d'un bleu presque surnaturel. Elle me regarde avec tendresse et me dit des choses que je comprends dans le rêve, mais que je suis incapable de mettre en mots au réveil. Ensuite, je change de décor. Je m'extrais du monde pour assister à son effondrement. Je suis là, je vois les choses et les gens se détruire. Je n'ai aucune sensation physique. Je vois du feu, mais n'en ressens pas la chaleur. Je vois des gens hurler, mais je n'entends pas leurs cris. Je vois des immeubles se vaporiser, mais leur poussière ne me remplit pas la bouche. Des éclats de murs volent en tous sens. Je ne saurais dire quel âge j'ai. Ni si je suis assis, debout ou allongé. Encore moins vivant ou mort. Au bout d'un moment, j'entends un bruit assourdissant et pourtant familier. Il circule autour de moi et me protège. Par moments, il pulse, s'affole. Je ne panique pas. Je prends conscience de moi-même. Je suis pris dans de la matière rouge. Comme si le sang des victimes avait maculé l'univers. Comme si j'étais plongé dans leurs organes. À travers ces membranes, je vois des lumières orangées, des voiles qui se déchirent, puis une

voûte immense, des taches blanches et pourpres allon-
gées. Le son tournoyant s'éloigne et je le regrette. Des
cris percent mes oreilles. Quelque chose me brûle les
poumons. J'entends des explosions. La terre se fend. Il
me semble que l'humanité disparaît. C'est une fois que
toute vie a cessé de battre, que se sont tus les oiseaux, les
rivières, le vent, les animaux, les cœurs des gens que je
me rends compte de la solitude absolue dans laquelle je
me trouve.

Mille éléments étaient en train de se réorganiser dans ma mémoire. Mon verre à la main, je regardais sans doute dans le vide depuis de longues secondes quand la main de von Braun sur mon avant-bras me ramena à la réalité.

«Je suis désolé de vous apprendre cette mauvaise nouvelle. C'est un grand choc», fit le savant, en me serrant le bras tandis qu'il remplissait nos verres de l'autre main.

Il me raconta ce qu'il savait de la mort de ma mère, le médecin qui l'avait aidée, ma naissance dans l'église de Dresde juste avant son effondrement. Il me parla longuement de la femme merveilleuse qu'elle était. D'une irrésistible séduction, disait-il.

«Elle adorait votre père. C'était un couple lumineux. Votre mère s'était mariée très jeune. Elle avait une vingtaine d'années quand elle a été tuée. C'était une jeune femme délicieuse. Excellente musicienne. Toujours joyeuse. Elle adorait la nature et les plantes. Elle les étudiait, d'ailleurs... À Peenemünde, c'était elle qui fleurissait les plates-bandes devant nos maisons. Elle faisait des choses ravissantes. » Il eut un silence peiné. « Nous qui pensions qu'elle serait à l'abri à Dresde... Johann n'a plus été le même après sa mort.

— Pourquoi a-t-elle quitté la base militaire ?

— Votre père avait été arrêté. Nous n'avons plus eu de nouvelles pendant plusieurs mois. La Gestapo nous surveillait étroitement...

— Je ne comprends pas. Il s'opposait au régime ?

— Il avait tenu des propos défaitistes et a dit tout haut ce que nombre d'entre nous pensaient tout bas. Moi le premier. Il faut imaginer ce qu'était l'Allemagne à ce moment-là... Les choix n'étaient pas simples. » Von Braun me regarda dans les yeux. Il attendit une approbation de ma part qui ne vint pas et reprit : « Les "amis" de votre père l'ont dénoncé à la Gestapo. Il a été arrêté pour sabotage quelques heures après.

— Qu'avait-il dit exactement ?

— Qu'il voulait construire des fusées, pas des missiles armés de bombes. Qu'il ne supportait plus d'avoir tout ce sang sur les mains. »

Le portrait de von Braun collait de plus en plus mal aux récits de Rebecca. À l'entendre, Johann et Luisa étaient un couple délicieux qui vivait d'amour, de pâquerettes et de recherches scientifiques. Défendait-il sa génération au procès silencieux que lui faisait la mienne ? Même si j'avais la colère de Rebecca à l'esprit, je refusais de le condamner d'avance.

« Qui est cette jeune femme brune alors ? demandai-je en désignant l'autre photo. La seconde épouse de mon père ?

— Pas du tout, sourit-il. C'est votre tante.

— La sœur de ma mère ? Elles ne se ressemblent pas…

— Non, la femme du frère de votre père.

— Mon père avait un frère ?

— Un frère aîné, Kasper Zilch. »

Je marquai une pause tandis que, dans mon cerveau, tous les scénarios que j'avais imaginés se recomposaient. Les questions fusaient.

« Pourquoi ma tante est-elle désignée sous le nom de Luisa dans les listes de Fort Bliss ? »

Von Braun s'agita sur son fauteuil.

« Vous pouvez me faire confiance », affirmai-je.

Il hésita encore, tentant de percer mes intentions.

« Je voudrais comprendre d'où je viens. »

Von Braun se lança :

« Lorsque nous nous sommes rendus aux Américains, passé le premier enthousiasme, les relations ont été très complexes. Nous nous étions mis d'accord sur notre exfiltration, mais nous nous étions tapé dans la main sans plus de précision. Le réveil fut douloureux. Au départ, ils ne nous accordèrent qu'un contrat de travail d'un an. Ils refusaient même que nos familles nous rejoignent aux États-Unis. Ils ont fini par accepter les conjoints et les enfants, point à la ligne. C'était niet pour les parents ; niet pour les frères et sœurs. Johann avait été violemment blessé quelques semaines avant la fin de la guerre. Il était affaibli et perturbé.

Il n'était pas en état de s'occuper d'un bébé. Marthe voulait absolument partir aux États-Unis pour veiller sur vous. Elle vous adorait. Pour résumer, le seul moyen de vous emmener tous les trois, c'était de prétendre que Marthe était l'épouse de Johann et par conséquent votre mère. Il fallait la faire passer pour Luisa.

— Vous avez fait des faux papiers ?

— Vous savez, l'Europe était un tel chaos… Nous n'avons pas eu de mal à arranger la réalité. Il y avait des millions de morts et de disparus, aucun registre officiel n'était à jour. Personne ne s'est rendu compte de la supercherie. »

Je le remerciai de ces confidences et lui assurai que je ne le trahirais pas.

« Cela pourrait me coûter cher, insista-t-il. Même trois décennies plus tard. C'est très politique ici. Vous n'imaginez pas à quel point ce pays peut se montrer procédurier. Sans parler des autorisations et des contre-autorisations, des formulaires de toutes les couleurs. J'y passe mes journées. C'en est décourageant… Je me sens capable de vaincre la pesanteur. Pas la paperasserie. »

Cette déclaration me fit bondir. Von Braun regrettait-il l'efficacité du IIIe Reich ? Y faisait-il moins de « paperasse » quand il pouvait disposer comme bon lui semblait de la vie d'autrui ? Les images des cadavres du camp de travail de Dora que Rebecca m'avait montrées me revinrent à l'esprit. Comment un homme en apparence si affable, attentionné et éduqué, avait-il pu participer à ce carnage ? Comment pouvait-il vivre avec ce poids ? Je le voyais là, dans son beau bureau à la moquette épaisse, nouveau héros de l'Amérique, gentil conteur d'étoiles pour les enfants du pays de la liberté et j'avais envie de lui envoyer son passé en pleine face. Von Braun sentit la tension qui s'était établie entre nous et se tut. Je pris sur moi :

« Vous avez parlé du frère de mon père...

— Kasper...

— Le connaissiez-vous ?

— À peine. Je ne l'ai croisé que deux fois...

— Ressemblait-il à Johann ?

— Trait pour trait ! Beaucoup pensaient d'ailleurs qu'ils étaient jumeaux.

— Docteur von Braun, j'ai une question à vous poser. Je sais que Johann était votre ami, mais de l'eau a coulé sous les ponts et j'ai besoin de savoir... »

Le savant croisa les bras dans un geste de défense.

« Pensez-vous que pendant la guerre, mon père biologique a pu se rendre coupable de crimes contre l'humanité ? Faisait-il partie de ces hommes-là ? »

La réponse fusa :

« Bien sûr que non !

— Mais pendant ces longs mois où il a disparu, est-il possible qu'il se soit rendu à Auschwitz ? »

Von Braun me regarda, extrêmement surpris. Il s'était attendu à ce que je lui mentionne Dora, les bombardements de Londres, d'autres zones noires de son passé, certainement pas Auschwitz.

« Je ne vois pas du tout comment il aurait atterri

là-bas. Et si la Gestapo l'y avait envoyé, outre le fait que Johann était d'un tempérament très doux, il y aurait été prisonnier. Certainement pas en position de nuire à qui que ce soit.

— On aurait pu le forcer ?

— Franchement ça ne tient pas debout, Werner. Lorsque nous l'avons récupéré, Johann avait été battu si violemment que ses tortionnaires l'avaient laissé pour mort. Il avait perdu la mémoire. Il était détruit. J'imagine que, vingt-cinq ans plus tard, vous avez du mal à comprendre nos actes et la situation inextricable dans laquelle nous nous trouvions, mais nous étions des savants, Werner, des savants tendus vers un seul but : explorer l'espace comme les navigateurs du XVIe siècle ont exploré les océans. Voir la Terre devenir une perle bleue dans la lucarne de nos fusées. Nous étions des savants, pas des politiques, ni des guerriers.

— Mais des nazis, oui. »

Il soupira. Il avait dû apprendre à vivre avec cette accusation, ce permanent soupçon qui obscurcissait ses plus grandes réalisations et viendrait à jamais ternir sa postérité.

« Nous n'aurions jamais pu faire nos recherches sans la caution du parti nazi. À l'époque nous étions patriotes, nous voulions travailler pour notre pays. Le gouvernement mettait des moyens fabuleux à notre disposition. Il fallait jouer le jeu. Je n'ai jamais été nazi par conviction.

— Et Johann Zilch ?

— Pas le moins du monde. Sa nature idéaliste le rendait d'ailleurs moins conciliant que moi. Il avait plus de mal à garder des œillères, plus de mal à se concentrer uniquement sur nos recherches.

— Et ce fameux Kasper ?

— Je ne sais pas. Les deux frères ne s'entendaient pas. D'après Johann, Kasper était tourmenté et jaloux. Johann a même accueilli sa belle-sœur, Marthe, quand elle s'est séparée de son mari. Les Zilch étaient plutôt pudiques sur leurs affaires de famille, mais j'ai compris que Kasper n'était pas un mari facile.

— Kasper aurait-il pu être à Auschwitz ? Faire partie de l'encadrement du camp ?

— Je suis désolé, mais je n'en ai pas la moindre idée», répéta von Braun. Chaque fois que je prononçais le mot «Auschwitz», son visage se contractait légèrement.

«Quand Johann a-t-il quitté Fort Bliss ?

— Presque deux ans après notre arrivée. Les premiers mois, nous nous tournions les pouces. Le gouvernement avait réquisitionné nos documents, nos plans, nos machines et nos meilleurs ingénieurs, mais il n'en faisait aucun usage. Les Américains nous avaient fait venir aux États-Unis pour nous soustraire à leurs nouveaux ennemis plus que pour nous permettre de poursuivre nos recherches. Les différents corps de l'armée se disputaient notre équipe. Les administrations se renvoyaient la balle. Les crédits tardaient. Le ministère de la Défense, à l'époque, était obsédé par la bombe. Il avait choisi, pour la transporter, de favoriser les navires et les avions. Les fabuleuses possibilités de nos missiles étaient, *de facto*, mises en sommeil. »

Von Braun précisa :

« Ne croyez pas que j'aie un goût particulier pour les conflits armés, mais aucun gouvernement n'est prêt à investir de l'argent pour décrocher la lune ou les étoiles. L'armement a toujours été le moteur de nos découvertes et je savais que, sans application immédiate pour la Défense, nous n'obtiendrions jamais les moyens de réaliser le rêve de ma vie.

— Ce rêve justifie-t-il tout ? » demandai-je.

Nous échangeâmes à nouveau un regard lourd de ce que les mots s'interdisaient :

« C'est une question complexe, Werner... soupira-t-il en détournant les yeux. Aujourd'hui, quand je revois la manière dont les choses se sont passées, je me dis qu'il aurait fallu faire autrement. J'étais tendu vers un but. Il m'a aveuglé. Je suis passé à côté de ce que j'aurais dû voir et combattre. En aurais-je eu le courage ? Je ne sais pas. Le Reich était une machine dangereuse et brutale. Or elle m'avait non seulement épargné, mais elle me rapprochait de ce qui était tout pour moi. Votre génération, Werner, ne peut pas comprendre les conditions dans lesquelles nous avons vécu. Une fois l'issue connue, il est facile de juger. Nous marchions dans les marécages d'une réalité trouble. L'histoire est écrite par les vainqueurs et de là où je vous parle, bien sûr que je regrette, mais je suis et j'ai toujours été un savant. »

Je gardai un silence qui le condamnait, von Braun évacua le sujet et reprit le cours de son récit :

« À Fort Bliss, nous étions des prisonniers de paix. Nous n'avions pas le droit de quitter la base sans escorte. Nous vivions dans des baraques étouffantes et mal entretenues. Le toit en zinc n'était pas isolé et, en été, la chaleur y dépassait les 45 degrés. À Peenemünde nous étions choyés, aux États-Unis nous comptions les centimes. Tous les projets que nous proposions étaient rejetés. J'en étais réduit à faire des démonstrations d'astronomie au Rotary Club du coin ou dans les écoles. J'ai travaillé mon anglais qui n'était pas bon. Beaucoup progressé aux échecs. Petit à petit, ils nous ont octroyé des permis de séjour. Mon équipe s'est démantelée. Ceux qui le pouvaient sont partis dans le privé où leur talent était utile et les salaires élevés. Ce furent les pires années de ma vie », confia-t-il.

Cette affirmation m'indigna à nouveau. Les pires années de la vie de von Braun, ou du moins les pires mois, auraient dû être ceux où il avait exploité et tué des milliers d'esclaves dans son usine souterraine de Dora, certainement pas ses vacances prolongées au Texas. Il y eut un silence inconfortable que von Braun balaya :

« Les militaires se contentaient de répertorier les informations sur les V2 et de s'approprier notre technologie. Nous en avons fait décoller quelques-uns dans le désert de White Sands, au Nouveau-Mexique. Les Américains faisaient venir les journalistes et nous sortaient de nos cahutes comme des animaux de foire.

Nos singeries de savants étaient largement relayées par la presse internationale pour effrayer les Russes dans la nouvelle guerre larvée qui se préparait. Nous servions d'épouvantail. Nous avons perdu beaucoup de temps avant que le ministère de la Défense ne nous autorise à étudier, de façon théorique et sans aucun crédit, les applications potentielles de nos fusées. C'est à ce moment-là que nous avons compris pour Johann : les coups qu'il avait reçus à la tête pendant la guerre avaient presque entièrement effacé sa mémoire scientifique. Lui qui avait été l'un de nos plus brillants éléments ne se souvenait plus de rien.

— Vous lui avez demandé de partir ?

— C'est lui qui a voulu nous quitter. Il ne supportait pas cette situation. Nos travaux avaient constitué l'essentiel de sa vie. Il avait perdu la femme qu'il aimait, sa famille, son pays. Il ne pouvait plus exercer son métier. L'existence n'avait plus de sens pour lui. Bien sûr, vous étiez là, mais je crois que cet homme était trop brisé pour pouvoir vous faire une place.

— Pensez-vous qu'il a pu mettre fin à ses jours ?

— Il a quitté Fort Bliss avec Marthe deux ans après notre arrivée. Il avait trouvé un emploi dans une usine agricole qui fabriquait des engrais et des pesticides. Je n'avais aucune raison de les empêcher de partir. Il n'était d'ailleurs pas le seul à s'en aller... Je n'avais, à l'époque, rien à proposer à ces hommes qui m'avaient suivi aveuglément dans un pays étranger.

— Vous n'avez plus eu de contacts ?

— J'ai essayé à plusieurs reprises de l'appeler à son

bureau. Il ne m'a jamais répondu. J'ai demandé de ses nouvelles, la standardiste m'affirmait que "Monsieur Zilch allait bien". Je me suis dit que j'étais associé à trop de souvenirs douloureux. Luisa, la guerre, son amnésie… »

Von Braun proposa d'aller déjeuner. Une fois n'est pas coutume, je n'avais pas faim, et je voulais poursuivre notre conversation. Il me restait mille questions à lui poser. Il m'emmena dans la salle à manger réservée à la direction de la NASA. Très vaste, elle était illuminée d'une large baie vitrée. Une dizaine de tables couvertes de nappes blanches et luxueusement dressées occupait l'espace. Il n'y avait pas une femme à l'horizon, même au service. Von Braun salua quelques collègues. Tous le regardaient avec respect, presque timidité. Cet homme avait, songeai-je, une stupéfiante capacité d'adaptation. Après avoir été adulé par le régime nazi, il l'était par la première puissance mondiale et je ne pouvais que m'incliner, abstraction faite de toute considération morale, devant ce tour de force. Von Braun avait un solide appétit et la perspective du déjeuner lui rendit sa jovialité. Je tentai un autre angle d'approche.

« Et Marthe, que pourriez-vous me dire d'elle ?

— C'était une jeune femme volontaire, avec un caractère entier. Lorsqu'elle voulait quelque chose, ce n'était pas simple de lui en faire démordre.

— Vous vous entendiez bien ?

— Oui et non. Elle s'occupait très bien de vous, il n'y a pas à dire. Marthe était intelligente, instinctive. Elle était courageuse et l'a prouvé lorsque nous nous sommes rendus aux Américains. Lorsqu'elle s'est séparée de son mari et qu'elle est venue vivre à la base quelques mois avec nous, elle a fait des études d'infirmière pour pouvoir subvenir à ses besoins. D'autres femmes, si jeunes, se seraient contentées de rester sous la protection de leur beau-frère, mais Marthe était indépendante. Elle voulait rester maîtresse de son destin. Luisa, votre mère, l'adorait.

— Pourquoi ne vous entendiez-vous pas avec elle alors ?

— Je l'appréciais mais les autres femmes du groupe ne l'aimaient pas. Il y avait sans cesse des histoires. Marthe n'y mettait pas du sien. Elle était solitaire. Elle se tenait en marge. Surtout, elle avait des lubies. Des réactions parfois très irrationnelles…

— Quel genre de lubies ?

— Dès qu'elle nous a rejoints avec vous en Bavière, Marthe a pris Johann en grippe. Elle considérait qu'il était dangereux pour un enfant. Elle ne voulait pas le laisser s'approcher de vous. On n'empêche pas un père de prendre son fils dans les bras ! Il est vrai que Johann était perturbé, que sa mémoire flanchait, mais elle aurait dû faire preuve de compréhension, de patience. L'aider et vous aider à nouer un lien d'affection. Elle faisait tout le contraire. Elle a même essayé de s'enfuir et de vous emmener. Marthe n'était pas votre mère et cette manière de vous défendre avait quelque chose de disproportionné. »

Le majordome vint prendre notre commande.

Détendu par la perspective de ce repas, von Braun but deux grandes lampées de vin rouge et tartina généreusement son pain de beurre avant de me rendre son attention.

« Avez-vous une idée de ce que Marthe a pu devenir ? » demandai-je.

Von Braun prit un air désolé :

« Malheureusement non. Je ne vous suis pas d'une grande aide. La seule chose que je peux vous dire, c'est que Marthe n'aurait jamais permis que vous soyez adopté. Jamais ! Elle ne demandait qu'à s'occuper de vous. Quasiment personne ne pouvait vous toucher en sa présence. Elle avait pour votre mère une affection… comment dire, une affection passionnée, dérangeante parfois, qu'elle a reportée sur vous. Je suis tenté d'y voir l'origine des tensions qui existaient entre elle et votre père. De son vivant, Luisa mettait le lien nécessaire. Après sa disparition, vous êtes devenu un enjeu entre eux. Johann l'a-t-il écartée, lassé de ne pouvoir vous avoir à lui, mais en ce cas pourquoi auriez-vous été confié à un orphelinat ? Marthe a-t-elle été victime d'un accident ? Je ne m'explique pas ce qui a pu se passer…

— Pensez-vous qu'elle ait gardé le nom de Luisa Zilch ou aurait-elle pu en changer ?

— C'est une bonne question. Je ne me rends pas compte des formalités que cela impliquerait. Quel était son nom de jeune fille, voyons… Laissez-moi réfléchir… Ah ! Il me revient : elle était née Engerer. Marthe Engerer. C'est peut-être une piste à explorer. »

Je continuai à l'interroger tandis que nous faisions finalement un sort à notre plantureux repas. J'avais beau connaître la part d'ombre de von Braun, j'avais beau entendre la voix de Rebecca qui se mêlait à celle de ma conscience, il m'était difficile de ne pas le trouver sympathique. Je n'arrivais pas à comprendre comment des hommes aussi intelligents et éduqués avaient pu fermer les yeux ou participer activement, pendant la guerre, à une telle barbarie.

Après le repas, von Braun m'emmena dans les bureaux consacrés aux plans et aux maquettes sur lesquels planchait une armée d'ingénieurs. Il demanda ensuite à son chauffeur de me raccompagner à l'aéroport. Il était désolé de n'avoir pu m'aider plus. Il restait à ma disposition si d'autres questions surgissaient. Il m'engagea à revenir le voir. La prochaine fois nous dînerions chez lui. Il me présenterait sa femme et ses enfants. Bref, il m'avait adopté. Il me proposa bien sûr de venir avec ma fiancée, mais je n'eus pas le cœur de lui dire qu'une telle rencontre ne risquait pas de se produire, à moins qu'il ne souhaite se retrouver ligoté dans un avion en partance pour Israël où il serait jugé. Il me dit au revoir à l'américaine en me serrant contre lui d'une chaleureuse accolade au terme de laquelle il me répéta : «J'aimais beaucoup vos parents, vous savez», puis il éclata d'un rire tonitruant.

À la fin de la journée, alors que je bouclais ma ceinture en répondant distraitement au sourire engageant d'une jolie passagère, j'étais agité et mal à l'aise. Les frontières séparant le bien du mal me semblaient plus floues que jamais. La vie me glissait entre les doigts. Je me demandais si je parviendrais jamais à en reprendre le contrôle.

Trente kilomètres au nord de Berlin, octobre 1944

Johann fut transféré à Oranienburg-Sachsenhausen, le camp modèle du régime nazi. Dès son arrivée, il souffrit d'une bonne partie des tortures que les SS se plaisaient à infliger aux détenus. On lui ordonna de se déshabiller. Il reçut, pour se vêtir, un vieux treillis gris sur lequel avaient été peintes des bandes blanches qui barraient les jambes de son pantalon ainsi que l'avant et l'arrière de sa veste. Il dut également coudre sur le torse un triangle de tissu indiquant son statut de traître à la nation. Il reçut des socques à semelle de bois. Pour avoir mal fait son lit, une paillasse qu'il était impossible de mettre au carré, il commença par passer un mois en cellule d'isolement sans lumière où, douze heures sur vingt-quatre, il ne pouvait ni s'asseoir ni se coucher. Dans cet espace minuscule, il n'avait pas la place de faire un pas. Il en était réduit à passer d'un pied à l'autre en montant les genoux pour aider son sang à circuler et empêcher ses membres de geler. Il essayait de ne pas perdre le sens du temps. Il considéra que les trois visites du surveillant comp-

taient pour une journée et la longue plage horaire sans
personne pour une nuit. Au bout de vingt-huit jours
dans le noir, il fit l'erreur de se révolter. Cela faisait
quatre repas qu'on lui servait, pour seule nourriture,
le même rat crevé. Le kapo lui rapporta le rongeur
une cinquième fois, Johann se jeta sur son tortionnaire
pour lui fourrer l'animal mort dans la bouche. Devant
l'ensemble des détenus, on l'attacha nu au « Bock », un
chevalet de torture. Un SS lui administra vingt-cinq
coups de bâton, jusqu'à faire de ses fesses une masse
sanglante. Ernst, un résistant communiste qui était là
depuis trois ans, l'aida à se soigner avec les emballages
de margarine précieusement conservés.

« Tu dois être protégé, lui avait dit Ernst. Moi, j'aurais été fusillé pour moins que ça. La bastonnade, c'est
ce qu'ils font de plus léger… »

Johann devait effectivement faire l'objet de
consignes spécifiques parce que après ce traitement,
il ne retourna pas à l'isolement, mais fut affecté à un
atelier. Il devait, seize heures par jour, découdre des
vêtements et des chaussures pour y trouver d'éven-
tuels trésors. Johann comprit que ces affaires appartenaient à des prisonniers dépouillés, peut-être même
exécutés et leur nombre, effarant, lui fit venir le cœur
au bord des lèvres. Souvent, il trouvait dans les poches
des manteaux, des vestes et des pantalons, des photos
de femmes et d'enfants qui lui souriaient. Son cœur
se serrait à l'idée de toutes ces vies brisées. Il pensait
à Luisa, au bébé… Il priait pour qu'ils soient sains et
saufs. Parfois, il palpait, dissimulés dans une doublure

ou la semelle d'un soulier, une bague ou une chaîne en or, une petite pierre de valeur ou des billets. Des objets intimes comme des médaillons de cheveux ou des mots d'amour lui faisaient saisir l'horreur de ce que son pays avait engendré et que, bien à l'abri de Peenemünde, il n'avait pas soupçonné. Oui, il avait été privilégié. La guerre n'avait été pour lui qu'une réalité abstraite, la vague justification de ses recherches, pas ce monstre qui détruisait sa chair, son âme et son cerveau, le transformant en bête blessée et abrutie.

« Tu crois avoir touché le fond, tu crois que c'est le bout du bout, mais ce n'est que le début. Avec eux, il y a toujours pire », lui avait confié Ernst.

Le communiste avait raison. Johann s'en rendait compte à présent et il le comprit plus cruellement encore lorsque, quelques semaines plus tard, les détenus exténués durent évacuer le camp. Ils subirent, pendant douze jours, toute la sauvagerie que ces hommes exerçaient sur les êtres dont ils avaient la charge. Les prisonniers furent réunis un matin sur l'esplanade centrale du camp. Les gardiens leur annoncèrent qu'ils étaient transférés. Ils n'eurent pas l'autorisation de prendre leurs affaires. Les barrières furent levées, les portes ouvertes, et il ne resta bientôt plus âme qui vive dans le camp. Dès les premières heures de marche, les prisonniers qui n'arrivaient pas à tenir la cadence furent abattus d'une balle dans la nuque et leurs corps abandonnés. Ce fut le cas à Nassenheide et à Sommerfeld. L'abomination se répéta à Herzberg, Alt Ruppin et Neuruppin, où quatre-vingt-cinq personnes furent exécutées, ainsi qu'à Herzsprung où il y eut autant de victimes. Johann s'acharna à soutenir Ernst, mais ce camarade qui avait résisté si longtemps aux conditions de vie indicibles du camp était atteint de dysenterie. Au bout d'une dizaine de kilomètres, à la limite de ses forces, il pria Johann de le laisser là. Ce dernier voulut le remorquer de force, mais son ami lâcha prise, renonçant à se battre. Quelques minutes plus tard, le claquement d'un coup de feu signifia à Johann que c'était fini. Il continua, étouffant de rage et de peine mêlées. La honte de n'avoir pu le sauver, le doute de ne pas avoir fait tout ce qui était possible, le rongeaient comme de l'acide. Au long de ce calvaire, des gestes de générosité, des élans permirent à certains de résister, de marcher encore, de ne pas tomber sous les coups. Les détenus formaient des grappes humaines, une seule et même chair souffrant une même douleur et protégeant en son centre les plus faibles, pour tenter d'avancer, avec peine, mais d'avancer pour vivre encore un peu. Les corps recroquevillés jalonnaient les bas-côtés. La soif était pire encore que la faim ou le froid qu'aggravaient leurs haillons trempés. Au bout de quatre jours, ils atteignirent un camp provisoire, en plein champ. Ceinturé de barbelés, il était surtout délimité par les tirs à vue des SS. À l'intérieur de ce carré d'enfer d'une trentaine d'hectares, la loi du plus fort et la faim dévorante finiraient par pousser les malheureux à des luttes sordides et à des actes de démence. La dignité humaine était piétinée.

Les cas d'anthropophagie se multiplièrent aux abords des fosses communes, d'autres arrachaient l'herbe, les pissenlits et les orties. Les feuilles des arbres qui pouvaient être atteintes avaient été mangées, l'écorce arrachée jusqu'à deux mètres cinquante de haut autant pour s'alimenter que pour se chauffer, puis le bois lui-même creusé pour en faire une sorte de pâte à mâcher. La rivière qui aurait pu permettre aux prisonniers de se désaltérer était tellement polluée d'excréments que ceux qui se laissèrent tenter en moururent. Un seul puits offrait de l'eau potable parce qu'il plongeait directement dans une nappe phréatique. Il était gardé par les SS. S'en approcher, c'était jouer sa vie à pile ou face. Un soir, un miracle se produisit sous la forme d'une dizaine de camions de la Croix-Rouge. Ils furent salués de cris de joie, mais il y avait un colis pour trois hommes et la distribution de rations alimentaires donna lieu à de nouvelles scènes de barbarie. Les chanceux s'isolèrent avec quelques galettes ou des biscuits, mais encore fallait-il, à ce degré d'épuisement et de déshydratation, parvenir à avaler ces aliments secs qui collaient à la langue et au palais.

Le lendemain, la marche reprit. Les détenus laissèrent encore derrière eux beaucoup des leurs qui s'étaient roulés à terre dans leur couverture et ne s'étaient pas relevés. Chaque pas les faisait atrocement souffrir. Ils continuaient néanmoins, certains qu'au bout de ce chemin deux options les attendaient : la mort ou la libération. Deux jours plus tard, un second miracle, véritable celui-là, eut lieu dans la forêt de Raben Steinfeld où le convoi tomba sur les Soviétiques. La fin du calvaire des suppliciés se fit en silence. Les victimes étaient si harassées et affamées qu'elles n'eurent même pas la force de se réjouir. Leur soulagement, infini et muet, restait peuplé des milliers d'ombres de leurs frères disparus. À ce moment-là, Johann osa enfin s'asseoir sans craindre la balle des meurtriers. Il remercia intérieurement Luisa de l'avoir soutenu et protégé. S'il avait survécu, c'était pour les retrouver, elle et le bébé.

Ils passèrent une semaine sur place. Johann ne sut jamais comment les Soviétiques parvinrent à l'identifier. Il y avait des milliers de victimes portant les mêmes guenilles, arborant le même visage émacié, le même torse creux aux os saillants et pourtant les libérateurs le retrouvèrent. Les services secrets russes avaient sans doute constitué une liste des savants qui travaillaient à Peenemünde. Lorsque les soldats de l'Armée rouge prirent en charge les rescapés des camps, ils commencèrent par les recenser. Leur nom, leur date de naissance, leur profession furent inscrits sur d'interminables listes. Johann se contenta de dire qu'il était ingénieur, sans plus de précision, mais cela suffit sans doute à alerter les officiers russes qui recherchaient activement les créateurs des missiles V2.

Il fut questionné par plusieurs responsables avant d'être présenté à Sergueï Korolev. Ce scientifique surdoué avait été envoyé en Allemagne par Staline pour récupérer toute la documentation et le matériel possibles sur les V2. Très jeune, il avait compris, comme von Braun, l'immense potentiel du carburant liquide pour la propulsion des moteurs spatiaux. Il s'était très vite retrouvé en charge du centre de recherche sur les fusées. Ses travaux furent réduits à néant par les purges politiques. Korolev sortait de sept ans d'emprisonnement et, bien qu'âgé de trente-huit ans seulement, il en paraissait dix de plus. C'était un homme à la carrure massive et aux traits avenants en dépit du fait qu'il ne souriait jamais. Il avait perdu la première partie de ses dents après avoir eu la mâchoire brisée lors d'un interrogatoire. Le scorbut contracté dans la Kolyma, le pire bagne de l'Union soviétique, avait eu raison du reste de sa dentition. Bien qu'officiellement considéré comme un ennemi du peuple, Korolev avait repris du service. Staline venait de lancer un ambitieux programme de développement de missiles balistiques, il ne pouvait se passer d'une si précieuse expertise. Les Allemands avaient dix ans d'avance sur les Soviétiques. Les V2 fascinaient les scientifiques et les militaires du monde entier. Staline voulait coûte que coûte récupérer cette technologie. Jusqu'à présent, Sergueï Korolev avait fait chou blanc. La découverte de Johann Zilch, l'un des plus proches collaborateurs de von Braun, dans la zone contrôlée par l'Armée rouge, était une incroyable aubaine. Zilch était déjà présent lorsque l'équipe allemande avait lancé ses tout premiers missiles. Affectueusement surnommés Max et Moritz, ces jouets d'un mètre soixante et soixante-douze kilos n'avaient pas dépassé les 3,5 kilomètres d'altitude, mais ils étaient appelés à un grand avenir.

Johann avait participé à chaque étape et à chaque version des fusées, qui s'étaient révélées suffisamment performantes pour bombarder Londres depuis le continent. C'était un homme précieux et Korolev qui avait, comme von Braun, l'obsession des étoiles, lui fit une proposition que le prisonnier n'eut pas le loisir de refuser. Lorsque Johann fut pris en charge, les mots d'Ernst, son camarade communiste, résonnèrent dans sa tête : « Avec eux, il y a toujours pire. » Il n'était pas certain que son sort allait s'améliorer en changeant de mains.

Manhattan, 1971

Il fallait sortir de ce traquenard psychologique au plus vite. Donna se chargea de contacter les meilleurs cabinets de détectives privés du pays. J'engageai cinq agents sous l'autorité d'un sixième, Tom Exley, un retraité de la criminelle qui avait ouvert son cabinet d'investigation et m'avait été recommandé par le chef de la police de New York. Je revis également Dane. Rebecca me persuada qu'il était le mieux placé, lui et son réseau, pour résoudre l'insolvable casse-tête de mes origines. Notre réunion fut glaciale, mais efficace. Je me foutais bien qu'il m'apprécie et je ne fis rien pour me rendre agréable, à l'exception du chèque de 100 000 dollars que je signai en faveur de son association d'enfants de déportés. Il saisit le morceau de papier de deux doigts dégoûtés et le mit dans sa poche sans me remercier. Rebecca me vit pâlir et se dépêcha de raccompagner son ami pendant que Marcus me servait un scotch. Mon associé n'était pas du tout emballé par les méthodes qu'utilisait Dane. Il était horrifié par les crimes commis durant la guerre et la complicité de l'État américain à les effacer, mais voir un individu, fût-il cousin, fils, frère ou mari de victimes de la Shoah, s'arroger le droit de juger et de punir autrui lui semblait une dérive dangereuse. Pour ma part, je comprenais Dane et Rebecca. La vengeance reste la forme la plus sûre de la justice. Jusqu'à présent, je ne m'y étais livré que dans le cadre de nos affaires et je n'avais jamais subi d'offense suffisamment grave pour franchir la ligne jaune, mais je n'aurais pas préjugé de mes réactions si quelqu'un s'en était pris à Rebecca, Lauren, Marcus ou mes parents.

« Tu donnes l'impression d'avoir absorbé le choc et de l'avoir digéré, mais tu reviens quelques jours plus tard avec une manière bien à toi de régler le problème. Souvent, on se dit qu'une colère sur le moment aurait été plus facile à gérer », me dit Marcus.

Dix jours après les révélations de Rebecca, je me réveillai en pleine nuit, frappé d'une telle évidence que je secouai doucement ma fiancée. Je la forçai à s'asseoir, l'embrassai au coin des yeux et sur tout le visage pour l'aider à se réveiller, démonstration d'affection qu'elle repoussa. Elle demanda, la voix rauque :

« Que se passe-t-il ? Le jour n'est même pas levé… Tu as fait un cauchemar ? »

Rayonnant, je lui annonçai :

« Chérie, je veux un enfant de toi. »

Rebecca resta interdite et me fit répéter.

« Je veux un enfant de toi.

— Mais il est trop tôt pour parler de choses pareilles ! De toute façon, je ne suis pas sûre que ce soit une bonne idée… »

Elle bâilla et se laissa retomber en me tournant le dos.

Je la redressai et la ramenai à moi.

« Bien sûr que c'est une bonne idée. C'est même la meilleure idée que nous pouvions avoir.

— Écoute, ce n'est pas le bon moment, conclut-elle.

— C'est important, Rebecca ! Je te parle d'un enfant, de notre enfant ! »

Rebecca comprit que sa nuit était fichue. J'étais trop monomaniaque pour pouvoir mettre le sujet de côté et en parler tranquillement le lendemain au petit déjeuner. Renfrognée, elle m'écouta développer une ambitieuse théorie qui commençait par la réconciliation des peuples et l'oubli des offenses, passait par la fusion de deux êtres en un seul comme étant le plus bel acte d'amour possible et se terminait par « je veux un bébé de toi avec des petits plis tout doux et des mains et des pieds grands comme ça. Une fille qui aurait tes yeux et ta tête adorable…

— Wern, tu m'inquiètes… Tu ne te sens pas bien ? m'interrompit Rebecca, qui me scruta intensément.

— Je vais très bien. Mieux que jamais. Je veux un enfant de toi.

— Mais d'où te vient cette envie ? Pourquoi un enfant maintenant ?

— Parce que je t'aime et parce qu'à nous deux il sera non seulement très beau, mais excessivement intelligent !

— Ce ne serait pas un bon moyen de m'attacher par hasard ?

— Pas du tout, je sais très bien que tu n'arriveras jamais à me quitter, fis-je avec mon aplomb coutumier. Mais c'est l'acte le plus positif et le plus beau que nous puissions faire de cette situation horrible dont nous ne sommes pas responsables. Bon, alors ? Qu'en penses-tu ? l'acculai-je, prêt à faire cet enfant dans la minute.

— J'ai besoin de peindre... Création et procréation n'ont jamais fait bon ménage. Si nous avons un enfant maintenant, ce sera la fin de mes tableaux et tu m'auras ligotée pour la vie.

— C'est faux ! Je ne pense pas à moi, mais à toi. Regarde tes belles hanches, fis-je en la caressant, et tes seins, et ton ventre... Tu es faite pour donner la vie, et tu ne seras jamais complètement une femme, ni une artiste, tant que tu ne l'auras pas fait.

— L'absurdité machiste de ce que tu viens de proférer me laisse sans voix.

— Et tes théories féministes sont tellement désincarnées que tu en oublies les vérités essentielles. »

Nous nous disputâmes le restant de la nuit. Rebecca était furieuse, je l'étais aussi. Elle finit par emporter son oreiller et une couverture dans son atelier pour s'y isoler. Je voulus la suivre, mais elle me claqua la porte au nez et s'y enferma à clé. Je retour-

nai me coucher sans parvenir à trouver le sommeil.
Cette idée avait pris possession de moi. Une semaine
passa sans que je puisse m'en débarrasser. Cinquante
fois par jour, je répétais à Rebecca que je voulais un
enfant d'elle. Sans même m'en rendre compte, je
posais mes mains sur son ventre plat avec des fiertés de propriétaire. Elle me repoussait sans ménage-
ment. Les femmes enceintes me semblaient soudain
parées de toutes les grâces et je les regardais avec
des yeux aussi éblouis que si j'avais croisé la Vierge
Marie. Cette attitude piquait la jalousie de Rebecca.
Marcus ne voulut pas prendre parti. Lauren n'osait
pas intervenir non plus, mais ne comprenait pas les
réticences de ma fiancée. Ma sœur aurait tant voulu
qu'un homme l'aime suffisamment pour lui faire un
enfant ! Aucun ne lui avait laissé le temps d'aborder
le sujet. Lauren enchaînait les flirts sans en retenir
un seul. Ses amants acceptaient, au mieux, de lui
donner du plaisir quand ils ne cherchaient pas uniquement à lui en prendre. Lauren n'était pas capable
de calcul ou de stratégie. J'avais beau lui expliquer
qu'elle pouvait trouver mieux et que, pour attirer des
hommes de valeur, elle devait être plus capricieuse
et ne pas se donner sans rien demander en retour,
ma sœur était une généreuse. Je lui avais exposé ma
théorie du placement : plus un homme investit de
temps ou d'argent sur une femme, plus il a à perdre
en la quittant. Lauren trouvait atroce cette vision des
sentiments, tout comme Marcus. À l'entendre, les
hommes qui s'approchaient de Lauren étaient des

ratés qui ne la méritaient pas et aucun de nos amis ne trouvait grâce à ses yeux lorsque je cherchais à qui la fiancer.

La sincérité de Lauren lui joua à nouveau des tours lorsque Rebecca chercha auprès d'elle un soutien et lui demanda son avis. Ma sœur fit part de son enthousiasme : c'était formidable, un enfant ! Comment Rebecca pouvait-elle hésiter une seconde ? Lauren serait la marraine et Marcus le parrain. Ma sœur s'en occuperait, bien sûr ! Rebecca pourrait continuer à peindre... Et puis c'est très mignon, très gentil, très doux. De toute façon, avec des parents comme nous, il serait merveilleux ce petit. Elle en rêvait, pour tout dire, de ce bébé. Il mettrait de la vie et des rires dans la maison. Nous l'emmènerions partout, il jouerait avec Shakespeare... Aux propos et à la mine ravie de Lauren, Rebecca se décomposa. Elle avait l'impression que le monde se liguait contre elle. Se sentant incomprise, elle se réfugia dans le travail et commença une série de tableaux qui représentaient des femmes aux prises avec des vampires. Quelques jours plus tard, l'artiste se mit très en colère lorsque Lauren, en regardant ses œuvres, eut le malheur de lui demander si c'était ainsi qu'elle voyait les enfants, comme des êtres qui vous suçaient le sang. De rage, Rebecca sortit, disparut toute la journée et n'ouvrit pas la bouche du dîner. La coupe fut pleine lorsque Miguel, frétillant d'impatience, vint offrir à Rebecca un abécédaire qu'il avait brodé dans la semaine en lui disant : « Monsieur Zilch m'a appris la grande nouvelle. Félicitations Miss Rebecca ! »

Elle lui rendit l'abécédaire d'un geste brusque et lui expliqua qu'un enfant n'était pas d'actualité. J'avais, précisa-t-elle, une fâcheuse tendance à prendre mes désirs pour des réalités, quitte à nier le fait qu'un enfant se fait à deux, et qu'il doit donc être voulu par deux personnes, ce qui, en l'état actuel des choses, n'était pas le cas. Le même jour, je rentrai du bureau triomphant, les bras chargés d'une dizaine de peluches en vue de l'heureux événement que Rebecca n'avait même pas commencé à envisager. Elle m'épingla d'un regard glacial, posa son pinceau sans un mot, retira son tablier, descendit se coucher et ne se réveilla pas plus d'une heure par jour pendant les deux semaines qui suivirent. De dépit, je me mis à travailler deux fois plus. J'arrivais après le dîner et repartais avant le petit-déjeuner, si bien que, pendant deux semaines, Lauren et Marcus se retrouvèrent en tête à tête. J'analysai l'attitude de Rebecca non comme un refus de faire un enfant en général, mais comme un refus de faire un enfant *avec moi* et je m'en trouvai très malheureux. J'étais marqué du soupçon, comme si, quelque part dans mon corps sain en apparence, une grave maladie ou une folie criminelle était dissimulée. Ces dernières années, j'avais réussi à me persuader que j'écrivais sur une page blanche, que l'inconnue de mes origines me permettait de commencer une histoire absolument neuve, absolument libre. Un passé dont je n'avais pas voulu était venu détruire en quelques heures cette patiente architecture. Et c'est la femme que j'aimais qui avait donné le premier coup. Elle s'obstinait, depuis, à détruire le peu de confiance qui me restait.

Manhattan, 1972

Le départ de Rebecca affligea profondément Shakespeare. La mère de ma fiancée était enfin sortie de l'institut du docteur Nars. Pour accompagner la convalescence de Judith, Nathan Lynch avait demandé à sa fille de revenir quelques semaines « à la maison », expression qui, dans la bouche de Rebecca, me heurtait déjà. Elle m'assura que ce n'était que temporaire. Elle promit de m'appeler tous les soirs et le fit, mais cette séparation me rappelait trop sa disparition pour que je puisse m'en accommoder. Son absence venait s'ajouter à nos récents conflits, creusant encore la faille qui, peu à peu, nous éloignait l'un de l'autre. Mon chien sentait bien, lui aussi, que la décision de Becca n'était pas aussi innocente qu'elle le prétendait. Elle nous quitta un matin, en laissant ses affaires, mais je savais que ce maigre tribut ne suffirait pas à la faire revenir si les choses devaient mal tourner. Sur le seuil de la porte, Shakespeare lui tourna le dos et refusa de se laisser caresser. Lauren et Marcus s'inquiétaient aussi. Notre quatuor était rompu et nous avions beau prétendre que rien n'avait changé, l'équilibre de la maison en était perturbé. Shakespeare perdit l'appétit. Il ne chassait plus les pigeons sur la terrasse. Il n'aboyait plus contre le chat de la maison voisine qui s'était octroyé un droit de passage abusif dans la cour du sous-sol. Il ne présentait plus son ventre à gratter au premier inconnu qui s'intéressait à son sort. Lui qui, auparavant, n'aimait rien tant que les longues promenades en notre compagnie, préférait désormais traîner dans la maison, la tête basse. Un jour, Miguel s'aperçut qu'il avait volé un chandail de Rebecca et l'avait rapporté dans sa tanière. Le majordome essaya de le lui reprendre, mais mon chien se montra si dissuasif qu'il n'insista pas. Quand Marcus et Lauren rentraient, loin des fêtes exubérantes auxquelles il les avait habitués, Shakespeare battait mollement de la queue et retournait se coucher. Pour ma part, j'étais en disgrâce. Il ne répondait même plus à mes appels. Quand je faisais montre d'autorité, il finissait par se rendre à mes ordres, les yeux pleins de reproche. Je tentais de me défendre :

« J'ai fait ce que j'ai pu, mon vieux ! Elle ne veut pas être avec nous, il n'y a rien à ajouter. Tu crois que c'est facile ? Moi aussi je suis triste, mais je n'allais pas l'enfermer. Et si elle ne m'aime pas assez pour avoir un enfant, que veux-tu que je te dise ? »

Shakespeare repartait se coucher, coupant court à mes discours, telle une épouse qui fuit la conversation de son mari. Je n'étais pas aimé, ces temps-ci. Au téléphone, Becca était distante. Je lui demandais tous les soirs de rentrer à la maison. Elle m'opposait l'état de santé de Judith.

Le cauchemar de ma naissance revint corrompre mes nuits. Après la révélation de von Braun, je pensais en être débarrassé, mais il devint plus présent que jamais. Je vois courir et tomber cette jeune femme blonde, très belle dont je sais à présent qu'elle est ma mère. Elle est brutalement retournée. Je suis absorbé par ses yeux. L'amour immense que j'y lis m'apaise et me terrifie parce que je sens que je vais le perdre. De nouveau je change de décor, la matière rouge, le son tournoyant sont de retour. Les fracas, les cris aussi. Je suis l'un des soldats qui ont tenté de la sauver. Je pleure. Je ne sais pas comment l'aider. Ma mère est allongée sur une table, son gros ventre recouvert d'un drap imbibé de son sang. Elle a la tête tournée vers le mur. Je m'approche pour l'embrasser une dernière fois. Mes doigts se posent sur son front, je tourne son visage glacé vers moi et je hurle en reconnaissant Rebecca.

Rebecca vivait chez ses parents depuis deux semaines lorsque nous nous retrouvâmes pour déjeuner au Tavern on the Green de Central Park. Il faisait doux ce jour-là. Rebecca portait un long manteau gris perle dont la ceinture soulignait sa taille, une robe beige et des bottes à hauts talons rouges. La masse de ses cheveux blonds se soulevait à chaque pas. Elle avait souligné ses yeux de chat au crayon. Cela faisait longtemps que je ne l'avais pas vue aussi féminine et sophistiquée. À croire qu'elle voulait me reconquérir, moi qui n'avais jamais cessé d'être conquis. Elle était magnifique. Elle se serra contre moi et me dit que je lui manquais, manifestant par cent signes qu'elle m'aimait, mais refusa à nouveau de rentrer à la maison.

« C'est nouveau ? demandai-je en ouvrant son manteau pour caresser sa taille et ses hanches à travers la robe en lainage doux et fin.

— Oui, nous sommes allées faire des courses avec ma mère. »

À table, nous discutâmes de tout et de rien, évitant soigneusement les sujets qui fâchent. Nous avions envie d'être heureux, pas de nous disputer. Nous aperçûmes Ernie, le bras droit du père de Rebecca, ce qui nous fit rire et nous rappela notre première rencontre. Il me jeta de loin un regard mauvais, contrairement à Donald Trump qui nous accosta d'une exclamation enthousiaste :

« Et voilà la plus jolie fille de Manhattan ! Quel veinard tu fais », ajouta-t-il en faisant un baisemain à Rebecca et en la dévorant des yeux.

Il nous invita à dîner la semaine suivante. Rebecca répondit qu'elle partait quelques jours avec sa mère à la campagne. Cette nouvelle m'ôta d'un coup ma bonne humeur. Donald Trump ne s'en aperçut pas et gagna sa table où l'attendait une créature blonde.

« Ce n'est pas très agréable d'apprendre de cette façon que tu quittes New York. »

Becca leva les yeux au ciel :

« Je ne quitte pas New York, je vais quelques jours à la campagne.

— Combien de jours ?

— Je ne sais pas… Une dizaine, peut-être une quinzaine, rien n'est décidé… répondit-elle d'un air ennuyé.

— Mais tu comptes rentrer quand exactement ?

— Dès que ma mère ira mieux…

— Ta mère va mal depuis plus de vingt ans, il n'y a pas de raison que ça s'arrange, lançai-je. Pourquoi faut-il passer du temps avec elle maintenant ? »

Elle resta silencieuse, arborant cet air triste et las qui avait le don de me mettre en colère. J'avais l'impression qu'elle me mentait. Je le lui dis.

« Tu n'es pas le seul être humain sur cette planète, Wern ! Ma famille a besoin de moi. Ça ne devrait pas être un problème… »

Je lui rappelai vertement pourquoi cela posait problème. Avait-elle oublié la manière dont ils m'avaient traité ? Son insupportable disparition ? Les incertitudes concernant mon géniteur ? Le fait qu'elle refuse de faire un enfant avec moi ?

« Nous y revoilà ! » s'emporta-t-elle.

Nous ne touchâmes pas à nos plats. Je laissai une liasse de billets sur la table pour ne pas avoir à attendre l'addition. Je ne voulais pas me disputer avec Rebecca devant témoins, encore moins devant Donald Trump et Ernie. Dehors, le ton monta vite. Nous nous quittâmes fâchés. En descendant la Cinquième Avenue, j'étais dans un état de nervosité intenable. Au bureau, les gens se dispersèrent en me voyant arriver, et à la maison, Marcus, Lauren et Miguel m'évitèrent aussi, fatigués de mes emportements et de mes obsessions. Le soir, je sortis sans eux retrouver une bande de fêtards avec qui je passai une nuit blanche. Comme la dernière fois où Rebecca m'avait fait défaut, j'essayai de me consoler avec de nouvelles conquêtes. Je ne supportais pas d'être plaqué et je ne supportais pas de dormir seul. Dans les jours qui suivirent, je fis en sorte de remplir mon lit. Ces demoiselles, pourtant charmantes, furent mal accueillies par Lauren et Shakespeare. Mon chien se révéla intransigeant. Il grogna contre chacune de mes invitées et je dus l'enfermer tant il se montra agressif envers une éditrice brune qui m'occupa quelque temps. Même Marcus, qui aurait été capable de faire la conversation à une plante verte si la bienséance l'avait exigé, ne se montrait pas aimable. Lorsque je lui en fis la remarque, il rétorqua :

« Ton acharnement à la remplacer est aussi pathétique qu'inutile. Aie au moins la décence de ne pas nous imposer tes *ersatz*. Rebecca n'est pas seulement ton ex, elle est aussi notre amie. »

Je trouvais leur attitude indéfendable. C'était tout de même Rebecca qui était partie ! Cette femme était impossible à satisfaire… Si l'un d'entre eux avait le mode d'emploi, j'aurais été ravi d'en être informé. En attendant, je cherchais une compagne gentille, avec des exigences normales comme sortir au restaurant, voir des amis, partir en week-end et acheter des bijoux. Une femme qui aurait du temps pour moi, qui n'aurait pas besoin d'être somnambule pour me faire cuire un œuf et qui ne torturerait pas mon entourage avec son passé compliqué, ses révélations dévastatrices, ses interrogations existentielles et ses démons d'artiste.

« Tu veux une employée, en somme ? m'asséna Lauren. Une fille que tu paierais pour s'occuper de toi ?

— L'avantage, avec les femmes qui vous aiment pour votre argent, c'est que l'on sait comment les garder », fis-je dépité.

Renonçant à obtenir la bénédiction de ma sœur ou de mon meilleur ami, je me résolus à voir mes consolations en dehors de la maison. Le fait que je dorme à l'extérieur sans l'emmener fut le coup de grâce pour Shakespeare. Il abandonna la résistance non violente pour passer à l'action. Alors que je rentrais, à l'aube, d'une nuit avec une ravissante mannequin vénézuélienne, je trouvai dans ma chambre une déclaration de guerre. Non seulement Shakespeare avait uriné sur le lit, mais comme il était capable d'ouvrir sans difficulté ma penderie, il avait déchiqueté avec méthode toutes mes paires de chaussures. Le coupable était introuvable et, dans ma rage à le débusquer, je réveillai toute la maisonnée. Lauren, qui avait un important examen d'acupuncture quelques heures plus tard, sortit de sa chambre comme une furie et m'envoya un livre à la tête en clamant que mon égoïsme dépassait les bornes. « Tu n'es pas le seul être sur cette planète », lança-t-elle, ritournelle que j'avais déjà entendue dans la bouche de Rebecca et qui me tourna les sangs. Marcus apparut dans un pyjama rayé bleu marine et blanc. Un sourcil levé, la mâchoire raide, il déclara que « ce cirque permanent était en effet très pénible». Quant à Miguel, qui abritait le rebelle, couché la tête entre les pattes, silencieux et résolu, sous son lit en fer, il n'osa pas sortir de son appartement.

Cet attentat canin à mon autorité me fit réfléchir. J'attribuai la déprime de Shakespeare au fait que mon chien n'avait pas de compagne et qu'il désirait devenir père : «Il a quatre ans. C'est l'équivalent de trente ans pour un humain. Il a besoin d'avoir des enfants.»

Manhattan, 1972

Rebecca était partie depuis huit interminables semaines lorsque Tom Exley, le détective privé que j'avais engagé, m'appela avec de bonnes nouvelles. Aidé de son équipe, il avait retrouvé Marthe Engerer. Ma tante était en vie et résidait aux États-Unis, plus précisément en Louisiane, à une quarantaine de kilomètre de La Nouvelle-Orléans. Elle travaillait comme infirmière à domicile et vivait avec une femme psychiatre. Tom ignorait la nature exacte de leur relation et j'imaginai deux vieilles filles ayant décidé de mettre en commun leur solitude. Toutes ces années où j'avais cherché à retrouver la trace de mes géniteurs me revinrent en mémoire. À l'époque, j'imaginais que la clé de ma naissance se trouvait quelque part en Allemagne, dans un pays dont je ne connaissais ni la langue ni les usages. Dire que depuis tout ce temps, les réponses à mes questions, loin de s'être perdues dans une Europe étrangère, m'attendaient ici, à portée d'avion ! Tom avait obtenu l'adresse de Marthe Engerer. Il s'était rendu sur place et avait pu l'identifier. Il avait préféré ne pas la contacter sans moi de peur de la faire fuir. Nous n'avions aucune idée du rôle qu'elle avait joué durant la guerre. Elle n'avait peut-être pas envie de revenir sur ces sujets. J'étais en train de déjeuner avec Lauren et Marcus lorsque je reçus cet appel. Je leur annonçai la nouvelle. Ils voulurent prévenir Rebecca. Je m'y opposai. Il était hors de question d'aller me rouler à ses pieds pour la faire venir avec nous. C'était à elle de faire le premier pas. Je ne voulais pas céder un pouce de terrain.

« Marthe Engerer ne t'appartient pas, Wern. Elle va te donner des informations sur ton père biologique, mais elle peut aussi éclairer Rebecca sur le passé de sa mère. Tu ne peux pas l'exclure comme ça, protesta Lauren.

— Elle s'est exclue toute seule, je te signale », répondis-je en offrant un gros morceau de poulet à Shakespeare.

Je ne pardonnais pas à Rebecca de choisir à nouveau sa famille contre moi. Je comprenais encore moins son silence. Après sa disparition d'un an, après ses serments d'amour et de fidélité, comment pouvait-elle me faire ça ? Depuis notre déjeuner raté, j'étais sans nouvelles d'elle, du moins sans nouvelles directes. Marcus, Lauren, et même Miguel l'avaient eue au téléphone pour diverses questions pratiques, ce qui aggravait ma rancœur. Elle parlait à tous les habitants de la maison sauf à moi. Ma sœur et mon meilleur ami étaient plus indulgents. Ils lui passaient tout, à vrai dire, et je trouvais leur partialité indéfendable.

Ils auraient dû être de mon côté au lieu d'observer cette pseudo-neutralité et refuser de parler à Rebecca, la laisser face au vide, créer le manque pour la forcer à revenir. Leur déloyauté me blessait. Lorsque je me plaignais, Lauren montait sur ses grands chevaux.

« Tu ne peux pas exiger que nous cessions d'aimer Rebecca du jour au lendemain parce que vous êtes incapables de vous comporter en adultes !

— Lauren a raison, Wern. L'affection que nous avons pour elle n'entame en rien celle que nous te portons… » renchérit Marcus.

Ils mirent quarante-huit heures à me convaincre de laisser Rebecca venir avec nous en Louisiane. Comme je refusais de l'appeler, Lauren s'en chargea tandis que Donna organisait cette expédition. Nous devions nous rendre tous les quatre sur place avec Tom Exley. Une semaine avant notre départ, le détective appela Marthe Engerer en se faisant passer pour un vendeur de fournitures médicales. Il cala un rendez-vous avec elle, ce qui nous garantissait qu'elle serait bien chez elle le jour de notre arrivée. Tom, Marcus, Lauren et moi partîmes ensemble. Rebecca se rendit à l'aéroport de son côté. À en juger par le regard qu'elle me jeta en arrivant, elle était furieuse. Je ne voyais pas ce qu'elle avait à me reprocher. Nous nous saluâmes de loin, d'un bref geste de la main, sans même nous embrasser. Contrarié, je partis chercher la presse et fis le tour des boutiques de l'aéroport en quête d'un cadeau à offrir à Marthe Engerer. J'optai pour une énorme boîte de biscuits. Dans l'avion, je m'installai à côté de Marcus.

Protégé par le *Financial Times*, je ne décrochai plus un mot. Les trois heures trente de vol me semblèrent interminables. Derrière moi, Rebecca et Lauren babillaient avec une insouciance qui me mit encore plus en colère. J'aurais voulu que Rebecca me parle, qu'elle m'explique, qu'elle m'injurie, certainement pas qu'elle fasse comme si je n'existais pas. Marcus essaya de me dérider. Je ne répondis à ses tentatives que par des onomatopées ou des grognements. Il finit par renoncer et se plongea, l'air concentré, dans *Love Story* d'Erich Segal. Il était temps qu'il se trouve une petite amie.

Les hôtesses nous servirent un plateau-repas. Comme j'avais faim, j'en demandai un deuxième à la plus jolie d'entre elles. Les joues rosies, elle me l'apporta, se pencha vers moi et me chuchota :

« Je vous ai mis deux gâteaux au chocolat. N'hésitez pas, si vous avez besoin de quoi que ce soit d'autre. »

Derrière moi, la conversation des filles s'arrêta net. L'agacement de Rebecca fut palpable. Je redoublai d'amabilité envers l'hôtesse, mais mon ex reprit bientôt son badinage avec Lauren et me gâcha le bref plaisir que j'avais ressenti à la rendre jalouse.

À la descente de l'avion, une chaleur moite, presque tropicale, nous accueillit. Nous n'avions pas de bagages en soute et nous sortîmes en quelques minutes de l'aéroport. Un petit bus rouge vif nous attendait. Nous avions l'air de touristes. Derrière moi, Marcus, Lauren et Rebecca éclatèrent de rire pour une raison inconnue. Je ne comprenais pas qu'ils puisse être aussi joyeux et détendus. Marthe Enge-rer allait répondre aux questions qui me torturaient depuis des années. Mon avenir comme mon passé dépendaient de cette entrevue. J'avais l'estomac dans les talons et mes amis plaisantaient. J'explosai :

« Je ne vois pas ce qui vous faire rire. Il n'y a rien de drôle dans cette journée. »

Ma sortie jeta le froid que j'escomptais. Tom Exley s'éloigna sous prétexte de revoir le contrat de location du bus avec l'agence et nous laissa régler nos comptes.

« Nous rions parce que nous sommes contents d'être ensemble, Wern, dit Rebecca.

— Si nous ne sommes plus ensemble, c'est ton choix.

— Tu sais bien que les choses ne sont pas aussi simples, fit-elle. Et tu as bien utilisé ton temps en mon absence… »

Je jetai un regard soupçonneux à Lauren et Marcus pour savoir qui m'avait dénoncé. Ils piquèrent du nez.

« Mais qu'espérais-tu ? Que j'allais gentiment atten-dre que tu daignes m'expliquer ta fugue ? m'agaçai-je.

— Tu as commencé à me tromper une semaine après mon départ ! On ne peut pas dire que tu aies fait un effort de compréhension ou de patience. Et ne les accuse pas, ajouta-t-elle comme je tournais des yeux menaçants vers ma sœur et mon prétendu meil-leur ami… Tu voulais que je le sache, eh bien je l'ai su.

— Je ne suis pas ton larbin, Rebecca. Je n'ai pas à t'attendre comme un chien dans sa niche sans même l'os d'une explication à ronger. » Elle tenta de répondre, je coupai court : « Je ne tiens pas à avoir pour la énième fois cette conversation avec toi. Encore moins devant témoins. Tu es partie, assume les conséquences. »

Je me tournai vers Lauren, Marcus et Tom et leur intimai, l'air mauvais :

« Maintenant, vous montez dans le bus et on y va ! »

Je m'installai devant. Les autres se partagèrent les deux rangées suivantes. Tom conduisait. Un silence de mort régna durant tout le trajet. L'air était étouffant. En regardant défiler les rues de La Nouvelle-Orléans, j'avais l'impression d'être dans un pays étranger. Les auvents, les coursives, les plantes débordant des terrasses, les constructions basses avaient quelque chose d'exotique. En dehors de la ville, la route s'enfonçait dans une jungle puis longeait une zone marécageuse. Toute une faune devait grouiller dans ces eaux boueuses. Nous aurions pu être en Amérique du Sud ou au Brésil. Seule la radio et ses publicités nous rappelaient les États-Unis. Il fallut une demi-heure pour nous rendre sur place. Marthe Engerer habitait dans un village à mi-chemin entre La Nouvelle-Orléans et Bâton-Rouge. La façade en bois blanc de sa maison était devancée d'un long porche à colonnes. Deux fauteuils en rotin entouraient une table basse en fer forgé. Des pots de fleurs pendaient de l'avant-toit, colorant l'ensemble de touches de rose et de blanc. La pelouse, impeccablement tenue, parachevait cette impression coquette. Nous étions à l'heure. Dans le bus, je pris quelques minutes pour me donner du courage. Mes compagnons se taisaient. Marcus sentit mon malaise.

«Viens Wern, allons-y d'abord tous les deux.»

Je dus lui jeter un regard éperdu, parce qu'il ajouta :

«Ne t'inquiète pas...» Il posa une main dans mon dos : «Allez, viens...»

Je rassemblai mes forces et parcourus avec Marcus les quelques mètres qui me séparaient de mon destin. Je sonnai. Une voix féminine répondit :

«J'arrive!»

Une dame d'une soixantaine d'années ouvrit la porte. Elle avait de longs cheveux ondulés d'un châtain clair teinté de gris, des lunettes rouges et des yeux marron qui m'examinèrent avec curiosité.

«Nous avons rendez-vous avec Marthe Engerer.

— Ah! Le matériel médical? C'est vous? Je suis Abigail, se présenta-t-elle en nous tendant la main. Marthe est là. Entrez... Je vais lui dire de descendre.» Elle nous mena au salon et nous proposa une citronnade.

Nous acceptâmes.

«Marthe! Ton rendez-vous est arrivé», cria-t-elle en direction de l'escalier avant de disparaître dans la cuisine.

Quelques minutes plus tard, Marthe apparut à l'entrée de la pièce. Je la reconnus tout de suite. Elle avait vieilli, certes, mais restait celle que j'avais longuement observée en photo. Marthe aperçut d'abord Marcus assis juste en face d'elle, puis me remarqua. Je la vis chanceler.

«Mon Dieu!» s'exclama-t-elle avec un cri étouffé en s'appuyant contre le chambranle de la porte.

Elle porta la main à sa poitrine. Abigail, qui arrivait avec un plateau chargé de verres, la crut au bord du malaise. Elle vint soutenir son amie.

«Chérie, que se passe-t-il?»

Marthe expliqua:

«C'est Werner, c'est le fils de Luisa.» Puis elle s'adressa à moi. «Vous n'imaginez pas à quel point vous lui ressemblez. Vous avez tout d'elle.

— De qui? demandai-je pour être sûr.

— De votre mère.»

Elle s'approcha d'un pas hésitant et vint s'asseoir à côté de moi sur le canapé. Ses genoux touchaient les miens. Cette proximité m'embarrassait, tout comme l'intensité avec laquelle Marthe me détaillait. Elle passa une main dans mes cheveux. Je n'osai pas bouger.

«Je suis si heureuse que tu sois en vie. Tu es si grand, si beau... Tu lui ressembles tant!

— Sur les photos, j'avais plutôt l'impression de ressembler à Johann, dis-je, comme si nous nous connaissions depuis toujours.

— Oui, un peu... l'allure générale, mais le nez, le regard, les pommettes, c'est elle.»

Elle prit mon visage entre ses mains et le palpa, telle une aveugle qui aurait cherché à mémoriser mes traits. Ce contact me fit frissonner.

«J'ai cru ne jamais te revoir. Si tu savais le temps que j'ai passé à te chercher. Des mois, des années...

— Elle parle de vous chaque jour, renchérit Abigail.

— J'avais peur qu'il ne t'ait tué...

— Qui voulait me tuer ?

— Kasper, ton oncle...

— Pourquoi mon oncle aurait-il voulu ma mort ?

— C'est une longue histoire, mon chéri, répondit Marthe qui franchissait de seconde en seconde les paliers de la politesse pour établir entre nous une intimité évidente pour elle, moins évidente pour moi. Je vais tout te raconter. J'imagine que c'est pour cette raison que tu es venu... Quant à Kasper, crois-moi, cet homme est ou était capable de tout. »

Hôtel Haus Ingeborg, Alpes bavaroises, 1945

Von Braun et quelques collègues jouaient aux cartes dans le salon de l'hôtel. Depuis leur reddition aux Américains, leur vie restait la même. Ils avaient juste changé de geôliers, troquant les SS pour des GI tout aussi pointilleux et disciplinés. Marthe était fatiguée. Elle monta se coucher. Il faisait déjà nuit. Les rideaux de sa chambre étaient tirés, les lumières éteintes, mais en pénétrant dans la pièce, Marthe perçut immédiatement sa présence. Affolée, elle voulut ressortir. Il n'eut besoin que d'une fraction de seconde pour l'attraper par le bras et la jeter sur le lit.

« Arrête tes simagrées, Marthe, je veux te parler. »

Sa rapidité de déplacement l'avait toujours terrifiée. Même avec une cheville plâtrée, il restait redoutable. La jeune femme se redressa sur un côté du lit. Elle aurait voulu rester calme, mais une coulée glacée descendit le long de son flanc droit. Elle pensa au couteau qu'elle portait à la cuisse : Il fallait être sûre… En était-elle capable ? Johann s'assit dans le fauteuil en face d'elle. Il avait repris sa vraie voix, cette voix qu'elle entendait chaque nuit dans ses cauchemars.

« Regarde-moi, idiote. »

Marthe leva les yeux. En deux semaines, les paupières tuméfiées du prétendu Johann avaient dégonflé, un centimètre de cheveux commençait à masquer les cicatrices de son crâne.

« Écoute-moi bien. Je sais que tu sais. On ne va pas se mentir. Pas entre mari et femme », ironisa-t-il en tendant sa jambe valide pour remonter, du pied, la jupe de Marthe. Elle recula vivement.

« Tu es toujours une petite chienne sauvage. »

Il eut un regard lubrique qui la paniqua.

« Que cherches-tu, Kasper ?

— Arrête d'éveiller les soupçons. Von Braun commence à me regarder d'un drôle d'air. Je veux quitter l'Allemagne le plus rapidement possible. Les Américains sont mon meilleur ticket de sortie et c'est von Braun qui sera l'agence de voyages.

— Sinon ?

— Sinon je te prendrai Werner et tu ne le reverras jamais. Je suis son oncle, et tu n'es personne pour lui. Même von Braun le reconnaîtra si nous en arrivons là. La famille, c'est sacré. »

Marthe encaissa le coup. Kasper avait compris son attachement pour Werner. Il savait que c'était le moyen de l'assujettir.

« Et si j'accepte ? demanda-t-elle.

— Tu n'as pas le choix. Et si tu arrives à aligner deux pensées cohérentes dans ta tête creuse, tu verras que tu as tout à y gagner. Puisque je suis officiellement Johann Zilch, tu n'as qu'à devenir Luisa. Tu parles anglais. Tu as toujours rêvé d'aller chez ces dégénérés. Une infirmière, ça trouve du travail partout. Sinon, tu te dégoteras bien un vieux à épouser qui vous entretiendra, le gosse et toi. Werner ne m'intéresse pas. Si tu fais ce que je te dis, je le laisserai tranquille… »

Comme Marthe tardait à répondre, sa mâchoire et sa voix se déformèrent, il agita un poing menaçant :

« Tu as compris ?

— J'ai compris », répondit-elle.

Kasper se leva. L'infirmière se tendit plus encore. Il contourna le lit et se dirigea vers la porte. Marthe se déplaçait en même temps que son mari pour maintenir, dans cet espace étroit, la plus grande distance entre elle et lui. Lorsqu'il mit la main sur la poignée, elle lança la question qui lui brûlait les lèvres :

« Tout le monde te croit mort…

— Être mort est ma meilleure chance de survie. »

Le cœur de Marthe cognait à tout rompre, mais elle trouva le courage d'insister :

« Qu'as-tu fait à Johann ?

— Je l'ai renvoyé là où il aurait toujours dû rester.

— Que veux-tu dire ?

— Tu as très bien compris. »

À peine eut-il disparu que Marthe se précipita sur la serrure pour la fermer à clé. Elle poussa la commode en travers du passage et se laissa glisser le long du mur, sans force. Elle ne savait pas comment se soustraire à la malveillance de Kasper. Elle avait le plus grand mal à ne pas céder à la panique alors qu'il faudrait désormais soigneusement calculer chaque coup pour se protéger elle et le petit. Après une longue, très longue réflexion, elle déplaça à nouveau la commode, sortit dans le couloir, et alla chercher Werner dans la chambre d'Anke. Elle resta éveillée le reste de la nuit à regarder l'enfant dormir. À partir de ce moment, Marthe, pâle et amaigrie, joua le jeu de la réconciliation. Elle gardait Werner aussi loin que possible de son «père», mais elle se montrait charmante avec ce dernier dès qu'ils se trouvaient en présence d'un tiers. Von Braun sembla ravi de cette évolution encourageante et ne chercha pas à en comprendre la raison.

Entre La Nouvelle-Orléans
et Bâton-Rouge, 1972

Rebecca et Lauren nous avaient rejoints. Dans cette maison animée par les cris des oiseaux qui peuplaient le jardin, nous écoutions, silencieux et tendus, le récit de Marthe. Elle raconta la mort de Luisa, ma mère, et la manière dont un jeune soldat m'avait sauvé. Elle raconta qu'elle m'avait retrouvé, dans les bras d'une étrangère, sur les rives de l'Elbe où s'étaient rassemblés des milliers de survivants. Elle raconta sa course folle à travers l'Allemagne à la recherche de mon père, Johann. Elle raconta Peenemünde, l'épicière qui les avait aidées, elle et ma nourrice, le voyage vers les Alpes... Ses confidences comblaient les blancs laissés par von Braun lors de notre déjeuner à la NASA. Les pièces du puzzle s'emboîtaient les unes aux autres à toute vitesse. Je buvais ses paroles. J'attendais le coup de grâce. La faute qui marquerait au fer rouge mes ascendants. Rebecca, Marcus et Lauren étaient aussi nerveux que moi. Abigail, l'amie de Marthe, tentait d'alléger l'atmosphère. Elle nous servait de la citronnade que nous ne buvions pas, nous passait des assiettes de sablés aux myrtilles que nous ne mangions pas. Aux épisodes les plus tristes de cette odyssée dans l'Allemagne en guerre, elle réajustait nerveusement ses lunettes rouges et secouait ses boucles d'un air navré. Elle scrutait Marthe avec inquiétude, mais Marthe ne voyait que moi. Elle en était à ses retrouvailles avec von Braun, lorsque, incapable de patienter plus longtemps, je l'interrompis brutalement :

« Johann a-t-il été à Auschwitz ?

— À Auschwitz ? répéta Marthe. Mais que voulais-tu qu'il aille faire là-bas ?

— Faire partie de l'encadrement, s'occuper des prisonniers... » ajoutai-je pour ne pas dire chambre à gaz, torture, viol et les autres crimes qui s'enchaînaient dans mon esprit.

« Voyons mon chéri, ton père n'aurait pas fait de mal à une mouche... Il en était incapable. C'était un cérébral, un scientifique. Il n'était pas fait pour la réalité. Encore moins pour le combat...

— Il a pourtant disparu une bonne partie de la guerre... » intervint Rebecca.

Marthe regarda la jeune femme comme si elle découvrait sa présence. Elle l'examina un moment, le visage impassible, puis répondit :

« Johann a été arrêté par la Gestapo, et s'il a été a Auschwitz – ce qui me surprendrait beaucoup –, il y était prisonnier. Je n'ai pas de preuves à vous soumettre, mademoiselle, mais je peux vous dire mon intime conviction. Johann est mort. Il n'a jamais rejoint l'équipe de von Braun à la fin de la guerre. Je suis bien placée pour savoir que l'homme qui est venu avec nous aux États-Unis était Kasper et personne d'autre. Il a réussi à se faire passer pour son frère et à quitter l'Allemagne avant que les Alliés ne viennent lui demander des comptes. Ça je le sais. Et je vous le dis. Quant à Johann, paix à son âme, je n'ai plus jamais entendu parler de lui. »

Un silence suivit sa déclaration. Mon père biologique n'était donc pas le monstre que Rebecca m'avait dépeint. C'était très étrange de recevoir aussi simplement la solution à une énigme qui me torturait depuis des années. Marcus fut le premier à secouer notre stupéfaction. Il se leva et vint me donner une joyeuse bourrade dans le dos en disant :

« C'est une sacrée bonne nouvelle, Wern.

— Quel soulagement ! » s'exclama Lauren qui me sauta au cou et me serra fort dans ses bras. Elle relâcha un instant son étreinte et m'enlaça à nouveau. Marthe et Abigail nous regardaient avec étonnement. Elles ne devaient pas très bien cerner la raison de ces soudaines effusions. Je me tournai vers Rebecca, guettant sa réaction. Elle m'adressa un regard dont je ne compris pas la teneur. Était-elle encore dubitative ? Je n'arrivais pas à saisir le fil de sa pensée. Ma beauté restait hors de portée, mystérieuse, verrouillée. Elle n'esquissa pas un geste. J'en ressentis une grande tristesse que je m'efforçai de masquer. J'avais espéré que ces quelques mots suffiraient à m'innocenter, à arrêter le mouvement tectonique qui ne cessait d'éloigner

Rebecca de moi. Je comprenais que les choses étaient, comme toujours avec elle, plus compliquées. Marthe reprit son récit.

« Nous sommes arrivés à Fort Bliss en janvier 1946. J'accompagnais une centaine de savants nazis. Très peu avaient pu emmener leurs familles, qui devaient les rejoindre plus tard. Je m'étais glissée dans ce premier groupe presque entièrement composé d'hommes parce que von Braun se considérait comme ton parrain. Il ne voulait pas te laisser en Allemagne. Il avait accepté de me faire passer pour Luisa, ta mère, et fait en sorte que je les accompagne. Tu as été d'une sagesse exemplaire pendant la traversée. La mer n'était pas bonne. Tu n'avais pas mal au cœur, contrairement à la plupart des adultes, tu mangeais sans rechigner, tu dormais paisiblement, même lorsque les vagues atteignaient la taille d'immeubles et que je croyais notre dernière heure venue. Lorsque nous sommes arrivés au Texas, tu n'as pas semblé incommodé par la chaleur. Tu étais d'une résistance impressionnante pour un si jeune enfant. À la base de Fort Bliss, nous avons été parqués dans des baraquements temporaires qui se sont révélés permanents. J'étais logée avec toi dans le même bungalow que von Braun, parce qu'il comptait deux chambres au lieu d'une. Une simple tôle nous servait de toit. Sans autre isolation que cette feuille de métal qui chauffait comme la résistance d'un grille-pain, le soleil du Texas faisait monter la température jusqu'à 45 degrés. Tu passais tes journées dans une baignoire, sous le crincrin paresseux d'un mauvais ventilateur. Nous vivions en autarcie. Nous n'avions pas d'existence légale. Les hommes, désœuvrés, se sentaient inutiles. Comme en Bavière quand ils attendaient la fin de la guerre, ils jouaient aux cartes et aux échecs, ils fumaient, ils écoutaient de la musique et faisaient passer tant bien que mal ces journées identiques les unes aux autres. Seul Kasper s'arrangeait de la situation. Tant que l'équipe restait oisive, tant qu'elle ne pouvait se remettre à travailler, son imposture passait inaperçue. Le jour où, en revanche, von Braun pourrait relancer ses recherches, il deviendrait évident que Kasper ne connaissait rien à l'aéronautique ni aux V2. Ses collègues comprendraient aussitôt qu'il n'était pas Johann. Autant dire que Kasper n'était pas pressé de voir arriver ce moment. Il eut un répit de près d'un an. S'il enrageait de ne pouvoir quitter le camp, il se félicitait d'être à l'abri des représailles. En Europe se déroulait le procès de Nuremberg, que nous suivions dans la presse américaine. La plupart des savants ne parlant pas anglais, on me demandait de traduire. À l'écoute de ces récits, Kasper prenait une mine sombre. J'ignorais ce qu'il avait fait pendant la guerre. Nous nous étions séparés au tout début du conflit, juste après l'invasion de la Pologne. Mais je connaissais son tempérament sadique et à voir l'expression tourmentée qui tendit ses traits lorsque, en octobre 1946, la presse américaine rendit compte de l'exécution des coupables, je compris qu'il avait beaucoup à se reprocher. En prévision du moment où je retrouverais enfin ma liberté, je profitai de ces mois d'inactivité forcée de l'équipe pour obtenir, dans le cadre de l'armée américaine, mon diplôme d'infirmière. Celui que j'avais passé en Allemagne n'était malheureusement pas reconnu au Texas.

Au début de l'année 1947, von Braun fut autorisé à retourner en Allemagne, sous escorte militaire, pour convoler avec sa cousine, Maria-Luise von Quirstop. Il rentra à Fort Bliss avec sa jeune épouse et les parents de cette dernière. Je dus déménager. Von Braun ne savait pas comment justifier, auprès du commandement américain du camp, que je ne vive pas avec mon "mari". On nous affecta, à ton oncle, toi et moi, un trois pièces dans l'un des bâtiments administratifs. C'était plus confortable que les baraquements, mais nous n'étions plus protégés de Kasper. Je plongeai dans un nouvel enfer. Je devais dissimuler les traces de ses coups, les coupures, les entorses et les foulures. Je faisais comme au début de notre mariage. Comme si tout allait bien. À plusieurs reprises je voulus partir, je demandai aussi à rentrer avec toi en Allemagne, mais ni les Américains ni von Braun ne m'accordèrent cette grâce. J'eus enfin l'espoir d'une issue lorsque von Braun obtint l'autorisation de travailler à nouveau sur ses projets de fusée. Il n'avait certes aucun crédit qui lui aurait permis de construire l'engin de ses rêves, mais il pouvait avancer sur sa conception théorique. Plutôt que d'être pris en flagrant délit d'incompétence, Kasper préféra anticiper et demanda à quitter le camp. Évidemment, il n'était pas question que je reste avec von Braun, encore moins que je te garde avec moi sans ton oncle, je dus une fois encore, pour que tu ne me sois pas retiré, me plier au joug de Kasper. Il justifia son départ par les séquelles de son amnésie. Sa mémoire scientifique, affirma-t-il à ses collègues, avait été endommagée par les sévices qu'il avait subis. La larme à l'œil – car c'était un très bon comédien –, il expliqua à von Braun que se voir ainsi diminué lui causait une honte et une souffrance intolérables. Il demanda la permission de chercher un travail et de partir. Von Braun l'aida à obtenir des papiers pour nous trois, et à trouver un emploi à Sanomoth, une société spécialisée dans les produits phytosanitaires. Le destin semblait enfin me sourire. C'était le début d'une nouvelle vie. Kasper irait de son côté, je partirai du mien avec toi, comme il me l'avait promis en Allemagne, promesse qu'il avait souvent répétée depuis. Je n'avais pas de raison de douter. Il avait pour toi une franche aversion – tu étais le fils de son frère, autant dire son plus ancien et plus mortel ennemi – et il ne ressentait pour moi que du mépris. Pourtant je ne baissais pas la garde. J'avais peur de tout. Par précaution, j'avais brodé sur tous tes vête-ments les derniers vœux de Luisa : "Cet enfant s'ap-pelle Werner Zilch, ne changez pas son nom, c'est le dernier des nôtres." J'avais aussi écrit ton histoire en deux pages et en double exemplaire que j'avais cousu dans tes vestes doublées. Si, par malheur, Kas-per parvenait à nous séparer, j'y avais ajouté mon nom et le moyen de me retrouver via mon infirmière formatrice à Fort Bliss ainsi que les coordonnées de von Braun et de la secrétaire du commandant Hamill avec laquelle je m'étais liée d'amitié. Je ne sais quel instinct m'avait poussée à prendre ces précautions, parce qu'à l'époque, j'étais persuadée que Kasper serait ravi de partir et de nous laisser sans se retourner. Il ne me restait plus qu'à chercher du travail. Les emplois ne manquaient pas au Texas. Le pays était en plein essor. Tu étais bientôt en âge d'aller à l'école… Nous allions enfin commencer notre nouvelle vie à deux. Je savais que l'organisation serait parfois difficile, mais j'étais impatiente. Les choses ne se sont malheureusement pas passées comme je l'imaginais. »

Marthe marqua une pause pour boire un verre de citronnade dans un silence que rompit Rebecca :

« Pardonnez-moi de vous poser cette question madame, mais pourquoi ne pas l'avoir dénoncé ? Une fois que vous étiez aux États-Unis, vous auriez pu révéler que Kasper avait usurpé l'identité de son frère Johann. »

Marthe mit un certain temps à répondre :

« Parce que j'avais peur. Peur de Kasper physiquement, peur de Kasper moralement, peur de la réaction de ses collègues aussi. Les temps ont changé, vous savez. Il y a vingt ans, il ne faisait pas bon s'opposer à un homme lorsque vous étiez une femme. C'était ma parole contre la sienne, et ma parole ne valait pas grand-chose. C'était aussi le meilleur moyen pour qu'il me reprenne Werner. Je m'étais passionnément attachée à toi, précisa-t-elle, et même si Luisa m'avait confié ta garde avant de mourir, je n'avais aucune autorité légale sur toi. Kasper pouvait nous séparer à sa guise. Vous savez, ajouta Marthe en regardant Rebecca, il est facile de trouver la solution quand les années ont passé, mais c'est dans le brouillard du présent que les décisions se prennent. »

Je continuai :

« Quand avez-vous quitté Fort Bliss finalement ?

— Au mois de mai 1948. Von Braun et l'équipe pensaient que j'irais m'installer avec toi et Kasper près du siège social de Sanomoth. En réalité, nous devions nous séparer le jour même. J'avais trouvé un emploi à El Paso dans un hôpital tenu par une communauté protestante. Le directeur m'avait proposé une chambre sur place, le temps que j'organise ma vie avec toi et que nous puissions trouver un logement. Je lui avais expliqué que j'étais veuve et que je vivais avec mon fils en bas âge. Il s'était montré très compréhensif. Comme je ne voulais pas que Kasper sache où nous allions, je lui avais demandé de nous déposer à une fausse adresse au centre de la ville, suffisamment loin de l'hôpital pour qu'il ne puisse pas nous retrouver. J'avais tout prévu, mais j'ai fait l'erreur de croire qu'il se contenterait de suivre son intérêt, alors qu'il était capable de mettre son intérêt en danger pour jouir du mal qu'il me faisait. J'avais sous-estimé son besoin viscéral de me détruire. Le mal existe, les sadiques aussi. N'allez pas leur chercher d'excuses, ils n'en ont pas. C'est leur tempérament profond. Ils prennent leur plaisir dans les blessures qu'ils infligent. Il faut les fuir ou si vous en avez les moyens, les abattre, parce qu'en tant qu'être sensible, vous avez des limites que ces gens-là n'ont pas. Je savais que je n'étais pas de taille à lutter. J'avais décidé de disparaître avec toi, il fallait qu'il ne se doute de rien. C'est pour cette raison que je n'ai pas refusé son invitation à déjeuner. "Notre dernier repas ensemble", a-t-il plaidé avec ce regard qui savait si bien m'attendrir, au début de notre mariage. Nous sommes allés au Riviera, un restaurant mexicain qui venait d'ouvrir sur Doniphan Drive. J'ai dit que la nourriture risquait d'être trop épicée pour un petit garçon de deux ans et demi, mais Kasper a balayé mes réticences. Nous nous sommes assis à l'une des tables en bois brut, près de l'entrée. À la radio, des mariachis chantaient "Aye Paloma", "Viva Mexico" ou "Cielito Lindo". Nous avons commandé. Je me souviens de la serveuse qui a apporté les plats. Je me souviens que nous avons parlé de façon plutôt badine. Puis j'ai eu chaud et je me suis sentie très mal. Je voyais le sourire de Kasper, sa drôle de tête. Il me scrutait avec une jouissance évidente. Mes tempes battaient comme si mon crâne allait se fendre en deux. J'ai vidé mon verre de jus d'orange d'un coup et tout s'est mis à tourner. J'avais le sentiment de ne plus pouvoir contrôler mon corps. J'ai vu ma main saisir le couteau à viande sur la table de nos voisins. Je me souviens de mon étonnement de la voir agir ainsi, indépendamment de ma volonté. Ensuite, plus rien. Le trou noir. La béance… »

Marthe marqua une nouvelle pause. Elle était pâle. Son amie intervint :

« Tu préfères que je leur raconte ? »

Abigail passa la main sur le front de Marthe. J'étais frappé par l'harmonie qui régnait entre ces deux femmes, par l'évidente tendresse qu'elles éprouvaient l'une pour l'autre. L'infirmière lui fit un sourire un peu tremblant et se leva.

« Non, ne t'inquiète pas, répondit-elle. Il faut juste que je prenne l'air quelques minutes… Je reviens », fit-elle.

Nous pouvions la voir par la fenêtre du salon. Elle se dirigea vers le banc circulaire qui entourait le tronc d'un arbre imposant couvert de fleurs blanches et charnues. Elle s'y assit. Je me levai pour la rejoindre, Abigail m'arrêta.

« Laissez-lui un instant. Elle va revenir. En attendant vous avez peut-être faim ? » lança-t-elle.

Nous acquiesçâmes. Lauren proposa son aide et suivit Abigail. Marcus et Tom voulurent participer également, mais la maîtresse de maison déclara que la cuisine était trop petite pour quatre personnes. Rebecca, évidemment, ne leva pas le petit doigt. Nous restâmes silencieux. Je regardais, sans qu'elle s'en aperçoive, son reflet dans l'une des vitres. Elle était songeuse. Je la trouvais belle, bien sûr. Mais cet éblouissement intact n'arrivait plus à effacer le reste. Je lui en voulais. Je n'étais pas sûr de parvenir, un jour, à lui pardonner.

Entre La Nouvelle-Orléans
et Bâton-Rouge, 1972

Assise dans son jardin, Marthe tentait de reprendre le contrôle de ses émotions. Il y avait la joie, bien sûr, de voir le magnifique jeune homme que Werner était devenu. Il y avait les regrets aussi. C'était si loin ! L'Allemagne, la Silésie, leurs jeunes années, la guerre... Elle se remémora les déjeuners de famille dans la grande salle à manger des Zilch où, après avoir discuté politique, les deux frères en venaient aux mains. Kasper avait été un nazi de la première heure. Elle se rappelait la violence de ses propos, sa haine des juifs, des Noirs, des femmes, des bourgeois, des pauvres et de tout ce qui n'était pas lui-même. Personne n'échappait à ses critiques. Le visage crispé, il se laissait emporter par sa verve facile, enivré par sa propre dureté qui lui donnait le sentiment d'être fort, d'être lucide. Il se targuait de dire tout haut ce que les autres pensaient tout bas, crachant ses comparaisons dégradantes et ses tirades darwiniennes. Kasper jouissait de ces transgressions. Il mesurait sa puissance à sa capacité de destruction. Même ses travers allaient dans ce sens : il avait l'horripilante habitude de couper les bouchons de bouteille en morceaux et de transformer les papiers qui lui tombaient sous la main en confettis. Chez autrui, il cherchait dès les premières secondes le point faible ou le détail dont se moquer. La vie n'était, pour Kasper, qu'un permanent rapport de force. Quand Johann parlait de bienveillance, Kasper reniflait avec mépris et dégainait la seule citation qu'il connaissait de Nietzsche : « Pour le fort, rien n'est plus dangereux que la pitié. » D'autres jours, Kasper convoquait Hegel, qu'il n'avait jamais lu, en caricaturant la dialectique du maître et de l'esclave.

Un être moins complexe que Johann se serait élevé plus violemment contre le régime nazi, mais il était absorbé par ses recherches scientifiques et s'intéressait de loin aux événements qui secouaient le pays. Son rêve de fusée spatiale lui avait, depuis l'enfance, servi de protection contre Kasper et contre le monde. Réfugié dans la salle des archives, au deuxième étage de la maison, il mettait la réalité en équations pour se donner le sentiment de la maîtriser. À l'époque où Hitler entreprit sa fulgurante ascension, Johann ne résista qu'à son frère. Luisa était encore moins concernée que son mari par ces questions. Elle était amoureuse, ce qui occupait toute sa personne. Elle « n'entendait rien à la politique » et s'empressait de tenter une diversion lorsque les frères commençaient à en parler. Kasper la rabrouait alors avec une brutalité stupéfiante. Johann prenait la défense de sa femme, et le repas se terminait en pugilat. Marthe avait été la seule, finalement, à s'insurger dès le départ des dérives du pouvoir hitlérien. C'était une indignation primitive. Celle de tout être que l'on s'acharne à diminuer et dont on borne la liberté. Il y avait aussi en elle un féminisme instinctif – elle en prit conscience des années plus tard – qui se cabrait devant l'image débilitante de la femme allemande glorifiée par la propagande. Ses avis étaient loin d'être partagés et son unique tentative d'intervenir dans le débat, lors d'un déjeuner dominical, fut liquidée par Kasper d'un violent revers de main qui scandalisa toute la famille Zilch. Marthe fut étonnée de leurs protestations. Ignoraient-ils vraiment ce qu'elle vivait une fois la porte de leur chambre refermée ? Était-il possible que les épais murs en granit du manoir suffisent à étouffer sa douleur et son désespoir ? Certes, la honte l'empêchait de se plaindre, de se confier, et Kasper prenait grand soin, dans ses coups, à ne pas marquer les parties exposées, mais elle n'arrivait pas à croire que ses beaux-parents ne se soient pas rendu compte de son calvaire. Dans cette famille aimante et fortunée, issue d'une longue lignée de notables et d'industriels, on n'avait jamais engendré de personnage aussi tourmenté que Kasper. Son agressivité constituait un mystère, même pour ses parents. Comment expliquer une telle différence entre leurs fils ? Les deux frères avaient tout reçu : une éducation soignée, une santé de fer, des traits magnifiques et une intelligence hors norme que Kasper employait pour le pire. Il tirait de ses privilèges un sentiment de supériorité délirant. Chaque regard à son miroir confirmait ses convictions. La race aryenne, dont il se considérait un exemple parfait, était plus grande, plus forte, plus rapide, plus belle. Il avait le sentiment d'être un géant entouré de nains. Son arrogance se mêlait à une jalousie maladive qui s'exerçait envers toute personne susceptible de lui faire de l'ombre, à commencer par son frère. Ce cadet détesté qui, en naissant, l'avait détrôné, excitait sa vindicte plus qu'aucun autre. Kasper aimait régner. Il aurait voulu être le seul homme sur terre. Or Johann avait l'impudence d'être plus brillant dans ses études. Il fut aussi plus aimé. Johann était un enfant doux, porté sur la lecture, les jeux de construction, plus tard les mathématiques et la physique. Kasper était un garçon agité. Comme son père, peu enclin au conflit, l'évitait, Kasper reporta son attention sur sa mère. Il ne cessait de la tourmenter, sans doute parce qu'elle avait du mal à dissimuler sa préférence pour son plus jeune fils. Qui aurait pu résister à Johann ? Il n'avait ni le narcissisme ni le caractère orageux de son aîné. Les dissensions entre les deux frères étaient d'autant plus étonnantes que, debout côte à côte, ils semblaient des jumeaux. Ils partageaient la même silhouette, une même grâce de déplacement, des yeux d'une eau transparente et un charme profond. Kasper avait peut-être un soupçon de rondeur dans les traits, de gourmandise dans la bouche et de négligence dans le maintien qui, pour les proches exercés à les observer, permettait de les distinguer. Malgré ces signes, leur ressemblance marquait les esprits et les comparaisons que certains s'amusaient à faire, réflexe compréhensible face à une telle originalité de la nature, ne faisaient qu'aggraver la rancœur de l'aîné envers son cadet. Petit, Johann se protégea autant que possible de Kasper, mais dès qu'il eut rattrapé, à l'adolescence, la taille de son aîné, il se soumit à un entraînement physique intensif pour rendre chaque coup. Après avoir été son souffre-douleur des années durant, il se révolta. Kasper considérait Johann comme une extension de lui-même. Les manifestations d'indépendance de son cadet le mirent dans des rages folles. La maison des Zilch devint le lieu d'une guerre ouverte pour un trône imaginaire qui n'existait que dans l'esprit de Kasper. Ce harcèlement atteignit une violence intolérable à la mort de leurs parents. Les voisins s'en mêlèrent. Toutes sortes de rumeurs couraient sur Luisa, notamment qu'elle avait été la maîtresse de Kasper avant d'épouser son jeune frère. Marthe, qui vivait à Berlin à l'époque où s'étaient déroulés les faits présumés, questionna Luisa. La jeune femme reconnut que Kasper l'avait courtisée. C'était quelques mois avant qu'elle ne rencontre Johann. Elle nia avec véhémence tout rapport physique avec le mari de Marthe. Leur relation avait été, affirmait-elle, purement platonique. Marthe s'étonna de sa propre réaction. Elle aurait dû être jalouse que son mari puisse désirer Luisa, elle aurait dû être blessée de ne pas avoir été dans le secret, elle éprouva au contraire un plaisir inexplicable à l'idée de cette proximité entre Luisa et Kasper. Le fait de partager un homme avec Luisa lui procurait même une étrange satisfaction. Le voisinage se montra moins magnanime. Les rumeurs et les humiliations qui s'ensuivirent créèrent une atmosphère invivable. Emmenant Luisa, Johann quitta la propriété familiale pour rejoindre l'équipe de recherche du jeune professeur von Braun et avec leur départ, Marthe vit s'éloigner les seules sources de joie qui, dans ce manoir hostile et froid, l'avaient empêchée de sombrer.

Dieu que ces souvenirs étaient difficiles à supporter ! Les années auraient dû refermer la plaie qui se révélait intacte. Une fleur de magnolia tomba à ses pieds. Elle la ramassa d'un air distrait, abritant sa fragilité dans le creux de sa main. Elle resta encore sous l'arbre un moment avant de rentrer. Werner l'attendait dans le salon. Ce n'était pas le moment de flancher.

Entre La Nouvelle-Orléans
et Bâton-Rouge, 1972

Marthe reprit sa place sur le canapé et son récit exactement où elle l'avait laissé :

« J'ai dû perdre connaissance au restaurant mexicain où nous déjeunions toi, moi et Kasper. Lorsque je me suis réveillée, j'étais dans une chambre immaculée. J'ai cru un instant que j'étais morte. J'ai essayé de reprendre mes esprits. Une lumière semblait venir du ciel. Elle passait en fait par une étroite fenêtre à barreaux, très en hauteur. Je me suis rendu compte que j'étais attachée au lit. Je ne pouvais ni me redresser, ni même me mettre sur le côté. J'ai paniqué. J'ai appelé à l'aide. Deux infirmières sont arrivées. Elles m'ont sèchement dit de me calmer. J'ai demandé où j'étais. J'ai demandé à être détachée. J'ai demandé à te voir. Qui t'avait pris ? Qui te gardait ? Pourquoi étais-je enfermée ? Comme elles ne répondaient pas à mes questions, je me suis emportée. Elles m'ont fait une injection et je suis retombée. J'ai dormi des heures, des jours ou des semaines, je ne saurais te dire. J'étais abrutie de médicaments. Lors de mes rares moments de conscience, je te réclamais. Les infirmières me disaient que tu étais avec ton père et que tu allais bien. Je savais que tu ne pouvais être en plus grand danger qu'avec Kasper, mais mes protestations restaient lettre morte. Pire, elles confirmaient le diagnostic de l'équipe médicale, persuadée que j'étais paranoïaque. J'avais perdu mes repères. Je n'avais plus envie de rien. Le temps était blanc et mon cœur était vide.

Un matin, l'une des aides-soignantes m'annonça que le professeur Change allait me recevoir. Je faisais désormais très attention. J'avais compris que chaque mot pouvait être retenu contre moi. Le professeur se montra plus gentil que son personnel. Il m'expliqua enfin ce qui me valait cet enfermement. J'avais, disait-il, été prise d'une crise de démence lors d'un déjeuner dans un restaurant mexicain avec mon mari. J'avais menacé mon conjoint d'un couteau, sous les yeux de mon fils, et menacé également le personnel qui avait tenté d'intervenir. J'avais été maîtrisée à grand-peine et mon mari s'était résolu à me faire interner. Il me montra les lettres de témoignage que les clients du Riviera avaient rédigées pour appuyer ce récit. En les lisant, je compris que Kasper m'avait droguée. Au début de notre mariage, déjà, il s'était amusé à tester sur la famille toutes sortes de produits, ce qui mettait son père hors de lui. Kasper n'avait cessé ses expériences que lorsque ce dernier avait menacé de le déshériter. Je gardai pour moi cette interprétation des faits. Tenter de m'expliquer auprès du docteur Change n'aurait fait qu'aggraver mon cas. Je me contentai de semer le doute en faisant bien attention de ne céder ni à l'aigreur ni à l'ironie :

"Mon mari est-il venu me voir depuis que j'ai été admise dans votre service ?"

Le docteur Change eut un sourire embarrassé.

"Non, reconnut-il.

— A-t-il appelé pour prendre de mes nouvelles ?

— Non, admit-il encore.

— Rassurez-moi, il règle bien les factures liées à mon séjour ici ?

— Absolument, ne vous inquiétez surtout pas de cela, fit le professeur.

— Je m'inquiète un peu, professeur. Je voudrais savoir quand je pourrai retrouver mon fils."

Il temporisa, c'était un homme bienveillant. Il voulait être sûr que mon état se stabilisait, que je ne représentais plus de danger ni pour mon mari, ni pour mon fils ou pour la société. Je pris un air contrit et modeste. J'étais prête à tout pour obtenir mon autorisation de sortie. Il m'annonça que je devais suivre une thérapie avec une jeune personne très compréhensive et talentueuse. La toute première psychiatre femme de l'établissement. Il espérait que nous saurions nous entendre toutes les deux. Je répondis que oui, certainement, le plus important était que je fasse les progrès qu'il attendait de moi. Il se montra très satisfait de ce premier entretien et demanda dans la foulée que l'on m'installe dans une nouvelle chambre. Je pus également rejoindre les autres malades dans leurs activités

403

quotidiennes : promenades, arts créatifs, ménage et ainsi de suite. Le lendemain, je fis la connaissance de la psychiatre. Je ne le savais pas encore, mais elle allait me sauver la vie », conclut Marthe avec un regard vers Abigail.

Sa compagne s'expliqua :

« La psychiatre, c'était moi… J'ai tout de suite compris que quelque chose ne collait pas dans l'histoire de Marthe. J'ai mis du temps à gagner sa confiance. Elle me disait ce que n'importe quel médecin aurait voulu entendre à ma place, mais elle ne se livrait pas. Je savais qu'elle me cachait la vérité. Je sentais qu'elle avait peur. Nous avons fini par nous entendre, et à force de nous entendre, nous nous sommes aimées. Nous avons dû être prudentes, habiles. J'ai réussi à la faire sortir, mais lorsque l'équipe, je ne sais comment, a compris quelques mois plus tard que nous vivions ensemble, j'ai été licenciée. Certains anciens collègues ont tenté de faire interner Marthe à nouveau sous prétexte que j'avais été séduite et que j'avais perdu mon objectivité professionnelle. Nous avons quitté El Paso du jour au lendemain pour venir ici, en Louisiane, nous mettre à l'abri d'éventuelles poursuites au Texas. Il a fallu recommencer à zéro. J'ai ouvert mon cabinet. Marthe a trouvé un poste dans une entreprise d'infirmières à domicile. Nous avons acheté cette maison, planté ce jardin, construit une vie que nous aimons. Tout aurait été parfait si nous avions su ce que vous étiez devenu, Werner…

— Je t'ai cherché partout », renchérit Marthe. Elle

se leva avec brusquerie, se rendit dans la pièce atte-
nante, sans doute son bureau, et sortit d'un placard
un épais dossier en carton. «Ce sont les annonces que
j'ai fait passer dans la presse avec ta photo, les lettres
que j'ai envoyées, les réponses que j'ai reçues. Rien de
ce que j'ai tenté n'a abouti. Tu t'étais volatilisé. Tout
comme Kasper. J'ai fini par penser qu'il t'avait tué et
enterré quelque part avant de fuir en Argentine, au
Chili ou dans l'un de ces pays qui recueillaient les
types comme lui. C'était atroce de ne pas savoir, mais
le jour de tes quinze ans, j'ai renoncé à chercher. Abigail m'y encourageait depuis longtemps. Ta disparition
m'empêchait de vivre et de me reconstruire. Il fallait
que j'accepte. Obscurément je m'y refusais, mais j'ai
cessé de chercher.»

Abigail, voyant que Marthe faiblissait, nous proposa de passer à table. Elle avait préparé une grande
salade de tomates, de maïs et de concombres mélan-
gés avec du rôti froid. Elle nous servit des bières
fraîches qui nous firent le plus grand bien. Ce fut mon
tour de parler. Je racontai à Marthe et Abigail mon
enfance, mes parents adoptifs, la naissance de Lauren, ma rencontre avec Marcus, nos premières affaires
immobilières. Ma sœur livra sa part de souvenirs. Elle
exhuma des anecdotes amusantes sur mon entêtement
et mes bêtises de jeune garçon qui firent beaucoup
rire Marthe et Abigail. Elle parla aussi de «l'adoration» que me portaient Armande et Andrew. Je rappelai que ma mère passait ses journées à m'engueuler.
Lauren ne voulut rien entendre:

«Arrête, tu sais très bien qu'elle ferait n'importe quoi pour toi.»

Rebecca ne disait rien. Elle observait, sombre et intense. Elle passait les plats. Je n'arrivais pas à deviner ce qui se tramait dans sa tête blonde. Ses pensées restaient bien à l'abri, derrière le verre incassable de ses yeux améthyste. Abigail apporta un saladier rempli de crème fouettée et un second de fraises. Marthe ne mangeait pas. Elle voulait tout connaître de moi, de nous. Il n'y avait pas de fin à ses questions :

«Pourquoi tes parents ne t'ont-ils pas donné leur nom… Avaient-il trouvé l'une de mes lettres ?

— Non… La seule lettre qu'ils auraient dû trouver était dans la doublure d'une veste que ma mère a malheureusement lavée…

— À l'eau ? Mais à quoi pensait ta mère ! s'indigna Marthe comme si cette bévue s'était déroulée quelques heures plus tôt.

— Elle s'est rendu compte de son erreur lorsqu'elle a décousu la doublure. Elle s'en est beaucoup voulu…» Je marquai un temps d'arrêt : «Je lui en ai beaucoup voulu aussi, toutes ces années où j'ai cherché à comprendre ce qui s'était passé. En revanche, mes parents ont remarqué la phrase que tu avais brodée sur mes vêtements… Pourquoi disait-elle que j'étais "le dernier des nôtres" ?»

Un voile de tristesse tomba sur le visage de Marthe.

«Luisa était persuadée – à raison – que Johann était mort. Elle se savait condamnée. Tes grands-parents n'étaient plus de ce monde. Depuis que ta mère avait compris la manière dont j'avais été traitée par Kasper et depuis qu'il avait abusé de son droit d'aînesse pour vendre la propriété familiale sans prévenir son frère, elle le considérait comme un monstre indigne de faire partie de la famille. De mon côté, j'avais repris ma liberté. Tu étais bien, pour elle et pour nous, le dernier des Zilch…»

Je restai songeur. Cette famille avait visiblement eu de l'importance dans ce pays dont j'ignorais tout, mais l'idée d'y être lié me faisait une étrange impression. Jusqu'à présent, mon nom m'avait valu des interrogations sans réponse et des moqueries, mais il n'appartenait qu'à moi. J'avais voulu le faire exister à force de volonté, pour m'imposer, prouver ma valeur, être admiré… Il fallait soudain le partager avec d'autres. Être rattaché à cette famille qui avait, en d'autres temps, compté, m'était désagréable. Au fond, je n'aimais pas descendre de qui que ce soit. Je n'aimais pas être privé de la liberté absolue que j'avais eue, jusqu'à présent, de devenir celui qu'il me plairait d'être.

«Si vous deviez retrouver Kasper, comment procéderiez-vous? demanda Rebecca à Marthe.

— Maintenant que tu es là, fit-elle en se tournant vers moi, et puisque tu vas bien, je n'ai aucune envie de chercher Kasper. Et si j'avais eu la moindre piste, je l'aurais creusée depuis longtemps… Au début de ma recherche, je me suis rendue chez Sanomoth où Kasper était censé travailler, mais il avait été muté. Je n'ai rien pu obtenir là-bas. Vous aurez, mademoiselle, peut-être plus de chance que moi, fit-elle avec une certaine ironie.

— J'espère bien, rétorqua Rebecca.

— Pourquoi Kasper vous préoccupe-t-il tellement ? lança Marthe en se servant de fraises et de crème. Il n'y a rien de bon à prendre à se rapprocher de cet homme-là, vous savez…

— Le SS Zilch a été le bourreau de ma mère à Auschwitz. Vous avez peut-être abandonné l'idée de vous venger de lui, moi je ne renonce pas à la justice. Après les crimes que ce sadique a commis, on ne peut pas le laisser profiter du soleil chilien ou de je ne sais quel pays d'Amérique du Sud. Tant qu'il y aura une probabilité infime que ce salopard soit en vie, je ne lâcherai pas, énonça Rebecca, frissonnante.

— Je ne savais pas qu'il avait été à Auschwitz, murmura Marthe.

— Vous avez dit tout à l'heure qu'il avait visiblement des choses à se reprocher, rappela Marcus.

— C'est vrai… Je n'ose imaginer ce qu'a dû subir une femme sur laquelle il avait tout pouvoir. Je suis désolée pour votre mère, dit Marthe à l'attention de Rebecca. Vraiment désolée… », répéta-t-elle.

Rebecca ne répondit pas, mais la remercia d'un signe de tête.

Aéroport JFK, 1972

La nuit était tombée lorsque nous atterrîmes. Le voyage retour se passa mieux que l'aller. La chaleur, la route et les montagnes russes émotionnelles que nous venions de traverser nous avaient vidés de notre énergie. Nous dormîmes pendant tout le vol. En descendant de l'avion, je sentis l'angoisse monter. Rebecca et moi ne nous étions pas parlé de la journée. Elle allait repartir de son côté, moi du mien. Il me semblait inimaginable d'en rester là, pourtant elle marchait, son sac à l'épaule, sans esquisser le moindre geste vers moi. J'avais cru que notre éloignement n'était dû qu'à cette épée de Damoclès qui, depuis des mois, nous menaçait. Désormais, nous savions tout de mes origines et mon géniteur était blanchi, mais Rebecca faisait comme si cela ne changeait rien, comme si j'étais toujours ce présumé coupable, fils d'un coupable avéré. Ces moments de grâce que nous avions partagés n'avaient-ils été qu'un leurre ? Avais-je vécu seul cette histoire tandis qu'elle suivait déjà, sans que je m'en rende compte, une autre trajectoire ? Son silence me rongeait. J'en venais à douter de moi, de mon instinct, de ma clairvoyance. N'avais-je donc rien compris ? Puisqu'elle ne m'avait pas aimé, avait-elle seulement eu du plaisir ? Même dans ces moments intimes où je la croyais à moi, j'eus soudain la crainte qu'elle n'avait fait que m'échapper... Je marchais trois pas derrière elle sur le tapis roulant du terminal qui nous faisait avancer deux fois plus vite vers notre séparation. Notre reflet glissait sur les vitres que l'obscurité extérieure avait transformées en miroir. Pas un instant elle ne ralentit, pas un instant elle ne songea à s'arrêter, à se retourner et à me dire qu'elle en avait assez, que nous étions faits pour être ensemble et qu'elle et moi, ce ne serait jamais fini.

« On te ramène, Rebecca ? proposa joyeusement Lauren qui avait parfois la subtilité d'un labrador à qui on aurait lancé une balle dans un magasin de cristal.

— C'est bon, ne t'inquiète pas... Une voiture m'attend, répondit l'ex-femme de ma vie. À moins que tu ne veuilles rentrer avec moi ? » lança-t-elle à ma sœur.

Lauren dut se maudire. Elle avait l'art de se fourrer dans des traquenards qu'elle créait de toutes pièces.

« Tu peux y aller, Lauren, si tu veux, fis-je avec une mine pincée.

— Mais non, reste avec eux... », insista Rebecca avec un sourire qui voulait dire « si jamais tu me laisses tomber, considère que tu n'as plus d'amie ».

Le temps de cet échange, nous arrivâmes devant la zone de stationnement des chauffeurs privés. Il y eut un moment de flottement que Marcus régla avec une autorité et une impatience auxquelles il ne nous avait pas habitués. Il attrapa Lauren par la taille et déclara :

« Lauren, tu viens avec moi. Et vous deux, vous rentrez ensemble, parce que nous en avons ras le bol de vos histoires. Cela fait des mois que vous nous emmerdez !

— Emmerder ? Voyons Marcus, d'où te vient cette grossièreté ? ironisai-je, ravi que cette intervention de mon meilleur ami me permette de gagner du temps.

— Ça te va mal d'être grossier, renchérit Rebecca.

— Si je peux au moins vous réconcilier sur ce point, vous m'en voyez enchanté. En attendant, nous ne serons plus otages de vos disputes. Basta ! Ça suffit ! Et je peux le dire dans une demi-douzaine de langues supplémentaires si c'est nécessaire. Allez Lauren, on s'en va. »

Il poussa énergiquement ma sœur dans la première voiture réservée, s'y engouffra et, faisant signe au chauffeur de démarrer, nous planta là sans regret. J'ouvris la porte de la deuxième voiture à Rebecca, geste de galanterie dont j'étais peu coutumier. Elle entra en marmonnant un « merci » qui n'augurait rien de bon. Je m'assis à ses côtés et demandai à notre chauffeur de remonter la vitre de séparation pour qu'il n'entende pas notre conversation. Rebecca voulut clore les hostilités :

« Ce n'est pas la peine. Il n'y a rien à dire.

— Comment ça, il n'y a rien à dire ?

— On a fait le tour, tu le sais très bien.

— Ah mais je ne sais rien du tout ! Moi, en tout cas, je n'ai pas fait le tour. Il est hors de question que tu t'évapores à nouveau dans la nature, voilée de tes mystères et de tes justifications ésotériques. Tu me dois au moins une explication.

— Tu sais très bien pourquoi ça ne marchera pas, nous deux.

— Eh bien non. Je ne sais pas. Je ne suis sans doute qu'un pauvre mâle borné, mais je ne vois pas. Mon père biologique n'a rien à se reprocher. Il n'a pas fait le moindre mal à ta mère. Je ne vois vraiment plus ce qui s'oppose à ce que nous coulions ensemble des jours heureux.

— Tu es d'une mauvaise foi qui me dépasse ! s'emporta Rebecca. Le problème n'a jamais été ton géniteur, ton oncle ou je ne sais quel passé dont tu n'es pas responsable, mais ce que tu as fait. Et ton tempérament, que je n'arriverai jamais à changer. C'est ta nature. Tu n'y peux rien.

— Mais bon Dieu, de quoi parles-tu ? m'énervai-je.

— Tu m'as trompée. Et trompée à nouveau. Et à nouveau trompée.

— Mais je ne t'ai jamais trompée ! m'exclamai-je, stupéfait de cette sortie.

— Joan, ça ne te dit rien peut-être ? Vanessa Javel, l'éditrice, non plus ? Eve Mankevitch, la psychiatre ? Annabel, ma copine de classe ? Et Sibyl ? Le pompon ! La plus idiote de mes cousines Lynch. Un tromblon. Tu n'auras pas le culot de me dire que c'était fortuit ou que tu étais amoureux ! Sans parler des serveuses, des hôtesses, des mères de famille ! Tu ferais l'amour à un fauteuil club si on lui épinglait une perruque. C'est insupportable ! »

Je fus tellement soufflé que je restai un moment silencieux. Rebecca ne m'avait jamais laissé entrevoir qu'elle était jalouse. Au contraire, elle semblait d'une indifférence qui m'avait maintes fois exaspéré.

« Mais Rebecca, pourquoi ne m'as-tu rien dit ?

— Si tu n'as pas assez de gentillesse et de sensibilité pour comprendre tout seul, je ne peux pas vivre avec toi.

— Comment veux-tu que je devine ce que tu as sur le cœur si tu ne m'en parles pas ?

— Je t'en ai parlé hier.

— Rebecca, cela fait des semaines que tu m'as quitté sans un mot d'explication et tu évoques vaguement le problème hier pour la première fois ! Je n'avais pas compris, protestai-je.

— Tu savais très bien.

— Je n'en avais pas la moindre idée. J'ai cru que tu partais à cause de Kasper, à cause de Johann, à cause de tout ce qui nous a retourné la cervelle.

— Je t'ai quitté parce que tu me trompais.

— Non, je t'ai trompée parce que tu me quittais. Ces noms que tu as cités, ces filles dont je me fous, je ne les ai vues que lorsque j'étais seul, parce que tu m'avais abandonné. Même Joan, qui est une femme géniale, une femme qui méritait vraiment mon amour et mon respect, je l'ai laissée à la minute où tu es revenue. Comment aurais-je pu deviner ? Tu avais l'air si détachée…

413

— Tu aurais voulu quoi ? Que je me roule par terre après avoir cassé la vaisselle ? Je n'allais pas te faire ce plaisir. »

Elle avait les yeux étincelants et les joues rosies. Sa poitrine palpitait sous son débardeur blanc. Je voyais battre dans son cou cette veine à laquelle, pendant l'amour, je m'étais si souvent attaché. Ses cheveux relevés révélaient les mèches enfantines de sa nuque. Ses mains jouaient nerveusement avec la bretelle de son sac. Elle m'étourdissait.

« Même quand tu es fâchée, je n'arrive pas à ne pas t'aimer... » murmurai-je.

Je la sentis faiblir. Elle me lança un regard où la colère s'était diluée mais le chauffeur choisit ce moment pour ouvrir la vitre de séparation et poser une question stupide :

« Dois-je déposer madame au même endroit que monsieur ?

— Pour l'instant, vous ne déposez personne. Vous roulez », ordonnai-je sèchement.

Il fallait absolument gagner du temps... Parler, parler, jusqu'à ce qu'elle me revienne. La ligoter de mes mots, la déborder de ma tendresse, l'achever de mes caresses. La reprendre tout entière.

« Rouler vers où ? s'enquit le chauffeur.

— Vous roulez tout droit, vous ne vous arrêtez pas, et vous ne nous interrompez plus ! fis-je en remontant la vitre et en fermant le rideau.

— Ne t'en prends pas à lui, il n'y est pour rien, protesta Rebecca.

414

— Moi non plus, je n'y suis pour rien, et ça me soulage.

— Tu n'as pas à faire payer nos problèmes aux autres. Tu l'as terrorisé !

— Tout de suite les grands mots ! Ne change pas de sujet s'il te plaît. »

Il faisait nuit. Nous étions seuls, enfin, et libres de nous affronter. Nous continuâmes sur ce registre pendant des heures. Il y eut des cris. Il y eut des rires. Il y eut des larmes. Il y eut des baisers. Il y eut des accusations et des pardons. Il y eut des punitions et du plaisir. Également partagés. Nous nous retrouvâmes dans une voiture, comme la première fois où je l'avais aimée, le soir de notre dîner sur le toit de Brooklyn. Nous avancions sans autre but que celui d'avancer. Le mouvement suffisait à faire taire nos questions. Nous étions l'un à l'autre, l'un contre l'autre, l'un avec l'autre. Entièrement absorbés par l'instant. Émerveillés d'être encore émerveillés. L'alchimie que nous avions cru perdue, l'alchimie que nous avions cherchée dans tous les recoins de nos cœurs éprouvés puis dans les corps muets d'autres maîtresses et peut-être d'autres amants, nous avait entièrement repris. Nus, enveloppés dans un plaid de laine rêche que nous avions trouvé sous l'accoudoir, nous étions heureux, et comme à chaque fois que le bonheur nous frappait de sa bonté, affamés. J'allais orienter le chauffeur vers un diner ouvert 24h/24 près du Rockefeller Center, lorsque la voiture cahota et s'arrêta dans un soubresaut suspect. Nous attendîmes une dizaine de minutes en pouffant et, comme rien ne se passait, je soulevai le rideau. L'habitacle était vide. J'enfilai mon jean, mon T-shirt et sortit de la voiture. Nous étions en rase campagne. La lumière grisée du matin s'accompagnait d'une humidité fraîche et odorante. Appuyé à un arbre sur le bas-côté, le chauffeur fumait. C'était une masse. Il jeta sa cigarette en m'apercevant.

« Où sommes-nous ? m'enquis-je.

— À Long Island.

— Dans les Hamptons ?

— Oui », répondit-il comme si c'était la chose la plus naturelle du monde.

« Mais pourquoi ?

— Vous m'avez dit de rouler tout droit. »

Rebecca, qui s'était rhabillée, nous rejoignit. Elle avait passé ma veste. Elle se lova contre moi et demanda innocemment :

« Nous sommes en panne ?

— Oui, madame, d'essence », répondit le chauffeur.

Rebecca et moi échangeâmes un regard perplexe :

« Mais pourquoi n'en avez-vous pas pris en chemin ? demandai-je aussi aimablement que possible alors que je sentais gronder en moi l'éruption.

— Vous m'avez dit de ne pas m'arrêter.

— Donc vous avez continué jusqu'à vider le réservoir ?

— Oui monsieur, répondit-il.

— Je n'y crois pas ! fulminai-je en tournant sur moi tandis que Rebecca tentait de me calmer.

— Pourquoi n'avez-vous pas demandé à vous arrêter ?

« Monsieur m'avait dit de ne pas vous interrompre. »

Le jour commençait tout juste à se lever et il n'y avait pas une maison ni un téléphone en vue. Je partis sur la route, suivi de Rebecca qui riait aux larmes, comme à chaque fois que je m'emportais, et du chauffeur qui maugréait. Il avait fait ce que je lui avais demandé. Ce n'était pas sa faute. Il n'avait pas à être traité de cette façon. Et puis il avait faim et il était fatigué. Il n'avait pas arrêté de conduire de la nuit. Ce n'était pas ce qui était prévu… Il n'avait même pas fait de pause et voilà comment on le remerciait. Ses complaintes me remirent en colère, je fis volte-face, mis mon nez à quelques centimètres du sien et lui ordonnai de partir dans le sens inverse. Je ne voulais plus le voir et je ne voulais plus l'entendre. Je lui donnai un liasse de billets qui couvrait deux fois la course en lui conseillant de ne pas recroiser mon chemin s'il tenait à sa pathétique existence. Ce type faisait deux fois mon poids et aurait sans doute pu me mettre une rouste, mais il fit demi-tour avec un air penaud et partit en traînant les pieds dans la direction opposée.

« Et maintenant on fait quoi ? m'interrogea Rebecca toujours hilare.

— On marche », fis-je de mauvaise grâce.

Ce que nous fîmes jusqu'à apercevoir la plage déserte. Rebecca retira ses chaussures et nous continuâmes à avancer sur le rivage. Le soleil naissant teintait la mer, le sable et nos visages d'ocre et de rose.

Nous aperçûmes une première maison, mais elle était fermée. Nous eûmes la chance, trois cents mètres plus loin, de tomber sur un monsieur d'une soixantaine d'années qui faisait sa promenade matinale. De petite taille, mince, il était d'un chic impeccable et d'une mélancolie policée. Nous lui expliquâmes nos mésaventures. Il nous dévisagea d'un air pensif puis un pétillement illumina ses yeux gris et, dans un élan, il nous proposa de venir nous reposer chez lui. Nous avions faim, nous étions fatigués, nous ne nous fîmes pas prier. Monsieur Van der Guilt habitait une maison magnifique, répondant au nom de Sandmanor. Il eut la gentillesse de nous la faire visiter. Rebecca en fut impressionnée. La bâtisse principale, en briques beiges, avait des airs de château anglais. Construite en fer à cheval, elle était dominée par une tour abritant la chambre de maître. Accentuant sa majesté, ses deux ailes étaient flanquées de coursives. Elle était nichée dans un savant enchevêtrement de buis, de cascades de roses et de cyprès. Plus loin dans le parc, la discipline des parterres à la française laissait la place à de grands arbres qui s'épanouissaient en bouquets plus fantaisistes.

« Ma femme avait la passion des jardins », dit notre hôte avec un sourire triste.

Abrégeant la visite, monsieur Van der Guilt nous invita à partager avec lui un solide petit-déjeuner auquel il ne toucha pas. Il nous regarda nous restaurer avec l'indulgence de ceux qui, sur le chemin du renoncement, admirent l'appétit des vivants. Notre conversation dut lui plaire puisqu'il nous proposa de disposer de son cabanon, lequel « cabanon » était une très jolie maison située près de la piscine olympique qu'il n'utilisait plus. Il la gardait en eau et prête à l'emploi pour des raisons esthétiques.

« C'est triste une piscine vide », expliqua-t-il.

Elle servait parfois aux enfants du personnel. Voir ces petites vies toutes neuves se délecter d'un plaisir aussi simple, lui apportait un peu de joie.

Il nous conduisit à notre « cabanon » pour que nous puissions nous y rafraîchir, nous invita à partager son déjeuner et s'éclipsa. Ce qui ne devait être qu'une journée de repos fut suivi d'une nuit et d'une autre journée, si bien que nous passâmes presque une semaine de lune de miel chez monsieur Van der Guilt. Nous avions trouvé des vêtements et des brosses à dents à Wainscott, la ville la plus proche. Comme nous ne sortions pas, nous n'avions besoin de rien. Nos affaires sales disparaissaient pour réapparaître quelques heures plus tard, propres et repassées. Nous mettions peu d'énergie à les salir à nouveau puisque nous passions le plus clair de notre temps nus et au lit. La vie était, dans les Hamptons, d'une incroyable douceur. Avant d'y venir, j'avais imaginé un bocal où les riches vivaient en apnée dans des villas aseptisées. Je découvrais une existence simple, presque villageoise. Si vous n'entriez pas dans le cirque des cocktails, dîners et galas de charité, vous pouviez y passer vos journées pieds nus avec pour toute compagnie des colonies d'oiseaux et le bruit de l'océan. Nous nous réfugiâmes avec bonheur dans cette bulle enchantée. J'avais appelé Marcus et Lauren pour les prévenir de notre absence. Visiblement, nous ne leur manquions pas. Mon associé m'expédia en deux minutes après m'avoir encouragé à « me reposer ». J'en fus un peu vexé et m'en ouvris à Rebecca. Elle m'attira contre elle dans le canapé qui, à l'extérieur du cabanon, faisait face à la piscine et à la mer :

« Ils doivent être contents d'être un peu seuls eux aussi... me rassura ma compagne.

— Pourquoi ? m'étonnai-je en l'embrassant dans le cou, nous sommes de très agréable compagnie... »

Rebecca me sonda d'un regard en biais :

« Ne me dis pas que tu n'as pas compris...

— Compris quoi ?

— Tu n'as pas compris ! » confirma Rebecca en se redressant avec un sourire aussi narquois qu'incrédule. Elle me fixait avec insistance et gardait un silence entendu qui me poussa à émettre une improbable supposition :

« Lauren et Marcus ? Ce n'est pas possible ! » lâchai-je.

Je scrutai Becca, certain qu'elle blaguait, mais elle semblait des plus sérieuses et des plus amusées.

« Mais depuis combien de temps ? demandai-je avec véhémence.

— Au moins quatre mois ! Il serait temps de te réveiller ! » fit-elle.

C'était un vrai complot qui s'était tramé dans mon dos.

« Ah le salaud ! Coucher avec ma sœur ! Et sans rien me dire ! Sans même me demander ! »

Mon indignation fit beaucoup rire Rebecca. Elle passa le reste de la journée à se moquer.

« Ta sœur ne t'appartient pas et ta réaction était si prévisible que Marcus ne t'a rien dit. Ils s'adorent. Il n'y avait que toi pour refuser de le voir. »

Marcus et Lauren… Je n'avais pas vu évoluer leur relation. Il faut dire qu'il était d'une pudeur maladive. Jamais nous n'avions eu les conversations fanfaronnes que sont censés tenir les hommes entre eux. Il ne me parlait pas de ses maîtresses, ne détaillait aucune de leurs particularités et ne se confiait pas sur son degré d'attachement. J'avais entendu parler de quelques-unes d'entre elles. Nous en avions même rencontré certaines ensemble. Il les recontactait quelques jours plus tard, sans m'en parler. Il nouait en toute discrétion les fils de ses liaisons et j'apprenais par hasard, ou par un tiers, qu'il sortait avec telle ou telle fille depuis des semaines, quand ce n'était pas des mois. Nous n'avions su que le strict minimum. Les élues temporaires de son cœur n'avaient jamais été invitées à partager avec nous ne serait-ce qu'un déjeuner. Ma vanité m'avait aveuglé. Je croyais qu'il tenait ses conquêtes éloignées de notre quatuor de peur qu'elles ne reportent leur intérêt sur moi. Je me rendis compte qu'il les avait surtout tenues éloignées de Lauren. Je comprenais mieux, à présent, les emportements de Marcus lorsqu'un type traitait ma sœur avec désinvolture.

« Ce n'était pas de la désinvolture ! protesta Rebecca. Ils décampaient tous à cause de toi ! Tu t'obstines à les faire fuir. Chaque fois qu'elle a invité un de ses prétendants à la maison, tu as mené une impeccable entreprise de démolition. Marcus n'en ratait pas une non plus, mais lui avait de bonnes raisons… À t'entendre, personne n'est assez bien pour Lauren. Au moins, cette fois-ci, tu ne pourras pas prétendre que son nouvel amoureux n'est pas à la hauteur… »

Nous ne retrouvions notre hôte que pour les repas où il nous relatait sa vie haute en couleur avec un humour et un talent de conteur hors pair. Monsieur Van der Guilt avait fait dix fois le tour du monde. Il connaissait les pays les plus reculés, les peuplades les plus isolées. Il parlait six langues et avait une manière bien à lui d'analyser les enjeux géopolitiques. Héritier, il n'avait jamais vraiment travaillé. Il avait été un temps diplomate, notamment à Paris, à Istanbul et à Vienne, mais je le soupçonnais d'avoir eu d'autres activités dont il ne pouvait pas parler. Monsieur Van der Guilt était un homme charmant. Mille fois plus cultivé que je ne le serais jamais, et aussi riche que je comptais le devenir. Il avait perdu sa femme, Kate, deux ans plus tôt, d'une maladie génétique rarissime dite « des os de verre ». Elle avait été son très grand amour et il ne se remettait pas de sa disparition. Il vit sans doute, en Rebecca et moi, un miroir de ce qu'il avait vécu parce qu'au soir du cinquième jour, alors que nous devions rentrer à

New York le lendemain matin, il demanda, de but en blanc :

« Ne voudriez-vous pas me racheter Sandmanor ? »

Nous dînions sur la terrasse de la maison. Des flambeaux éclairaient cette nuit d'été un peu fraîche.

« Vous allez vendre cet endroit magique ? » s'exclama Rebecca.

Il resta pensif un instant, sirotant quelques gorgées de la grappa qu'il nous avait servie.

« Cette maison me rappelle trop Kate. Elle a tout choisi ici. La chaise sur laquelle je suis assis. Ce verre dans lequel vous buvez, cette assiette, ces flambeaux en argent que nous avons rapportés d'Inde. Dès que j'ouvre les yeux le matin, je vois son oreiller qu'elle ne froisse plus, sa penderie que je n'ai pas réussi à vider, ses produits de beauté. C'est comme si elle s'était absentée quelques instants, comme si elle allait revenir... Sandmanor, c'était l'œuvre de sa vie, une œuvre dont vous avez pu apprécier le raffinement et la beauté. Je ne peux plus y vivre, je ne veux pas détruire ce qu'elle a créé et je ne peux pas l'abandonner à n'importe qui. Je n'ai pas d'enfants. Kate et moi, nous nous sommes passionnément aimés, vous savez. J'ai vécu ici les plus belles années de ma vie. Je dois partir, mais je voudrais que Sandmanor continue à être une maison emplie d'amour et peut-être des petits que nous n'avons pas eus. Vous deux, ça ne doit pas être simple tous les jours, mais vos sentiments sont forts et sincères, cela saute aux yeux. »

Plus tard, alors que Rebecca était déjà partie se coucher et que je m'apprêtais à la rejoindre, monsieur Van der Guilt posa la main sur mon épaule et me confia :

« J'ai toujours eu une forme d'admiration pour les gens comme vous. Ceux qui s'élèvent seuls, qui se battent, qui construisent leur vie. Je n'aurais jamais eu votre énergie... Des acheteurs pour Sandmanor, j'en trouverai, il n'y a pas de doute, mais, pour les raisons que je vous ai exposées, je préférerais que ce soit vous. Voilà... C'est une forme de déclaration... plaisanta-t-il. Et puis votre fiancée sera bien ici. Une femme comme elle saura prendre la suite de Kate. Elle a sa classe et sa générosité... Allez, je n'insiste plus. » conclut-il en remontant l'allée. Avant de disparaître derrière les lauriers qui bordaient le chemin, il ne put s'empêcher d'ajouter : « Werner, je compte sur vous ! Vous êtes un homme d'instinct. Réfléchissez vite, et réfléchissez bien. »

Manhattan, 1972

Rebecca était en ébullition. Elle pensait matin, midi et soir à Sandmanor. J'étais tout aussi obnubilé. Ce projet nous permettait d'avancer ensemble et de construire quelque chose de commun qui ne soit pas un enfant. Rebecca avait peur de devenir mère. De mon côté, Sandmanor m'évitait de ressasser les zones d'ombre et les frustrations que Marthe Engerer n'avait pas pu lever. Je l'avais invitée à New York et chez mes parents. J'appréciais sa franchise presque brutale et son affection. Je l'appelais régulièrement, pour bavarder de tout et de rien ou lorsque Dane, qui continuait ses recherches, avait besoin d'une précision. Je n'avais pas renoncé à retrouver Kasper Zilch. Nous avions besoin de savoir s'il était vivant. Nous voulions en avoir le cœur net. Le jour, j'avais l'impression d'avoir dépassé le traumatisme, la nuit ces équations non résolues perturbaient violemment mon sommeil. Je rêvais de ma mère, de mon père. Ils changeaient sans cesse de visage, prenant tour à tour les traits d'Armande, d'Andrew, de Marthe, de Luisa ou de Johann et Kasper. Je rêvais que je dormais dans une mare de sang, ou qu'une tache noire purulente apparaissait sur mon ongle, contaminait mon pouce, ma main, remontait le long du bras pour atteindre l'épaule, le cou, la mâchoire. Cette tache rongeait ma chair, mes dents, ma peau, mon œil. C'était un poison ultra-violent qui me détruisait et contre lequel il n'existait pas d'antidote. Je me réveillais dans un cri, en sueur, sans faire réagir Rebecca qui fuyait, elle, dans son sommeil opaque et imperturbable. Alors je me levais et j'allais travailler, trop inquiet que le cauchemar reprenne, jusqu'à ce que la maison se réveille. Le contexte ne m'aidait pas à retrouver ma sérénité. L'enquête sur Kasper piétinait et les projets immobiliers de Z & H étaient ralentis par un contrôle fiscal. J'avais le sentiment obscur que quelqu'un avait téléguidé cette inspection. Avoir une dizaine d'agents du fisc en permanence dans nos locaux créait une atmosphère détestable. Je refusais néanmoins de me laisser impressionner. Nous n'avions rien à nous reprocher. En matière d'archivage et d'organisation, Donna était une machine de guerre ; je doutais qu'un agent puisse la coincer sur la moindre facture. Marcus semblait beaucoup moins serein que moi et ce contrôle tombait mal alors que nous avions besoin de dégager de quoi acheter Sandmanor. Jusqu'à présent, mes investissements s'étaient en grande partie autofinancés. À l'exception de ma maison du Village, ce que j'achetais se remboursait tout seul. J'étais virtuellement très riche, mais sans liquidités. Puisque ni Rebecca ni Lauren ne voulaient déménager Uptown, Marcus et moi tentions de vendre les deux derniers étages de notre tour, mais les clients suffisamment riches pour s'offrir ce type de duplex ne couraient pas les rues.

Sandmanor valait une fortune. Monsieur Van der Guilt évita de mélanger amitié et négociation. Il nous envoya son avocat. Lorsque ce dernier m'annonça le prix de vente, je ne fus pas surpris, mais je disposais à peine du tiers de la somme nécessaire. Il en allait de même pour Rebecca. Elle avait gagné de l'argent avec ses expositions et elle hériterait un jour l'une des plus grosses fortunes des États-Unis, mais ses rapports avec son père étaient compliqués. Il lui allouait, certes, une pension généreuse qu'elle utilisait avec réticence lorsque sa peinture n'y suffisait pas. De là à lui demander de signer un chèque de quelques millions, il y avait un fossé. Je ne pense pas que Nathan Lynch aurait refusé quoi que ce soit à sa petite chérie, mais il aurait utilisé ce levier pour exiger d'elle des contreparties. À ses yeux, je restais un coureur de dot dont il fallait la protéger. J'en eus rapidement confirmation. Ma beauté, en véritable artiste et petite fille gâtée, ne gérait rien directement. Elle demanda un état de ses comptes à Ernie qui les lui fournit. Ce fouineur en profita pour la questionner. Avec une candeur qui m'étonna, elle lui parla de notre projet, et Ernie s'empressa d'informer son employeur de « ce qui se tramait ». Dans les deux heures, la secrétaire de Nathan Lynch appelait Donna pour me convoquer. Le ton me déplut et j'avais gardé un souvenir cuisant de notre unique rencontre. Je demandai à Donna de répondre que mon agenda était plein pour les deux prochains mois. Si la secrétaire de Nathan Lynch insistait, mon assistante devait décliner date après date jusqu'au moment où celui qui n'était pas parti pour être mon beau-père finirait par se lasser. Je me foutais bien de lui plaire. C'était, à mon sens, une cause perdue. Donna appliqua mes consignes. Monsieur Lynch, à qui personne ne disait non, devait être fou de rage parce que Ernie débarqua dès le lendemain matin chez Z & H. Je le fis attendre deux heures à la porte de mon bureau sans le recevoir. Nathan passa alors par Frank Howard, qui parla à Marcus, lequel me fit la morale sans conviction ni succès. Je pensais avoir suffisamment humilié le père de Rebecca pour le décourager. C'était sous-estimer son sale caractère ou son affection pour sa fille. Alors que je déjeunais au Phoenix avec Michael Wilmatt, un architecte réputé qui travaillait sur l'un de nos nouveaux projets, je vis arriver Nathan Lynch flanqué d'Ernie. Il avait beaucoup vieilli en dix-huit mois. Son visage, loin du teint rubicond que je lui avais connu, était pâle, presque poudré. Je fus à nouveau frappé par sa petite taille. Nathan en était conscient parce qu'il se haussa du col, bomba le torse et fondit sur moi. Sans me saluer, il demanda à me parler en privé. J'eus la tentation de refuser, mais j'étais curieux de savoir ce qu'il me voulait et je n'avais pas envie de faire un esclandre devant Michael Wilmatt. Je m'excusai auprès de ce dernier et suivis le père de Rebecca dans un salon à l'écart.

Ernie voulut nous accompagner, mais je fus très clair avec Nathan :

« Il ne vient pas.

— Mais bien sûr que je viens ! » protesta l'homme de loi.

Je ne pris pas la peine de lui répondre et m'adressai directement à son employeur :

« Il reste à la porte ou je pars. »

Nathan Lynch éloigna Ernie d'un geste sec. Le salon était minuscule et sa décoration chargée. Il s'installa dans le canapé en velours bleu capitonné. Je m'assis en face de lui, dans l'un des trois fauteuils tapissés de la même étoffe.

« Qu'essayez-vous de faire avec ma fille ? lança-t-il.

— Je ne fais rien avec votre fille qu'elle n'ait souhaité.

— Vous savez que je ne vous laisserai pas l'épouser sans contrat ?

— Cela tombe bien, nous ne comptons pas nous marier.

— Parce qu'en plus, vous vous amusez avec elle ?

— Rebecca ne veut pas se marier. Ni avec moi, ni avec personne. Il faut croire que le couple idyllique que vous formez avec madame Lynch ne lui a pas donné envie de vous imiter…

— Je n'apprécie pas votre insolence.

— Ni moi votre grossièreté. »

Nathan Lynch marqua une pause. Il aurait voulu me pulvériser en trois phrases mais n'était pas certain d'y arriver.

« Alors, vous voulez acheter une maison avec elle ?

— Effectivement.

— Ne vous attendez pas à ce que je vous signe un chèque en blanc. Si je paie cette acquisition de ma fille, j'entends qu'elle soit protégée. Vous avez une fâcheuse tendance, d'après ce que j'ai compris, à… diversifier vos intérêts.

— Je ne sais pas sur quels ragots vous fondez vos allusions, mais je ne rentrerai pas dans les détails de notre vie privée. Quant à votre financement, je préfère m'en passer.

— Je me suis renseigné sur votre château de sable… Ce n'est pas avec vos petites magouilles immobilières que vous pourrez acheter une propriété de ce genre. » Il marqua une pause. « Néanmoins, je ne voudrais pas que ma fille soit privée de quelque chose qu'elle désire parce qu'elle a mal choisi l'homme avec qui… s'associer. Je vais être franc, poursuivit-il en se penchant vers moi, la mâchoire contractée et le regard métallique, vous n'avez ni famille, ni éducation, ni fortune. Un physique quelconque. Une intelligence très moyenne et aucune moralité. Il n'y a rien qui justifie ce temps qu'elle passe avec vous. »

Le vernis qui me servait d'éducation craqua :

« Je crois que c'est parce que je la fais jouir », répondis-je avec un sourire.

Il sursauta comme si je l'avais giflé. Passé un bref moment de suffocation, il se mit à hurler tout le mal qu'il pensait de moi. Je me levai.

« Vous comprenez pourquoi je ne tenais pas à cette

rencontre. Le plus simple, pour le bonheur de votre fille, le vôtre et le mien, serait de continuer à nous ignorer. Nous y sommes très bien parvenus jusqu'à aujourd'hui.

— Sale petite merde ! Je ne vais pas vous ignorer, je saborderai un à un les contrats que vous essaierez d'obtenir, je mettrai un point d'honneur à vous ruiner et à ruiner vos amis. N'imaginez pas vous défaire des inspecteurs qui épluchent en ce moment votre comptabilité. Vous en aurez le double dès demain matin. Vous ne pourrez pas faire un pas sans me trouver sur votre chemin. Je vais rendre votre air irrespirable.

— Dommage que vous n'ayez pas mis cette énergie à venger votre épouse au lieu de la faire enfermer. Vous n'avez pas le sens des priorités », rétorquai-je.

Il me menaça du poing en braillant. Je craignis de ne pas garder mon calme beaucoup plus longtemps et sortis. Dans le vestibule, Ernie attendait, blanc comme les serviettes des tables. Je crus discerner dans son regard une étincelle de peur ou d'admiration. Il ne devait pas souvent voir quelqu'un tenir tête à Nathan Lynch. Je m'éloignai sans mot dire et, ayant retrouvé Michael Wilmatt, je lui proposai de changer de restaurant pour avoir la paix. Ce que nous fîmes. J'étais assez fier de la manière dont j'avais mouché le vieux, même si je m'inquiétais des conséquences personnelles que ma sortie risquait de provoquer. Je ne pus dissimuler l'incident à Rebecca : un journaliste du *New York Gossips* se trouvait dans la salle du Phoenix lorsque Nathan m'avait abordé. Il avait été témoin du début de la scène, de notre aparté, et de mon départ précipité. Il lui avait été facile, moyennant quelques billets, d'interroger le personnel pour reconstituer l'essentiel de notre échange. Le lendemain, le journal titrait, dans les pages «société»: «*Nathan Lynch se fait lyncher…*»

Les premières lignes plantaient le décor: « "*Je ne veux pas de tes millions, je préfère prendre ta fille… et elle aime ça*", a déclaré Werner Zilch au milliardaire lors d'une violente altercation au Phoenix.»

J'étais consterné. Rebecca ne lisait jamais ce journal, mais des amies bien intentionnées s'empressèrent de l'appeler pour la prévenir. Je travaillais à la maison ce matin-là. Elle vint se planter devant moi avec un exemplaire du torchon:

«Ne me dis pas que tu as prononcé ces mots…

— Quels mots? fis-je penaud.

— "Je préfère prendre ta fille et elle aime ça…"

— Non, je n'ai pas dit ça, affirmai-je sans ciller.

— Et tu comptais m'en parler quand?

— Je ne voulais pas te déprimer…

— Tu avais vraiment besoin de le provoquer?

— Mais je ne l'ai pas provoqué! C'est lui qui me poursuit depuis que tu as appelé Ernie et que tu lui as raconté notre projet. Ton père m'a abordé comme un sauvage au restaurant.

— N'importe quoi!» s'exclama Rebecca.

Je lui racontai la scène plus en détail – en orientant un minimum les choses en ma faveur, il va sans dire. Elle s'empourpra de colère et après avoir jeté le *New York Gossips*, se précipita sur le téléphone:

«Bonjour Esther, je veux parler à mon père. Non, immédiatement. Je me moque qu'il soit occupé, s'il veut un jour revoir sa fille, il sort de réunion. Exactement... J'attends.»

Elle s'assit sur mon bureau, les jambes pendant dans le vide. Elle me demanda de sortir. Comme je traînais, elle me fusilla du regard et pour la première fois, je lui trouvai un petit air de ressemblance avec Nathan. Je m'offris le plaisir de rester derrière la porte et passai quelques minutes délicieuses à profiter de leur conversation musclée avant que je n'entende Rebecca descendre de mon bureau. Je décampai. Tout en continuant de faire une scène à son père, elle vint, en tirant sur le fil du téléphone, vérifier que je n'écoutais pas. J'échappai de justesse à sa surveillance. L'autre ligne sonna. C'était monsieur Van der Guilt. Le propriétaire de Sandmanor m'invitait à déjeuner :

«Vous avez, je crois, du mal à financer l'achat de Sandmanor que j'essaie de vous vendre de force, s'amusa-t-il. J'ai peut-être une solution. Parlons-en...

— Avec plaisir. Quand êtes-vous disponible ?

— Aujourd'hui, c'est possible pour vous ?

— Absolument.

— Je vous propose le Mayfair Hotel. En revanche, venez sans Rebecca. Je vous expliquerai...»

Je le retrouvai à 13 heures. Il m'attendait déjà et discutait avec un couple d'Italiens très élégants qui s'étaient levés de leur table pour le saluer. Moi qui pensais avoir, en quelques années, développé un réseau respectable, j'étais un inconnu en comparaison de lui. Tout au long du déjeuner, les personnes les plus diverses vinrent lui dire bonjour. À chaque fois il se levait, chaleureux et enthousiaste, pour bavarder un instant avec ses interlocuteurs, souvent dans leur langue. Je l'entendis ainsi parler italien, français, et même arabe. Bienveillant à mon égard, il me présentait d'un mot flatteur et prenait soin, en se rasseyant, de m'expliquer comment il avait rencontré ces amis. Bon an mal an, il réussit à m'exposer son projet. Son idée était simple, mais je n'aurais jamais imaginé qu'elle puisse l'intéresser : il me proposait un échange. La somme dont je disposais, à savoir un tiers du prix, plus les deux étages de notre Z & H Tower que nous ne parvenions pas à vendre.

« Étant donné le cadre où vous vivez, je n'aurais jamais imaginé qu'un appartement aussi contemporain puisse vous séduire… m'étonnai-je.

— C'est vous qui m'avez donné cette idée. À Sandmanor, lorsque vous tentiez de convaincre Rebecca de s'installer dans ce duplex, vous avez dit que vous aimiez l'idée de dormir dans un lieu qui n'a pas été habité. Je me suis rendu compte que c'était exactement ce dont j'avais besoin. Un endroit neuf, où je n'ai pas de souvenirs avec Kate. J'ai visité, j'ai été conquis. Et puis, à mon âge, il vaut mieux commencer à se rapprocher du ciel… » conclut-il avec un demi-sourire.

Il fallait que je parle à Marcus de cette proposition. Il était propriétaire, à travers Z & H, de 50% de ce bien. Il faudrait envisager que notre société me fasse un crédit personnel. Si Marcus acceptait, ce dont je ne doutais pas, la solution était idéale. Monsieur Van der Guilt laissait en outre, dans les caisses de Sandmanor, un an de salaire pour cinq de ses employés, ce qui me donnerait le temps de décider si je souhaitais les garder ou non. En revanche, il emmènerait le couple qui gérait la maison.

« Ils me connaissent mieux que personne et ils étaient très attachés à Kate, mais je suis sûr que vous saurez les remplacer. »

Je le rassurai. Miguel, qu'il n'avait pas eu l'occasion de rencontrer, prendrait avec nous un soin jaloux de Sandmanor. À la fin de notre déjeuner, Monsieur Van der Guilt me fit une autre faveur bien plus surprenante. Il sortit de son attaché-case un épais dossier de toile verte et me le tendit.

« J'ai hésité avant de vous apporter ces documents. Je ne suis pas du genre à m'immiscer dans les affaires des gens, mais j'ai lu, par hasard, un article qui rendait compte des relations difficiles que vous avez avec le père de votre fiancée et je me suis dit que ces papiers pourraient vous aider. Ils concernent aussi Rebecca. Il me semble important qu'elle sache, mais je trouvais indélicat qu'elle l'apprenne par moi. Regardez-les cet après-midi, m'arrêta-t-il alors que je m'apprêtais à lire le contenu de la pochette. Et si vous avez besoin de précisions, n'hésitez pas… »

De retour au bureau, je pris un moment pour parcourir le dossier que m'avait confié monsieur Van der Guilt. J'y trouvai les relevés de comptes d'une société écran aux îles Caïmans, ainsi que des ordres de virement de Rebecca, de sa mère, Judith, et même de son père, vers cette société. Des sommes colossales y avaient été transférées. Au départ, je ne compris pas la raison de ces mouvements. Elle s'éclaira en arrivant à la dernière liasse de documents. Par un subterfuge que je ne pus m'expliquer, monsieur Van der Guilt avait obtenu le nom de l'actionnaire propriétaire de cette société écran. Il s'agissait d'Ernie. Je ne fus qu'à moitié étonné de comprendre que, depuis des années, il volait Rebecca et ses parents. Il m'avait déplu dès la première minute. En tant que bras droit de Nathan Lynch, il devait avoir des procurations qui lui avaient permis, petit à petit, de détourner des millions.

J'appelai la maison. Miguel répondit et me confirma que mademoiselle Rebecca travaillait dans son atelier. Une heure plus tard, je prenais une bière avec elle sur la terrasse, devant les documents que m'avaient confiés Van der Guilt. Folle de rage, elle me confirma que ni elle, ni sa mère n'avaient jamais autorisé ces virements. Elle était quasiment sûre que son père n'y était pour rien non plus. Rebecca n'avait pas une grande considération pour Ernie, mais elle fut très blessée par cette découverte. D'abord parce qu'elle soulignait son manque de vigilance et sa naïveté, ensuite parce que la trahison d'Ernie attaquait aussi sa vanité de femme. En dépit de ses dénégations, Rebecca savait parfaitement qu'Ernie était amoureux d'elle. Ma beauté avait naïvement pensé que ces sentiments faisaient de lui un être dévoué qui n'oserait jamais se retourner contre elle, alors que c'était justement ce qui l'avait poussé à de telles malversations.

« Avec tout ce que mon père a fait pour lui ! Tu sais qu'il lui a payé ses études de droit ? Et qu'il l'a aidé à créer son cabinet ? Tu te rends compte ? »

J'affichais des airs de sympathie consternée.

« Tu ne dis rien ! s'exclama Rebecca. Cela ne te met pas en colère ?

— Bien sûr que si mon amour, mais nous allons régler la situation. »

Pour la deuxième fois de la journée, Rebecca descendit dans mon bureau et, ignorant le fauteuil qui lui tendait les bras, s'assit en tailleur sur mes dossiers et appela son père. Pour la deuxième fois de la journée, je me postai derrière la porte afin de suivre la recommandation de Lauren : savourer intensément l'instant présent.

Arizona, 1974

« Bon week-end professeur ! » lança le gardien en actionnant la barrière.

Le professeur Zilch esquissa un salut à travers la vitre de sa Chevrolet bronze et quitta l'enceinte de Sanomoth. Comme tous les vendredis soir il irait au Paradise, mais il voulait passer chez l'armurier d'abord. Si son nouveau fusil n'était pas arrivé, il achèterait un deuxième revolver. Il ne manquait pas d'armes à la maison, mais leur nombre le rassurait. Tout comme leur maniement : il s'entraînait au tir deux fois par semaine sur les cibles qu'il avait installées dans sa cave.

Depuis plusieurs jours, il se sentait observé. C'était un sentiment diffus, mais il avait immédiatement appliqué sa procédure de sécurité. Il changeait d'itinéraire. Il prenait soin de ne pas avoir d'horaires réguliers. Le professeur Zilch avait appris à écouter son instinct. Il avait trop à perdre. Cela faisait des années qu'il menait une vie discrète. Il était devenu aussi transparent que le permettaient sa stature et son physique. Son activité chez Sanomoth lui avait permis d'être muté en moyenne tous les dix-huit mois, ce qui l'arrangeait. Il n'avait pas d'amis et ne tenait pas à en avoir. Il était poli avec ses voisins, mais coupait court aux discussions. Il ne déjeunait pas avec ses collègues de bureau et prétextait un dossier urgent quand ces derniers lui proposaient de prendre un verre en fin de journée. Le matin, il se levait très tôt pour aller à la piscine avant d'aller travailler. Le soir, il regardait la télévision, écoutait de la musique ou faisait des jeux de nombres dans les revues auxquelles il était abonné. Il s'était habitué à cette discipline.

Le capot d'une Pontiac Executive apparut pour la troisième fois dans son rétroviseur. Il se tendit. Cinq minutes plus tard, elle le suivait toujours. Alors que le feu passait au rouge, il accéléra et tourna à gauche en dépit des interdictions. La Pontiac s'arrêta : fausse alerte. Prudent, le professeur Zilch fit un détour de plusieurs kilomètres avant de se garer à deux minutes de Dury's gun shop. Il resta un moment dans son véhicule sans voir passer la voiture qui l'avait alerté. Il sortit. Son fusil automatique n'était pas arrivé. L'armurier s'excusa et lui fit une remise importante sur le revolver. Le professeur Zilch paya en liquide et demanda à passer par l'arrière. Il vérifia, avant de reprendre le volant, que personne n'était posté à l'extérieur.

Une fois chez lui, il se rangea dans la rue : il fallait, en cas de problème, pouvoir partir rapidement. Il hésita. La prudence aurait voulu qu'il ne sorte pas ce soir, mais combien de fois s'était-il terré, inquiet, alors qu'il n'avait sans doute aucune raison de l'être ? Il ne restait plus grand-chose dans son réfrigérateur – il faisait les courses le samedi –, mais il trouva un morceau de pâté, coupa du pain et se servit un whisky. Il alluma la télévision, regarda les informations puis commença le film du vendredi soir. C'était une comédie mièvre, sans intérêt, mais l'actrice principale, une petite brune excitante, lui rappela Barbra. Ce qui le décida. Il prit une douche brûlante qui lui laissa la peau cramoisie. Il se rasa, se lima les ongles avec les outils d'une petite trousse en cuir. Il fit deux bains de bouche, s'aspergea les mains d'alcool et le torse d'eau de toilette. Il raccrocha trois chemises pour d'infimes faux plis sur le col avant de trouver celle qu'il porterait.

Les véhicules se pressaient sur le parking du Paradise. Seuls des hommes en sortaient. L'enseigne était surmontée de néons dessinant une silhouette de femme nue les bras levés et la poitrine tendue. Une enceinte extérieure diffusait une musique rythmée. Il prit la file réservée aux membres du club et le vigile le fit passer tout de suite. À l'intérieur, Mrs Binson vint à sa rencontre :

« La table habituelle, monsieur Zilch ? »

Le professeur acquiesça. Elle ouvrit la porte. Une bouffée de chaleur humide, de transpiration et de tabac l'enveloppa. Sur les podiums, des filles dansaient autour de barres en laiton. Elles portaient des maillots de bain et des hauts talons. Leurs corps huilés brillaient. La lumière rouge les nimbait d'une perfection irréelle. Le professeur Zilch repéra Sandy. Les chevilles fermement croisées autour de la barre, elle tournait, tête en bas, ses cheveux blonds frôlant le sol. Il admira sa cambrure lorsqu'elle se releva, agrippa la barre au-dessus de ses pieds et reprit de l'élan pour virevolter à nouveau les genoux regroupés. Il chercha Barbra des yeux et ne la vit pas. Elle devait se préparer pour son numéro. Il commanda du whisky, alluma un cigare. Sa table, à part, lui permettait d'observer sans être vu. Il remarqua une nouvelle, mais elle ne lui plut pas : elle faisait ses figures en force, sans grâce. Après avoir dîné et regardé les filles un long moment, il vida son verre et se leva. Mrs Binson s'approcha de lui :

« Qui voudriez-vous avoir ce soir ? Sandy ou Barbra ?

— Ce sera Barbra. »

Sandy interrogea Mrs Binson du regard. La patronne fit un signe de dénégation. Sandy sembla soulagée. Ce fut une jolie brune qui suivit le professeur dans l'un des salons. Bien qu'il fût très bon client, Mrs Binson précisa :

« Je ne vous rappelle pas les règles, monsieur Zilch. Nous en avons parlé la dernière fois. »

Le professeur poussa la fille à l'intérieur et ferma la porte sans répondre.

Il était 2 heures du matin lorsque le professeur quitta le Paradise. Il avait beaucoup bu. Dans sa Chevrolet, il sortit une bouteille d'alcool à 90° de la boîte à gants et se désinfecta les mains et le visage. Il démarra. C'était une nuit sans lune. Il roulait vite. Après un tournant serré, un bruit étrange se fit entendre. Il crut que le pot d'échappement venait de se détacher, mais c'était plus grave : le moteur toussa à plusieurs reprises puis s'arrêta. Il se rangea sur le bas-côté. De la fumée s'échappa du capot lorsqu'il le souleva. Il alluma un briquet pour y voir plus clair mais s'empressa de l'éteindre en repérant une importante fuite d'essence. De colère, il donna un coup de poing sur le capot après l'avoir refermé. Il était à une quarantaine de kilomètres de chez lui et il n'y avait pas une lumière aux alentours. Il prit son manteau, ferma sa Chevrolet et se mit à marcher en direction du Paradise. Il se ravisa en apercevant des phares au loin. Quelle veine ! Il n'y avait qu'une seule route, la voiture allait forcément passer devant lui. Elle avançait à vive allure, comme lui quelques instants plus tôt. Elle apparaissait et disparaissait de son champ de vision en fonction des vallonnements. Il se posta bien au milieu de la chaussée pour être vu. La voiture ne ralentit pas lorsqu'elle l'aperçut. Il agita un bras. Elle fit un appel de phares. Le professeur Zilch crut d'abord que c'était un signe amical, mais lorsqu'il reconnut la Pontiac Executive il eut un coup au cœur. En une fraction de seconde, il comprit. Il se mit à courir comme un fou avec, dans les oreilles, le rugissement de la voiture en pleine accélération.

Sandmanor, 1974

Le temps était frais et ensoleillé. Nous fîmes sortir Shakespeare de la Bentley. Il partit immédiatement explorer le jardin. Par jeu, je pris Rebecca dans mes bras pour lui faire passer le seuil de notre nouvelle demeure. Je lui cognai malheureusement le tibia dans la porte.

« Ça commence bien », grimaça-t-elle avant de sourire et de m'embrasser.

Dans le hall, un bouquet de fleurs de la taille d'une chaise nous attendait avec un mot : « Bienvenue dans votre nouvelle maison. Marcus et Lauren. » Rebecca appela brièvement son père au sujet d'Ernie dont le procès venait de commencer. L'ancien bras droit de Nathan Lynch avait été licencié et attaqué en justice. Interdit de séjour dans toutes les bonnes maisons de New York, il avait dû fermer son cabinet d'avocats et vendre sa maison. Il passait désormais l'essentiel de son temps à assurer seul sa défense. Je ne pleurais pas sur le bonhomme… Dans la foulée de cette affaire, le contrôle fiscal de Z & H s'était miraculeusement

443

réglé. Je pris cette bonne nouvelle comme une forme d'excuse de la part de Nathan, mais nous ne nous étions pas revus depuis notre altercation au Phoenix. Rebecca cloisonnait fermement ces deux parties de sa vie et elle ne semblait pas du tout pressée de nous réunir dans une même pièce. Je ne l'étais pas non plus. Je savais ce que j'inspirais à Judith et Nathan. J'en souffrais, mais il me semblait impossible de changer leurs sentiments. Nous ne parlions plus de mariage, ni d'enfants. C'était la condition pour rester l'un avec l'autre. J'en étais malheureux, mais je ne voulais pas réveiller nos querelles.

Nous restâmes une semaine sans personne à Sandmanor. J'avais donné quelques jours de congé au personnel pour découvrir la maison. Monsieur Van der Guilt l'avait vidée de ses affaires personnelles et des rares objets qu'il voulait emporter. Il avait laissé en place l'essentiel du mobilier et des œuvres d'art savamment choisis par sa femme. Nous fîmes de grandes promenades avec Shakespeare et des siestes au soleil de ce début de printemps. Ma beauté installa son atelier dans le bungalow que nous avions occupé lors de notre premier séjour. Elle préparait activement sa première exposition à Londres. C'est durant cette semaine que nous arriva une bonne nouvelle : l'une de ses œuvres, une sculpture appelée *La Ville*, constituée de centaines de figurines installées dans des centaines de cases en bronze, venait d'être achetée par un Français. Il était en charge de constituer les collections d'un futur centre d'art contemporain qui devait être construit au cœur de Paris : le projet Beaubourg.

Miguel fut le premier à nous rejoindre. Sandmanor le bouleversa. Il fut tellement séduit par cette demeure dont il aurait désormais la charge que, tout au long de la visite, il en avait les yeux humides. Miguel s'attela à rectifier le désordre que, pour mieux prendre possession des lieux, nous y avions semé. Dans les semaines qui suivirent, il dressa un inventaire méticuleux du contenu de Sandmanor : tableaux, meubles, tapis, bibelots, livres, mais aussi linge de maison, vaisselle, verrerie et argenterie. Une fois la moindre cuiller à café consignée, il passa la première année à rechercher la provenance des pièces majeures de ce qu'il appelait pompeusement « la collection ». Il consacra l'année suivante à écrire une courte biographie de Kate Van der Guilt, qui avait fait de cet endroit ce qu'il était et dont le portrait trônait dans l'escalier principal. Il assortit ce texte de conseils pour bien tenir une demeure. J'en envoyai une copie à monsieur Van der Guilt qui me répondit par un mot très gentil soulignant la justesse de l'analyse et le plaisir qu'il avait de nous savoir heureux à Sandmanor. Le livre de Miguel était si bien construit que je le recommandai à mon amie éditrice Vanessa Javel.

« Ton amie, tu veux dire ton ex… » grinça Rebecca lorsque j'annonçai que le comité de lecture avait retenu le manuscrit de Miguel.

J'étais heureux que ma beauté soit jalouse. Son

absence et son indifférence m'avaient trop fait souffrir. J'aimais qu'elle gronde et qu'elle griffe.

De son côté, Lauren faisait des étincelles. L'amour de Marcus lui avait donné des ailes et son centre de bien-être était devenu une adresse incontournable depuis qu'un célèbre producteur d'émissions de télévision en avait poussé la porte. Il avait, quelques semaines plus tôt, failli mourir d'une attaque cardiaque et voulait reprendre le sport. Lauren, qui adorait sauver les gens d'eux-mêmes, prit en main la vie de cet homme. Acupuncture, hypnose, yoga, diététique, elle lui concocta un programme sur mesure qui transforma ce fumeur stressé, agressif et en surpoids en un type à la limite de la maigreur qui se promenait avec un sourire presque benêt et voulait du bien à tout le monde. Convaincu que s'il parvenait à partager sa révélation avec des millions de téléspectateurs, son karma ne s'en porterait que mieux (il gardait, malgré tout, une vision comptable de sa dette cosmique), il vendit un concept d'émission à ABC. La chaîne venait de passer entièrement en couleurs et le plateau du «Lauren Show» ressemblait à une boîte de bonbons. Ma sœur y abordait toutes ses marottes qui, rendons hommage à son caractère visionnaire, étaient devenues très à la mode. L'engouement du public fut tel qu'une entreprise d'agroalimentaire la contacta. En partenariat avec ces industriels, elle développa la première marque de produits diététiques des États-Unis, enthousiaste à l'idée de porter la bonne nouvelle jusque dans les supermarchés. Ce lancement fut suivi de la sortie de sa ligne de vêtements de sport, puis d'une gamme de cosmétiques naturels. Évidemment, je ne cessais de taquiner ma sœur. Elle qui avait toujours critiqué notre matérialisme et le monde de l'argent était à la tête d'une entreprise qui ne cessait de s'agrandir grâce au soutien financier de Z & H et au pilotage avisé de Marcus. Lauren en gardait une honte que je trouvais aussi drôle que charmante et je la menaçai de prendre ma retraite pour qu'elle m'entretienne à son tour.

Marcus et moi traversions en effet une passe difficile. Le marché immobilier avait été ralenti par une série de lois contraignantes qui réduisaient les capacités d'emprunt et les profits. Cette stagnation nous incita à nous reporter vers l'Europe, ce qui nous permit de nous maintenir à flot, tout en diversifiant nos investissements dans des produits de première nécessité : lait en poudre, biscuits, couches pour bébé... Nous fîmes également une série de paris plus osés, notamment dans un secteur naissant : l'informatique. J'avais créé un fonds qui donna sa chance à une cinquantaine de jeunes entreprises. Ces gamins avaient dix ans de moins que nous et ils nous promettaient la lune, assurant que, bientôt, chaque citoyen américain aurait son ordinateur personnel, ou un téléphone individuel pas plus grand qu'un attaché-case qui permettrait de passer des coups de fil... sans fil. Ils étaient à moitié dingues, mais leur vision m'enthousiasmait et ils n'avaient pas besoin de grandchose. Je sortis souvent mon carnet de chèques au point de devenir l'un des investisseurs de référence sur le sujet.

Nous arrivions à être heureux, mais nous nous savions fragiles, et l'état de santé de Judith venait sans cesse nous le rappeler. En dépit des moyens que Nathan, Rebecca et moi consacrions à retrouver Kasper Zilch, l'enquête n'avançait pas. Dane faisait le maximum et ses efforts avaient un peu éteint l'antipathie que je ressentais pour lui. Nous avions invité plusieurs fois Marthe et Abigail à New York. Les deux femmes avaient rencontré Judith. S'étant définitivement libérée de l'emprise du docteur Nars, elle commença un travail de fond avec Abigail. Elle appelait la psychiatre trois fois par semaine. Ces échanges lui faisaient du bien, mais ses crises d'angoisse demeuraient bien trop fréquentes. Sa consommation de psychotropes, difficile à contrôler, affectait gravement sa santé. Elle alternait des périodes d'apathie où elle ne parlait quasiment pas avec des phases d'hyperactivité alarmantes. Elle tenta deux fois de se supprimer et, à chaque fois que le téléphone sonnait à une heure inhabituelle, Rebecca cessait de respirer. Judith souffrait. Sa fille, comme son mari, se sentaient impuissants à l'apaiser. Nous étions persuadés que seule l'élucidation du mystère Kasper Zilch la soulagerait de ses tourments.

États-Unis, lieu tenu secret, novembre 1978

Dans cette zone industrielle abandonnée, un brouillard matinal enveloppait les bâtiments. Le vent glacial ne parvenait pas à le dissiper. On apercevait à peine, derrière les quais, le fleuve sale et sombre. D'une main, je relevai mon écharpe, de l'autre, je tenais celle de Rebecca. Elle me jeta un regard angoissé. Sa mère avait tenu à nous accompagner, tout comme Marthe. La vengeance se trouvait enfin à leur portée, et je sentais chez elles une fébrilité inquiétante, une commune ivresse du sang. On ne pouvait faire plus différentes que ces deux femmes. L'infirmière avait les cheveux courts et pas une once de maquillage. Judith, couverte de bijoux, un chignon dont s'échappaient des mèches folles, dégageait quelque chose de théâtral dans son manteau de fourrure qui s'ouvrait sur une longue jupe verte et un chemisier rouge. Elle était d'une pâleur effrayante. Rebecca était aussi blafarde que sa mère et je ne devais pas avoir plus de couleurs qu'elles deux réunies. En dépit de ses réserves – ou peut-être à cause d'elles –, Marcus était là aussi. J'avais interdit à Lauren de venir. Je ne voulais pas qu'elle soit mêlée à cette histoire. Nous entrâmes dans l'usine désaffectée où Dane nous avait donné rendez-vous. Un de ses complices – un homme d'une cinquantaine d'années, roux et râblé – nous attendait pour nous guider. À sa suite, nous avons évité une flaque de liquide nauséabond, enjambé des tuyaux de métal, soulevé des bâches en plastique qui servaient de séparation entre plusieurs hangars désertés. Nos talons résonnaient sur le sol de béton. L'homme nous a fait descendre un escalier métallique. Il régnait partout une odeur de rouille, de vague pourriture et de renfermé. Nous sommes arrivés devant une porte en fonte ronde, sans doute un ancien coffre-fort. L'ami de Dane nous a fait signe d'entrer :

« Ils sont là. Je retourne à l'extérieur. »

Il s'est éloigné. La porte s'est ouverte sur une pièce en ciment au fond de laquelle pendait une ampoule. Des infiltrations d'eau gouttaient au plafond. Dane nous attendait avec le prisonnier. L'homme était attaché sur une chaise en fer et nous tournait le dos. Il portait un pull bordeaux sur un pantalon gris déchiré. Il avait dû se débattre lorsque Dane et son équipe l'avaient intercepté. Il avait la bouche et les yeux bandés. Marthe et Judith ont échangé un regard puis j'ai vu Judith se décomposer. Elle est tombée à genoux. Les bras croisés, les mains agrippant ses épaules, la tête rentrée dans la poitrine, elle s'est recroquevillée. Rebecca s'est précipitée à ses côtés. Judith se balançait d'avant en arrière. Elle répétait des mots que je ne comprenais pas. Rebecca semblait affolée. Avec Dane, elle a forcé sa mère à se lever.

« Viens maman. Tu n'as pas à faire ça, nous le ferons pour toi. Il ne faut pas que tu voies cet homme. »

Rebecca a sorti sa mère de la pièce. Elle la portait presque. Dane a voulu les accompagner, mais Rebecca l'a arrêté d'un geste nerveux. Je n'ai pas osé proposer mon aide. Ma vue, je le savais, était odieuse à Judith. Je me suis tourné vers notre otage. Mon cœur battait à coups profonds. J'avais les mains moites. Marcus, réprobateur, se tenait derrière nous. Deux tables bancales constituaient, avec la chaise du prisonnier, le seul mobilier des lieux. J'étais hypnotisé par sa silhouette et sa taille. Sa chevelure, épaisse, était très semblable à la mienne, sauf que le temps l'avait rendue grise. Il était maigre, et légèrement voûté. J'avais envie de voir son visage. Un visage que l'on m'avait dit si proche du mien et si proche de celui de mon père biologique. J'avais envie de le regarder dans les yeux. J'avais envie d'entendre sa voix pour qu'il me parle d'eux, mes géniteurs, et de ce petit étranger que j'avais été. Il ne fallait pas… S'il devenait un être humain, je n'aurais pas le courage d'aller jusqu'au bout. Je n'étais pas fait de ce bois-là. Dans un emportement j'aurais pu aller trop loin, mais participer à l'exécution d'un homme attaché, vulnérable, de sang-froid, je n'étais pas sûr d'y arriver. Je connaissais les méfaits de ce criminel, sa cruauté, mais nous partagions le même sang et c'était le seul lien qui me rattachait à la chair dont j'étais né.

L'homme était tendu. Il se sentait observé. Nous avions décidé d'agir tous ensemble, à l'exception de Marcus qui ne voulait pas participer à ce qu'il appelait un assassinat. Sur l'une des tables, Dane avait aligné cinq revolvers. Nous partagerions l'acte, pour en partager le poids. Aucun de nous ne serait entièrement responsable. Ni innocent. Aucun de nous ne saurait à qui appartenait la balle qui viendrait clore ce cycle infernal.

Dane a vu mon regard.

«Ils sont chargés», a-t-il précisé.

Le prisonnier a entendu cette phrase. Il s'est démené sur sa chaise, criant à travers son bâillon avec une énergie enragée. Dane lui a gueulé de se calmer. Il avait la voix déformée par la haine. Sa violence nous a glacés. Le prisonnier s'est immobilisé. Il tremblait. Cette vision a fait sortir Marcus de ses gonds :

«Vous n'avez pas le droit de faire ça. Qui croyez-vous être ?

— Ce droit, il nous l'a donné, à Judith et à moi, le premier jour où il nous a violées», gronda Marthe, hérissée de colère.

À ces paroles, notre otage s'est figé. Sans doute avait-il reconnu la voix de Marthe. Marcus, lui, ne renonçait pas. Le visage échauffé, il est passé devant moi et s'est interposé entre le prisonnier et nous.

«Marthe, vous avez beau être sûre de vous, vous n'avez aucune preuve. Il a le droit d'assumer sa défense. Il a le droit de regarder ses juges dans les yeux. De savoir pourquoi il meurt.

« — Qu'est-ce que vous voulez ? Un procès ? s'est énervée Marthe.

— Parfaitement, un procès. Je veux entendre ses aveux. Je ne vous laisserai pas exécuter cet homme sans preuves. »

Marthe s'est avancée.

« J'ai la preuve de sa voix, de sa peau, de son odeur. J'ai la preuve de ma mémoire et de mes cicatrices. J'ai la preuve de sa peur, aujourd'hui, qui le fait trembler parce qu'il sait que c'est la fin. La vérité va venir se loger dans son crâne. Il sait qu'ici et aujourd'hui, aucun de ses mensonges ne pourra plus le protéger.

— Mais n'avez-vous aucun doute, pas le moindre centimètre de gris dans ce noir et ce blanc où pourrait se loger l'innocence de cet homme ? Comment pouvez-vous être sûre ? C'était il y a plus de trente ans, Marthe... Vous parlez de sa voix ? Vous ne l'avez pas encore entendue. De son odeur ? Vous ne vous en êtes pas encore approchée...

— Un simple regard à sa carrure et à ses cheveux m'a suffi. Je sais que c'est lui.

— Eh bien moi, je suis avocat, et puisque vous voulez soustraire cet homme à une justice légitime...

— Une justice légitime ! s'est étranglé Dane. Tu trouves juste que notre gouvernement ait accueilli et engraissé ces porcs qui auraient dû être pendus à Nuremberg ? Si la justice existait dans notre pays, si la justice n'était pas cette garce qui, derrière le voile de la raison d'État, se couche devant le pouvoir, nous ne serions pas ici, parce que cet homme serait mort depuis des années.

— Te rends-tu compte que vous vous comportez comme eux ? a répliqué Marcus. Et même pire qu'eux ? Les nazis suivaient les lois de leur État, si répugnantes soient-elles. Vous entreprenez cette mission justicière sans respecter aucun code, ni aucune règle.

— Et maintenant, il défend ces malades ! s'est emporté Dane en se tournant vers Marthe et moi pour nous prendre à témoin. Tu es fou, Marcus ! Tes principes t'ont fondu la cervelle. Tu bêles tes bons sentiments comme tous ceux qui n'ont jamais souffert de rien, mais sais-tu dans quel monde nous vivons ? Soupçonnes-tu seulement les monceaux de saloperies dont l'être humain est capable ? Et celui-là plus que tout autre ? » a-t-il précisé en donnant un coup de pied dans la chaise de l'otage qui, comprimé dans ses liens, tenta encore de se débattre.

Dane s'est approché de Marcus, les poings serrés, le regard menaçant :

« Soit tu es avec nous, soit tu es contre nous.

— Je suis avec vous, Dane. Avec Wern, Rebecca, Judith, Marthe, mais je veux savoir ce que cet homme a à dire. »

En entendant nos noms, le prisonnier a tressailli. Je l'observais, impressionné à nouveau par notre proximité physique. Il me donnait le sentiment d'être dédoublé. J'avais beau me répéter qu'il fallait exécuter cet homme tout de suite avant de manquer de

courage, ma curiosité et les arguments de Marcus faisaient leur chemin.

«Moi aussi je veux l'entendre», ai-je déclaré.

Dane a reculé d'un pas comme si je l'avais frappé.

« Tu te débines ? Elle va être contente, Rebecca… »

Je n'ai pas cédé :

«Je veux être sûr.»

Dane a levé les bras et les yeux au ciel comme s'il
invectivait le Créateur et, furieux, s'est éloigné de
quelques mètres. Je me suis approché du prisonnier.
J'ai soulevé l'arrière de la chaise sur laquelle il était
attaché. Dans un grincement sinistre, je l'ai fait pivoter
face à nous. Je lui ai ôté son bâillon, puis son bandeau.
C'était mon visage sur lequel le temps avait passé.
Quelques secondes durant, il a cligné des yeux, aveuglé par la lumière de l'ampoule, puis il m'a regardé,
aussi troublé que moi.

«Mon fils, tu es mon fils», a-t-il dit. Il avait une
voix grave. Un anglais teinté d'un fort accent allemand.

«Je ne suis pas votre fils, ai-je répondu, agressif. Je
suis le fils d'Armande et Andrew Goodman, les êtres
les plus généreux et les meilleurs parents que la terre
a jamais portés.

— Tu es Werner, je le sais. Tu as ses yeux. Tu as
tout d'elle, a-t-il continué. C'est comme si elle était
là…

— N'essaie pas de l'attendrir, salopard, a crié
Dane en lui donnant un coup de poing sur l'épaule.
Nous savons tous qui tu es, Kasper Zilch, bourreau

455

de cette femme, a-t-il dit en désignant Marthe, bourreau de Judith Sokolovsky et de tant d'autres dans les camps.»

Le prisonnier a détaché son regard du mien pour répondre à Dane.

«Vous vous trompez. Je ne suis pas celui que vous cherchez. Marthe, tu le sais. C'est moi, Johann. Toi, entre toutes, tu dois me reconnaître…

— Johann n'est plus de ce monde. Nous savons ce que tu lui as fait.»

Le front du prisonnier perlait de sueur. Il a voulu se défendre :

«J'ai mis des années à arriver ici, mais je suis bien vivant. Regarde-moi Marthe. Écoute-moi. Écoute ma voix. Tu ne peux pas nous confondre ! Pas toi ! Je dis la vérité. Je suis Johann. Je suis le mari de Luisa que tu aimais tant. Je suis le père de Werner. C'est une folie qui n'en finit pas.

— Ne t'inquiète pas, c'est bientôt fini, a lâché Dane.

— Marthe, je t'ai accueillie sous mon toit quand tu en avais besoin. Je t'ai défendue quand Kasper te menaçait. Je peux te dire des choses de Luisa que mon frère n'aurait pas pu connaître. Demande-moi…»

J'ai vu les certitudes de Marthe vaciller. Son regard s'est troublé. Marcus a perçu comme moi cette étincelle du doute. Il s'est engouffré dans la brèche :

«Demandez-lui, Marthe. Je vois que vous n'êtes plus si sûre… Prouvez-nous qu'il ment ou, au contraire, qu'il ne ment pas.»

Marthe regardait le prisonnier comme si elle voulait pénétrer le fond de son âme. Ses yeux cherchaient sur ce corps vieilli les garanties d'une jeunesse familière et évanouie. Elle s'est approchée prudemment, a scruté en silence la naissance de ses oreilles, la symétrie de ses yeux. Il avait trop changé. Elle ne savait plus. Quant à sa voix… Comment être certaine ? Kasper savait imiter son frère à la perfection, talent qu'il avait d'abord développé pour se moquer de lui, ensuite pour lui faire endosser la responsabilité de ses forfaits d'adolescence… La voix était bien celle de Johann, mais elle ne pouvait être un critère. Marthe a inspecté les cicatrices du crâne du prisonnier, mais comment savoir si c'étaient bien les mêmes que celles de Kasper ? Les cheveux en troublaient le tracé. Elle tâtonnait. Deux voix se battaient en elle. La première la poussait à trancher : « Assez ! Tu es en train de te laisser berner ! Il est là. Tu l'as à ta merci. Moi je n'ai aucune hésitation. Aucune. Je reconnais ses traits, je reconnais son habileté. Regarde comme il est en train de manipuler tes pensées… Seul Kasper est capable d'un tel tour de force. Arrête de réfléchir. C'est lui voyons… » L'autre voix, plus ténue, lui murmurait que quelque chose ne collait pas. Kasper, si éloquent soit-il, n'aurait pas utilisé ces mots-là. Il avait beau être bon comédien, il n'aurait pas eu cet air d'innocence et de droiture.

« Je ne sais plus », avoua Marthe, vaincue.

À ce moment-là la porte en fonte a grincé. Précédée de Rebecca, Judith est apparue. Sur son visage, la peur s'était effacée au profit d'une colère qui faisait vibrer toute sa personne :

« Il n'est pas encore mort ? a-t-elle déclaré. Vous avez eu raison de m'attendre. Il faut savoir savourer les bonnes choses… C'est ce que tu me disais Kasper, tu te souviens ? a-t-elle lancé. On va s'amuser un peu, toi et moi. »

D'un mouvement vif, elle s'est approchée de la table et a saisi l'un des pistolets. Marcus s'est interposé :

« Attendez Judith, nous ne sommes pas sûrs qu'il s'agisse de Kasper. Même Marthe …

— C'est lui ! l'a coupé Judith, le corps tressaillant d'indignation. Kasper, Johann, Arnold, je m'en fiche. Quel que soit le nom qu'il porte ou celui que vous lui donnez, c'est cet homme qui m'a fait ça », a-t-elle crié en arrachant les boutons de son corsage. Les cicatrices qu'elle m'avait déjà montrées sont apparues aux yeux de tous. « Pour qui vous prenez-vous, Marcus, un chevalier blanc défendant l'opprimé ? »

Rebecca s'est approchée de sa mère pour lui couvrir la gorge de son écharpe. Elle a jeté à Marcus un regard noir. Il ne s'est pas laissé impressionner :

« Je ne demande qu'à vous croire, Judith, mais pour l'instant je vois cinq personnes debout et libres, face à un homme assis et attaché. Si vous ne me prouvez pas que cet homme est coupable, je ne vous laisserai pas l'exécuter.

— On ne t'a pas demandé ton avis, mon vieux, a grondé Dane. Et tu n'es pas en mesure de nous empêcher de faire quoi que ce soit. »

Sentant que la situation ne tournait pas en sa faveur, le prisonnier a planté son regard dans celui de Judith :

« Ce n'est pas moi. Vous me confondez avec mon frère. Toute ma vie, on m'a confondu avec lui. Et quoi qu'il vous ait fait, j'en suis profondément désolé. »

La fièvre a empourpré le visage de Judith, elle a dit d'une voix douce :

« Ce que tu m'as fait, tu t'en souviens. Pourquoi te défends-tu, Kasper ? C'est inutile. Tu sais que je peux prouver ton identité… Mais faisons les choses dans les règles. Cela fait trente-trois ans que je t'attends, je ne suis pas à une heure près. Vous voulez connaître les chefs d'accusation, Marcus ? Très bien. J'accuse Kasper Zilch ici présent d'avoir activement participé à l'élimination systématique de milliers de personnes à Auschwitz où il exerçait les fonctions de *Schutzhaftlagerführer*. J'accuse cet homme d'avoir directement ou indirectement tué mon père, Mendel Sokolovsky. J'accuse cet homme de m'avoir battue, brûlée à la cigarette, violée des mois durant dans le Block 24 du camp d'Auschwitz, la si bien nommée "division de la joie". » Elle fit un pas en avant. « J'accuse cet homme de m'avoir contrainte à des comportements que l'on n'exigerait pas d'un animal. J'accuse cet homme de m'avoir livrée à toutes les horreurs qui pouvaient traverser l'esprit perverti de ses inférieurs hiérarchiques en récompense de leurs bons et loyaux services. J'accuse cet homme… » La voix lui a manqué.

« Arrête maman, tu te fais du mal… l'a interrompue Rebecca, bouleversée.

— Au contraire, je me fais du bien. C'est inespéré. Jamais je n'aurais pensé le retrouver. Vous avez raison Marcus, je ne veux pas seulement qu'il paie, je veux qu'il parle, je veux qu'il reconnaisse ce qu'il m'a fait à moi, à Marthe, aux autres filles, aux autres morts. Tu m'entends Kasper ? Je veux que tu avoues, a-t-elle déclaré en visant le front du prisonnier.

— Judith, il est attaché. Posez cette arme, vous allez vous blesser, a insisté Marcus en tendant la main vers elle.

— Reculez Marcus… Reculez maintenant ! a-t-elle menacé en pointant l'arme vers mon ami. Je ne plaisante pas.

— Maman arrête ! s'est exclamée Rebecca.

— Ne t'en mêle pas, ma fille. Tu ne devrais pas être là… Sors d'ici. »

Rebecca n'a pas bougé.

« C'est entre toi et moi, Kasper. Puisque Marthe ne sait plus, puisque Werner n'a aucune idée de rien, c'est à nous deux de régler nos comptes. Alors regarde-moi, a-t-elle ajouté en s'approchant encore. Certes, les années n'ont pas été tendres avec moi, mais tu ne peux pas avoir oublié. » Elle arriva tout contre le prisonnier et s'assit à califourchon sur lui. Elle lui mit le revolver sous le menton.

« Alors, Kasper, tu veux que je te rappelle ce que tu me faisais à l'époque ? Tu vas voir comme c'est agréable », a-t-elle précisé en appuyant brutalement le revolver sur la lèvre inférieure du prisonnier pour lui ouvrir la bouche.

Elle a glissé le canon à l'intérieur, il a tenté de détourner la tête pour se libérer.

« Pas de geste brusque ! Un accident est si vite arrivé. C'était ta phrase, tu te souviens ? "Un accident est si vite arrivé", quand j'essayais de m'échapper, quand tu m'as fait ça, a expliqué Judith en montrant la ligne blanche à la base de son cou… "Ne bouge pas petite chienne", tu disais, "tu vas te faire mal toute seule"… »

Nous étions pétrifiés. Seul Dane, près de la table, restait très calme. Il gardait la main sur un pistolet, prêt à intervenir. Judith semblait nous avoir oubliés. Nous étions sidérés par cette scène qui faisait ressurgir la bestialité de ce que cette femme avait enduré. Même Marcus ne protestait plus. Lorsque la voix de Marthe s'est élevée, elle nous a fait l'effet d'une déflagration :

« Judith, je ne crois pas que ce soit Kasper. Je suis désolée, mais je ne pense plus que ce soit lui.

— Vous croyez, vous pensez… Mais à quoi jouez-vous, Marthe ! » a invectivé Judith, en retirant l'arme de la bouche du prisonnier.

« Marthe a raison, madame, a murmuré ce dernier, essoufflé. L'homme que vous cherchez est déjà mort.

— Arrête de m'appeler madame ! s'est déchaînée Judith en lui assénant un coup de crosse sur la pommette. Madame ! Comme si tu me respectais… Comme si tu ne m'avais jamais rencontrée !

— C'est la vérité, Kasper est mort », a-t-il articulé à nouveau. Un filet de sang s'échappait de sa bouche. Il a avalé le reste avec une grimace avant d'ajouter : « Je le sais parce que je l'ai tué. »

Un silence accueillit cet aveu.

« Et avant que vous ne me fassiez subir le même sort, réfléchissez. Mon frère avait beau être le dernier des salauds, il avait beau m'avoir tout pris, les êtres qui comptaient le plus pour moi et les années que j'aurais dû passer à leurs côtés, je ne sais toujours pas si j'ai eu raison de le tuer. Si vous m'exécutez, vous ne serez pas libérés. Le soulagement que vous espérez viendra d'autant moins que je ne vous ai rien fait…

— Rien fait ? » rugit Judith.

Elle saisit le visage ridé du prisonnier en lui plantant ses ongles laqués d'un brun rouge dans les joues.

« Tu ne m'as rien fait, vraiment ?

— Rien ! se révolta l'otage. Non seulement je ne vous ai jamais touchée, mais je ne vous ai même jamais rencontrée, cria-t-il. Alors tirez-moi une balle dans la tête, pendez-moi, dépecez-moi si ça vous soulage, mais ne prétendez pas rendre la justice… Et ôtez-vous de mes genoux », ajouta-t-il.

Il dégagea son visage d'un violent mouvement de

tête en arrière qui faillit le renverser avec sa chaise et força Judith à se lever. Pour la première fois, elle douta. Elle recula d'un pas et observa notre otage comme un scientifique se penche sur une nouvelle bactérie. Puis elle s'en voulut d'avoir hésité, ce qui raviva sa colère.

« Ça suffit ! Votre procès ne sert à rien », cracha Judith à l'intention de Marcus. Elle pivota vers Dane et ordonna : « Levez-le. »

Dane détacha les cordes qui retenaient le prisonnier à la chaise et le mit debout. Judith sembla impressionnée par la stature de notre otage qui devait lui rappeler sa faiblesse d'autrefois. Elle se reprit et se tourna vers moi :

« Werner, aidez-nous. »

Je vins prêter main-forte à Dane et pris le prisonnier par le biceps. Il m'adressa un regard de tendresse et de reproche qui me troubla. Tout comme le fait de sentir son épaule contre la mienne et mon bras sous le sien. Nous avions presque la même taille. Judith sortit de la poche de son manteau de fourrure un gros portefeuille de cuir rouge très abîmé. Elle en ouvrit lentement la fermeture Éclair, révélant un nécessaire de chirurgie :

« Tu reconnais le bruit, Kasper ? Ce petit bruit que tu aimais me faire entendre, quand j'étais entravée… Ce sont tes outils, tu te souviens ? fit-elle en lui montrant le contenu de la poche rouge.

— Cet objet ne m'appartient pas, répondit notre otage.

464

— Voyons… Je te les ai pris le jour où je me suis évadée. Je manquais de temps, vois-tu, et j'ai pensé que j'en aurais besoin, le jour où je te retrouverais… Je les ai gardés, en prévision de cet instant. J'ai longtemps cru qu'il ne viendrait plus, et nous y sommes…

— Je ne suis pas l'homme que vous cherchez », répéta le prisonnier avec une violence rentrée.

Judith ignora sa réponse et, s'adressant à nous, elle insista :

« Tenez-le.

Elle sortit l'un des bistouris et le brandit devant elle.

« C'est le moment de vérité, Kasper. »

Judith s'approcha. D'un geste maladroit, elle dénoua sa ceinture, défit le bouton de son pantalon gris et descendit sa braguette. Il se débattit.

Je lui attrapai le poignet.

« Que faites-vous, Judith ? »

Elle se dégagea d'un geste dont la force me surprit et qui fit passer le scalpel à quelques centimètres de mes yeux.

« J'ai un moyen très simple de savoir… répondit-elle. Je vais finir ce que j'ai commencé le jour où je me suis enfuie.

— Posez ce scalpel. Je veux que vous obteniez justice, pas que vous émasculiez un homme devant moi, protestai-je.

— Sur cet homme j'ai tous les droits », se révolta Judith.

Marcus, la tête dans les mains, répétait :

« C'est de la folie. Une pure folie… »

Rebecca, qui était restée de marbre jusque-là, avança vers sa mère. Très doucement, elle la prit dans ses bras.

«Donne-moi ce scalpel, maman, et vérifie ce que tu dois vérifier. Il faut que l'on sache maintenant.»

Judith regarda intensément sa fille et après une brève hésitation, jeta l'objet métallique à l'autre bout de la pièce. Puis, avec la même rage, elle descendit le pantalon gris du prisonnier ainsi que son caleçon. Se préparant à la douleur, il serra les dents et contracta les épaules. Elle saisit sa verge d'une main brutale et la lâcha immédiatement comme si elle venait de toucher une braise. Elle sembla si frappée que nous ne comprîmes pas comment interpréter ce qu'elle avait vu. Sans crier gare, Judith, suffoquant, tourna les talons et, le pan de son manteau battant derrière elle, quitta la pièce. Rebecca et Marthe coururent à sa suite. Interdits, Marcus, Dane et moi restâmes auprès du prisonnier. Je le rhabillai rapidement avant de le rasseoir. Dane marchait de long en large dans la pièce. Il alluma une cigarette. Je lui en pris une, puis une autre. J'étais sur les nerfs.

Une demi-heure passa, au terme de laquelle j'allais partir à la recherche des trois femmes lorsque Marthe redescendit. Elle était très émue et se précipita sur le prisonnier pour le libérer:

«C'est Johann… C'est bien Johann, mon Dieu, c'est un miracle!»

L'incrédulité puis le soulagement illuminèrent le visage de notre otage. Il se détendit d'un coup, tandis qu'un flot de larmes le submergeait. Dane n'était pas du genre à renoncer aussi vite. Alors que Marthe s'apprêtait à libérer notre otage, il la repoussa :

« Qu'est-ce qui le prouve ?

— Demandez à Judith… Le jour où elle s'est enfuie d'Auschwitz, elle a eu le temps de… Comment dire… » Marthe cherchait ses mots.

« Dites-nous, Marthe, insistai-je.

— Kasper avait été assommé par le gardien alors qu'il était sur Judith. Ils l'ont ligoté. Il était nu et elle l'a… Enfin, elle a voulu…

— Allez-y, vociféra Dane.

— Elle l'a circoncis. Avec cet outil, précisa l'infirmière en ramassant le scalpel que Judith avait jeté à terre. Or cet homme n'est pas circoncis, c'est bien Johann. »

Je fus pris d'une sorte d'engourdissement. Les mots de Marthe valsaient dans mon cerveau. Le prisonnier leva les yeux vers elle, puis vers moi. Il aurait voulu dire quelque chose, mais l'émotion lui avait coupé la parole. Dane voulut vérifier. Il baissa à nouveau le pantalon et le caleçon du prisonnier pour inspecter sa verge. Elle était effectivement intacte. La déception se lut sur les traits de Dane. Des années d'enquête venaient de partir en fumée. Cet échec l'atteignait profondément. C'étaient encore des milliers de victimes bafouées. Il me fit de la peine. Pour la première fois, je pris conscience de la profondeur de sa blessure et des efforts titanesques qu'il faisait pour venger les siens. Pris d'une colère impuissante, Dane donna un grand coup de pied dans la table en bois sur laquelle étaient encore alignés quatre pistolets. Il fit volte-face et vint se planter devant Johann, l'air mauvais :

« Et vous étiez où, vous, pendant la guerre ?

— J'étais sur la base militaire de Peenemünde, puis j'ai été arrêté par la Gestapo et envoyé à Oranien-burg-Sachsenhausen. »

Dane sembla choqué par ce nom qui, pour moi, ne signifiait rien. Il demanda :

« Vous avez marché ?

— Oui », répondit sobrement Johann.

Dane eut un silence. Je ne comprenais pas ce qu'ils se disaient. Il reprit :

« Et après ?

— Après j'ai été embauché par les Russes, puis enlevé et assigné à résidence à Moscou où j'ai été forcé de travailler avec Sergueï Korolev.

— Sergueï Korolev ? relança Dane qui, pour une fois, ne semblait pas en savoir plus que moi.

— Le satellite Spoutnik, Youri Gagarine, le premier homme dans l'espace, c'était l'œuvre de Sergueï Korolev et de son équipe dont je faisais partie », expliqua Johann avec une lueur de fierté dans le regard.

Il se tourna vers moi pour voir si cette révélation m'impressionnait. C'était le cas. Dane changea brutalement de sujet.

« Alors comme ça, vous avez tué votre salaud de frère ?

— Oui, et je le regrette.

— Comment peut-on regretter d'avoir nettoyé la

468

terre d'une telle ordure ? grinça Dane, les dents serrées.

— Parce que ce n'était pas à moi de le faire et
parce que, sans le savoir, je l'ai soustrait à la justice
de Marthe et à celle de cette femme que vous appe-
lez Judith. Je pensais être sa seule victime. J'apprends
qu'il y en a eu des milliers. Sa mort ne m'appartenait
pas.

— Comment l'avez-vous retrouvé ?

— Je pensais ne jamais le revoir. J'avais appris la
mort de ma femme. Je ne savais pas ce que tu étais
devenu, expliqua Johann en se tournant à nouveau
vers moi. J'étais à Moscou, sous surveillance permanente, et puis il y a douze ans, Korolev est mort. Je
m'étais attaché à lui et aux exploits que nous avions
accomplis ensemble. Avec sa disparition, j'ai considéré que j'avais le droit de reprendre ma liberté. Les
Anglais m'ont aidé. Je leur ai dit que j'accepterais de
passer à l'Ouest à la condition qu'ils retrouvent mon
fils et mon frère. Ils ont réussi pour le deuxième.

— Comment l'avez-vous tué ? Qui me dit que vous
n'essayez pas de le protéger ? l'interrompit Dane.

— Je l'observais depuis trois semaines. J'avais étudié ses parcours. Il allait tous les jours de chez lui à
Sanomoth, l'entreprise qui l'employait, et de Sanomoth à chez lui. Le soir, il restait à la maison. Je pense
qu'il avait peur d'être reconnu. Il ne sortait que le vendredi, pour aller dans un club de strip-tease en pleine
campagne. J'ai trafiqué son réservoir d'essence pour
qu'il tombe en panne, juste au bon moment. À dix

kilomètres du club et à quarante de chez lui. Autour, il n'y avait qu'une ferme et des champs. Il a essayé de redémarrer. En vain. Il est descendu de son pick-up. Il a ouvert le capot. Il a vu la flaque de carburant qui se répandait sur l'asphalte. Il a donné un grand coup de poing dans la tôle du pick-up puis il l'a fermé à clé et il a commencé à marcher. J'ai attendu qu'il fasse deux cents mètres pour qu'il atteigne l'angle mort que j'avais repéré. On ne pouvait plus nous voir de la ferme. J'ai pris de la vitesse et j'ai foncé droit sur lui.

— Et comment pouvez-vous être sûr de ne pas l'avoir raté ?

— Parce que je suis descendu de ma voiture. Parce que j'ai vérifié qu'il était mort. Parce que je l'ai mis dans mon coffre et parce que je l'ai enterré.

— Où ?

— Dans le désert.

— C'est vaste le désert... ironisa Dane. Et si je veux vérifier ? »

Johann lui jeta un regard glacial :

« Vous allez à San Luis Potosí, au Mexique. Vous roulez trente kilomètres à l'ouest dans le désert de Chihuahua et, à précisément 22° 8' degrés de latitude nord et 100° 59' de longitude ouest, vous creusez.

— Je vais le faire, vous savez. Et vous avez intérêt à ce que je l'y trouve...

— Vous l'y trouverez. Ce qui m'évitera d'avoir à vous recroiser. En attendant, j'en ai assez d'être cul nu », décréta Johann.

D'un mouvement de main impérieux, Dane fit

signe à Marthe de le rhabiller. Elle s'exécuta et, l'ayant détaché, elle le prit dans ses bras. À la fin de leur longue étreinte, il lâcha Marthe et se tourna vers moi. J'avais la gorge sèche et le crâne vide. Qu'est-on censé dire à son géniteur lorsqu'à trente-trois ans, on lui parle pour la première fois ? Il sortit un mouchoir de tissu bleu avec lequel il s'essuya grossièrement le visage, ôtant la sueur et le sang. Il commença par s'adresser à Marcus, la main tendue :

« Merci monsieur. Sans votre sens de la justice et sans votre éloquence, je ne serais plus de ce monde. »

Tout aussi cérémonieux, mon associé serra la main de Johann et répondit, avec un regard plein de douceur :

« Je suis honoré, monsieur, de faire votre connaissance. »

J'entendis Dane renifler de mépris. Johann l'ignora. J'allais faire une remarque, il m'arrêta, ses yeux droit dans les miens :

« Ne dis rien Werner. Quittons d'abord ce lieu sinistre. »

J'ai hoché la tête. Marthe a pris les devants. Nous avons remonté l'escalier en métal. Nous avons soulevé les bâches en plastique, enjambé les tuyaux de métal, évité la flaque de liquide nauséabond et nous avons quitté l'usine. Le brouillard matinal s'était dissipé. Un pâle soleil d'hiver nous accueillit. Deux pies se disputaient un morceau d'aluminium éclatant entre les mauvaises herbes. L'ombre des nuages courait sur la masse gris-vert du fleuve qui clapotait tranquillement contre les quais abandonnés. Judith et Rebecca nous attendaient, assises sur des parpaings en ciment. La femme de ma vie se leva. Elle vint se lover contre moi, et nous nous serrâmes un long moment. Judith, très éprouvée, me fit un signe de la main.

«Je suis désolé, Judith», lui dis-je.

Elle me regarda avec un air de profond découragement.

«Je suis désolé pour tout ce que vous avez souffert, répétai-je.

— Merci», répondit-elle.

J'aurais voulu la réconforter, trouver les mots, mais je craignais que ma présence ne lui soit plus pénible que bénéfique. Je la saluai et m'éloignai de quelques pas, tenant Rebecca contre moi. Judith m'interpella :

«Vous n'y êtes pour rien, Werner.»

Je me retournai dans un sursaut. Elle reprit, s'adressant cette fois-ci à sa fille :

«Werner n'y est pour rien…»

Je perçus l'effort que représentaient ces paroles. Je sentis tout le bien que ces mots me firent et tout le bien qu'ils firent à Rebecca. Ma beauté revint sur ses pas pour embrasser tendrement sa mère. Je la remerciai, tout comme Dane, qui nous avait rejoints et à qui je serrai la main. Marcus prit le volant. Judith préféra rentrer avec Dane. Marthe ne voulut pas la laisser seule et se joignit à eux. Je ressentis une grande joie en voyant que Rebecca restait avec moi. Délicate, elle s'installa à l'avant, tandis que je m'asseyais à l'arrière face à Johann.

472

La limousine démarra. Nous roulâmes un moment en silence, laissant les quais et le fleuve s'effacer derrière nous. En parvenant à la petite route de campagne par laquelle nous étions arrivés, j'eus besoin d'un remontant. Je soulevai le couvercle de l'accoudoir qui dissimulait le bar et en sortit six minibouteilles de vodka. Je servis un verre à Johann et le lui tendit. Rebecca me dit qu'elle ne pouvait pas boire en ce moment. Marcus déclina aussi. Je vidai mon verre d'un coup et le remplis à nouveau. Je ne savais pas comment lancer la conversation. Johann le fit pour moi :

« Je suis heureux de te connaître, Werner. C'est un très beau cadeau de la vie, elle qui ne m'en a fait aucun depuis presque trois décennies. Je sais que je ne pourrai plus jamais être ton père. Je sais qu'à ton âge tu n'as besoin ni de guide ni de protecteur, mais j'aimerais au moins être un ami. Un ami que tu verras quand tu le voudras. Un ami qui te racontera d'où tu viens, qui nous sommes et ce que nous avons été. Je te parlerai de ta mère que j'ai aimée à la folie et qui ne t'a pas vu grandir. Je te parlerai de tes grands-parents qui t'auraient adoré. Je te parlerai de cette terre qui fut ton pays, de notre maison qui aurait dû abriter tant de bonheur et je te parlerai un peu de moi, si tu le veux bien. Je te dirai ce que j'ai fait et ce que je n'ai pas fait, ce dont tu peux être fier et ce que tu n'as pas à endosser. Si tu trouves de l'apaisement et de la joie à nos échanges, si tu vois en moi des qualités qui te plaisent, j'aimerais ensuite rencontrer tes parents. J'ai compris, à ce que tu as déclaré tout à l'heure, qu'ils avaient été bons envers toi. S'ils veulent bien me recevoir, je leur dirai merci. Merci de t'avoir élevé. Merci de t'avoir protégé. Merci de t'avoir aimé. Merci d'avoir fait de mon bébé que je n'ai pas connu, de mon garçon que je croyais perdu, l'homme fort et droit que je vois devant moi.»

Les yeux me brûlaient. Un bref silence s'installa. D'une voix qui n'était pas la mienne, je dis :

«Oui, nous ferons cela et peut-être plus encore.»

Je lui tendis la main. Il la prit et la serra. D'un regard, nous échangeâmes presque toute notre personne. Quelque chose d'une nature que je ne saurais définir se scella ce jour-là. C'était un lien puissant qui ne retirait rien à ceux que j'aimais, qui m'aiderait au contraire à les aimer plus encore. Entre cet homme et moi se signa, sans un mot, un pacte absolu et indéfectible, un pacte qui m'apporta enfin une forme de paix.

REMERCIEMENTS

À Gilone, Renaud et Hadrien de Clermont-Tonnerre, Laure Boulay de la Meurthe, Zachary Parsa, Adrien Goetz, Susanna Lea, Christophe Bataille, Olivier Nora, Ulysse Korolitski, Marieke Liebaert, Sophie Aurenche, Élodie Deglaire, Malene Rydahl, Maurizio Cabona.

Aux lecteurs que j'ai eu la chance de croiser et qui m'ont encouragée.

Aux libraires qui ont rendu possible l'aventure de *Fourrure*.

À Alfred Boulay de la Meurthe et Claude Delpech qui m'ont accompagnée en pensée durant l'écriture de ce livre. J'aurais tant aimé que vous soyez encore là pour le lire.

À Andrew Parsa, un être lumineux, qui nous a quittés trop tôt.

À Jean-Marc Roberts qui m'a donné ma chance comme personne ne l'avait fait avant lui.

Adélaïde de Clermont-Tonnerre au Livre de Poche

Fourrure   n° 32223

«C'est en passant devant un kiosque à journaux du boulevard Pierre-Semard, à Nice, qu'Ondine apprit la mort de sa mère. Rares sont les écrivains qui font du bruit en quittant ce monde, Zita Chalitzine en fit beaucoup. [...]. Le 6 décembre 2006, rue de Paris, aux Lilas, on retrouva son corps à l'arrière de sa Mercedes. Elle portait un manteau en vison blanc.»

Après l'enterrement, Ondine découvre le dernier manuscrit de sa mère, une autobiographie. On entre aussitôt dans la vie de cette jeune femme prête à tout pour devenir quelqu'un. Fille de Madame Claude dans le Paris des années 1970, puis maîtresse du grand auteur Romain Kiev, elle accomplit enfin son rêve : écrire. Les fêtes, les belles voitures, Yves Saint Laurent : on suit Zita dans un tourbillon d'avant-crise, mais aussi dans sa chute.

Du même auteur :

FOURRURE, Stock, 2010.

Le Livre de Poche s'engage pour
l'environnement en réduisant
l'empreinte carbone de ses livres.
Celle de cet exemplaire est de :
400 g éq. CO₂
Rendez-vous sur
www.livredepoche-durable.fr

PAPIER À BASE DE
FIBRES CERTIFIÉES

Composition réalisée par MAURY-IMPRIMEUR

Imprimé en France par CPI
en juin 2017
N° d'impression : 3023841
Dépôt légal 1ʳᵉ publication : août 2017
LIBRAIRIE GÉNÉRALE FRANÇAISE
21, rue du Montparnasse - 75298 Paris Cedex 06

67/5203/8